10/18

12, AVENUE D'ITALIE. PARIS XIIIᵉ

Sur l'auteur

Ariana Franklin est née à Londres en 1933 avant que sa famille ne parte s'installer dans le Devonshire pour échapper au Blitz. Elle est devenue l'une des plus jeunes journalistes de sa génération, puis s'est retirée à la campagne pour élever ses deux filles, étudier l'histoire médiévale et écrire. *La Confidente des morts* a reçu le CWA Ellis Peters Historical Award en 2007 et le Macavity Award en 2008. Ariana Franklin a reçu en 2010 le CWA Dagger in the Library Award pour l'ensemble de son œuvre, qui compte seize romans et trois essais. Elle s'est éteinte en 2011 à l'âge de soixante-dix-huit ans.

ARIANA FRANKLIN

LA PRIÈRE DE L'ASSASSIN

Traduit de l'anglais
par Jean-François Merle

INÉDIT

10/18

Grands détectives

créé par Jean-Claude Zylberstein

Du même auteur
aux Éditions 10/18

LA CONFIDENTE DES MORTS, n° 4803
LA MORTE DANS LE LABYRINTHE, n° 5045
LE SECRET DES TOMBES, n° 5168
▶ LA PRIÈRE DE L'ASSASSIN, n° 5312

Titre original :
The Assassin's Prayer

© Ariana Franklin, 2010.
© Éditions 10/18, Département d'Univers Poche, 2018,
pour la traduction française.
ISBN 978-2-264-07144-6
Dépôt légal : avril 2018

Pour mon frère Roger et ma belle-sœur Ann

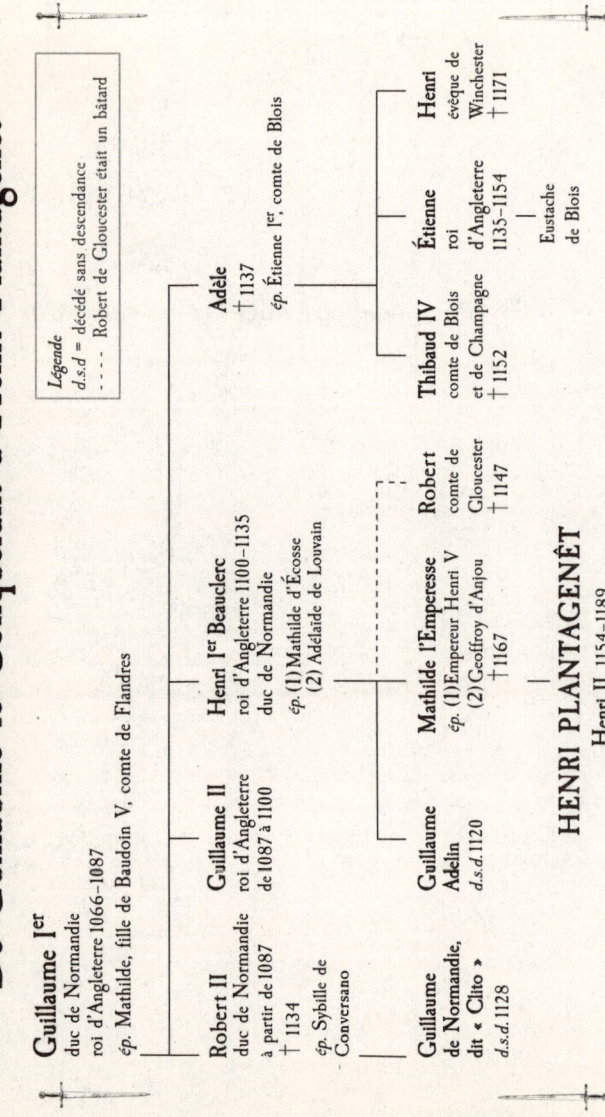

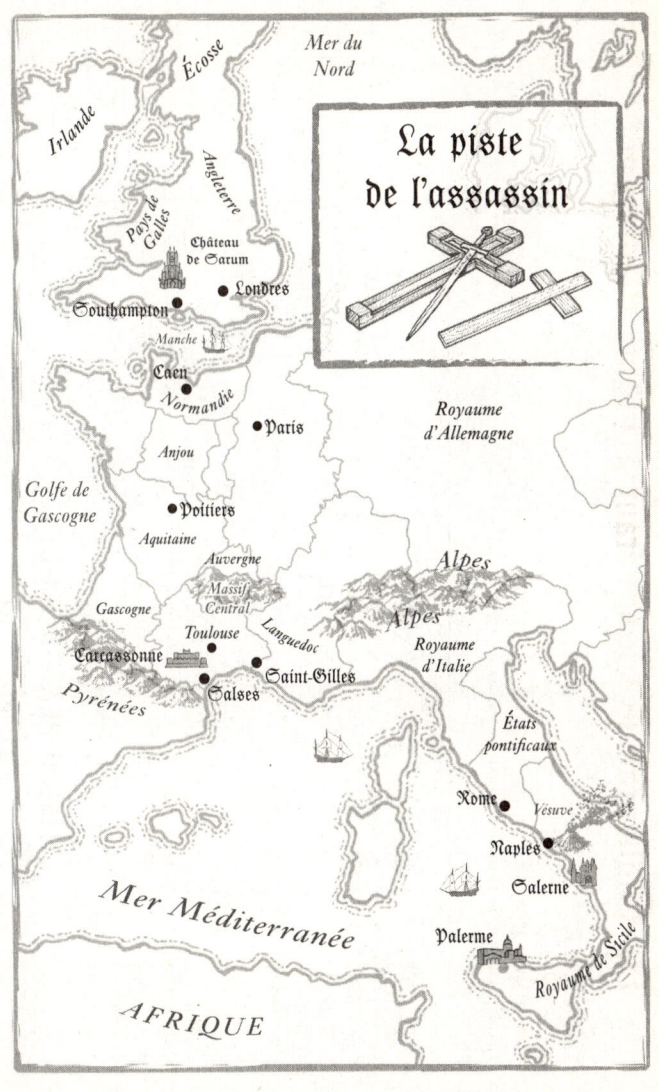

PREMIÈRE PARTIE

CHAPITRE 1

Entre les paroisses de Shepfold et Martlake existait une zone disputée et sujette à conflits.

À l'instar des cités locales de Glastonbury et de Wells, ces deux hameaux du Somerset étaient à couteaux tirés. Tout était prétexte à chamaillerie : quels cochons avaient le droit de venir se nourrir des faines de la forêt qui les séparait, quel ruisseau pouvait être détourné pour irriguer quels champs, quelles chèvres avaient franchi les limites et mangé le linge…

En ce samedi d'août, jour de la fin des moissons, après un début d'été ensoleillé qui avait autorisé une récolte exceptionnellement précoce, tous les hommes des deux villages, les valides et ceux qui l'étaient moins, se faisaient face sur une bande de terrain. Une estrade accueillait dame Emma de Wolvercote, dont le manoir était à Shepfold, et son époux. À leurs côtés se trouvaient Richard de Mayne, seigneur de Martlake, les prêtres des deux paroisses, un médecin arabe, son assistante et une femme plus toute jeune. Une balle de la taille d'une belle citrouille – un globe en osier recouvert de cuir et garni de sciure – était placée devant eux.

Le père Ignatius (Shepfold) tentait une dernière fois d'empêcher ce qui était sur le point de se produire.

— Madame, monseigneur, il n'est pas trop tard pour échapper à cette abomination et renvoyer tout le monde dans ses foyers... Le shérif a expressément interdit...

Sa supplique tomba dans le désert.

— Si les gens de Shepfold sont prêts à subir une nouvelle humiliation, pourquoi devrais-je les décevoir ? répliqua messire Richard, le regard braqué devant lui.

Un long souffle s'échappa du charmant nez de dame Emma, qui n'avait pas plus que l'autre l'intention de détourner la tête.

— Cette année, ce sera à Martlake de connaître l'humiliation.

Maître Roetger, le grand Germain appuyé sur une béquille derrière elle, approuva et lui passa une main câline dans le dos.

Le père Ignatius soupira. C'était un homme instruit et civilisé. Le lendemain, dimanche, pensa-t-il, ces mêmes personnes, revêtues de leurs plus beaux atours, apporteraient à l'église des gerbes et des épis, rendraient grâce au Seigneur pour son infinie générosité, comme il se doit. Mais une fois encore, par on ne savait quelle affreuse tradition qui n'appartenait qu'à eux, à la veille de la fête des Moissons, tous ces gens retournaient au paganisme et transformaient cette journée précédant une fête chrétienne en une monstruosité digne des lupercales. *Une folie.*

Adelia Aguilar soupira avec lui et fit mentalement l'inventaire de la trousse de soins dont elle s'était pourvue : bandages, onguents, aiguilles, sutures, éclisses. Il était tentant de croire que ces remèdes seraient superflus, mais l'espoir l'aurait emporté sur l'expérience.

Elle leva les yeux sur le grand Maure à son côté. Il haussa les épaules, découragé. Parfois l'Angleterre les déconcertait.

Ils avaient beaucoup voyagé ensemble. Tous deux étaient nés en Sicile, lieu de brassage des races : elle, enfant abandonnée, probablement grecque, recueillie et élevée par un médecin juif et sa femme ; lui, avant d'entrer au service de ce foyer bienveillant, avait été un petit orphelin à la voix merveilleuse que l'Église romaine avait castré pour qu'il la conserve.

Les circonstances – ou plutôt ce satané roi Henri II d'Angleterre – les avaient arrachés à leur île natale et déposés dans ce royaume. Et à présent, sept années mouvementées plus tard, ils étaient là, sur une bande de terre nue du Somerset, en compagnie des populations de deux villages sur le point de s'estropier mutuellement dans ce qu'elles appelaient un jeu.

— Je ne comprendrai jamais les Anglais, dit-elle.

— Dans le Somerset, c'est pas vraiment des Anglais, rétorqua Gyltha, laquelle était du Cambridgeshire.

— Mouais.

Grand Dieu, elle était un médecin expérimenté, spécialisée dans l'autopsie, *medica* de l'école de médecine de Salerne en Sicile – sans doute la seule de toute la chrétienté à accueillir les femmes –, *et voilà à quoi j'en suis réduite.*

Elle ne pouvait même pas pratiquer officiellement son art. En Angleterre ? Où l'Église considérait comme sorcière une femme qui avait des connaissances médicales ?

Aux yeux de tous, ce serait Mansur qui officierait auprès des blessés tandis qu'elle feindrait de suivre ses instructions. La ficelle était grosse, mais elle la mettait à l'abri des foudres ecclésiastiques ; elle lui permettait en outre d'être tolérée avec une relative bienveillance par les deux communautés villageoises qui lui faisaient confiance autant qu'au Maure.

La foule commençait à s'agiter. Une voix s'éleva :

— Pour l'amour de Marie, allons-y ! Avant que nous ayons fini de fondre !

Car il commençait à faire chaud, malgré l'heure encore matinale. Le soleil, qui avait été si généreux pour les blés et l'orge, baignait de ses rayons obliques les chaumes jaune clair où les freux s'affairaient autour des graines que les glaneurs leur avaient laissées, la lisière de la forêt qu'il illuminait, où déjà apparaissaient çà et là quelques feuilles s'apprêtant à revêtir leur habit d'automne. Sur les parcelles herbues, abeilles et papillons voltigeaient parmi le trèfle et les bleuets.

Le père Ignatius capitula et s'adressa à son homologue, le père John.

— À vous l'honneur cette année, si honneur il y a.

Homme de Martlake et par conséquent un rustre, le père John s'empara de la balle et la leva au-dessus de sa tête en criant :

— Que Dieu protège la vertu !

Puis il la lança.

— Vous n'avez pas lancé droit ! beugla le père Ignatius. Vous avantagez Martlake !

— Ah mais pas du tout !

— Ah mais si !

Personne ne prêtait attention à la dispute entre les prêtres. Le jeu commençait. Comme de grandes vagues se rencontrant, et avec à peu près le même bruit, les deux grappes humaines se fracassèrent l'une contre l'autre. Femmes et enfants, massés au bord du terrain, encourageaient les leurs de la voix.

Un garçon de Martlake émergea de la mêlée, balle au pied, et se rua vers la limite de la paroisse de Shepfold, une meute hurlante de citoyens de Shepfold à ses trousses. Dame Emma, monseigneur Richard et maître Roetger suivaient d'un pas retenu, tandis que fermaient la marche Adelia, Gyltha et Mansur, équipés des médications, accompagnés de la fille de six ans d'Adelia et du fils d'Emma de deux ans son cadet, le jeune seigneur de Wolvercote.

Ils stoppèrent à distance prudente pour observer l'empoignade alors que le garçon de Martlake était mis à terre.

— Nous allons avoir à soigner son nez, annonça Mansur. Les règles n'interdisent pas de frapper au visage ?

— Va falloir sortir des tampons, fit remarquer Gyltha.

Adelia fouilla dans sa trousse.

— Des règles ? Quelles règles ?

Il en existait en principe quelques-unes : interdit de jurer, de cracher, de saisir la balle à la main et de la porter, de mordre, de fourrer les doigts dans les yeux, de frapper à coups de poing, pas de femmes, pas d'enfants, pas de chiens. Adelia n'en avait jamais vu une seule qui eût été respectée.

Gyltha chapitrait la fille d'Adelia.

— Écoute-moi, p'tite pomme, si cette fois tu t'avises de te joindre à la bagarre, j'te tanne la peau du dos.

— Elle a raison, Allie, renchérit Adelia. Pas de criailleries. Pippy et toi n'y participez pas, vous m'avez comprise ?

— Oui, maman, oui, Gyltha.

Le temps qu'ils en aient terminé avec le nez cassé du garçon de Martlake, la balle et ses poursuivants avaient disparu. Des cris lointains suggéraient que la

17

partie se continuait dans la forêt. À la lisière, deux vieux amis d'Adelia, Will et Alf, s'étaient appuyés contre un tronc d'arbre en attendant qu'elle les rejoigne.

— Rentrez chez vous, leur dit-elle. (Ils étaient de Glastonbury.) Ne vous mêlez pas de ça. Je n'aurais pas assez de bandages.

— On est juste là pour r'garder, rétorqua Will.

— Des spectateurs, c'est tout, ajouta Alf.

Adelia les observa avec affection et suspicion. Dans leurs sarraus rustiques, ils pouvaient passer pour d'honorables paysans, mais elle était bien placée pour savoir qu'ils se trouvaient plus souvent qu'à leur tour du mauvais côté de la loi. Will, une véritable tête de pioche, et Alf, plus jeune et plus aimable, étaient entrés dans sa vie deux ans auparavant dans des circonstances angoissantes à Glastonbury. Ils s'étaient depuis institués ses protecteurs et ses fournisseurs en gibier braconné. Ils tournaient autour d'elle bien souvent ces temps derniers. Ce n'était cependant pas le moment de creuser la question ; les hurlements venant de la forêt laissaient penser que des soins étaient requis. Will et Alf lui emboîtèrent le pas.

Une jambe cassée, deux chevilles tordues, une épaule démise et cinq coupures au cuir chevelu plus tard, le flux de blessés fut provisoirement tari. Mansur hissa le garçon à la jambe cassée sur son épaule, malgré ses protestations, et l'emporta pour le rendre à sa mère. Gyltha épongeait les larmes d'Allie.

La clameur s'était muée en appels isolés ; on fouillait les sous-bois.

— Que se passe-t-il, maintenant, au nom de Dieu ? lança Adelia.

— Z'ont perdu la balle, lâcha Will, laconique.

— Très bien.

Son regard tomba sur une femme de Martlake dont le ventre pointait sous la blouse et qui filait d'un pas rapide le long d'un sentier de blaireaux.

— Où courez-vous donc comme ça, maîtresse Tyler ?

— Je rentre à la maison. C'est trop pour moi, avec le bébé qui s'annonce, voyez...

Tout d'abord maîtresse Tyler n'avait montré aucun signe d'une grossesse le dimanche précédent pendant la messe, ensuite le sentier de blaireaux menait à Shepfold, enfin dame Emma était une très chère amie d'Adelia, si bien que celle-ci, malgré sa prétention à la neutralité, souhaitait vivement la victoire de Shepfold.

— Reposez la balle, ordonna-t-elle. Vous trichez.

Maîtresse Tyler se hâta de décamper en plaquant les mains sur sa protubérance mouvante.

Adelia s'élançant à sa poursuite n'entendit pas le sifflement de la flèche qui vint se ficher sur un tronc, à l'endroit même où elle se tenait l'instant d'avant.

Will et Alf contemplèrent la flèche et échangèrent un regard avant de courir dans la direction d'où elle était partie.

Peine perdue ; l'archer avait ajusté un seul tir et s'était ensuite fondu dans les bois où cent assassins pouvaient se cacher.

Ils retournèrent auprès de l'arbre et Will dégagea, non sans peine, la flèche du tronc.

— Alf, regarde-moi ça.
— Faut lui dire, Will.
— Faut le dire à quelqu'un.

Ils tenaient Adelia en très haute estime ; par deux fois, elle les avait tirés d'une situation désespérée. Malgré leur inquiétude pour sa sécurité, ils décidèrent de ne rien lui révéler afin de préserver sa tranquillité d'esprit.

Ils se dirigèrent vers Adelia et maîtresse Tyler qui en étaient venues aux mains au moment où la balle avait jailli de la blouse et était tombée sur le sol. Elle avait été repérée sur-le-champ. Avant qu'ils aient pu rejoindre leur héroïne, Adelia et son adversaire furent ensevelies sous les joueurs des deux camps. En essayant de la sortir de là, Will et Alf perdirent quelque peu leur sang-froid et mirent leurs poings et leurs pieds à la disposition de l'équipe de Shepfold.

Tout comme Adelia...

Cinq minutes plus tard, une voix familière se fit entendre du haut d'un magnifique destrier.

— Est-ce bien vous ?

Haletante, maculée de boue, Adelia s'extirpa de la mêlée avant de lever le regard vers son amant et le père de sa fille.

— Il me semble.

— B'jour, monseigneur, dit maîtresse Tyler en tentant de mettre de l'ordre dans sa mise.

— Bonjour à vous, maîtresse. Quelle équipe mène ?

— Martlake, répondit Adelia avec humeur. Mais ils trichent.

L'homme de grande taille qui la surplombait avait une trentaine d'années et, aux yeux d'Adelia, il n'y avait pas être plus séduisant au monde, bien que ses détracteurs, et ils étaient nombreux, considérassent que son expression perpétuellement ironique convenait mal à la position ecclésiastique élevée qui était la sienne. Il était ce jour-là en vêtements de voyage ; ses bottes et sa cape d'excellente facture étaient marbrées de poussière. Il ôta son bonnet, révélant une chevelure noire et bouclée, et pointa le bras vers l'objet rond qui venait de fuser de l'échauffourée en projetant des brins de fougère.

— Est-ce la balle ?
— Oui.
— Dieu soit loué, j'ai cru qu'il s'agissait d'une tête ! Surveillez mon cheval.

Rowley mit pied à terre, se débarrassa de sa cape et de son couvre-chef avant de courir se jeter dans la bagarre.

Cette nuit-là, il y eut des pleurs et des grincements de dents dans la paroisse de Martlake, tandis qu'à Shepfold, à une lieue de distance, entrait solennellement dans la vaste grange du manoir de Wolvercote une sphère de cuir coiffant une hampe, brandie tel un précieux butin rapporté à Rome par un César triomphant.

À l'extérieur, porcs et moutons tournaient sur des broches, la bière coulait à flots. La dame de Wolvercote elle-même, qui boitait quelque peu, retournait habilement crêpe après crêpe qu'elle faisait passer de la poêle aux mains de ses sujets, avant que son époux, qui avait fait un usage efficace de sa béquille en chêne au cours de la partie, n'y ajoute de la crème.

Sur le perron, un barde gallois en sueur attaché à la maison des Wolvercote avait troqué sa harpe contre une viole et maniait l'archet pour que parents et enfants puissent danser en ronde autour des feux de joie. Au-delà, dans l'ombre des arbres, de jeunes corps célébraient la victoire en s'abandonnant à des étreintes festives.

Dans la grange, Adelia considérait d'un œil sévère l'évêque de Saint-Albans et sa fille – leur fille. Ils avaient les mêmes pupilles noires, ce qui accentuait encore la ressemblance entre Allie et son père.

— Regardez-vous, tous les deux. J'espère que vous avez honte.

— Nous avons honte, répondit Rowley. Mais nous, au moins, nous n'avons pas tapé maîtresse Tyler.

— C'est vrai ? s'écria Allie avec admiration. Maman a tapé maîtresse Tyler ?

— Oui, et fort.

— Je vais faire un tour dehors, dit Adelia.

Elle tourna les talons et, en s'éloignant, ajouta par-dessus son épaule :

— C'est elle qui a commencé.

Profitant de ce qu'elle était sortie, Will s'avança, un gobelet de bière à la main ; il ébouriffa les cheveux de la fillette et ôta son bonnet devant l'évêque.

— J'me d'mandais, monseigneur, si j'pourrais pas vous dire un mot. Euh, en privé…

À son retour dans la grange, Adelia prit sa fille par la main pour la mettre au lit ; elle fendit la foule des danseurs, distribuant des bonsoirs, lançant un baiser à Mansur qui exécutait la danse du sabre pour Gyltha, l'amour de sa vie et nourrice d'Allie.

C'était peut-être la première fois qu'elle se sentait comblée.

Quand, il y avait sept ans de cela, le roi d'Angleterre, empoisonné par une série de crimes inexpliqués dans le comté de Cambridge, avait fait appel à son ami le roi de Sicile pour qu'il lui trouve un maître dans l'art de la médecine issu de la prestigieuse école de Salerne, l'élue avait été Vesuvia Adelia Rachel Ortese Aguilar.

L'étrangeté de leur choix n'était apparue ni au roi de Sicile ni aux autorités de l'école ; celle-ci accueillait les femmes autant que les hommes et Adelia était la meilleure parmi les élèves qu'elle avait formés.

Toutefois, son arrivée sur le sol anglais, où une femme médecin se voyait frappée d'anathème, avait provoqué la consternation.

Seul lui avait permis de faire son travail le subterfuge selon lequel Mansur était officiellement l'expert en médecine, tandis qu'elle assumait les tâches d'assistante et d'interprète. Elle avait résolu l'affaire des meurtres et rempli sa mission avec un tel talent que le roi Henri II avait refusé qu'elle retourne en Sicile et se l'était appropriée, faisant d'elle son enquêtrice particulière.

Maudit soit-il ! Certes, l'Angleterre lui avait offert des amis chaleureux, un amant et une fille, mais ce que le roi Henri exigeait d'elle l'avait plus d'une fois plongée dans des situations si dangereuses que la sérénité qui lui aurait permis de profiter de leur compagnie lui avait été ôtée.

C'était l'Église qui les avait fait venir de Cambridge, elle, Allie, Gyltha et Mansur, mais Emma, par reconnaissance d'avoir eu le droit d'épouser qui elle souhaitait – promesse qu'Adelia avait arrachée au souverain pour sa jeune et riche pupille –, avait fait bâtir pour elle une demeure sur le domaine de Wolvercote, la première qu'Adelia eût jamais possédée.

Gyltha et Mansur s'étaient mis en ménage, à la grande surprise de tout le monde hormis Adelia. En Sicile, il n'était pas inhabituel pour les eunuques d'avoir des relations charnelles satisfaisantes avec des femmes – ou avec des hommes, d'ailleurs. La castration n'entraînait pas forcément l'impuissance. En Angleterre, où les eunuques étaient une rareté, le fait n'était pas connu ; on pensait simplement que Mansur avait une voix particulièrement haut perchée et que Gyltha et lui… ma foi, n'étaient pas comme les autres.

Ces deux dernières années, Henri II n'avait pas brisé cette quiétude en requérant les services d'Adelia. Elle espérait qu'il l'avait oubliée. Ô joie !

Même sa relation coupable avec Rowley, entamée au cours d'une enquête et avant que le roi ne l'élève au rang d'évêque, s'était installée dans une sorte de routine domestique bizarre, malgré ses longues absences consacrées à arpenter son diocèse. Scandaleuse, bien sûr, mais personne dans cette partie reculée de l'Angleterre ne paraissait s'en émouvoir ; et ce n'étaient pas les pères Ignatius et John, qui tous deux vivaient avec leurs enfants et leurs mères, qui allaient dénoncer Adelia à son ennemi juré, l'Église. Ni un charlatan local jaloux de ses talents de médecin. Il n'y en avait aucun à des milles à la ronde. Elle était libre de prodiguer des soins aux souffrants de ce coin du Somerset, et d'être appréciée pour cela.

J'ai trouvé la paix, songea-t-elle.

Aidée d'Allie, elle rentra les poules pour la nuit et libéra Eustace, le chien de la fillette, qu'il avait fallu enfermer pour qu'il ne participe pas au jeu.

— Nous avons battu Martlake, nous avons battu Martlake, chantonnait Allie à l'oreille de l'animal.

— Et demain, nous serons amis de nouveau, ajouta Adelia.

— Sauf avec ce maudit Tuke. Il m'a donné un coup dans l'œil.

— Allie !

— Bon...

La maison était ouverte, comme d'ordinaire. Le craquement d'une latte de plancher à l'intérieur réveilla des souvenirs pénibles en Adelia ; elle saisit l'épaule de sa fille pour l'empêcher d'entrer.

— Tout va bien, maman, dit Allie. C'est Alf, je reconnais son odeur.

Elle avait raison.

— Devriez fermer c'te porte à clé, maîtresse, dit le jeune homme en repoussant les assauts enthousiastes d'Eustace. J'ai vu un goupil qui s'faufilait d'dans.

Dans la mesure où il faisait nuit et où Alf avait aperçu l'animal alors qu'il se trouvait à une centaine de pas de là, dans la grange, à danser, Adelia s'émerveilla de son acuité visuelle.

— Il est toujours à l'intérieur ?
— J'l'ai chassé.

Sur ces mots, il s'évanouit dans l'obscurité.

Adelia alluma une chandelle avant d'accompagner sa fille dans sa chambre à l'étage.

— Tu sens le goupil, Allie ?

Un reniflement.

— Non.
— Hmm.

Le nez d'Allie était infaillible ; son père prétendait qu'elle pouvait apprendre un truc ou deux à ses chiens. Si bien qu'Adelia, assise au chevet du lit et caressant sa fille pour qu'elle s'endorme, se demandait pourquoi Alf, le plus honnête des hommes, avait choisi de lui mentir...

Dans la roseraie d'Emma, l'évêque de Saint-Albans tenait dans son poing la flèche que Will lui avait remise ; il la serra avec tant de rage qu'elle se brisa.

— Qui a fait ça ?
— Sommes pas trop sûrs. Jamais pu apercevoir c'fumier, mais on suppose que Scarry pourrait être de r'tour.
— Scarry ?

Will se trémoussa avec gêne.

— J'sais pas si elle vous a dit, il y a un an ou deux, z'étions ensemble dans la forêt quand on nous a attaqués. Le gars nommé le Loup, un infect salopard, il s'est approché d'elle et d'Alf. L'allait leur faire la peau et, euh, comme elle avait son épée... c'est elle qui a eu la sienne.

— Elle m'a raconté, dit Rowley sèchement.

Seigneur, combien de fois avait-il repoussé les cauchemars d'Adelia en tenant contre lui son corps frissonnant ?

— Bon, eh ben, Scarry était là, c'était l'bras droit du Loup, comme qui dirait. Lui et le Loup, ils étaient...

— Amants. Je sais ça aussi.

Will continuait d'esquiver.

— Oui, ben probable que Scarry l'a pas très bien pris qu'elle lui tue le Loup...

— Ça fait deux ans, mon bonhomme. Pourquoi attendre deux années pour se venger ?

— P'têt qu'il a fui l'pays. Le roi, l'était pas trop joyeux d'savoir la forêt pleine de bandits. L'a nettoyée, sûr qu'il l'a fait. Les a pendus aux branches en p'tits morceaux. On espérait que Scarry était du nombre, mais maint'nant on est plus sûrs, parce que si c'est pas Scarry, qui ça peut être ? L'est très aimée, ici, not' dame Adelia.

— Et il essaye de la tuer ?

— Savons pas. Aussi bien, il veut d'abord lui flanquer une trouille de tous les diables, ce s'rait plutôt du genre de Scarry. Alf et moi, on veille sur elle, et on a découvert une fosse creusée sur un chemin qu'elle prend souvent. Elle était r'couverte, mais on l'a comblée. Et puis Godwyn, l'tenancier d'l'auberge qui l'emmène régulièrement à l'île du Lazaret pour ses visites aux lépreux, eh ben la s'maine dernière, sa barque a commencé à s'enfoncer alors qu'ils étaient à mi-chemin. Ils ont dû revenir à pied par les marais, c'qui est risqué à cause des sables mouvants. Avec Alf, chuis allé r'chercher la barque et y avait un trou net dans l'fond, comme si quelqu'un avait utilisé une vrille. On pense qu'il était bouché avec de la cire, un truc comme ça. Et puis aussi...

Mais l'évêque de Saint-Albans était déjà loin. Il se dirigeait à grands pas vers la maison d'Adelia.

Alf le reçut devant la porte.

— Tout va bien, maître, j'ai vérifié les chambres avant qu'elle arrive. Y a personne là-d'dans.

— Merci, Alf. Je prends la relève.

Et c'est ce qu'il allait faire, par Dieu oui ! Combien de fois devrait-il lui sauver la vie avant qu'elle apprenne à se montrer raisonnable ?

L'inquiétude que Rowley éprouvait pour Adelia se transformait toujours en fureur contre elle. Pourquoi fallait-il qu'elle fût comme elle était ? (L'idée qu'il n'aurait pas été amoureux d'elle si elle avait été une autre ne l'effleurait pas.)

Pourquoi, lorsqu'ils étaient libres de se marier, avait-elle refusé ? Des absurdités à propos de son indépendance... que le rôle d'épouse d'un homme ambitieux ne lui convenait pas...

Elle n'en avait fait qu'à sa tête. Henri II avait aussitôt bondi sur l'occasion ; il avait insisté pour faire de lui un évêque – en réalité, le roi avait besoin d'un homme d'Église à son côté après le meurtre de l'archevêque Becket – et lui s'était soumis, par ressentiment et par désespoir. Il lui en voulait toujours pour cela.

Depuis, les aventures qu'ils avaient menées ensemble leur avaient fait prendre conscience qu'ils ne pouvaient vivre séparés l'un de l'autre. Trop tard pour un mariage, cependant – la mitre supposait le célibat –, si bien qu'ils s'étaient retrouvés dans cette situation illicite qui ne lui donnait aucun droit sur elle ni sur leur enfant.

Tout ça, c'était terminé. Plus question qu'elle se lance dans une nouvelle enquête, qu'elle aille tripoter les malades, les lépreux. Dieu tout-puissant, des lépreux ! Il fallait qu'elle cesse. Et, pour la première fois, le roi lui donnait les moyens de s'en assurer.

Malgré la rage qui l'habitait, Rowley avait suffisamment de bon sens pour réfléchir au préalable à la façon de lui annoncer la nouvelle et il s'immobilisa dans l'encadrement de la porte pour peser le pour et le contre.

Les deux types de Glastonbury voyaient juste ; il ne fallait pas lui révéler qu'un assassin était à ses trousses. En revanche, ils voyaient juste pour une mauvaise raison. Rowley connaissait la bougresse : ce n'était pas un assassin qui allait l'effrayer et la chasser du nid qu'elle s'était construit dans ce pays, *elle refuserait de partir*. Elle sortirait un grand discours sur son satané devoir envers ses satanés patients.

Non, il allait glisser son poing de fer dans un gant de velours et relayer les ordres du roi Henri sous un jour favorable…

Mais il était encore en colère et il s'y prit mal. À peine entré dans la pièce, il déclara :

— Faites vos bagages. Nous partons pour Sarum dans la matinée.

Adelia s'était préparée pour autre chose. Elle l'attendait dans son lit et, pour tout vêtement, ne portait qu'un ruban autour de ses cheveux châtains. Elle était nue, lavée, parfumée. Son amant se faisait parfois si rare dans sa couche que leurs retrouvailles gardaient leur ardeur. En fait, sa présence dans sa chambre un samedi l'étonnait ; d'ordinaire, il préparait la cérémonie du lendemain dans quelque église au diable Vauvert.

En aucun cas il ne partageait son lit les dimanches – une telle décision pouvait paraître ridicule, certainement hypocrite, mais elle venait d'un homme torturé à l'idée de prêcher l'abstinence à ses ouailles en ne la pratiquant pas lui-même, et elle pouvait l'admettre –, mais de toute façon, il n'était pas encore minuit.

Stupéfaite, elle s'écria :

— Quoi ?

— Nous partons pour Sarum demain matin. Je suis venu vous prévenir.

— Oh, vous êtes venu pour ça ? (Pas pour l'amour, donc.) Ah oui ? Qu'importe, je ne peux pas, un patient m'attend demain à Street.

— Nous partons.

— Rowley, j'ai dit non.

Elle tendit le bras pour attraper des vêtements ; elle commençait à se sentir idiote devant lui dans cette tenue.

— Le capitaine Bornay nous escortera. Par ordre du roi.

— Oh non, pas encore, mon Dieu, pas encore !

Le Roi le veult. Aux yeux d'Adelia, les quatre mots les plus abominables, quelle que fût la langue ; ils étaient sans appel. Elle enfila un sarrau avec lassitude et leva les yeux vers Rowley.

— Qu'est-ce qu'il veut, cette fois ?

— Il nous envoie en Sicile.

Ah, c'était une autre chanson.

— En Sicile ? Rowley, c'est merveilleux. Je vais revoir mes parents. Ils vont faire la connaissance d'Allie et la vôtre.

— Almeisan ne vient pas avec nous.

— Bien sûr que si ! *Bien sûr que si !* Je ne m'en séparerai pas.

— Non. Henri la garde ici pour être certain que vous reviendrez.

— Mais la Sicile... Notre absence pourrait durer un an, voire davantage... Impossible de la laisser si longtemps.

— Elle sera choyée. Gyltha peut rester avec elle, je m'en suis assuré. Elles logeront chez la reine à Sarum.

Quelle était la part de vérité dans les paroles de Rowley ? Henri Plantagenêt aurait été parfaitement satisfait si Allie était restée où elle était à Wolvercote aux bons soins d'Emma. C'était Rowley qui l'avait prié de permettre à la fillette d'emménager chez Aliénor et qui avait obtenu ensuite l'accord de la reine.

C'était bien la seule chose sur laquelle ils s'étaient accordés. Depuis qu'Aliénor d'Aquitaine avait rejoint la conspiration, écrasée dans l'œuf, fomentée par ses deux aînés contre leur père, les rapports étaient pour le moins tendus – et c'était un euphémisme –, entre les époux royaux.

Ce qu'Adelia s'empressa de relever.

— Allie ne peut pas habiter chez Aliénor, la reine est en prison.

— Une prison que tout le monde lui envierait. Rien ne lui est refusé.

— Hormis la liberté.

Ce qui se passait était affreux ; ses paroles la terrifiaient. La gorge nouée par l'angoisse, elle se rendit à la fenêtre ouverte pour respirer. Lorsqu'elle put reprendre le contrôle de sa voix, elle fit volte-face.

— Pourquoi ça, Rowley ? S'il faut que je m'en aille... si je dois laisser Allie, qu'elle reste ici avec Gyltha et Mansur. Elle est installée, elle est heureuse, elle a ses animaux... Elle a des affinités avec les bêtes.

— Précisément.

— Elle a un don, un genre de génie. Le vieux Marly a fait appel à elle l'autre jour quand ses poules sont tombées malades ; elle a soigné le palefroi d'Emma qui suffoquait alors que Cerdic n'y parvenait pas... Que voulez-vous dire par « précisément » ?

— Je veux dire que j'aimerais que ma fille apprenne les manières féminines qu'Aliénor peut lui apporter. Je souhaite en faire une dame, pas une réprouvée.

— En d'autres termes, pas question qu'elle devienne comme moi ?

Voilà à quoi se résumaient la peur, la colère et l'amour qu'il éprouvait pour elle. Adelia lui échappait, elle lui avait toujours échappé ; il devait exister quelque chose en lui qui ne cédait pas.

— En effet, non, si vous voulez savoir. Cela n'arrivera pas. J'ai une responsabilité envers elle.

— Une responsabilité ? Vous ne pouvez même pas la reconnaître publiquement !

— Ce qui ne signifie en rien que je me désintéresse de son avenir. Regardez-vous, regardez comment vous êtes attifée. (Adelia était à présent habillée.) Une jupe de paysanne. C'est une belle enfant, pourquoi la dissimuler derrière des frusques sans grâce ? La moitié du temps, elle sort pieds nus.

Adelia était certes très simplement vêtue ; elle avait consenti à devenir la maîtresse d'un évêque mais, le moment venu, elle avait imposé ses limites et refusé le rôle de courtisane. Elle n'avait pas accepté l'argent qu'il lui proposait avec insistance et avait la mise que lui permettaient ses maigres ressources de médecin.

Elle n'avait jamais pris conscience jusqu'alors combien cette situation irritait son amant.

Il ne s'agissait pas d'Allie, il s'agissait d'elle.

Pourtant elle allait se battre sur le terrain qu'il avait choisi, leur fille.

— Une éducation ? Quelle sorte d'éducation aurait-elle avec Aliénor ? La couture ? La lyre ? La médisance ? Ce fichu amour courtois ?

— Cela fera d'elle une dame. J'ai prévu une dot confortable, elle pourra faire un beau mariage. J'ai déjà commencé à m'enquérir des partis convenables.

— *Un mariage arrangé ?*

— Convenable, j'ai dit. Et uniquement si elle le souhaite.

Elle le dévisagea. Ils s'étaient désespérément aimés et s'aimaient encore ; elle croyait le connaître, pensait qu'il la connaissait, et il apparaissait pourtant qu'ils ne se comprenaient pas du tout.

Elle tenta d'argumenter.

— Allie possède un don ; nous ne pourrions survivre sans les bêtes, elles labourent, elles tirent nos charrettes, nous les montons, nous les mangeons. Si elle parvient à trouver des remèdes qui...

— Un médecin des animaux... Est-ce là une vie pour une femme, Dieu tout-puissant !

La prise de bec dégénérait. Quand Gyltha et Mansur firent leur entrée, la maison retentissait des hurlements de deux personnes qui s'étripaient verbalement.

— ... J'ai quand même mon mot à dire sur mon foyer et la façon de le tenir !

— Ce n'est pas votre foyer, espèce d'hypocrite ! C'est l'Église, votre foyer ! Quand êtes-vous là pour nous ?

— J'y suis maintenant et demain nous partons pour Sarum avec Allie. Les ordres du roi...

— C'est vous qui l'avez poussé à agir ainsi ? Vous la livreriez en esclavage ?

Gyltha se hâta d'aller voir Allie dans sa chambre au cas où la fillette aurait écouté. Eustace leva sa tête hirsute quand elle entra, mais Allie dormait du sommeil de l'innocence.

Gyltha prit cependant place à son chevet par précaution avant de lancer un coup d'œil inquiet vers Mansur qui secouait la tête sur le pas de la porte.

— ... Je ne vous le pardonnerai jamais. Jamais.

— Pourquoi ? *Vous voulez qu'elle finisse par tuer quelqu'un, comme sa mère ?*

Rowley n'aurait jamais prononcé ces paroles s'il avait gardé son sang-froid. Le criminel appelé le Loup en voulait à sa vie et elle n'avait pu faire autrement que le tuer ; depuis, Adelia traînait son geste comme un boulet. Rowley n'avait cessé de la réconforter en lui répétant que ce bandit avait mérité son sort ; peut-être, mais elle était rongée d'avoir pris une vie, elle qui avait fait le serment de la préserver.

Les voix se turent sur ces mots.

Gyltha et Mansur entendirent les pas de l'évêque dans l'escalier ; il descendait s'installer pour la nuit sur un banc. La mort dans l'âme, ils rejoignirent eux aussi leur lit. Ils ne pouvaient pas faire grand-chose pour l'instant.

Les derniers fêtards quittaient la grange pour rentrer chez eux. Dame Emma et Roetger avaient réintégré le manoir ; leurs domestiques étaient éparpillés dans leurs foyers.

Le silence tomba sur Wolvercote.

Sur un tonneau au pied de la fenêtre d'Adelia, où elle était tapie dans l'ombre, une silhouette étire sa cape en levant les bras et, l'espace d'un instant, on croit distinguer une chauve-souris déployant ses ailes pour prendre son envol. Elle saute sans bruit sur le sol, enchantée de ce qu'elle a entendu.

Son dieu – et le dieu de Scarry n'est pas le Dieu des chrétiens – vient de lui offrir l'aubaine qu'il attendait et qui devait venir tôt ou tard, il l'a toujours su. Son dieu a versé l'élixir de la chance sur les mains de Scarry.

Car la haine de Scarry pour la femme Adelia est incommensurable. Au cours des deux années qu'a duré son exil forcé hors d'Angleterre, il a prié tous les jours pour acquérir le pouvoir de la détruire. À présent, enfin, le fumet de son exécration a atteint les narines de Satan, sa fureur est récompensée.

Jadis, dans une forêt du Somerset, non loin de là, cette femme a tué son rayon de soleil, sa vie, son amour, son ami, son Loup. Et Scarry est de retour, dans sa tête le Loup lui hurle de lui rendre la monnaie de sa pièce. Comme il s'y est mal pris, et avec quelle inefficacité ! La flèche, la fosse, ses efforts pour l'effrayer... Elle ne s'en est même pas rendu compte, ses deux lourdauds de gardiens y ont veillé.

Indigne d'un homme instruit, et Scarry est de ceux-là. En vérité une façon de passer le temps, en attendant que le véritable et unique dieu lui montre la voie. Ce qu'Il a fait, oui, ce qu'Il a fait. Dominus illuminatio mea.

Le Loup ne tuait jamais une femme avant qu'elle n'ait hurlé de terreur et de douleur – les seuls moments durant lesquels le Loup et lui-même parvenaient à un rapport sexuel avec ces créatures. Timor mortis morte pejor.

Mais aujourd'hui, Seigneur, dans Ton infinie sagesse, tu t'es manifesté à moi en me livrant ce que j'avais besoin d'entendre, de voir et d'apprendre afin que puissent triompher Ta volonté et celle du Loup. La femme connaîtra les affres d'une lente torture, ce sera si bon, tchac, tchac, petit bout par petit bout, a capite ad calcem.

Scarry est à présent hors de vue de la maison et il se met à pivoter sur lui-même en s'enfonçant dans la nuit chaude aux reflets chatoyants.

Étrange qu'elle n'ait pas demandé à son amant pourquoi le roi l'expédie en Sicile.

Mais lui, Scarry, le sait. Par la plus pure des coïncidences – non, pas une coïncidence, un coup de pouce du dieu cornu entre les mains duquel il s'abandonne –, Scarry est parfaitement informé du voyage que la femme est sur le point d'entreprendre.

Et il va l'accompagner.

CHAPITRE 2

Dans la chambre d'Adelia, Emma grimaçait en regardant son amie enfoncer d'un geste rageur des vêtements dans un sac de bât.

— Ma chère, vous ne pouvez pas partir avec des nippes pareilles sur le dos.

— Je n'ai pas envie de partir du tout ! s'écria Adelia. Jamais je ne lui pardonnerai, jamais.

Un fichu s'accrocha à une boucle du sac quand elle le fourra dedans.

— Vous avez tout de même pris conscience de l'endroit où vous vous rendez ?

— En Sicile, apparemment. Et sans Allie.

— Et *la raison* pour laquelle vous vous y rendez ?

— Dieu seul le sait, encore une combine du roi Henri. Je vais vous dire, Emma, si je pouvais emmener Allie avec moi, je resterais là-bas et ne remettrais plus les pieds ici. Prendre un enfant en otage... ils ne font pas autre chose, le roi et ce maudit évêque. Jamais je ne...

— D'après Rowley, vous accompagnez Jeanne Plantagenêt à son mariage.

Emma fit la moue devant la mine hébétée d'Adelia.

— La fille du roi Henri ! Qui épouse le roi de Sicile ! Seigneur, Delia, même vous devriez le savoir. Le scélérat, il nous fait tous payer pour ça.

Un monarque était habilité à lever un impôt pour financer le mariage de sa fille, mais sa popularité en pâtissait.

Parce qu'elle se tenait informée par Mansur et qu'elle écoutait ses patients quand ils se lamentaient sur leur santé et pas sur les taxes, Adelia n'était pas au courant.

— Jeanne ? Mais c'est un bébé.
— Dix ans, il me semble.
— Pauvre petit ange.

À la pensée d'un autre pauvre petit ange qu'on allait élever dans la perspective du mariage, sa colère s'envola et elle s'assit sur son lit, au bord des larmes.

— Je ne lui pardonnerai pas, Emma, il me l'enlève et m'éloigne d'elle. En la jetant dans une prison. Car il s'agit bien d'une prison, quoi qu'on puisse penser. Ma chérie, ma petite chérie !
— Rowley a ses raisons, j'en suis certaine.

Emma les connaissait ; elle les avait apprises de la bouche même de l'évêque quelques minutes auparavant.

— Oh, oui, des raisons épatantes. Il désire qu'Aliénor la transforme en... en poupée décorative, la prive de toute spontanéité.

Un sourire amusé aux lèvres, Emma prit place sur le lit à côté de son amie. Elle lissa la soie de sa robe que tendait son ventre rebondi.

— Ma chère, on peut penser ce qu'on veut d'une reine qui a comploté contre son roi, mais certainement pas de manquer d'initiative. En dépit des circonstances, Aliénor a toujours su conserver sa féminité. Almeisan peut beaucoup apprendre d'elle.
— Quoi, par exemple ?
— À se nettoyer les ongles, pour commencer. Les bonnes manières, la poésie, la musique. Ce ne sont pas des matières futiles. Je suis la première à témoigner

mon admiration pour votre fille, cependant... il faut reconnaître, Delia, qu'elle devient quelque peu sauvage.

— Sauvage ?

— Elle passe beaucoup trop de temps avec les bêtes. Et au cours de la partie de balle, elle a cogné sur un garçon de Martlake avec une telle violence qu'il a perdu une dent. Une dent de lait, d'accord, reste que...

— Et elle, elle a un coquard, plaida Adelia.

— Certes, mais... Vous ne voyez pas que vous la bridez ?

Ce discours, Emma le retenait depuis trop longtemps, elle n'allait pas le lâcher à présent.

— Quand elle sera plus âgée, peut-être Allie aura-t-elle envie de faire un beau mariage. Qu'elle sache jouer des poings n'est pas un atout dans les familles éduquées. Il faut préparer les enfants à leur position future. D'ici un an ou deux, Pippy devra me quitter pour entrer au service des De Luci et se former à l'art de la chevalerie. Il me manquera, il me manquera terriblement, mais il n'a pas le choix s'il veut tenir son rang dans le monde.

— Ce n'est pas comparable, répliqua Adelia. L'éducation que va recevoir Pippy lui donnera la possibilité de faire fructifier ses talents, de mener sa vie à sa guise. Son épouse n'aura la possibilité de rien du tout.

À cet égard, Emma était plutôt bien lotie et son union était heureuse – la seconde, car la première avait été contrainte ; et pourtant, par son mariage, Roetger avait acquis en toute légitimité la mainmise sur les biens qu'elle lui avait apportés. Toujours aux yeux de la loi, il pouvait la chasser sans un liard, la battre (dans les limites du raisonnable), lui enlever son enfant, et elle serait impuissante à s'y opposer. Seule sa bienveillance éloignait Roetger d'agissements semblables.

Si ce style de vie convenait à Emma, ce n'était pas le cas pour Adelia. Ni pour sa fille, elle le savait.

— Nous, les femmes, sommes sans défense, dit-elle d'un ton désabusé.

Emma, qui ne se sentait pas le moins du monde sans défense, lui tapota le bras.

— Ce n'est que pour un an, puis vous serez de nouveau réunies. Rowley y consent. (Elle se leva d'un bond.) Allons, il nous reste tout juste assez de temps pour vous équiper décemment avant le départ. Je vais vous préparer une malle avec des vêtements à moi. Ma chère, vous allez voyager avec une princesse d'Angleterre et des personnages très importants. Nous ne voulons pas avoir l'air d'une souillon, n'est-ce pas ?

Ce fut ainsi qu'à midi Adelia, pour une fois habillée avec recherche, et sa fille, beaucoup moins mais les ongles propres, quittaient le manoir Wolvercote accompagnées d'une escorte de soldats du roi, de Gyltha, de Mansur et d'un amant à qui elle n'adressait plus la parole.

Emma, qui était sortie sous le porche avec Roetger pour la saluer, fut saisie d'une soudaine appréhension.

— Que Dieu tout-puissant la protège et nous la ramène saine et sauve.

Du chemin voisin où ils regardaient l'équipage s'éloigner, deux hommes de Glastonbury entendirent sa prière.

— Amen, dit Will en se signant.

Scarry est en ce moment même sur la route qu'Adelia vient de prendre, loin devant elle, mais lui ne se dirige pas vers Sarum. Il va rejoindre ses compagnons à Southampton, qu'elle devra elle aussi rallier avant d'embarquer pour la Normandie.

Scarry hait ses compagnons, comme il a haï son père, sa mère, le supérieur de son séminaire, tous ceux qui le haïssaient en retour de ne pas être un mortel ordinaire et qui lui ont appris à le dissimuler. De nouveau il doit accepter les tâches subalternes et jouer l'idiot. De nouveau il va connaître la frustration de la piété simulée.

Cependant Scarry sourit à présent, car il passe à l'endroit où il a fait la connaissance de son Loup. Son chemin de Damas, la route entre Glastonbury et Wells. À l'époque, il voyageait dans l'autre sens avec le prieur et quelques individus ennuyeux dans un pèlerinage tout aussi ennuyeux pour aller se recueillir devant les reliques de l'abbaye. Comme toujours il cachait sa haine comme s'il s'agissait d'une pustule tumescente et honteuse, tandis qu'un ver lui rongeait le cerveau et que dans sa tête s'élevait une voix qui prononçait des paroles sacrilèges, autres que celles des cantiques qu'ils chantaient sur le trajet.

Oui, mon père, non, mon père, agenouillons-nous devant chaque sanctuaire que nous croisons, adressons nos prières à une divinité qui certainement existe mais pas sous la forme que vous prétendez ; un Dieu qui ne sait que punir, dont le discours d'amour est un leurre.

Ils avaient été surpris par la nuit, la distance était plus longue que ce qu'ils avaient supposé ; la forêt obscure qui les entourait était effrayante, ils récitaient le Psaume 91 pour dissiper leur peur, comme si ces duperies, quelle que soit leur beauté, quel que soit le réconfort qu'elles apportaient, pouvaient protéger les naïfs. Depuis quand leur Dieu montrait-il la miséricorde qu'Il promettait ?

Puis la terreur avait surgi des bois sombres, non sous la forme de ténèbres mais de lumière, d'hommes à demi nus qui avaient bondi en brandissant des torches et des épées, qui tuaient et pillaient en riant.

Ce souvenir met Scarry en joie et il rit à son tour. Certains de ses camarades pèlerins avaient décampé, lui était resté calme, stupéfait, moins angoissé que sidéré devant la liberté de leurs agresseurs, leur mépris des règles que la morale chrétienne exigeait.

Leur chef – mon Loup, mon amour, ma raison de vivre – avait planté son épée dans le ventre du prieur et, en arrachant la croix sertie de pierres précieuses du cou de sa victime, avait levé le regard sur Scarry et l'avait fixé, sourire aux lèvres.

Ils s'étaient trouvés aussitôt, deux âmes liées depuis longtemps, avant la crucifixion du Grand Usurpateur, un éclair qui, en frappant Scarry, avait fait éclater la pustule et s'envoler la souffrance.

Il y avait eu l'appel. Était-il sorti des lèvres du Loup ou avait-il été prononcé par ce nouveau dieu qui se manifestait alors par des hurlements mêlés de joie et de terreur ? Scarry ne s'en souvenait plus.

Viens à moi et je t'offrirai la liberté. Un blasphème, une révolte sublime. Une délivrance.

Et lui, Scarry, avait répondu à l'appel. Les yeux rivés sur ceux de cette créature sauvage et magnifique, il avait levé le genou et écrasé sous sa botte le visage du prieur qui pleurnichait, réduisant à jamais au silence le vieux fou et son Dieu.

Puis le Loup et lui s'étaient éloignés en dansant, les autres dans leur sillage avec le butin ; ils avaient délaissé la route pour une forêt odorante et sauvage au sein de laquelle ils avaient goûté au miel de leurs corps, où n'existaient pas d'autres lois que les leurs, pas de prières sinon au dieu-bouc diabolique qu'ils véné-

raient. Telles des ménades mâles, ad gloriam, *créatures cornues d'une divinité cornue, ils massacraient bêtes et gens, violaient, pillaient en toute impunité, sans entraves, irrésistibles, redoutés et redoutables. Leurs psaumes étaient les plaintes des mourants, leur autel un billot de boucher.*

Et elle était venue. Elle et les autres crétins, à la recherche de ses compagnons disparus qui pourrissaient dans l'humus d'une clairière où ils avaient été égorgés quelques jours auparavant, quand le Loup et lui en avaient eu fini avec eux.

Il la revoit dans cette clairière, nettement ; inoffensive et négligeable comme toutes les femelles, et pourtant, comme toutes les femelles, inspirant une divine rage lubrique qui devait être assouvie sur sa chair comme il aurait aimé l'assouvir sur celle de sa mère.

Mirabile visu. *Un faon prisonnier d'un taillis.*

— Moi d'abord, toi ensuite, hein ? avait dit le Loup avec tendresse.

— Toi et moi, le Loup, toi et moi.

Cela avait toujours été ainsi.

Et pendant que Scarry dansait en l'observant, le Loup s'était avancé vers son offrande en lui racontant ce qui était arrivé à ceux qu'elle cherchait ; le plaisir qu'ils leur avaient donné avant de mourir ; l'extase que lui procuraient leurs bêlements. Des agneaux à l'abattoir.

C'était alors que, inexplicablement, un segment de métal était apparu entre elle et le Loup qui n'était pas un pénis mais une épée qu'elle cachait. Elle les unissait, le pommeau dans la main de la femme, la lame dans la poitrine du Loup.

Sur sa monture, Scarry pleure et murmure les mots qu'il hurlait quand il tenait dans ses bras ce corps adoré qui toussait, qui crachait du sang. « Te amo. *Ne me quitte pas, mon Lupus.* Te amo, te amo. » *Mais le Loup est mort cette nuit-là, et avec lui la divinité cornue.*

Plus tard, elle a fait envoyer des soldats qui ont nettoyé la forêt et pendu aux branches les morceaux des cadavres des hommes du Loup.

Pas Scarry, cependant. Grâce à la science du camouflage que le Loup lui avait enseignée, il s'est faufilé entre les mailles du filet afin de traquer et de tuer celle qui l'avait chassé du paradis terrestre. Mais elle est gardée de trop près.

De guerre lasse, il s'est vu contraint de réintégrer le sein de l'Église victorieuse, la queue basse, prétendant avoir échappé à l'attaque des bandits et avoir été si choqué par sa férocité et le meurtre du bon prieur qu'il avait vécu en ermite un long moment dans la nature à implorer miséricorde pour lui-même et l'âme des défunts.

Ils l'ont cru. Ils l'ont félicité pour sa piété. Les relations qu'il a su créer avec le Ciel lui ont donné une responsabilité ; il s'en est parfaitement acquitté.

Car, voyez-vous, Scarry est aujourd'hui une ombre qui s'adapte à son environnement, invisible parmi les dévots, aux prières plus sincères que toute autre, aux claironnantes diatribes sur le péché. Il feint une innocence qui subjugue.

Deux années à endurer la souffrance du rôle d'un ingénu menant une vie vertueuse qu'il exècre. Mais les dieux cornus n'ont pas disparu, leur élu non plus. Ces derniers jours, dès son retour dans la forêt, Scarry a senti la présence du Loup dans son esprit, qui lui remémorait leur glorieuse liberté et cette femme qui y a mis fin. « Détruis-la, *murmure le Loup.* Tue-la en mon nom. Tu en es capable. »

Oui, j'en suis capable, mon amour. Et je vais le faire.

Il était entendu entre l'évêque et le roi qu'ils se retrouveraient au château de Sarum ; cependant, alors que Rowley et son équipage cheminaient sur une ancienne voie romaine menant à la forteresse bâtie en hauteur, ils avisèrent, venant d'une autre direction, un cavalier au galop qui s'y rendait aussi, avec dans son sillage un groupe d'hommes lancés à sa poursuite comme s'ils voulaient le rattraper.

Sa tenue était indéfinissable et sa cape flottait dans le vent parallèlement au dos de sa monture.

— Henri, dit Rowley avec admiration avant de piquer des deux et de partir à la rencontre du roi d'Angleterre.

Quand Adelia et les autres les rejoignirent, les deux hommes avaient mis pied à terre et conversaient. Elle ne vit pas de raison de les interrompre et demeura sur sa selle, mais Henri s'approcha d'elle et saisit les rênes de son cheval pour l'entraîner à l'écart.

À son habitude, il ne la salua pas, peine superflue compte tenu de la nature particulière de leurs rapports ; il n'y avait rien de sexuel là-dedans – ma foi, peut-être un peu –, plutôt une manière de la traiter en égale. Ce qu'elle aurait pu bien prendre, pourtant elle en fut cette fois irritée et n'y vit que de l'hypocrisie ; il montrait rarement de la gratitude envers ceux qui se dévouaient pour lui.

Comme toujours quand elle se trouvait face à lui, elle se dit qu'elle était sicilienne, qu'elle n'était pas son sujet, que rien ne l'obligeait à subir sa volonté. Mais elle savait aussi qu'elle était désarmée : elle vivait en Angleterre, il en était le souverain et refusait de lui attribuer un sauf-conduit, la séquestrant dans son royaume. Piège d'autant plus efficace qu'elle s'était laissé prendre dans les rets de l'amour et de l'amitié depuis sept ans qu'elle vivait dans cette île.

Il tendit une main calleuse et l'aida à descendre de son palefroi.

— Je crois comprendre que notre bon évêque de Saint-Albans ne vous a pas dit pourquoi je vous ai requise.

— Non.

Hors de question de lui servir du « monseigneur » ; elle se sentait autant fâchée contre lui que contre Rowley.

— Querelle d'amoureux ?

Son sourire dévoila ses petites dents cruelles ; la relation coupable qu'elle entretenait avec son évêque préféré le mettait en joie.

Adelia ne répliqua pas.

Tous deux s'éloignèrent du groupe.

— Vous allez accompagner la princesse Jeanne à son mariage en Sicile.

— Si je peux emmener ma fille avec moi, ce sera avec plaisir, répondit-elle.

Il fallait mettre les choses au point dès le départ ; mais ce fut plus fort qu'elle, elle ajouta :

— Pourquoi ?

— Pour veiller sur sa santé, bougresse ! À quoi pensez-vous d'autre ? Je mise beaucoup sur cette union, je veux que ma fille arrive à Palerme non seulement vivante mais en bonne forme.

— La princesse est sans doute déjà accompagnée d'un conseiller médical.

Henri II grogna.

— Elle a celui d'Aliénor. Ce que je sais de ce gros porc, c'est qu'il a percé une fistule que j'avais sur les fesses et qu'elle s'est infectée. Je n'ai pu m'asseoir sur ma selle pendant des jours. Aliénor manque totalement de jugement pour choisir ses médecins ; elle n'a jamais été malade de toute sa vie.

— Il doit en exister de meilleurs.

— Il y a vous. Ou plutôt, officiellement, Mansur. Vous n'aurez qu'à jouer votre jeu habituel. Winchester, qui dirige l'expédition, est un saint homme et un excellent évêque, mais il n'est pas assez large d'esprit pour tolérer une femme médecin.

— Il est assez large d'esprit pour tolérer un *Maure* ?

Henri exhiba de nouveau sa dentition régulière.

— Il a un peu renâclé, mais je l'ai prévenu : « Attendez d'être en Sicile, lui ai-je dit. Vous allez frayer avec des juifs, des Sarrasins et d'autres sortes d'hérétiques. Et tous représentants officiels. Il va falloir vous y faire. »

Ha ! Adelia avait vu une faille dans son projet.

— Vous négligez une chose, Henri, c'est que mon rôle d'assistante de Mansur fait que tout le monde s'imagine que je suis sa maîtresse, et je doute que l'évêque de Winchester voie d'un très bon œil une traînée auprès de la princesse.

— Oh non, ne craignez rien. J'ai fait en sorte de préserver votre vertu... (Il marqua un silence)... telle qu'elle est. Je lui ai déclaré que le seigneur Mansur était un eunuque maure assisté d'une femme interprète tout ce qu'il y a de respectable. Notre bon évêque n'a pas besoin de savoir que Mansur parle mieux l'anglais que lui. Le pauvre bougre a froncé les sourcils, mais il sait que les eunuques sont incapables d'avoir commerce avec une traînée, ou n'importe quelle femme, d'ailleurs.

— En fait, ils peuvent, intervint Adelia.

Le roi l'ignora. Elle reçut son coude dans les côtes.

— Je vais même aller jusqu'à vous donner, à Mansur et à vous, une jolie bourse bien garnie.

C'était nouveau. D'ordinaire Henri comptait chaque sou.

Sans réponse de sa part, il poursuivit.

— J'ai pensé à tout, pas vrai ?

— Pour ma fille...

Il ne sembla pas l'entendre.

— Il y a un autre sujet auquel j'aimerais que vous vous intéressiez. Vous vous souvenez d'une certaine épée que vous avez découverte il y a deux ans dans une grotte sur le Tor, à Glastonbury, et que vous m'avez offerte ?

— Excalibur ?

— Pour l'amour du Ciel, bougresse, baissez d'un ton, voulez-vous ?

Le roi jeta un coup d'œil derrière lui, mais tous deux étaient à présent hors de portée des oreilles de leurs compagnons.

— Excalibur ? demanda-t-elle plus discrètement.

— Oui, eh bien, l'épée s'est révélée un vrai bâton merdeux. Je n'aurais jamais dû exhiber ce satané machin. Le nouveau prieur de Glastonbury veut la récupérer, Cantorbéry la réclame, les Gallois en ont plein la bouche, même le Saint Empire romain a des vues sur elle, Dieu sait pourquoi. Et le pape qui demande que je l'emporte à la croisade, comme si, en la brandissant par-ci, par-là, je pouvais amener ces maudits infidèles à se mettre à genoux en demandant pardon.

Malgré elle, Adelia rendit les armes. Il parvenait toujours à la faire rire, à la charmer ; seul ce Plantagenêt pouvait se permettre de nommer bâton merdeux la plus célèbre épée de la chrétienté.

Jusqu'à présent, il avait réussi à résister à l'insistance pontificale de se joindre aux autres souverains pour combattre en Terre sainte ; il arguait de la difficulté qu'il avait à garder uni un empire dont l'Angleterre n'était qu'une petite partie et dont le reste courait des limites de la Normandie aux Pyrénées.

« Partez à la croisade et un méchant bougre vous pique le trône pendant que vous avez le dos tourné », avait-il un jour confié à Adelia.

Les relations qu'elle avait entretenues avec Excalibur avaient été tout aussi difficiles. Ignorant à l'époque que le squelette découvert dans un petit tombeau au cœur du Tor de Glastonbury était celui du roi Arthur – ç'avait été démontré plus tard – et que l'épée qui gisait à son côté était la sienne, elle portait avec elle l'arme rouillée mais toujours pointue quand elle avait été attaquée.

Elle l'avait levée pour se défendre – il lui avait semblé que l'épée se lovait d'elle-même dans sa main – et le Loup, qui s'apprêtait à la violer et à la tuer, s'était empalé sur la lame.

Pour finir, on avait préservé les restes d'Arthur qui reposaient en paix dans leur cachette, mais elle avait offert l'épée à un autre souverain. Henri, malgré tous ses travers, apportait dans son petit royaume d'Angleterre un progrès et un ordre qui n'existaient nulle part ailleurs dans le monde, à l'exception du royaume de Sicile, le pays d'Adelia. Le meurtre de Thomas Becket à l'instigation présumée du roi avait jeté une ombre sur le règne du Plantagenêt, cependant quelques-uns – et elle était du nombre – estimaient que, par son intransigeance, l'archevêque avait délibérément recherché le martyre, s'opposant à chaque réforme sensée qu'Henri essayait d'introduire pour le bien-être de son peuple. Si quelqu'un méritait l'héritage de ce symbole de la légende arthurienne, c'était bien Henri II, telle était l'opinion d'Adelia.

À présent, il voulait s'en débarrasser.

Elle comprit cependant sa préoccupation et le lui dit.

— J'espère bien, rétorqua-t-il. Cet objet est porteur de pouvoir. Il est pareil au Saint Graal. Quiconque le possède peut prétendre à la succession d'Arthur pour défendre la chrétienté contre les forces obscures et ils seront des milliers à rallier sa bannière.

Il se tut et, pour la première fois depuis qu'elle le connaissait, Adelia vit en lui de l'embarras.

— Certains... princes... (Il prit une profonde inspiration.) Certains princes sont tentés de s'approprier l'épée, une éventualité qui serait... peu judicieuse.

Des princes ? Puis elle comprit : *Seigneur, il parle de ses fils.*

Henri le Jeune avait déjà essayé une fois de renverser son père et le roi se disait que son frère cadet Richard était plus ambitieux encore que lui.

— Quoi qu'il en soit, reprit Henri en s'animant, j'en fais présent à mon futur beau-fils, et bonne chance à lui. C'est un allié, béni soit-il, et nous luttons contre le même ennemi. Il aura besoin d'Excalibur.

— Quel ennemi ?

Elle ignorait que le royaume de Sicile fût en guerre contre quiconque.

— Il s'agit d'un conflit de volontés, répondit-il après une hésitation, pas entre des armées. Vous comprendrez quand vous y serez.

— Bien, monseigneur, dit Adelia, qui ajouta aussitôt : En quoi suis-je concernée ?

— Vous allez prendre l'épée avec vous. Pas vous personnellement, bien sûr ; elle sera placée dans une croix et confiée à quelqu'un d'autre. (Adelia reçut un nouveau coup de coude dans les côtes.) Vous serez enchantée par la personne que j'ai choisie pour porter le crucifix. Je vous ai réservé une surprise.

— Je vous remercie. Mais je me répète : en quoi suis-je concernée ?

— Vous allez utiliser vos talents, bougresse, vous n'en manquez pas. L'expédition n'est pas sans péril, avec la fortune que représente la dot de ma fille. Par le sang du Christ, ce mariage est une véritable ruine.

Henri grimaça.

— Cependant, la seule chose que, politiquement, je ne puis envisager, c'est qu'Excalibur tombe entre de mauvaises mains sur le trajet.

— Mais puisque vous la dissimulez...

Le roi laissa traîner son regard sur la plaine baignée de soleil et les hauteurs sur lesquelles s'élevaient les tours où son épouse était détenue.

— Le monde change, maîtresse, dit-il sur un ton résigné. Ceux à qui je peux faire confiance se raréfient. Espions et fauteurs de troubles complotent contre moi, certains dans mon entourage proche.

Son énergie lui revint.

— J'espère que les seuls à savoir ce que cachera la croix seront vous, Saint-Albans, bien entendu, Mansur, le capitaine Bornay et le gardien de la croix. Vous cinq. Impossible toutefois d'en avoir la certitude.

— Monseigneur, je ne vois toujours pas...

— Ma foi, j'y viens. Vous avez du flair, maîtresse ; vous pouvez débusquer un rat dans des latrines mieux que quiconque de ma connaissance. Si vous remarquez quelqu'un, *n'importe qui*, de la suite de Jeanne qui manifeste un intérêt inapproprié pour le contenu du crucifix, je veux que le fait soit rapporté sur-le-champ à Bornay ; mon bon capitaine le pendra par les couilles et découvrira pour qui il travaille.

Adelia lui coula un regard curieux et quelque peu inquiet. C'était là un raisonnement byzantin ; la fronde menée par sa femme et son fils le rendait méfiant à l'excès si la seule en qui il pouvait placer sa confiance était sa misérable personne.

Elle pouvait néanmoins essayer d'en tirer profit.

— Je serai vigilante, monseigneur. Et qui me soupçonnera si je suis accompagnée de ma fille… ?

— Oh, non, pas question. Je garde cette enfant comme assurance.

— Comme otage ! aboya-t-elle.

— Une *assurance* que vous reviendrez. Elle reste ici. Vous partez. *Vous m'avez compris ?*

Le Roi le veult. Elle ressentait pleinement son impuissance et n'avait jamais éprouvé autant de rancœur contre quelqu'un. Pas étonnant qu'Aliénor et son fils se soient rebellés. De plus, il n'était pas son roi ; elle était sicilienne. Peut-être en prit-il conscience car il se radoucit.

— Rowley a obtenu qu'elle séjourne avec Aliénor durant votre absence. Voyez les avantages que ça lui offre, Aliénor sait y faire avec les filles.

Il désigna une petite silhouette qui flânait à l'écart des autres.

— C'est elle ? Présentez-la-moi.

Allie avait trouvé une mare dans laquelle elle était accroupie en compagnie d'Eustace qui s'ébattait.

— Voilà un joli papillon, n'est-ce pas ? minauda Henri.

Si Aliénor était douée avec les filles, lui était exécrable. Sans même lever le regard, la fillette lui cloua le bec.

— C'est pas un papillon. C'est une libellule, une bleue ordinaire, qui dévore un puceron.

Dieu du Ciel ! Adelia récupéra une Allie dégoulinante en songeant non sans arrogance : *Eh bien, combien de petites filles savent reconnaître les insectes ?*

Et entendit la réponse d'Emma : *Combien le souhaiteraient ?*

On racontait que les géants qui avaient érigé Stonehenge avaient par ailleurs modelé la grande éminence rocheuse circulaire sur laquelle s'élevait Sarum. Auquel cas ils avaient également fait couler l'Avon dans un paysage qui s'étendait à des lieues à la ronde, si bien qu'un ennemi ne pouvait approcher Sarum sans qu'on l'aperçoive.

On ne quittait pas seulement la verdure pour la roche en empruntant la route pentue qui s'élevait entre de hautes parois en escalier, on changeait d'air aussi. Où, en bas, les voilages des femmes tombaient, là-haut ils voletaient dans la forte brise tandis que le groupe attendait sur le pont que la herse se lève. Le vent soufflait en permanence à Sarum.

Même si la cathédrale dépassait en hauteur le château, seuls ses gargouilles et les soldats de ronde sur les remparts bénéficiaient de la vue ; au niveau du sol, les remparts encerclaient la petite ville comme s'ils la retenaient captive.

C'était bien ainsi qu'ils devaient apparaître aux moines de la cathédrale et à la reine Aliénor. Quand la herse se leva pour laisser entrer le roi, une poignée de religieux tenta de se faufiler pour gagner l'extérieur. Ils furent retenus avec rudesse par les sentinelles.

Un homme richement vêtu aux traits taillés dans la pierre s'inclina devant Henri II.

— Bienvenue, monseigneur.
— Tout va bien, Amesbury ?
— Tout va bien, monseigneur.

Le châtelain jeta un regard venimeux sur les moines.

— À part ceux-là. Ils cherchent à sortir par tous les moyens.

— Pourquoi les en empêcher ?

Amesbury fut pris au dépourvu.

— Parce que... monseigneur, parce qu'ils sont contre nous, contre *vous*. La cathédrale a pris le parti de la reine ; ils pourraient échanger des messages avec des complices, fomenter son évasion, que sais-je encore ?

Henri s'approcha du plus vociférant des moines.

— Où voulez-vous aller ?

— À la rivière, dit l'homme en exhibant une canne à pêche. Nous sommes vendredi, il nous faut du poisson frais, à nous et à notre reine bien-aimée. Tout ce que ce monstre nous consent, c'est du hareng séché.

— Très bien. Allez-y.

Stupéfait, le moine dévisagea le roi un instant, puis, suivi de ses semblables, il prit ses jambes à son cou et fila vers le pont. Amesbury fit entendre un grognement de contrariété.

L'évasion de la reine serait une prouesse sans précédent, songeait Adelia tandis que ses compagnons et elle suivaient Henri Plantagenêt. Ils franchirent les douves, passèrent sous la herse et par les postes de garde avant d'atteindre la cour intérieure du château, cœur de la minuscule cité. Comme dans toutes les villes, le centre était occupé par un marché animé. Adelia eut la sensation d'étouffer ; ici, seul le vent était libre. Il parvenait à sauter par-dessus les remparts, secouait les auvents en calicot des étals et faisait battre la bannière des Plantagenêt contre son mât comme si elle le fessait.

Aliénor les reçut sur les marches du donjon.

— Monseigneur.

— Ma reine.

Les époux royaux se donnèrent le baiser de paix avec une apparente affection.

— Maudit, dit Aliénor en claquant des doigts à l'adresse d'Amesbury, des rafraîchissements pour nos invités.

— Amesbury, madame, protesta le châtelain. Je vous le répète, mon nom est Robert d'Amesbury.

— Est-ce vrai ? demanda Aliénor en feignant l'intérêt. Je me demande pourquoi je persiste à penser que vous vous nommez Maudit.

La reine et l'évêque de Saint-Albans se connaissaient de longue date mais elle l'accueillit avec une froideur formelle : il était l'homme du roi et l'avait toujours été. Elle se montra plus aimable avec Mansur.

— Seigneur, j'ai demandé au médecin de ma fille de tenir compte de votre opinion. J'ai très haute estime de la médecine maure depuis que j'ai accompagné mon premier mari à la croisade.

Le premier mari en question était le roi de France ; Aliénor, duchesse d'Aquitaine, n'épousait pas n'importe qui. Officiellement, l'union avait été dissoute parce qu'elle avait donné deux filles à Louis, et pas d'héritier mâle, mais l'opinion d'Adelia était qu'Aliénor était bien trop turbulente pour ce souverain indécis et confit en dévotion.

La reine attendit la fin de la traduction et la révérence de Mansur, puis elle se tourna vers Adelia avec chaleur.

— Je me souviens très bien de notre rencontre dans l'Oxfordshire, maîtresse Amelia.

Adelia soupira ; cette femme était incapable de prononcer son nom correctement.

— Ensemble, nous avons vaincu les démons, n'est-ce pas ? poursuivit sans broncher la reine. Je suis rassurée de savoir que mon enfant est entre vos mains durant le voyage. Et voici donc celle qui sera ma petite pupille pendant votre absence.

On avait fait la leçon à Allie qui se conduisit avec la courtoisie requise, même si sa mère aurait préféré la voir moins humide et boueuse.

Prenant garde de ne pas la toucher, Aliénor sourit à la fillette avant de s'adresser au roi.

— Henri, il faudra revoir à la hausse votre allocation vêtements.

La reine avait meilleure figure que la dernière fois qu'Adelia l'avait vue, quand, attifée en garçon, elle essayait d'échapper aux soldats de son époux ; le déguisement masculin soulignait ses cinquante et un ans et à l'inverse les quarante ans du roi. Malgré les maternités et les dix enfants qu'elle avait eus, elle demeurait mince, droite et élégante. Jamais elle ne s'était plainte que, deux fois reine, elle qui administrait en propre son duché d'Aquitaine et s'était rendue en Terre sainte avec un aréopage d'amazones, elle puisse être sous le coup d'une réclusion à perpétuité. Elle aurait pu les recevoir dans l'un de ses palais.

Adelia la savait impulsive et fantasque, dénuée de la puissance intellectuelle de son mari, mais quelle dignité, et quel sang-froid !

Le vin blanc frais servi dans les appartements du premier étage du donjon était excellent, comme les petits biscuits qui l'accompagnaient. Installé dans un coin, un harpiste chantait une chanson d'amour.

La pièce, agrémentée par Aliénor de touches de couleur – tapis persans, coussins, tapisseries flamandes –, était charmante, mais sombre, et les chandelles étaient en permanence indispensables car le mur d'enceinte interdisait aux rayons du soleil de toucher les fenêtres.

Une jolie cage pour un oiseau exotique, mais une cage tout de même.

Le cœur d'Adelia se serra pour sa propre progéniture qui allait y être confinée, et pour Gyltha, une femme qui, quand elle était marchande d'anguilles, n'avait connu que les grands espaces et les horizons illimités des *fens*[1] du Cambridgeshire. En fait, si Gyltha n'avait pas accepté de rester ici avec la fillette, Adelia les aurait emmenées toutes les deux dans sa fuite, mais, quand elle avait été consultée, Gyltha avait répondu : « La p'tite, l'est trop jeune pour aller s'trimballer au diable Vauvert, et moi, j'suis trop vieille. Semblerait qu'la reine va d'voir nous supporter, elle et moi. »

Immensément soulagée, Adelia l'avait prise dans ses bras. « Elle aura de la chance de t'avoir auprès d'elle. »

Qui plus est, Aliénor avait une domesticité si réduite qu'elle accueillait volontiers la nourrice d'Allie en sus de l'enfant.

Le contraste entre les deux gamines qui s'apprêtaient à échanger leurs places était saisissant. La princesse Jeanne était le portrait craché de sa mère en miniature par sa mise et sa beauté, mais sans la flamme qui animait chacun de ses parents. Son petit visage était de marbre. Elle se tenait près d'une grande femme avenante, sans doute sa gouvernante.

Leurs adieux furent également différents. La reine et sa fille s'embrassèrent sans effusion aucune. Aliénor lui donna sa bénédiction en ces termes :

— Que ton mariage soit heureux, ma chère enfant, que Dieu et Son saint martyr Thomas Becket te protègent.

C'était là une pique destinée au roi et Aliénor enfonça le clou en ajoutant, avec un gracieux sourire :

---

1. Plaines marécageuses du Norfolk. *(Toutes les notes sont du traducteur.)*

— Thomas est le saint préféré de notre fille. Elle le prie tous les soirs. N'est-ce pas, mon enfant ?

— Oui, madame.

La séparation entre Adelia et Allie fut tout aussi brève – le roi voulait rallier Southampton le lendemain. Adelia était anéantie par la détresse que montrait le visage de sa fille. Elle avait essayé de la préparer au cours du trajet vers Sarum mais la prise de conscience n'intervenait manifestement que maintenant. Elle s'accroupit pour qu'elles soient au même niveau.

— Allie, je t'aime plus que tout au monde. Je ne t'abandonnerais pas si on m'avait laissé le choix. Tu apprendras beaucoup auprès de la reine, et sache qu'à mes yeux tu es d'ores et déjà magnifique.

Contre toute attente, ce fut Amesbury qui, avec une grande gentillesse, les empêcha toutes deux de s'effondrer. Adelia l'avait vu s'entretenir avec Rowley.

Le châtelain se pencha vers la fillette et lui dit, en retrouvant son accent du Wiltshire :

— Sais-tu ce que je garde dans les écuries, ma beauté ?

Allie secoua la tête.

— Une crécerelle. Un très jeune mâle qui attend qu'une gente dame lui enseigne le poing.

Allie retint son souffle.

— Je saurai m'en occuper. À la maison, j'aide le fauconnier. Ensemble, on a raccommodé la queue d'un faucon pèlerin avec une aiguille.

— C'est-y pas vrai ! Alors c'est fait pour toi.

Le châtelain-geôlier s'adressa à Adelia.

— J'ai un jeune gars, il a six ans, fauconnier passionné. Elle pourra sortir avec lui dans la plaine sous ma surveillance pour faire voler l'oiseau.

Incapable d'exprimer sa gratitude par des paroles, Adelia lui saisit la main.

Ce fut malgré tout un déchirement, alors qu'elle s'éloignait du château, d'apercevoir la petite silhouette au côté de Gyltha qui agitait le bras depuis les remparts. Mansur n'eut pas un seul regard en arrière mais son mutisme indiquait qu'il souffrait tout autant de s'éloigner de Gyltha.

Rowley fit une tentative pour engager la conversation, Adelia lui tourna le dos.

Scarry est d'ores et déjà à Southampton ; il sait se déplacer avec célérité si besoin est, Scarry. En soutane, il est attablé dans une taverne du quartier de l'église Saint-Michel fréquentée par les ecclésiastiques de la ville et d'ailleurs, si bien qu'il passe inaperçu.

De toute façon, rien en lui n'attire l'attention, il arbore un faciès insignifiant, celui qu'il offre quand il est engagé dans un acte de trahison. (Scarry a appris l'intérêt de ne pas faire allégeance à des rois ou à des pays, de ne se soumettre à personne hormis au Loup.)

Un homme, également en soutane, s'approche de la table que Scarry a choisie dans un coin sombre de la taverne.

— Bonsoir, maître. Vous venez de loin ? Puis-je me joindre à vous ?

Son latin a l'accent d'un pays plus chaud que l'Angleterre. Il commande de la bière, une cruche pour lui et une pour Scarry, puis il prend place et tapote la table avec ses doigts sur un rythme compliqué.

Scarry l'imite en retour.

— Nous croyons savoir qu'Excalibur est du voyage, dit le nouveau venu avec désinvolture, comme s'il commentait le temps qu'il fait. Henri l'envoie en Sicile avec sa fille.

Scarry incline la tête, montrant qu'il se réjouit avec son interlocuteur de cette belle journée.

— Nous voulons... l'intercepter.

Ils se taisent pendant que le garçon claque deux pots sur la table en faisant gicler de la bière, souhaite la bonne santé et attend.

— Voici pour vous, mon brave, dit l'émissaire. Dieu vous bénisse.

Une pièce de cuivre change de main, ni trop ni trop peu.

— Les bagages vont être surveillés de près, rétorque Scarry quand le garçon s'est éloigné.

— L'épée ne sera pas dans les bagages. C'est du moins ce que nous pensons. Ce serait propice à une attaque sur le trajet. Découvrez qui la détient et il y aura cent pièces d'or pour vous, vingt-cinq maintenant et le solde à la livraison.

Une bourse tombe avec un bruit mat de la manche de l'homme qui la recouvre aussitôt de la main. Scarry approche la sienne dans une apparente tape d'approbation, l'échange est fait.

— Vous comprenez ? L'épée doit se volatiliser. Elle ne reparaîtra pas avant que son nouveau propriétaire ne soit prêt à la brandir. Nous vous contacterons.

Scarry hoche la tête avec amabilité. Son compère est un agent du duc Richard ; par conséquent, Scarry sait qui, parmi tous ceux qu'Excalibur attire, serait ce nouveau propriétaire : le propre fils d'Henri, son deuxième. Il n'en a pas grand-chose à faire. Que sont ici-bas les rois et les ducs pour lui ? Tout juste des gens à exploiter. Il possède son propre roi.

Il n'est même pas étonné de n'avoir qu'à exécuter des instructions ; il commence à s'habituer aux bontés de son dieu de lui faciliter ainsi la tâche.

Car, voici deux ans, quand dans sa souffrance d'avoir perdu le Loup il traquait la femme Aguilar, ne l'a-t-il pas vue descendant le Tor de Glastonbury, *que l'on donnait pour domicile d'Arthur de Bretagne, en compagnie d'un homme qu'il sait aujourd'hui être le roi d'Angleterre ?*

Allongé dans l'herbe haute et chaude telle une vipère, il l'observait.

Ils devisaient comme deux vieux amis, Adelia Aguilar et Henri Plantagenêt.

Et le roi Henri, qui avait gravi la colline sans arme, en était descendu avec une épée à la main.

CHAPITRE 3

Henri II était économe ; seules la cour et la domesticité proche accompagneraient Jeanne dans la traversée de la Manche. Les chevaux, valets, cuisinières, lingères et même une partie des chevaliers et de la troupe, qui allaient former l'équipage sur le continent, les attendaient en Normandie, duché qu'Henri avait hérité de Guillaume le Conquérant. Cela revenait moins cher que de faire partir tout ce beau monde d'Angleterre, même si les coffres contenant une partie de la dot prélevée auprès des Anglais voyageraient avec la princesse.

Il avait toutefois donné l'ordre d'organiser un banquet d'adieu à midi en l'honneur de sa fille avant qu'elle et sa suite n'embarquent avec la marée du soir. Mais là encore, l'opulence n'était pas celle qu'on pouvait attendre, pas tant par pingrerie d'Henri, mais parce que les domestiques et les cuisiniers du château de Southampton savaient, comme tout le monde, que le roi jugeait perdu le temps passé à table devant un défilé de plats.

Néanmoins, si par leur simplicité ils ne correspondaient pas aux critères usuels des banquets, les mets qui furent servis dans la grande salle du château étaient d'une qualité irréprochable. Ainsi que le vin. Une douce mélopée s'élevait, qu'accompagnaient les notes de la viole et du rebec.

Au milieu du repas, Henri Plantagenêt se leva et brandit son verre.

— Messeigneurs, mesdames, messieurs, je remets entre vos mains cette excellente et dévouée princesse d'Angleterre, duchesse de Normandie, d'Anjou, de Touraine, d'Aquitaine, de Gascogne et de Nantes, qui va nous faire l'honneur d'unir par sa personne les deux grands royaumes que sont l'Angleterre et la Sicile. Que Dieu la protège !

Tout le monde se dressa. Il y eut un cri : « Pour Jeanne ! »

L'excellente et dévouée princesse remercia l'assemblée avec un sourire.

Les convives s'apprêtaient à se rasseoir pour attaquer le bœuf épicé, les huîtres et les omelettes qui venaient d'être servis.

Mais le roi n'en avait pas terminé ; il était debout, chacun devait rester debout.

— Comme vous le savez, notre bien-aimé évêque de Winchester mènera l'expédition vers la Sicile...

Il s'inclina vers un petit homme rond richement vêtu qui respirait fort, en proie à une grande agitation ; il cessa de gigoter le temps de s'incliner lui aussi.

— ... assisté de notre bien-aimé évêque de Saint-Albans.

Rowley s'inclina à son tour.

— La plupart d'entre vous se connaissent et s'apprécient, poursuivit Henri. Il y a cependant ici des invités que vous n'avez pas encore rencontrés. Je vous prie de réserver le meilleur accueil au seigneur Mansur, une autorité en matière de médecine arabe, *qui secondera notre bon docteur Arnulf pour tout ce qui concerne la santé de ma fille.*

Le regard d'Henri flambait quand un sujet lui tenait à cœur ; les flammes dansaient dans ses yeux quand ils passèrent du visage imperturbable du Maure à celui d'Arnulf, qui ne prenait pas bien la chose.

Mais ce fut le père Guy, l'un des deux chapelains de l'évêque de Winchester, qui choisit d'intervenir, tout tremblant de colère et de témérité.

— Si je ne m'abuse, monseigneur, cet homme est un Sarrasin, *un Sarrasin* ! Allez-vous confier le bien-être de votre fille à un individu dont la race foule encore aujourd'hui aux pieds la Terre sainte ?

Chacun retint sa respiration ; Henri décida de s'adresser à Mansur.

— Maîtresse Adelia, ayez l'obligeance de demander au seigneur médecin s'il a jamais foulé aux pieds une quelconque terre sainte ?

Adelia traduisit.

— Dis à ce fils de chamelle d'aller forniquer avec un singe, répondit calmement Mansur en arabe.

En se tournant vers le roi, Adelia aperçut à son côté Rowley, lequel parlait aussi l'arabe, qui se couvrait la bouche avec sa serviette.

— Le seigneur médecin n'a jamais mis les pieds à Jérusalem ; il est sicilien.

Ce n'était pas *tout à fait* exact, mais Henri se fichait bien de la vérité. De fait, dès sa onzième année, Mansur avait vécu à Salerne au domicile des parents adoptifs d'Adelia qui l'avaient élevé ; il n'était pas moins sicilien qu'elle.

— Voilà la réponse, père Guy, dit le roi avant de poser son regard sur le docteur Arnulf.

Et il attendit.

Avec un effort visible, le médecin parvint à sourire et à s'incliner.

— Bien entendu, monseigneur. Avec plaisir, monseigneur. Le seigneur Mansur sera consulté pour toute question médicale.

— *Oui, il le sera !* tonna Henri. Hélas, comme vous l'avez remarqué, le seigneur Mansur ne pratique pas d'autre langue que la sienne, et, pour y remédier, j'ai eu la chance d'obtenir le concours de dame Adelia, amie de longue date de la reine et de moi-même, qui parle l'arabe et qui l'assistera en permanence et fera office d'interprète auprès de vous tous. Elle est née en Sicile, comme le seigneur Mansur, si bien que tous deux sauront vous prodiguer des conseils *que je vous demande instamment de suivre* quand vous débarquerez dans le pays.

Puis ce fut au tour des dames de compagnie de la princesse de se faire sermonner.

— Les circonstances ont fait que nous n'avons pu joindre dame Adelia qu'à la dernière minute, à un moment où, par malchance, elle était sans servante. *Je sais que je peux vous faire confiance*, dame Béatrix, dame Pétronille et maîtresse Blanche, pour partager vos gens avec elle et lui apporter tout le réconfort et la gentillesse dont vous êtes capables.

Il lui avait donné la position qu'il avait pu, mais les sourires crispés et les courbettes contraintes dont Adelia fut gratifiée indiquaient clairement que les trois dames n'avaient pas plus l'intention de l'accepter dans leur compagnie que le docteur Arnulf celle de se faire assister par Mansur.

— Maintenant, reprit le roi, j'aimerais vous présenter celui grâce à qui vous ferez voile en Méditerranée quand vous l'atteindrez, le seigneur O'Donnell des Skerries d'Irlande, mon amiral...

L'homme en question avait attiré des regards curieux depuis le début du repas. Avec ses cheveux noirs et bouclés réunis en natte et son pourpoint grand ouvert sur sa poitrine, il n'avait pas l'allure d'un amiral ; il ressemblait à un pirate. Il avait les yeux étrangement allongés et donnait l'impression de pouvoir regarder de côté en les dirigeant devant lui. Ils s'attardèrent sur Mansur avec intérêt, puis plus longtemps encore sur Adelia, jusqu'à l'incommoder.

La compagnie salua l'amiral O'Donnell et se prépara à enfin se rasseoir. Toutefois...

— Je rends grâce à Dieu de ce que monseigneur O'Donnell se soit trouvé dans notre pays pour ses affaires, reprit sans pitié le souverain. Deux ans que nous ne nous sommes vus, mais nous avons navigué ensemble dans le passé et essuyé des tempêtes qui nous auraient été fatales s'il n'avait pas été un marin d'exception. Sa flotte vous attendra à Saint-Gilles et vous longerez les côtes italiennes. Une fois à bord, *vous devrez lui obéir pour tout sujet maritime.*

Parfait, parfait. Drôle de compagnon de voyage sur la terre ferme, avec sa dégaine de fripouille, mais si ses navires étaient sûrs... Et à présent, pouvaient-ils poursuivre leur repas ?

Non, pas encore.

— Notre profonde gratitude va à John, notre très estimé évêque de Norwich, non seulement pour le temps qu'il a consacré à mener à bien les tractations avec la Sicile pour le mariage de la princesse, mais aussi pour avoir reconnu l'itinéraire et choisi les hôtelleries et les monastères qui vous hébergeront sur le trajet.

Ah, l'hébergement, oui, c'était important. La compagnie était heureuse de lever son verre pour l'évêque de Norwich. Et à présent...

— *Ainsi que*, reprit le roi qui jubilait, son neveu, maître Locusta, qui l'a suivi dans cette entreprise qui leur a pris deux années. L'évêque John doit retourner dans son diocèse, mais maître Locusta a consenti à être notre éclaireur en revenant sur les pas que son oncle et lui avaient tracés pour informer nos différents hôtes de votre venue. Je vous recommande à lui.

Locusta ? Homard, en latin.

Un jeune homme aux cheveux noirs grogna. Adelia l'entendit qui murmurait :

— Guillaume. Je m'appelle Guillaume.

— *Ainsi que*, réattaqua impitoyablement le roi, par charité et par obligation envers Notre Seigneur, de pieux pèlerins en route pour la Terre sainte que nous avons autorisés à se joindre à vous tout à l'heure pour la traversée de la Manche et qui voyageront sur le continent sous la garde de l'équipage de ma fille.

Adelia en resta bouche bée. Henri *maudissait* les pèlerins ; ils étaient exempts d'impôts le temps de leur pèlerinage, ce qui laissait un trou dans ses finances.

Les convives approuvèrent de la tête la piété de leur souverain tout en lançant des regards désespérés sur l'étalage de plats...

— Bien entendu, ajouta le roi, ceux qui se rendent en Terre sainte embarqueront avec vous en Méditerranée. *Je suis certain* que la charité chrétienne de chacun s'étendra jusqu'à eux.

Il se tut, tête inclinée sur le côté comme s'il cherchait ce qu'il pourrait dire de plus, puis, constatant à contrecœur qu'il ne trouvait rien, invita enfin d'un geste chacun à reprendre le cours de ses agapes.

Trop tard. Le bœuf était froid et les omelettes s'étaient effondrées.

Et pour finir, après le repas, les invités du roi étaient censés lier aimablement connaissance en se présentant les uns aux autres, ce qu'ils entreprirent de faire sous sa surveillance. Les visages défilèrent devant Mansur et Adelia. Deux chevaliers d'Henri, les seigneurs Nicholas Baicer et Ivo d'Aldergate, furent graves et courtois ; imposants, davantage diplomates que guerriers, ils ne paraissaient pas surpris que leur roi ait choisi un médecin sarrasin pour sa fille : à la longue, les proches du Plantagenêt cessaient de s'étonner devant sa manière d'agir.

La plupart des autres convives prononcèrent des paroles polies avec un sourire qui ne s'étendait pas à leurs yeux : les dames de compagnie, l'amiral pirate, les ecclésiastiques.

Frère Guy ne fit pas même l'effort de sourire, ce que fit frère Adalburt, mais il souriait en toute circonstance, jusqu'à la débilité. Il n'avait jamais mis les pieds hors d'Angleterre, leur confia-t-il.

— Comme c'est excitant ! Dites, comment pouvez-vous être tous deux siciliens en étant d'une couleur de peau différente ?

Adelia tenta de lui faire comprendre la variété des cultures et des races qu'il allait rencontrer en Sicile.

— Vous allez découvrir un pays qui n'a rien à voir avec celui-ci, mon père.

— C'est vrai ? Et tout le monde adore Notre Seigneur, j'espère ?

Patiemment, Adelia expliqua qu'il en était des religions comme des races, diverses. Ce qui le révolta.

— *Ultima Thule*, s'exclama-t-il, et nous allons marier notre chère princesse là-bas ? *Salvam fac reginam, o Domine.*

Tandis qu'ils regardaient le prêtre détaler, l'évêque de Saint-Albans s'approcha d'eux en souriant.

— Vous avez la mine de ceux qui viennent de discuter avec frère Adalburt.

— D'où vient-il, ce bouffon ? demanda Mansur en arabe.

— Scarfell, je crois. De la région des Lacs, en tout cas.

— Et qu'est-ce qu'il fait là ?

— L'évêque de Winchester est son parrain, il l'a pris à son service par charité. Il suffit de le voir comme un bienheureux idiot et de s'en amuser. C'est ce que je fais.

— Il n'y a pas grand-chose qui m'amuse, répliqua Adelia avec humeur.

— Vous m'en voulez toujours, n'est-ce pas ?

— Oui.

— Vous me pardonnerez. Je suis trop charmant pour qu'on me résiste longtemps.

Il lui adressa un clin d'œil avant de s'éloigner pour converser avec le seigneur Ivo.

Vous l'êtes, c'est bien là le problème, songea Adelia. Il était ce jour-là en civil, ce qui lui allait mieux que la tenue épiscopale : bottes montantes, cape, couvre-chef orné d'une plume de paon. Grand et fort – elle ne parvenait pas à savoir s'il dominait réellement les autres ou si c'était à ses seuls yeux. Ils avaient tous deux traversé l'enfer au service du Plantagenêt, mais il avait toujours réussi à la faire rire.

Pas cette fois. De toute façon, rencontres et conversations allaient dorénavant être limitées ; il aurait été étrange de le voir frayer avec une femme qui n'était en principe rien pour lui. *Ma foi, ça me convient.*

L'évêque John de Norwich et son neveu accueillirent plus chaleureusement Adelia et le Maure ; ayant séjourné longtemps en Sicile, ils se réjouissaient d'échanger leurs impressions avec deux autochtones.

Ils avaient dressé des cartes du trajet qu'ils distribuaient, des rouleaux de parchemin longs et minces comme des écharpes sur lesquels figuraient tous les châteaux et hospices où ils feraient étape, entre eux la route et ses ponts, ainsi que les frontières et les péages qu'ils allaient rencontrer. L'avis d'Adelia et de Mansur fut requis.

Flattés d'être sollicités, les deux Siciliens étudièrent la carte.

— Nous ne passons pas par les Alpes ? demanda Adelia.

C'était le chemin le plus direct, celui qu'elle avait emprunté dans le sens inverse quand elle s'était rendue en Angleterre : de Salerne à Gênes par bateau le long de la côte, puis le col du Mont-Cenis et la France jusqu'à la Manche.

À ce qu'elle voyait, ils allaient longer la côte atlantique par voie de terre, traverser l'Aquitaine jusqu'à Saint-Gilles, sur la Méditerranée, où ils embarqueraient pour la Sicile. Ce qui serait plus long et supposerait plus de navigation. Adelia se souvenait toujours avec malaise de la tempête qui avait presque eu raison de son navire quand elle faisait voile pour Gênes ; elle n'aimait pas les voyages en mer.

— Nous avons estimé que la route par le nord de l'Italie risquait d'être un peu trop chahutée pour notre princesse, n'est-ce pas, monseigneur ? dit Locusta.

Son oncle lui sourit.

— En effet. La paix entre les Lombards et Barberousse est encore bien fragile, nous ne pouvons permettre que Jeanne se retrouve au milieu d'une guerre. Nous naviguerons sans escale de Saint-Gilles à la Sicile.

— Je comprends. Je pense, et le seigneur Mansur avec moi, que vous avez sagement agi.

— Merci, répondit l'évêque. Espérons que tout se déroulera selon les prévisions. Pas vrai, Locusta ? ajouta-t-il pour son neveu.

Le jeune homme soupira.

— *Homo proponit, sed Deus disponit.* Nous ne pouvons qu'espérer.

— Locusta ? demanda Adelia d'une voix aimable.

— Mon nom de baptême est Guillaume, madame.

Il brandit un doigt faussement désapprobateur devant l'évêque.

— Il paraît que je suis sorti des entrailles de ma mère à ce point anguleux et chevelu que mon cher oncle ici présent m'a donné ce surnom pour ma ressemblance avec un homard avant cuisson. Locusta je suis et Locusta je resterai, j'en ai peur.

À la porte, l'évêque de Winchester s'emportait contre l'amiral O'Donnell.

— Mais ce n'est pas le bon type de navires...

Dressant l'oreille, Henri s'approcha. Adelia, qui s'apprêtait à quitter la salle, s'arrêta pour écouter.

Le prélat en appela au roi.

— Cet individu, monseigneur... Je suis allé sur le port... Cet individu va nous embarquer dans des navires pas du tout adaptés.

— Pas du tout adaptés, O'Donnell ?

Le marin haussa les épaules. Il était très grand.

— Le problème, monseigneur, c'est le vent. S'il ne se lève pas, ce sera grâce à mes rameurs que nous traverserons la Manche.

Il baissa le regard sur l'évêque.

— Ce petit bonhomme se plaint de l'absence de châteaux.

— Si fait, si fait ! Il devrait y avoir des tourelles sur le bateau, une à l'avant, une à l'arrière, pour se défendre contre les pirates.

— Je crois que l'expression correcte est « à la proue et à la poupe », dit Henri. Quels pirates ? O'Donnell, avez-vous connaissance de pirates dans la Manche ?

— Non, monseigneur. Vous et moi, nous nous sommes débarrassés de cette engeance depuis des années. En revanche, si ce petit bonhomme veut des châteaux, qu'à cela ne tienne, c'est un excellent moyen de faire chavirer un navire en cas de grain. Mais sur les miens, pas question.

Henri prit l'évêque par le coude.

— Voyez-vous, monseigneur, l'amiral O'Donnell est un suppôt de Satan grossier, irrespectueux, borné et, pis encore, irlandais, il n'empêche que, sur mer, il est Neptune, et personne ne connaît les mers anglaises mieux que lui – ou la Méditerranée, d'ailleurs.

Il se tourna vers O'Donnell.

— Où étiez-vous passé ces deux dernières années ?

Une rangée de dents blanches scintilla.

— *A mari usque ad mare*. Et en chrétienne compagnie, bien sûr. Mon âme s'est enrichie au contact des croisés que je conduisais en Terre sainte.

— Votre poche s'est enrichie, vous voulez dire. C'est marin que j'aurais dû être, bon Dieu. Ma foi, allons voir si nous ne pouvons pas commander une brise.

O'Donnell vit qu'Adelia l'observait et il lui offrit une révérence élaborée.

Cet homme allait-il donc les accompagner dans leur périple en Méditerranée ? Elle espérait que non ; il la mettait mal à l'aise. Elle ignorait pourquoi, il y avait quelque chose en lui...

Elle s'en allait quand elle fut accostée sur le pas de la porte par les dames de compagnie de la princesse. Elles étaient jeunes, jolies et admirablement vêtues – Adelia se sentait soulagée de porter l'élégant bliaud et la cape d'Emma – et auraient pu être sœurs si Blanche n'avait pas été blonde, comme son nom l'indiquait, et les deux autres brunes. Soudain amicales, elles semblaient s'exprimer d'une seule voix, comme des triplées.

— Ma chère, babilla dame Pétronille avec un accent aquitain, vous n'avez pas de femme de chambre ? Quelle infortune ! Comment est-ce arrivé ?

— Permettez-nous de remédier à cette situation pour vous, poursuivit dame Béatrix, elle aussi d'Aquitaine à en juger par ses intonations. Nous en avons la possibilité, n'est-ce pas, Pétronille ?

— Au moment même où le roi a mentionné votre problème, elle nous est apparue.

Dame Pétronille claqua des doigts vers une frêle silhouette à la porte.

— Une chance que nous disposions d'une femme de chambre en surplus. La fille était au service de ma belle-sœur, dame Kenilworth, qui n'en a plus besoin.

— Nous vous l'offrons, ajouta dame Béatrix en réprimant avec peine un gloussement.

L'offrande s'approcha, se prit les pieds dans sa jupe trop longue et s'étala.

— Anglaise, je le crains, murmura Pétronille en aparté, mais nous sommes persuadées qu'elle vous conviendra très bien.

— Merci, répondit une Adelia médusée.

Ce fut trop pour elles ; elles tournèrent les talons et s'éloignèrent, les épaules secouées de rire.

Adelia aida sa nouvelle soubrette à se redresser.

— Boggart, madame. J'm'appelle Boggart.

— Boggart ? Ça ne peut pas être votre nom !

En Angleterre, un boggart était un lutin domestique maladroit et farceur qui faisait tourner le lait, disparaître les objets et boiter les bêtes. Cette enfant, quinze ans au grand maximum, avait l'air bien innocent, avec sa bouille ronde tachée de son et ses grands yeux bleus.

— J'crois, m'dame, répondit Boggart avec candeur. J'en ai jamais connu d'autre.

— Pourtant, quand vous avez été baptisée… ?

— J'sais pas si j'l'ai été, m'dame.

Seigneur Jésus ! Adelia considéra sa nouvelle acquisition. La fille était propre, mais ses petites mains, calleuses et incrustées aux jointures d'une crasse que tous les frottements seraient impuissants à éliminer, n'étaient guère celles d'une femme de chambre. Cependant Adelia se devait d'être accompagnée durant le voyage, ne serait-ce que pour justifier sa position.

— Eh bien, euh, Boggart, acceptez-vous d'entrer à mon service ?

— Hein ?

À en juger par l'incompréhension qui se lisait sur son visage, la fille semblait stupéfaite qu'on lui offre un quelconque choix.

— Qu'est-ce qu'y faut qu'je fasse ?

— Seigneur, je n'en sais rien, lâcha Adelia.

N'ayant jamais eu de servante, elle était désemparée ; Gyltha tenait la maisonnée avec une rigueur et une efficacité telles que le besoin ne s'était pas manifesté. Qu'est-ce que ça *faisait*, une femme de chambre ?

— Je pourrais nettoyer vos chaussures, proposa Boggart avec enthousiasme. Je sais très bien nettoyer les chaussures.

Adelia soupira. Les trois dames d'Aquitaine s'étaient jouées d'elle. Elles souhaitaient se débarrasser de la pauvre enfant ; on pouvait d'ailleurs s'étonner qu'elles s'en soient encombrées au préalable. Mais l'espoir nouveau qui brillait dans les yeux de la misérable créature interdisait qu'on la rejette.

— J'vous appartiens maintenant, m'dame, pas vrai ?

— Vous n'appartenez à personne. Je vous demande si vous acceptez d'entrer à mon service.

De nouveau l'incompréhension se peignit sur ses traits. Nul n'avait pris la peine d'informer Boggart que Guillaume le Conquérant avait aboli l'esclavage dans son royaume, qu'elle n'était pas un paquet que l'on se passait de main en main.

— J'sais très bien nettoyer les chaussures, répéta la soubrette.

Adelia soupira de nouveau.

— J'imagine que ça ira pour commencer.

Avec Boggart dans son sillage comme un chiot, Adelia suivit le reste de la compagnie sur les remparts.

Southampton était devenu une place importante grâce au commerce avec la Normandie et les échanges de bonne laine anglaise contre du vin ; le port était animé ce jour-là, entre les navires qui entraient et ceux qui attendaient que le vent se lève pour prendre la mer.

L'évêque de Winchester, qui poursuivait ses récriminations auprès du roi, désignait la paire de bateaux alloués pour la traversée : le premier pour la princesse et sa cour, le second pour les mortels de moindre condition.

Adelia avait tendance à se ranger à l'avis de l'inquiet petit prélat ; à ses yeux d'ignorante, les deux embarcations, quoique fraîchement peintes de couleurs pimpantes, semblaient sommaires, avec un banc de rameurs et deux mâts, et étaient moins décorées que les bâtiments fortifiés qu'elle avait connus. Seul le pavillon royal des Plantagenêt qui pendouillait permettait de distinguer le navire amiral.

O'Donnell insistait pour que la compagnie passe la nuit à bord.

— Mon ami turc que voilà pense qu'une brise d'ouest pourrait bien se lever en chemin. N'est-ce pas, Deniz ?

Il s'adressait à une sorte de gnome trapu et malodorant vêtu d'un pantalon de marin et d'un gilet qui mettait en valeur ses bras nus et bronzés aux muscles saillants comme des boules de fer.

Deniz grogna.

— *Denise ?* murmura Adelia à l'oreille de Mansur. Elle entendait de drôles de noms aujourd'hui.

— Deniz. En turc, ça signifie la mer, répondit le Maure.

Le regard d'O'Donnell glissa dans leur direction.

— En effet, maître ; car c'est de la mer que je l'ai sorti, et car personne ne la comprend mieux que lui.

Il parle l'arabe aussi bien que le latin, pensa Adelia. *La prudence s'impose.*

— Le vent va se lever au cours de la nuit, reprit-il sans quitter Adelia et Mansur des yeux, nous lèverons l'ancre à l'aube avec la marée et je ne veux pas qu'en tirant si tôt du lit ces dames et ces messieurs le désordre nous en prive.

Ce fut bien assez le désordre comme ça ; les chevaux qu'on menait dans la cale ruaient, les dockers criaient en chargeant les coffres de vêtements et de valeurs, suivis avec crainte par les dames de compagnie qui levaient leurs jupes. Les hommes d'Église et les clercs titubaient sur la passerelle et bataillaient avec les marins pour choisir leur navire.

Tout cela est bel et bon, songeait Adelia, *mais où est notre escorte ?* Le trésor qui les accompagnait allait certainement attirer les voleurs ; ce n'étaient pas les femmes, les domestiques et les prélats qui seraient capables de le protéger.

Puis elle avisa au loin la haute silhouette du capitaine Bornay qui dirigeait avec fermeté l'embarquement de ses hommes dans le second bateau. Elle fut rassurée. Elle avait appris à apprécier l'officier au cours d'une précédente mission. Outre ses qualités de soldat dévoué à son souverain, il s'était montré prévenant à son égard. C'était lui qui, sur ordre d'Henri, avait débarrassé la forêt du Somerset des derniers scélérats de la bande du Loup et qui avait par la suite donné une sépulture chrétienne aux pauvres corps qu'elle avait si ardemment recherchés.

Adelia et Mansur aidèrent Boggart à se dégager de l'amarre dans laquelle elle avait réussi à s'empêtrer, ce qui les retint un moment sur le quai. L'évêque de Saint-Albans s'approcha d'un pas désinvolte.

— Qui est-ce ?

Adelia finissait d'épousseter Boggart.

— Je vous présente ma nouvelle femme de chambre.

— Dieu tout-puissant !

Rowley se tourna vers Mansur.

— Mon cher docteur, ce bagage est-il à vous ?

Il désigna une grande caisse qui attendait avec les autres au bout du quai.

— Non, monseigneur.

— Vous êtes sûr ? Je croyais qu'elle contenait vos médications. Je serais vous, je m'en assurerais.

Sur ces mots, il s'inclina devant Adelia et partit rejoindre les autres hommes d'Église.

— Qu'est-ce que ça signifie ? dit Adelia en interrogeant Mansur du regard.

Leur malle de soins était déjà à bord.

— Allons voir. Ordonne à cette bougresse de rester où elle est.

— Ne bougez pas d'ici, intima Adelia à Boggart.

Le Maure et elle partirent mener l'enquête et, tandis qu'ils approchaient, une odeur forte et familière titilla les narines d'Adelia.

— C'est Renfort ! dit-elle en saisissant le bras de Mansur.

— Le chien ? Comment est-ce possible ?

— Je reconnaîtrais cette odeur n'importe où.

Elle se précipita vers la caisse. Derrière celle-ci, invisible du quai en effervescence, se dressait un jeune homme ; il tenait un bout de ficelle que prolongeait un répugnant petit chien. Tous deux étaient heureux de la voir, mais autant l'animal manifesta sa joie en bondissant dans tous les sens, autant le garçon resta imperturbable.

— J'croyais que j'devais pas être vu en vot' compagnie, leur dit-il sur un ton lugubre dans son parler d'Est-Anglie. Transparent, que j'dois être, le prieur a dit.

Adelia s'écroula dans ses bras.

— Ulf, oh, Ulf ! C'est toi ! Que fais-tu ici ? Je suis si contente de te voir ! Oh, Ulf !

Le petit-fils de Gyltha avait poussé depuis leur première rencontre dans les *fens* du Cambridgeshire. La petite brute disgracieuse d'alors qu'elle avait appris à aimer – et qu'elle avait sauvé des griffes d'un redoutable ravisseur – était à présent considérablement plus propre, hormis le léger chaume sur son menton. Sa tignasse rebelle était cachée par le chapeau à large bord des pèlerins, même si, comme la plupart des habitants des *fens*, il n'affichait aucune ferveur religieuse.

— Bas les pattes, dit-il en se dégageant de l'étreinte d'Adelia.

Il salua de la tête Mansur, qui lui répondit de la même façon ; leurs traits ne laissèrent rien paraître, seuls leurs yeux trahissaient le plaisir qu'ils avaient à se revoir.

— Renfort !

Elle prit la tête du chien dans ses mains, puis se les essuya avec son mouchoir.

— Qu'est-ce que vous faites ici tous les deux ?

— Moi, c'est sur ordre du roi. J'suis là comme qui dirait incognito. Et c'te chose puante est avec moi parce que l'prieur pense qu'il pourra t'être utile.

Adelia sourit.

— Je ne cours aucun danger cette fois.

Le père Geoffrey de Cambridge, le premier ami qu'elle s'était fait en Angleterre, toujours inquiet pour sa sécurité, lui avait donné le prédécesseur de Renfort, un chien tout aussi nauséabond, afin qu'en cas de danger il puisse la pister à l'odeur.

De fait, le chien lui avait sauvé la vie et ce faisant perdu la sienne. Quand elle avait quitté à regret Cambridge, Renfort faisait partie des amis qu'elle laissait derrière elle.

— Le prieur est pas d'accord, dit Ulf. « Cette fille est née pour se fourrer dans les ennuis comme les étincelles s'envolent en l'air. » C'est ce qu'il a dit. « Tu lui amènes cette créature malodorante et tu lui demandes de la garder près d'elle. »

— Qu'est-ce que cette histoire d'ordre du roi ?

Ulf soupira devant tant d'ignorance. Il dirigea ostensiblement le regard vers une grande croix en bois brut posée à côté de lui contre la grande caisse.

— À cause de ça.

Adelia la contempla un instant avant que la lumière se fasse.

— Mon Dieu, s'écria-t-elle, c'est toi le gardien de la croix ! Le roi a demandé conseil au père Geoffrey. C'était la sagesse même.

— C'est pas lui qui la porte, rétorqua Ulf avec humeur. Il pèse son poids, ce méchant bout d'bois, même s'il est creux et que c'qu'il y a dedans est pas bien lourd. L'histoire, c'est que j'apporte la croix de mon grand-père à Jérusalem pour la dresser sur le Saint-Sépulcre en repentir de ses péchés.

Il sourit.

Adelia lui offrit un large sourire en retour. Le père Geoffrey avait effectivement péché. Le prieur aujourd'hui à la tête du grand canonicat de Saint-Augustin à Cambridge, où Ulf étudiait le droit, avait, quand il était jeune prêtre, entretenu une relation heureuse bien qu'illicite avec la tout aussi jeune Gyltha, liaison qui, à la seconde génération, avait produit cet excellent jeune homme.

Le subterfuge était habile. Il n'était pas inhabituel que ceux qui ne pouvaient se rendre en personne à la croisade expédient par procuration un objet particulier en Terre sainte. En roi rusé, très rusé, Henri, avec la complicité évidente de Rowley, s'était souvenu de son amitié avec le prieur et tous deux avaient élaboré ce plan pour le voyage secret d'Excalibur. Qui soupçonnerait qu'un adolescent transportât dans une croix une épée si convoitée que toute la chrétienté serait prête à tuer pour s'en emparer ?

— Et quand nous serons en Sicile, dit Ulf en jetant un coup d'œil alentour pour s'assurer qu'aucune oreille ne traînait, Rowley cassera le bois et confiera vous savez quoi à vous savez qui. Dommage qu'on ne puisse plus la voir. Ça, c'est de l'épée, et pas qu'un peu. Elle a de la magie, sûr.

— Je l'ai vue, dit Adelia.

Et elle ne voulait pas la revoir, magique ou pas.

Ulf tendit la laisse du chien à Adelia et chargea la croix sur son épaule.

— Je f'rais mieux d'monter à bord. Oubliez pas que j'suis là incognito. Nous autres, les pèlerins, on s'mélange pas avec les gens d'la haute comme vous aut'.

Il fit un pas hors de sa cachette, vérifia que la voie était libre et s'éloigna en feignant de tituber sous sa charge.

Adelia dénoua la ficelle du cou de Renfort et la remplaça par son mouchoir, ce qui présentait un peu mieux. Aucune de ses acquisitions du jour n'allait rehausser son prestige auprès de la suite de la princesse, mais elle en était ravie. Même si Mansur et elle ne pourraient fréquenter Ulf, au moins avaient-ils à bord un allié dévoué ; deux, en comptant Renfort. Le garçon – elle s'avisa qu'il convenait de le considérer à présent comme un jeune homme – possédait la solidité et le bon sens de sa grand-mère ; ils emportaient avec eux quelque chose de Gyltha.

Et d'ailleurs, pourquoi l'année qui vient serait-elle mauvaise ?

Les paroles répugnantes qu'elle avait entendues dans la bouche des hommes parlant de viol – « Détends-toi et profites-en » – lui vinrent à l'esprit. Oui, elle était manipulée, contrainte d'accéder à une demande contre sa volonté. D'un autre côté, Allie était on ne peut mieux en sécurité et Gyltha était là pour veiller sur elle, pendant qu'elle-même s'apprêtait à entreprendre un voyage qu'elle appelait de ses vœux depuis des années, en outre dans des conditions que, nonobstant les risques de toute expédition, les circonstances rendaient très sûres.

Adelia emplit ses poumons d'un air qui résonnait des cris de joie des mouettes. Elle posa la main sur celle de Mansur.

— Oh, après tout... dit-elle.

Il inclina la tête ; il savait ce qu'elle pensait, il le savait toujours. Lui aussi revenait à la maison.

La nuit est tombée sur le port. Il fait chaud dans les cabines surpeuplées et inconfortables des navires royaux tandis que l'on attend le vent qui doit se lever avec la marée du matin, mais les passagers sont fatigués, si bien qu'une à une s'éteignent les lanternes – les flammes nues sont interdites à bord. Hormis les lampes de mouillage, les bateaux se distinguent à peine, tels deux dragons endormis dans les ténèbres...

Non, une lanterne brûle encore. Un homme a préféré le pont à sa cabine et s'est trouvé un coin contre une écoutille où il pourra communier avec le Messie en paix – du moins autant de paix que le Messie lui accordera.

« Nous avons fait connaissance, mon aimé. » Les lèvres de Scarry bougent mais nul son n'en sort. « J'ai réussi à surmonter ma haine, car c'est nécessaire. Même de près, elle n'a rien d'une beauté. À part son sourire, qu'elle a montré une fois, et alors là... Ma foi, je le confesse : suum cuique pulchrum est. *Elle est brune de peau comme une Grecque. Tu aurais aimé mordre dedans.*

» Ses yeux, qui sont marron, lancent un message insultant pour les hommes. Je suis l'égale de quiconque, disent-ils. Je possède le savoir. Quelle présomption, quel défi !

» J'ai fait fouiller ses bagages. Aucun signe d'Excalibur, il est cependant certain qu'elle connaît sa cachette. À qui le roi l'aurait-il confié sinon à elle, qui l'a mené à l'épée ?

» *Refrène ta colère, ma joie, mon amour, comme je le fais. Nous avons le temps, un millier de milles devant nous. Nous prendrons l'épée, et elle sera terrassée. Mais lentement, petit bout par petit bout,* a pedibus usque ad caput, *tchac, tchac, jusqu'à ce que sa raison s'échappe.*

» *Pour toi, le Loup. Sur ton autel. Pour toi qui es l'égal d'un dieu.* »

CHAPITRE 4

Une brise vigoureuse se leva, comme le petit Turc l'avait prédit.

L'évêque de Winchester célébra la cérémonie traditionnelle, recommandant les navires et leurs occupants aux bonnes grâces du Seigneur. À son grand déplaisir, cependant, l'amiral officia de son côté. Dressé à la proue du navire amiral, il leva les bras et harangua en irlandais son équipage à l'écoute, sa voix portant aisément d'un bâtiment à l'autre : « *Amach daoibh a chlann an righ.* »

Adelia demanda à un rameur la signification de ces paroles.

— Ce sont les mots que la sorcière Eva lance aux Enfants de Lir quand elle les transforme en cygnes. « Nés d'un roi, montrez-le sur l'eau ! »

— N'est-ce pas une malédiction ?

Et certainement païenne.

— P'têt bien, p'têt bien, mais les cygnes, ça flotte quoi qu'il arrive. Et c'est not' manière à nous, les marins, voyez, de préférer recevoir une malédiction venant de lui que la bénédiction du pape.

Quoi qu'il en fût, les rameurs purent se la couler douce tandis que les navires voguaient à bonne allure à la voile sur la Manche, prenant un peu de gîte sous la risée.

Une nouvelle tomba de la cabine de pont. La princesse avait le mal de mer. Le docteur Arnulf, qui lui-même n'avait pas l'air vaillant, fut mandé à son chevet.

— Alors nous y allons, déclara Adelia à Mansur d'un ton ferme. Ce n'est pas que je connaisse grand-chose qui soulage le mal de mer, mais s'il y va, nous aussi.

La décision de ne pas confier au seul Arnulf les décisions concernant la santé de Jeanne devait être appliquée.

La cabine princière était sombre, bondée et empestait le vomi. La souffrante était dissimulée par une haie de badauds qui se tenaient aux barrots et de temps en temps à leur voisin pour rester d'aplomb. Les nouveaux venus entendirent la voix du docteur Arnulf s'élever au milieu des dames de compagnie et des bonnes bouleversées.

— La bile est noirâtre. La princesse a besoin d'une saignée tout de suite. Qu'on aille me chercher mes sangsues.

— Du gingembre, intervint la gouvernante de Jeanne. Faut du gingembre.

Ce fut au tour de l'évêque de Winchester.

— Sans doute un ossement de saint Érasme sur le ventre serait-il plus efficace ? Il me semble que nous en avons un dans l'ossuaire que nous avons emporté, n'est-ce pas, père Guy ?

Qui était saint Érasme ? Adelia avait le vague souvenir d'avoir entendu des bouviers du Somerset l'invoquer pour guérir la peste bovine ; probable qu'il avait étendu ses compétences miraculeuses au mal de cœur.

Le père Guy la bouscula en passant devant elle sans la saluer, pressé qu'il était d'aller chercher le coffret de reliques. Son collègue le père Adalburt était lui aussi présent, nota Adelia, et utilisait un goupillon pour asperger d'eau bénite tous ceux qu'il avait sous la main, ce qui, compte tenu de l'affluence et des mouvements du navire, n'incluait pas la princesse.

— La gouvernante a raison, dit Mansur calmement en arabe. Le gingembre est très bien, mais cette enfant a aussi besoin d'air frais.

Adelia fut estomaquée ; il n'était pas dans les habitudes de Mansur de prescrire, mais il devait en savoir plus sur le *mal de mer*[1] qu'elle-même ; au cours de sa triste jeunesse parmi les moines qui l'avaient castré, il avait effectué un long voyage pour aller chanter à Byzance.

Elle éleva la voix.

— Le seigneur Mansur veut voir sa patiente.

L'assemblée reflua à contrecœur, leur libérant un passage au bout duquel gisait une Jeanne livide qui frissonnait en silence, son petit visage pointu sous la lumière d'une lanterne qui se balançait, et qui ne devait pas améliorer la situation, songea Adelia. La princesse leva un regard vide vers Mansur avant de se redresser pour vomir dans une cuvette.

— Manquait plus qu'lui ! cracha la gouvernante avec hargne. Il peut pas agir en bien, si ? Maudit Sarrasin !

— Explique-leur, dit Mansur. Du gingembre en poudre, qu'on l'enveloppe dans une couverture et qu'on la conduise sur le pont.

Adelia s'exécuta. La princesse allait se remettre une fois à terre, ce n'était pas le mal de mer qui était en jeu,

---

1. En français dans le texte.

il s'agissait là d'une épreuve pour savoir si elle serait capable d'accomplir sa mission au cas où Jeanne viendrait à tomber vraiment malade. Allaient-ils écouter Mansur ?

Ils s'en gardèrent bien. Par chance, les sangsues du docteur Arnulf avaient été embarquées par mégarde dans l'autre navire. Une phalange sacrée fut cependant placée sur l'estomac de Jeanne et on lui administra du gingembre, mais sur la seule recommandation de la gouvernante. De se voir évincés, Adelia et Mansur quittèrent la cabine.

— Zut, zut et *zut* ! lança Adelia en titubant jusqu'au bastingage.

— Un problème ?

L'évêque de Saint-Albans se tenait derrière elle.

— Ils nous ignorent complètement, répondit-elle sans se retourner.

— Nous allons voir ça.

Un instant plus tard, elle entendit sa voix s'élever dans la cabine princière ; le nom du roi fut cité à plusieurs reprises.

— Il agit pour notre bien, dit Mansur.

— Il agit toujours bien, répliqua Adelia sur un ton amer, sinon qu'il m'a séparée de ma fille.

— Ça ne va pas lui faire de mal.

Pour la première fois, Mansur montrait qu'il estimait lui aussi qu'Allie poussait comme une herbe folle.

— Et il ne pouvait pas davantage te laisser avec dame Emma. Tu es en danger.

— *Quoi ?*

Il lui raconta. La menace qu'un agresseur inconnu faisait planer sur elle quand elle était dans le Somerset et l'immense inquiétude de Rowley.

Parce qu'elle en ignorait tout, elle eut de la peine à le croire. Ou Will et Alf, d'ailleurs ; bons amis, mais pas la plus fiable des sources.

Dans l'arabe mélodique de Mansur, le récit semblait tout droit sorti d'un conte des *Mille et Une Nuits* : un démon qui en veut à sa vie, deux fidèles compagnons qui la protègent...

— Qui ? *Et pourquoi ?*

Elle ne se connaissait pas d'ennemi.

— D'après Will et Alf, ce serait le chéri de ce Loup.

Mansur cracha dans l'eau.

— ... Celui qu'on appelle Slurry ? Sparry ?

— Scarry !

Deux ans qu'elle n'avait pas prononcé ce nom, mais elle gardait en mémoire les lamentations en latin qui avaient fait frémir les feuilles des arbres tandis qu'il berçait le cadavre du Loup. *Te amo. Te amo.*

— Oh, c'est absurde. Cet homme est mort. Rappelle-toi, le capitaine Bornay a nettoyé la forêt.

Et sans pitié. Les bandits avaient été découpés en morceaux et exposés des jours durant aux branches.

— L'évêque est d'un avis contraire. Il a foi en Will et Alf.

— Pourquoi Rowley ne m'a-t-il rien dit ?

Mansur haussa les épaules.

— Il m'en a parlé sur la route de Sarum.

— Mais pourquoi pas à moi ?

— Tu ne lui adressais plus la parole. D'ailleurs, peut-être valait-il mieux que tu ne saches rien avant que nous soyons en Normandie. Tu aurais pu refuser de partir.

— Bien sûr que j'aurais refusé de partir !

En supposant qu'elle avait *effectivement* un assassin à ses trousses...

— Il irait s'en prendre à Allie, à ton avis ?

Le Maure baissa le regard sur elle.

— Pourquoi ferait-il ça ? Tu t'imagines des choses. Allie est en sécurité à Sarum où son père l'a placée.

La logique ne fait pas bon ménage avec la peur, mais Adelia tenta de garder la tête froide car, pour commencer, elle savait que son ami avait raison.

— Maintenant, tu peux pardonner à l'évêque, conclut Mansur.

Dans la mesure où Rowley avait confié leur fille aux bons soins d'Aliénor contre la volonté de sa mère, rien n'avait changé. Mais *si d'aventure* un assassin rôdait dans le Somerset – et Adelia peinait encore à y croire –, Allie resterait hors de ses griffes.

Voilà qui expliquait son accès de fureur ; il se mettait en rage quand il s'inquiétait pour elle. *Quel idiot*, pensa-t-elle, alors que sa propre colère refluait.

Le constat était cruel : au moment où ils auraient pu avoir des relations agréables, elle les avait refusées. Et à présent qu'elle était mieux disposée, l'occasion était passée ; elle ne voulait pas le compromettre, comme il ne pouvait pas se compromettre lui-même.

— Oh, misère... dit-elle avec lassitude.

Drapée dans une épaisse cape, une princesse frissonnante apparut sur le pont au bras de sa gouvernante qui l'entraîna dans le vent, sans doute aussi le plus loin possible d'Adelia et de Mansur.

Une voix impérieuse s'éleva.

— Non, non, la petite demoiselle sera mieux par ici, déclara l'amiral O'Donnell. De ce côté, vous allez recevoir les embruns dans la figure, voyez-vous.

Il aida Jeanne à traverser le pont et à s'agripper à un tasseau.

— Accrochez-vous là, ma mie, et fixez le regard sur l'horizon. Voilà, ça ne va pas mieux ?

La princesse acquiesça avec mollesse.

— J'imagine, reprit O'Donnell en coulant un regard vers Adelia, que nous pourrions nous dispenser du petit chien.

Adelia baissa les yeux sur ses pieds où Renfort, qui paraissait aussi mal en point que Jeanne, avait posé la tête ; il dégageait un fumet qui faisait concurrence à la fraîcheur du vent et de la mer.

Il avait dès la première nuit attiré les récriminations des dames de compagnie et des servantes dont Adelia partageait la cabine – « *Notre* petit chien va partager ses puces avec nous ! », « *Notre* petit chien embaume ! » –, si bien qu'elle s'était vue contrainte de l'attacher sur le pont où il avait gémi des heures durant, malheureux d'être séparé de sa maîtresse qu'il venait tout juste de retrouver.

Elle tourna les talons en haussant les épaules ; Renfort la suivit d'une démarche mal assurée.

Ainsi donc le duel des médecins avait tourné en leur faveur, avec l'assistance de Rowley.

Adelia se demanda si la gouvernante, personnage manifestement important dans la vie de Jeanne, pouvait se révéler une alliée à présent que l'avis de Mansur l'avait emporté.

Ça n'en prenait pas le chemin. On pouvait entendre Edeva, son imposante silhouette anglaise penchée sur l'objet de son attention, grommeler que « les noirauds » devraient lui passer sur le corps avant de poser leurs mains sur « sa chérie ».

À l'embouchure de l'Orne, une estafette fut expédiée à Caen pendant que les deux navires mouillaient le temps qu'on les nettoie. On affala les voiles, on gratta le sel sur le bois, on astiqua les dorures, les musiciens accordèrent leurs instruments, les rameurs prirent place sur les bancs. Les passagers se déployèrent sur le pont. Une Jeanne revigorée toute de blanc et d'or vêtue fut installée sur un trône, resplendissante sous le soleil.

Le père Adalburt exprimait son étonnement devant la ressemblance entre la Normandie et l'Angleterre.

— Regardez, regardez, répétait-il, des champs... et des roseaux ! Et là ! Des échassiers, exactement comme chez nous ! Qui aurait cru ça ? Seigneur Dieu, que de merveilles dans Ton œuvre...

Avec lenteur, les rames frappant la surface de l'eau en cadence, au son des flûtes et des tambourins, les navires glissèrent le long de la rivière d'où, plus d'un siècle auparavant, les vaisseaux de guerre de Guillaume de Normandie étaient partis à la conquête de l'Angleterre.

Sur les rives, les coupeurs de joncs lâchèrent leur faux pour les admirer, les bouviers délaissèrent leurs vaches et hélèrent femmes et enfants afin qu'ils ne ratent pas le spectacle de ces deux cygnes extraordinaires qui passaient.

Quand la ville fut proche, les musiciens troquèrent leurs instruments pour des trompettes et se lancèrent dans une fanfare à laquelle répondirent des hérauts alignés sur le quai.

Dans ses plus beaux atours, la noblesse de Caen s'était massée tout entière pour accueillir sa princesse. Elle aurait pu s'épargner cette peine ; Jeanne n'avait d'yeux que pour un jeune homme vêtu de couleurs vives placé devant la foule. Montrant un entrain inédit, elle bondit sur place en piaillant de joie.

— Henri !

Couronné huit ans plus tôt quand son père avait craint pour sa succession, Henri le Jeune était un garçon magnifique qui avait hérité des traits de sa mère et d'aucun de son père. *Même chose pour le caractère,* se dit Adelia tandis que Jeanne trottait sur la passerelle. Elle se jeta dans les bras de son frère qui la fit tournoyer en l'air, tous deux délaissant réserve et dignité royales. Enfin quelqu'un qui témoignait à la jeune fille davantage d'attention que des parents qui s'en étaient séparés si aisément.

Et il se montrait charmant. Tous à bord du navire royal, de l'évêque aux rameurs, reçurent des remerciements pour avoir permis que sa sœur parvienne sans encombre en Normandie. Il fut bienveillant avec Mansur : « Seigneur, votre renommée dans les sciences médicales vous précède. » À Adelia, il dit : « Maîtresse, nous sommes honorés d'avoir avec nous une dame si savante en langue arabe. Vous la pratiquez depuis longtemps ? »

Le temps qu'elle se redresse de sa profonde révérence, il était passé au suivant de ses obligés. Elle n'en avait cure ; il avait été assez aimable de la distinguer en lui posant la question. Elle ressentait cependant une impression de légèreté, une brillance sans substance. Peut-être un bon prince, pas un roi. Un symbole, pas un gestionnaire.

C'était là le problème, pensa-t-elle. À l'âge de ce garçon, Henri Plantagenêt s'était bagarré pour emporter le trône d'Angleterre et lui avait déjà donné une stabilité qui faisait l'envie des têtes couronnées du continent.

Henri le Jeune, quant à lui, avait reçu sans lever le petit doigt une couronne dénuée des responsabilités qu'elle impliquait, qu'il fût incapable ou immature, le laissant avec l'apparat de la royauté sans les pouvoirs, situation qui, aiguillonnée par Aliénor, avait provoqué le ressentiment puis, pour finir, une rébellion.

Père et fils avaient depuis échangé le baiser de paix, mais elle avait un prix. Selon Rowley, le retour d'Henri le Jeune au bercail avait été obtenu contre la rente quotidienne extravagante de cent livres angevines. Dont il profitait, à en juger. Sa suite, tandis qu'ils cheminaient vers l'abbaye aux Hommes et l'église Saint-Étienne pour un office de bienvenue, incluait une cinquantaine de jeunes chevaliers turbulents auxquels s'ajoutaient les écuyers, tous somptueusement vêtus et équipés. Sous le regard désapprobateur des austères messeigneurs Nicholas Baicer et Ivo, ils bavardèrent et s'esclaffèrent tout le temps de la cérémonie, au point qu'il fut difficile d'entendre la messe. Et sans qu'Henri le Jeune ne cherche à les calmer.

Pour sa part, Adelia se sentait rassurée ; avec une telle escorte, pensait-elle, la tranquillité du voyage en Sicile était assurée.

Ce fut ce qu'elle dit au capitaine Bornay quand elle le retrouva au sortir de l'église ; ses hommes et lui l'attendaient sur le parvis pour la conduire avec les autres femmes de l'abbaye aux Hommes à l'abbaye aux Dames où elles passeraient la nuit, Caen possédant la particularité unique d'accueillir de chaque côté de la rivière un monastère et un couvent d'importance. Le premier avait été fondé par Guillaume le Conquérant, le second par son épouse Mathilde, en signe d'expiation pour avoir violé la loi de consanguinité en se mariant – ils étaient cousins.

— Ceux-là ? répondit le capitaine avec le mépris d'un soldat de métier envers des hommes qui payaient les terres qu'ils tenaient du roi par un service de chevalerie leur permettant de rentrer chez eux au bout de trente jours. Aucune discipline. Vous avez vu leur comportement pendant la messe ? Révoltant.

Renfort passa la nuit quelque part dans les entrailles du couvent en compagnie de Boggart. Le chien et la bonne avaient sympathisé d'emblée, Boggart parce qu'elle avait, pour la première fois de sa vie, quelque chose, même puant, à qui prodiguer de l'affection, et Renfort parce que la servante, quoique peu douée pour les affaires domestiques, était géniale pour dérober de la nourriture aux cuisines.

Un problème en moins, songea Adelia en grimpant dans le grand lit qui accueillait également dame Béatrix, dame Pétronille et maîtresse Blanche. *Seigneur, gardez Allie sous Votre protection et faites que je ne lui manque pas autant qu'elle me manque.*

Le matin apporta son lot de problèmes, et pas des moindres.

Les dames s'étaient levées de bonne heure pour être escortées à l'abbaye aux Hommes où elles étaient à présent rassemblées à attendre le grand départ pour la Sicile.

Le temps passait.

Des vociférations bruyantes s'échappaient du monastère, les plus virulentes émanant de l'évêque de Saint-Albans.

Enfin il apparut, flanqué des seigneurs Ivo et Nicholas Baicer, tous deux presque aussi remontés que lui. Il s'inclina devant Jeanne.

— Madame, je dois vous informer qu'Henri s'est rendu à Falaise. Pour un tournoi, à ce que je sais. Et tous ses chevaliers avec lui. Il espère vous voir à son retour dans quelques jours.

La réponse de la princesse fut inaudible, en revanche Adelia entendit dame Pétronille s'écrier :

— Un tournoi ? J'adore les tournois. Oh, quel dommage qu'il ne nous ait pas emmenées avec lui.

Quelques jours ? La durée du voyage paraissait peut-être dérisoire à cette jeune femme, elle n'avait pas un enfant qui se languissait de son absence.

Quant à Henri le Jeune... Sa passion des tournois était notoire, mais quelle irresponsabilité de sa part de négliger ainsi tous ses devoirs !

Adelia avait eu l'occasion d'assister à un tournoi lors d'une visite à Emma dans son manoir normand près de Calais, et ç'avait été un de trop. Un divertissement, prétendait-on ; deux équipes de chevaliers se pourfendaient dans ce qui était censé être un simulacre de bataille. Il n'empêche que, ce jour-là à Calais, quatre jeunes gens avaient été tués et quinze autres estropiés à vie.

Le fin du fin pour les vainqueurs était de mettre les vaincus à rançon, en plus de gagner leur armure et leur cheval : un moyen de gagner beaucoup d'argent qui faisait que les chevaliers cupides qui s'y adonnaient se comptaient par centaines, entraînant un gaspillage de vies humaines d'une part, mais aussi la dévastation des cultures dans un rayon de plusieurs milles. Henri, dans sa grande sagesse, avait proscrit les tournois en Angleterre, mais ici, semblait-il, sous la juridiction d'Henri le Jeune, ils étaient tolérés.

Elle vit le capitaine Bornay s'entretenir avec Rowley et elle s'approcha quand ils en eurent terminé.

— Que peut-on faire ? demanda-t-elle.

— Rien, répondit l'officier, les lèvres pincées de rage. Nous patientons.

Ce qu'ils firent les quatre jours suivants, durant lesquels l'enthousiasme de la ville de Caen à héberger la princesse et sa nombreuse suite faiblit en même temps que ses ressources.

Le cinquième jour, on envoya un messager à Falaise pour s'enquérir auprès du jeune prince de ses intentions de retour.

Adelia vint aux nouvelles auprès du capitaine Bornay.

— Que se passe-t-il ?

— Le messager a dû aller jusqu'à Rouen. Ce petit vau...

Bornay prit une profonde inspiration.

— Henri le Jeune a été avisé d'un autre tournoi à Rouen et a décidé d'y participer.

— Mais Rouen est à quatre-vingts milles ! Qu'allons-nous faire ?

— Je ne sais pas, maîtresse. Les évêques, messire Nicholas et monseigneur Ivo se sont réunis pour en discuter.

Maître Locusta, de son côté, était hors de lui ; toute l'organisation qu'il avait mise sur pied avec les châteaux et les monastères supposés les accueillir sur le trajet était réduite à néant.

— Je n'ai aucune envie de parler en mal du jeune monarque, mais là, vraiment...

— Je pense que vous avez toutes les raisons de parler en mal d'Henri le Jeune dans les circonstances présentes, lui dit Adelia non sans agacement.

La réunion se prolongea un jour de plus. Le septième, une décision fut prise. Une estafette fut expédiée à Rouen avec mission d'informer le jeune homme que la princesse Jeanne et sa suite jugeaient nécessaire de partir sur-le-champ pour l'Aquitaine et espéraient que son frère *ainsi que* sa suite les rattraperaient en chemin.

Si bien que le lendemain matin les citoyens de Caen s'alignèrent le long de la route menant à la porte sud pour saluer le cortège princier, en partie par déférence mais surtout par soulagement de le voir enfin les quitter. C'étaient là cent cinquante personnes et leurs bêtes que la ville avait dû loger et nourrir à ses frais.

Adelia, qui chevauchait en tête en compagnie de Mansur, jeta un coup d'œil en arrière et considéra la longue, très longue colonne qui s'étirait derrière elle. Elle en fut rassérénée : les nobles, les ecclésiastiques, les soldats, les musiciens et les écuyers, le personnel de maison, les blanchisseuses, les palefreniers, les bagages et les valeurs, l'ensemble avait pris place à cheval, dans des chariots ou sur des mules, un confort qui faisait que personne n'allait à pied et améliorait la vitesse du convoi.

En s'engageant dans la campagne, la procession traversa des hameaux isolés. Les villageois se précipitaient pour admirer un spectacle qu'ils ne verraient qu'une seule fois dans leur vie : la princesse blonde et les belles dames dans leurs palanquins dorés, les cavaliers et leurs capes en soie ou en drap pourpres, les chevaux dans leur harnachement multicolore, le chatoiement des armures... Un long dragon incrusté de pierreries étincelantes et issu des âges mythologiques sinuait le long des grands rues boueuses.

Le capitaine Bornay, pragmatique, voyait les choses d'un autre œil. Il chevaucha en compagnie d'Adelia le temps d'une pause entre deux allées et venues sur toute la longueur de la colonne pour s'assurer que les soldats étaient en place. Il maudit Henri le Jeune et son manquement au devoir.

— Nous ne sommes pas mieux sans lui ? demanda-t-elle.

— Peut-être. Reste que mes hommes ont la charge d'une princesse et d'un sacré magot. Si une attaque se produisait, nous pourrions être submergés.

L'expédition commence à mal tourner pour eux ; Henri le Jeune les a abandonnés. Ce grand imbécile d'évêque de Winchester se lamente, mala tempora currunt, *mais je vois là la main de notre Grand Maître. On nous montre la voie, mon Lupus. Fais pleuvoir sur nous la malchance,* o Deo certe, *que je puisse manigancer pour en faire porter la responsabilité à cette femme que nous voulons détruire.*

CHAPITRE 5

C'était son expérience personnelle qui permettait à Adelia d'affirmer que monter en amazone était mauvais pour le dos. En cavalière médiocre, elle considérait de plus qu'il était périlleux de pendre de travers sur un côté si d'aventure le cheval faisait un écart ou s'emballait. Pourtant, chevaucher sa monture était de l'avis de tous indigne d'une dame, une manière de paysan, en particulier dans la compagnie huppée dans laquelle elle se trouvait à présent.

Si les instructions d'Henri II concernant les dames de compagnie avaient été appliquées à la lettre, Adelia aurait voyagé dans une luxueuse voiture capitonnée où Jeanne et elles passaient leur temps à taquiner leurs bichons parfumés, à jouer aux cartes et à vaguement regarder le paysage à travers les barreaux dorés et décorés. Le seul séjour qu'Adelia y fit fut le dernier.

Ce n'était pas que la petite princesse fût désagréable, elle se montrait indifférente. Dame Béatrix, dame Pétronille et maîtresse Blanche, en revanche, tordaient les lèvres en l'interrogeant sur son « ami sarrasin » – « Dites-nous, ma chère, sa couleur de peau est-elle naturelle ou est-ce contre sa religion de se laver ? » – et sur sa nouvelle servante – « Nous espérons *vraiment* que Boggart vous donne satisfaction, c'est *si* charmant qu'elle se soit entichée de votre *intéressant* petit chien. »

Au bout d'une matinée dans ces conditions, Adelia retourna à sa selle de dame sur le palefroi qui lui avait été alloué. Sa sambue de bois était jolie, mais très dure, un dispositif qui ressemblait à une boîte triangulaire munie d'un pommeau permettant à la jambe droite de se fléchir avec grâce sur la gauche, les bottines venant se loger dans des étriers de hauteurs différentes. Au pas, la position exigée était inconfortable ; au trot, c'était une torture.

En bondissant dessus à côté de Mansur, Adelia eut une pensée admirative pour l'impératrice Mathilde, la mère d'Henri II, qui avait fait fi de l'opprobre en montant à califourchon durant la guerre avec son cousin Étienne pour le trône d'Angleterre.

— Les Plantagenêts n'auraient jamais triomphé si elle avait dû monter en amazone, grommela-t-elle en arabe.

— Ça apporte de l'élégance à une femme, répondit Mansur.

— Ça lui apporte une colonne vertébrale toute tordue.

— Et de la modestie.

C'était ça, la grande affaire, se dit-elle. Les hommes n'aimaient pas que les femmes écartent les jambes ailleurs que dans leur lit ; pourtant, chevaucher à califourchon paraissait bien plus naturel pour elles que pour les mâles avec leur attirail proéminent.

Adelia grogna.

— Je ne survivrai pas à un millier de milles en amazone.

— Retourne donc dans le chariot royal.

— Avec ces trois harpies qui ne veulent pas de moi ?

Comme ça, au moins, elle n'avait pas à se retenir de gifler des dames de la noblesse. Qui plus est, elle avait la possibilité de circuler le long du cortège auprès de plus modestes personnages et de leur prodiguer le cas échéant des conseils pour leurs ennuis de santé, en traduisant ostensiblement les déclarations de Mansur.

L'accueil qu'ils reçurent dans la grande abbaye bénédictine du Mont-Saint-Michel devait être représentatif, ainsi l'espérait Locusta, de ceux qui les attendraient à chacune de leurs étapes. Il était parti devant avec un serviteur pour prévenir l'abbé de leur arrivée et fut de retour pour les guider.

— Dieu merci, la marée est basse, dit-il alors qu'ils approchaient de la baie. J'ai fait des calculs dans tous les sens pour prévoir le moment de notre venue. Je craignais que notre retard ne nous fasse perdre huit heures supplémentaires.

— Espérons que la marée ne se mettra pas à monter, intervint O'Donnell. Je me suis laissé dire que la mer avançait à la vitesse d'un cheval au galop.

De fait, l'eau commençait à tourbillonner autour des roues et des sabots tandis que le convoi progressait vers l'étrange éminence sur laquelle les moines avaient œuvré mille ans durant pour bâtir un édifice que l'archange Michel avait ordonné d'élever.

Ils n'avaient pas travaillé en vain. De loin, on avait l'impression que le sommet de la colline était surmonté d'énormes chandelles et que la cire, en fondant, avait créé de splendides formes torsadées.

La journée avait été caniculaire. Le mois d'août crachait ses derniers feux. L'ascension de la rue en escalier était pénible pour les humains et les bêtes qui avaient déjà un trajet long et étouffant derrière eux, mais la perspective du repos et de la fraîcheur que promettaient les jolies bâtisses au-dessus d'eux leur donnait du courage, comme le miroitement agité de la mer, la caresse de la brise et la côte normande sous l'éclat pâle de la lune qui se levait.

Le prieur et tout le clergé les attendaient ; il y aurait toujours une foule d'ecclésiastiques, des présentations, bien sûr un office de bienvenue pour Jeanne, puis un banquet sous les hautes voûtes (et des toasts) avant que la pauvre petite princesse et sa suite ensommeillée puissent trouver un lit.

Au matin, elle dut visiter les cloîtres harmonieux, admirer la statue dorée de saint Michel et se recueillir devant de précieuses reliques avant qu'enfin vienne le moment de monter en selle et de reprendre la route.

C'était là le principe.

Nous avançons à une allure d'escargot, se lamenta Adelia. *Allie, oh, Allie.*

À la fin du quatrième jour de voyage, comme Mansur donnait un coup de main à Adelia pour mettre pied à terre – entreprise déjà hardie d'ordinaire –, le cheval fit un mouvement brusque et le pied droit de la jeune femme resta coincé dans son étrier ; pris par surprise, Mansur chancela sous la charge et Adelia se retrouva sens dessus dessous, son voile balayant la poussière.

Dame Béatrix, dame Pétronille et maîtresse Blanche descendirent la petite échelle qui flanquait leur chariot et l'entourèrent de leur sollicitude amusée :

— Comment ça va, ma pauvre amie ? Oh, ma chère, comme c'est *gênant* !

Ça l'était. Un court instant, avant que Mansur ne l'aide à se relever, une petite foule d'hommes incluant le capitaine Bornay, le père Adalburt, l'amiral O'Donnell et l'évêque de Saint-Albans fut gratifiée du spectacle de ses jupons blancs et d'une bordée d'insultes des *fenlands* contre les chevaux en général et les selles de dame en particulier.

Le matin suivant, boitillant en sortant de l'écurie avant une nouvelle journée de souffrance, elle trouva le capitaine Bornay qui installait une nouvelle selle sur son palefroi. C'était une petite chose capitonnée de cuir rouge pourvue d'un dossier.

Il endigua ses exclamations de gratitude.

— L'a été faite pour un garçonnet, je le crains, maîtresse. Faudra que vous montiez à califourchon.

— Ça m'est égal. Où l'avez-vous trouvée ?

— Ce n'est pas moi. Nous sommes allés voir un sellier que nous avions repéré sur le chemin et quelqu'un…

Il baissa la voix ; le capitaine était un vieil ami d'Adelia comme de l'évêque et il était au courant de la situation.

— … *quelqu'un* a déniché cette selle qu'un jeune seigneur avait commandée et qu'il n'est jamais venu chercher. Alors il l'a achetée pour vous.

Rowley. Ô, Dieu le bénisse.

— Et je vais faire courir le bruit que la reine Aliénor elle-même ne dédaigne pas chevaucher comme un homme. J'en ai été témoin, quand elle s'est enfuie et que j'ai dû lui courir après pour la ramener. J'ai eu un mal fou à l'attraper.

— Merci. Et remerciez aussi ce quelqu'un.

Bornay la hissa en selle.

— Voilà qui va vous permettre de ne pas vous rompre le cou et de ne pas enfreindre le deuxième commandement.

Il eut un hochement de tête admiratif.

— Tudieu, maîtresse, vous pouvez pas sortir ne serait-ce que la moitié des jurons qui vous viennent à la bouche.

Dans le monastère qui les reçut ensuite, il y eut une certaine agitation au milieu de la nuit : un cri de femme, des voix masculines, du mouvement dans la cour intérieure. Les bruits se mêlèrent au rêve d'Adelia qui, épuisée par la journée de voyage, ne s'éveilla pas. Tout juste remua-t-elle en grognant dans son sommeil, à l'instar des trois dames de compagnie qui partageaient sa couche.

Au matin, il fut manifeste qu'un incident s'était produit ; dans leur chariot, dame Béatrix, dame Pétronille et maîtresse Blanche étaient plongées dans une conversation plus grave que de coutume, le cortège entier bruissait de chuchotements, et des rires s'élevaient parmi les hommes.

— Es-tu au courant de quelque chose ? s'enquit-elle auprès de Mansur.

Persuadés qu'il ne les comprenait pas, les gens prenaient moins de précautions quand ils s'exprimaient devant lui que devant elle.

— Une histoire qui concerne messire Nicholas Baicer et des bottines, mais c'est tout ce que j'ai pu saisir.

— *Des bottines ?*

À l'écart comme elle l'était des cancans, Adelia interrogea le capitaine Bornay quand il passa devant elle en inspectant le convoi. Il fut évasif, voire sur la défensive.

— Rien qui puisse vous inquiéter, maîtresse. C'est un excellent soldat, messire Nicholas, j'ai servi sous ses ordres.

Elle aussi appréciait ce qu'elle connaissait de l'homme, comme du seigneur Ivo. Ces deux chevaliers se montraient courtois quand leurs pas croisaient les siens, ils se préoccupaient du bien-être de tout un chacun sans distinction de rang, le seigneur Ivo non sans gravité quand messire Nicholas Baicer, plus débonnaire, s'entretenait volontiers de sa famille en Angleterre ou en Normandie, avec la même tendresse qu'il parlait de ses chiens. Tous deux étaient de fervents chasseurs ; d'ailleurs, il arrivait de temps à autre que l'un d'eux s'écarte de la procession accompagné de sa meute et d'amateurs pour poursuivre un cerf dans une forêt, sachant que l'autre restait toujours à proximité de la princesse. Comme le capitaine Bornay, ils inspiraient confiance et chacun pouvait se sentir en sécurité.

En sa qualité de servante d'Adelia, Boggart était tout aussi *persona non grata* que sa maîtresse dans cette petite communauté soudée. Si elle parvint à recueillir quelques ragots, ce ne fut rien de plus que « messire Nicholas et des bottines ».

De ce fait, et puisque les occasions de parler à Rowley devaient se limiter à un salut poli en passant, Adelia s'en contenta.

Ils traversaient le bocage, une région fertile et boisée du sud-ouest de la Normandie, où les vaches broutaient une herbe qui leur montait aux genoux derrière la mousseline hirsute des hautes haies piquetées de boutons de roses et de noisettes vert clair.

Adelia, qui chevauchait confortablement sur sa nouvelle selle, eut son attention détournée du spectacle des chaumières couvertes de lierre et des petites églises sans clocher, à cause de sa monture. Elle se comportait bizarrement depuis deux jours, titubant parfois et bâillant. À présent, elle s'arrêtait à chaque piquet de clôture qu'ils croisaient pour se gratter la tête.

— Je crois que Junon est malade, dit-elle.

Mansur fit signe au palefrenier le plus proche, qui s'approcha. Adelia mit pied à terre pour que l'homme puisse examiner la jument.

— Elle est fatiguée ? Je lui mène la vie trop dure ?

— Pas vous, maîtresse, vous n'êtes pas plus lourde qu'un souffle de vent pour elle.

Il se nommait Martin et appréciait Adelia, qui lui avait soigné avec succès un orteil abîmé par le pied d'un cheval. Il fit le tour de l'animal en passant la main sur ses flancs qui s'étaient creusés, puis il lui prit la tête entre ses mains.

— Tiens, tiens, qu'est-ce que nous avons là ?

Il pointa le doigt sur la peau nue autour des yeux et des naseaux qui paraissait enflammée. Adelia l'examina avec lui.

— On dirait un coup de soleil. Comment est-ce possible ?

Elle n'avait jamais entendu dire qu'un cheval pouvait en être affecté.

— Ça *ressemble* à un coup de soleil, répondit Martin avant de héler le chef des palefreniers. Venez voir, maître Tom, que pensez-vous de ça ?

Les deux hommes grattèrent la tête de la jument un bon moment, questionnèrent Adelia sur son comportement, scrutèrent la bête qui demeurait apathique.

— Vous avez la même idée que moi, maître Tom ? demanda Martin.

Le palefrenier en chef claqua la langue.

— Séneçon.

— C'est aussi ce que je crois.

Maître Tom tourna le regard vers Adelia.

— Vous avez laissé cette pauvre bête brouter sur le bord du chemin alors que vous la montiez?

— Non. Enfin, pas trop. Et jamais quand il y avait du séneçon. Je ne lui aurais certainement pas permis d'en manger si j'en avais vu.

Elle savait que cette plante, une herbe jaune vif très commune, était nocive pour les humains, et aussi pour les chevaux, à ce qu'il paraissait.

— Ma foi, un mauvais bougre lui en a donné, pas qu'un peu et depuis un bon moment pour qu'elle soit dans cet état. Elle gambadait comme une puce quand nous avons quitté Caen.

— Dans sa ration du soir, vous pensez? demanda Martin.

— Possible, possible, répondit maître Tom. C'est une plante qu'elle évite généralement quand elle la trouve dehors...

— ... Mais qui perd son goût quand elle est séchée, compléta Martin.

— De toute façon, quel salaud s'en prendrait à un cheval?

— Que pouvons-nous faire pour elle? s'enquit Adelia.

Indifférente qu'elle était au monde équin en général, elle avait parcouru un bon bout de chemin avec cette jument et avait le cœur serré de la voir si mal en point. *Allie saurait comment agir*, songea-t-elle.

Maître Tom haussa les épaules.

— Rien. Pas avec le séneçon. Abréger ses souffrances. Rien d'autre à faire.

Junon fut menée dans les bois et son existence se termina, gorge tranchée sous un coup habile et preste. L'évêque de Saint-Albans se lança sur-le-champ dans une enquête – qui se révéla vaine – pour découvrir le responsable de ce qui avait été un acte d'empoisonnement perpétré sur plusieurs jours, opération qui désignait à coup sûr une personne appartenant à la suite princière.

— La malheureuse bête, claironna dame Pétronille au cours du dîner. Vous devez vous sentir *affreusement* mal maintenant alors que vous étiez en colère contre elle quand vous vous êtes retrouvée par terre.

— J'étais en colère contre moi, pas contre la jument.

Ce fut peine perdue de souligner, comme le firent le capitaine Bornay et Rowley, qu'Adelia confiait toujours sa monture aux palefreniers quand le convoi parvenait à destination le soir et qu'on ne pouvait par conséquent pas la soupçonner de l'avoir nourrie au séneçon. La compagnie resta cependant sur l'impression qu'elle avait maudit son cheval et que celui-ci, seul parmi ses congénères, était mort.

Comme Scarry l'annonce au Loup cette nuit-là :
« C'est parti. »

Adelia finit par avoir droit à l'explication du mystère « Messire Nicholas et les bottines » quand de nouveaux incidents nocturnes se produisirent, cette fois à l'abbaye de Saint-Sauveur à Redon sur la route d'Aquitaine, un duché qui avait naguère appartenu à Aliénor avant de revenir par mariage à Henri Plantagenêt.

Les dames de compagnie et elle dans leur grand lit ainsi que les servantes sur leurs paillasses sur le sol entendirent un cri de frayeur féminin suivi de bruits masculins venant de quelque part au-dessus de leur chambre. Leur porte s'ouvrit à la volée et Marie, la femme de chambre de Pétronille, entra en pleurnichant.

— Au nom de Dieu, Marie, s'écria dame Béatrix d'un ton belliqueux, de quoi s'agit-il ?

Elle jeta un regard sur la bougie de la table de chevet qui n'était qu'à moitié consumée.

— C'est le milieu de la nuit, ventredieu !

— Cette fois, il me l'a fait à moi, madame, gémit Marie entre deux sanglots. J'ai eu une peur de tous les diables. *Regardez* ce qui m'est arrivé !

Elle leva une jambe pour montrer qu'il lui manquait une bottine.

— Qui ça ? Et où êtes-vous allée ?

— Il y avait du bruit dans le couloir, madame, alors je me suis levée pour ouvrir la porte, pensant qu'un chien avait été laissé dehors, et je suis sortie dans le passage. Oh, madame, ce n'était pas du tout un chien, c'était messire Nicholas.

— Ô doux Jésus, dit dame Pétronille. Ma foi, ce n'est rien. Et *vous*, maîtresse, restez là, il n'y a rien là-dedans qui vous concerne.

Mais Adelia s'était déjà enveloppée dans une cape et rendue dans le couloir pour découvrir ce qu'il y avait à voir, laissant dormir Boggart, que les trompettes du Jugement dernier n'auraient pu réveiller.

L'évêque de Saint-Albans se tenait devant sa porte et observait une étrange procession qui se dirigeait vers un escalier en colimaçon menant au quartier des hommes. Deux soldats soutenaient un Nicholas Baicer titubant tandis qu'Aubrey, son écuyer, les précédait en tenant devant le nez de son maître ce qui devait être la bottine de Marie, à la manière d'un homme qui entraîne un chien en lui montrant un biscuit.

Adelia ferma doucement la porte derrière elle pour que les dames de compagnie n'entendent pas et elle se tourna vers son amant.

— Eh bien ?

— C'est le jeune Aubrey qui est à blâmer, il est censé surveiller la consommation de vin de messire Nicholas lors des banquets.

Rowley semblait trouver la situation cocasse.

— Que s'est-il passé ?

Il existait selon toute apparence une frontière subtile d'un ou deux gobelets de vin au-delà de laquelle un Nicholas Baicer aimablement pompette était submergé par une concupiscence alcoolisée pour les pieds féminins.

— N'importe quelle femme, du moment qu'elle possède de tels attraits au bout de ses membres inférieurs, court le danger de voir messire Nicholas, ivre mort, se jeter à ses pieds et se mettre à lécher le cuir de ses bottines.

— C'est ce qui est arrivé à Marie ?

— Il semblerait. Il a dû déjouer la surveillance de son écuyer. La dernière fois, c'était une blanchisseuse.

Il surprit le regard d'Adelia.

— Il est inoffensif. Il va s'effondrer dans son lit avec la bottine de la servante et dormir comme une bûche. Il n'en gardera aucun souvenir au réveil.

— *Inoffensif ?* La fille a été terrifiée.

— Absurdité ! C'est un moyen de nettoyer ses chaussures. Et maintenant…

Rowley attira Adelia vers lui.

— Puisque vous êtes là…

S'il avait l'intention de l'embrasser, il en fut empêché par l'évêque de Winchester en bonnet de nuit qui grimpait l'escalier pour s'enquérir des raisons d'un tel tapage.

Rowley s'inclina devant Adelia et prononça un « Que Dieu vous garde, maîtresse » avant que lui-même et son collègue évêque ne réintègrent leur couche.

La manière si masculine de considérer les écarts de messire Nicholas déteignait sur les dames de compagnie. De retour dans leur chambre, Adelia entendit dame Pétronille gourmander sa femme de chambre.

— Marie, vous ne devez pas oublier que les hommes bien nés ont leurs excentricités sur lesquelles il faut fermer les yeux.

Dame Béatrix approuva d'une voix endormie :

— Les ancêtres de messire Nicholas ont combattu au côté de Guillaume le Conquérant pour soumettre les Anglais.

En laissant dans leur sillage une traînée de bottines bien léchées, sans doute. Adelia secoua la tête avant de se recoucher auprès de dame Pétronille et de replonger dans un sommeil voluptueux.

Au matin, apparemment ignorant des événements de la nuit, messire Nicholas montra sa jovialité habituelle tandis que l'écuyer Aubrey se présentait à Marie avec des excuses, sa bottine et une pièce d'argent tirée d'une réserve de monnaie constituée pour ce genre d'éventualités.

L'espoir qu'Henri le Jeune les rejoigne se transforma en certitude qu'il ne le ferait pas et qu'il n'en avait aucune intention.

Les monastères et prieurés dans lesquels le cortège faisait chaque soir étape se fondirent en un seul : même accueil de l'abbé ou du prieur, même messe, même banquet, chacun prenant grand soin de montrer le plaisir qu'il avait de distraire la fille de son roi. Tous étaient riches, la plupart *très* riches ; les frais de séjour d'une compagnie aussi nombreuse approchaient une année de revenu, même si la totalité serait à n'en pas douter compensée par le bon peuple sous forme d'un impôt supplémentaire.

Les premiers temps du voyage, en Normandie, la procession observait une discipline et une organisation rigoureuses : des hommes de troupe en tête suivis du palanquin de la princesse flanqué de messire Nicholas Baicer et du seigneur Ivo, rutilants en cotte de mailles et heaume, qu'entouraient les écuyers, les évêques et leurs chapelains auxquels s'ajoutait une section de soldats du capitaine Bornay qui précédaient d'autres soldats autour des mules portant les pièces de valeur dans les grands coffres en métal, puis les domestiques de rang élevé, les bêtes de somme chargées de bagages, et enfin les pèlerins.

Mais à présent, comme les journées succédaient aux journées sans événement contrariant, un certain relâchement se faisait sentir. À mesure que le convoi pénétrait dans des régions propices à la chasse, les hommes étaient plus nombreux à céder à leur passion, même parmi les domestiques, et à suivre messire Nicholas ou le seigneur Ivo dans leurs expéditions sylvestres.

Le capitaine Bornay avait beau se fâcher et interdire à ses soldats de s'en mêler, un laisser-aller général s'était emparé du reste de l'équipage, et, comme l'évêque de Winchester en souriait, il ne pouvait rien y faire.

Le père Adalburt, converti de fraîche date, participait lui aussi aux chasses sur son baudet, mais il s'égarait souvent et plus d'une fois dut être secouru et ramené gentiment sur la route.

De temps à autre, alors qu'Adelia trépignait d'impatience, le cortège tout entier s'arrêtait pour admirer et applaudir la princesse qui faisait chasser son faucon.

Petit à petit, comme il fallait s'y attendre, amitiés et inimitiés naquirent au sein de la petite domesticité, si bien que la colonne présentait des creux à certains endroits et des renflements à d'autres, tel un serpent en pleine digestion. Il y avait en permanence un monde fou autour des musiciens tandis que le chariot du maréchal-ferrant restait isolé, celui-ci ne supportant personne à l'exception des chevaux.

La bouche en cœur, les soldats gouailleurs s'attroupaient autour du quartier des blanchisseuses et des bonnes. Le capitaine Bornay tolérait cela à la condition que les patrouilles fussent assurées, les biens de valeur surveillés et la queue du cortège protégée. La plupart de ses hommes étaient des mercenaires, avait-il expliqué, et devaient trouver le réconfort féminin comme ils le pouvaient.

Toutefois la patronne des lavandières, une matrone imposante dotée de verrues et d'une approche rigide de la religion – elle marquait un mouvement de recul de sainte indignation et marmonnait des prières si Mansur était dans son champ de vision –, chassa les soupirants et s'assura que la chasteté de ses protégées fût préservée, allant jusqu'à les accompagner dans les bois lorsqu'elles devaient répondre à l'appel de la nature.

Cette Anglaise du nom de Brune s'occupait du linge d'Aliénor depuis de nombreuses années et avait développé une solide amitié avec la gouvernante de Jeanne ; son ancienneté et ses relations princières faisaient qu'elle avait une haute opinion d'elle-même. « Mes filles conserveront leur virginité pour l'amour de Notre Seigneur, comme je conserve la mienne », l'avait-on surprise à déclarer d'un ton onctueux à un père Guy approbateur. « Comme si quelqu'un allait essayer de la déflorer », avait persiflé le capitaine Bornay.

Le soir, Mansur et Adelia rejoignaient le docteur Arnulf dans la chambre de la princesse pour le bilan de santé quotidien de Jeanne, dont ils vérifiaient le pouls et examinaient les royales urines. Dans la journée, ils prenaient cependant place plus bas dans le convoi, loin de la tête, où Renfort pouvait trotter au pied de leurs montures sans qu'Adelia et lui ne s'attirent les sarcasmes des dames de compagnie, et où le Maure ne subissait pas la vindicte haineuse du père Guy, le chapelain pourfendeur de Sarrasins.

Ce nouveau statut eut au moins le mérite de les rendre populaires auprès des éléments du convoi mal portants ou indisposés qui trouvaient le docteur Arnulf trop fier pour condescendre à s'occuper d'eux.

— Le cap'taine Bornay, il m'a dit d'aller voir l'docteur noiraud, déclara le charron alors qu'elle plaçait une attelle sur un doigt abîmé. L'autre, il en a rien à faire des p'tites gens. Le bougre veut s'faire payer.

Pour Adelia, le plus grand bonheur de se trouver à l'arrière de la procession était que Rowley pouvait s'arrêter à son côté le temps d'une pause pendant son inspection le long de la colonne, moments volés précieux pour tous les deux, lui feignant de deviser avec Mansur en arabe.

Quand il en avait la possibilité, Locusta chevauchait en leur compagnie, qu'il préférait à toute autre, pour évoquer la Sicile.

Tout comme Ulf. Des pèlerins avaient noué des liens de sympathie parmi le personnel royal et désertaient leur groupe pour s'y mêler. Qu'y avait-il de mal à ça ?

Ainsi que le père Adalburt quand il ne chassait pas, ce qui était une surprise et un plaisir tout relatif. Cet homme était un âne. Parce qu'il parlait le latin et l'anglais, sa langue natale, et qu'il fréquentait peu les gens qui ne les pratiquaient pas, il était sidéré que les étrangers ne comprennent rien à ses discours. Il s'évertuait à s'adresser à Mansur en articulant des beuglements et se montrait stupéfait de ne pas recevoir de réponse.

Il s'étonnait de tout. Alors qu'ils passaient devant une plantation de chênes-lièges, il s'interrogea sur la nature de ces arbres et réfuta la réponse avec un : « Je ne vois pas de bouchons », comme s'il s'attendait à en voir des tout faits sur les branches.

— Pourquoi cet imbécile ne reste-t-il pas auprès de son évêque ? maugréa Mansur. Qu'est-ce qui le pousse à venir nous casser les pieds ?

Sans doute, se dit Adelia, parce que l'évêque de Winchester était heureux de s'en débarrasser. Adalburt était affable, en permanence le sourire aux lèvres, mais la manière dont il était parvenu à la position qui était la sienne demeurait difficile à expliquer.

— C'est qu'il est l'bon Dieu de cousin d'l'évêque ou un truc comme ça, déclara avec aigreur Ulf qui avait mené quelques recherches. Il a vécu en anachorète pendant deux ans à Scarfell Pike, apparemment, où il a acquis une réputation de sainteté. Il m'a raconté qu'il prêchait devant les moutons. S'il se montrait aussi rasoir avec eux qu'avec moi, je les plains.

Locusta et son oncle avaient pris soin de ne choisir que des lieux d'étape capables de fournir d'énormes quantités de fourrage et qui disposaient d'assez de place pour la compagnie et les bêtes en même temps que de mets fins, de nombreux lits sans puces, et même de baignoires : les établissements qui en étaient dépourvus devaient rendre des comptes à mesdames Béatrix, Pétronille et Blanche...

L'un d'eux, plus modeste que ceux dont la compagnie était coutumière, vit son abbé désespéré affronter trois impressionnants et adorables visages.

— Mais dans cette maison, mes filles, nous ne nous baignons jamais, sauf à Pâques et à Noël, comme saint Benoît nous l'enseigne. Et encore, nous allons à la rivière.

Trois regards foudroyèrent le malheureux Locusta. *Pas de bains ?*

Il se tordait les mains.

— Je suis confus, vraiment confus... Mais il aurait fallu poursuivre... ou nous arrêter avant...

Les dames se fichaient des problèmes d'intendance.

— Eh bien, la rivière, intervint brillamment le père Adalburt. N'est-ce pas un bienfait de Notre Seigneur d'avoir placé des cours d'eau à côté des grandes villes que l'homme a édifiées ?

Les dames n'avaient pas grand-chose à faire non plus des bienfaits du Seigneur. Elles revinrent au prieur.

— Voilà qui est très louable, mon père, dit dame Pétronille, mais notre princesse n'est pas saint Benoît. C'est un personnage de sang royal.

— D'Aquitaine, ajouta dame Béatrix. Et elle a voyagé dans la poussière toute la journée.

Elle négligea de mentionner le fait que la sueur, autant que la poussière, était une catastrophe pour les robes dont la confection demandait une année à une équipe de brodeuses.

— Des baquets pour la lessive nous conviendront, négocia maîtresse Blanche. Mon père, vous avez certainement des baquets dans la buanderie.

Le pauvre homme le supposait.

— Très bien, dit dame Pétronille. Je vous prie donc de tous les faire porter dans nos chambres. Avec beaucoup d'eau chaude.

Dame Béatrix tapota la main de l'abbé.

— Nous avons notre linge et notre savon.

Dans une chambre de l'étage opaque de vapeur – celle du prieur était la seule assez spacieuse –, se prélassant dans l'eau savonneuse, Adelia contemplait les formes indistinctes des servantes aller et venir telles des apparitions spectrales. L'étape du jour avait été particulièrement longue, quarante milles avant de se poser ici.

Du réfectoire en dessous montaient les voix avinées des hommes encore attablés qui entonnaient dans un chœur tonitruant l'immortelle chanson à boire « *Gaudeamus igitur* ». Elle reconnut celle de Rowley parmi les autres. Ils étaient dans le pays du calvados ; l'abbé le distillait avec ses pommes et le servait comme de la bière, malgré les remontrances que l'ascétique saint Benoît lui aurait adressées.

— Ô mon Dieu ! s'écria dame Béatrix à travers la vapeur parfumée. Messire Nicholas... Le calvados n'est-il pas très alcoolisé ?

— Très, dit Blanche. Il ne nous reste qu'à espérer...

Tout le monde dans la pièce espérait avec elle.

De son baquet au milieu de la brume, une princesse toute mouillée changea de sujet.

— Êtes-vous certaines que Dieu ne va pas nous punir de prendre trop de bains ?

L'abbé avait pris sa revanche au dîner pendant son homélie en insistant sur le péché de vanité chez les femmes.

— Absolument pas, ma chère, répondit avec fermeté dame Pétronille. La propreté est une qualité sacrée.

— C'est ce que dit ma mère. Pourtant, le pieux saint Thomas ne s'est plus baigné quand il est devenu archevêque de Cantorbéry. On raconte que son corps béni était couvert de poux quand on l'a dévêtu.

— Ce sont les saints, déclara dame Pétronille sur un ton catégorique. Cela ne s'applique pas aux dames de la noblesse.

— Mais quand nous sommes allés nous recueillir sur le tombeau de sainte Sylvie, on nous a raconté que les doigts étaient la seule partie de son corps qu'elle lavait.

— Je suis sûre qu'elle avait ses raisons, dit dame Béatrix. Il n'empêche que Notre Seigneur aime que ses reines soient *propres*. Comme leurs dames de compagnie, ajouta-t-elle après une pause.

Assise dans son baquet à l'autre bout de la pièce, Adelia sourit. Ces femmes étaient fielleuses et en rien des amies, et malgré cela, sur le moment, elle les bénit. Elle commençait à s'apercevoir que, à leur manière, elles étaient admirables ; elles se pressaient autour de la princesse pour la protéger, soucieuses de son bien-être – et du leur, bien sûr –, la distrayaient le long des interminables journées avec des chansons (chacune jouait d'un instrument), des devinettes et des histoires, toujours impeccables de mise, les nattes parfaites sous le bandeau et les voiles, la soie telle une seconde peau sur leurs silhouettes graciles, leur corsage échancré sur une gorge d'albâtre.

Elles éblouissaient les hommes qui se souvenaient d'elles comme d'un rêve de beauté dissipé à jamais.

C'était ça, supposait-elle, que Rowley désirait pour Allie. Mais quelle sorte d'existence était-ce là ? L'apparence suffisait-elle ? Seule Pétronille savait lire, exercice qu'elle limitait aux manuels de bonnes manières ; elles étaient ignorantes en histoire, sauf celle de leur lignage ; et aucune n'avait la moindre notion de ce que pouvait être la vie en dehors de la cour. Elles évoquaient langoureusement le noble époux qu'elles pouvaient espérer obtenir, comme si leur mariage était le simple fait du hasard – ce qu'il était, en définitive.

Adelia aurait volontiers pactisé avec elles et fait plus ample connaissance de chacune mais, en la considérant comme une intruse, elles avaient serré les rangs et élevé une barrière pour l'exclure d'un cercle dans lequel leur personnalité parvenait à se dissoudre.

Adelia soupira, puis elle héla Boggart pour qu'elle lui apporte une serviette. Elle sursauta au bruit de verre indiquant qu'un flacon d'onguent avait été délogé du rebord du baquet et s'était écrasé sur le sol. Cette pauvre fille y mettait de la bonne volonté, Dieu la bénisse, mais alors...

— Boggart, vous pouvez profiter de l'eau chaude, maintenant.

— Oh, oui, maîtresse. J'ai pris l'habitude. Et Renfort s'est bien sali aujourd'hui. Je me demandais si je ne pouvais pas le prendre avec moi.

De la brume s'éleva un concert unanime de « Par pitié ! ».

Séchée et enveloppée dans une cape d'Emma, Adelia sortit sur le palier afin de récupérer la chaîne et sa croix sur la desserte où les dames avaient déposé leur joaillerie pour éviter qu'elle ne se ternisse.

Elle ne la trouva pas.

Elle s'empara d'une torche sur le mur qu'elle leva au-dessus de la table pour y voir plus clair et fouilla parmi les anneaux, les broches et les boucles d'oreilles rutilantes des autres femmes.

— Qu'elles soient maudites ! s'écria-t-elle. *Qu'elles soient maudites !*

La chaîne était son seul bijou, elle le portait en souvenir de la gouvernante de son enfance, Marguerite, qui lui avait offert l'original. C'était une petite chose très simple, une croix en argent qu'elle chérissait, mais qu'elle avait dû placer dans le cercueil d'une fille assassinée que le collier fascinait. Dès qu'elle en avait eu les moyens, Adelia avait fait fabriquer une réplique en tout point identique à la première.

Pour en avoir le cœur net, elle attendit qu'une Boggart ruisselante et Renfort émergent de l'étuve.

— Boggart, auriez-vous par hasard ramassé ma chaîne et sa croix ?

— Non, maîtresse.

— C'est bien ce que je pensais. Les maudites garces, elles l'ont prise pour me faire enrager.

Boggart considéra la question.

— Je crois pas qu'elles aient pu, maîtresse. Le collier était là quand elles sont entrées dans la pièce. J'l'ai vu. Et personne est sorti depuis.

Dans son lit, cette nuit-là, Adelia resta longtemps éveillée à se demander qui au sein de l'abbaye était un voleur et pourquoi il – ou elle – avait choisi le plus modeste des bijoux exposés sur la table.

Ma foi, Allie l'attendait, il était essentiel de ne pas traîner. Porter réclamation ne ferait que retarder l'heure du départ, le temps d'organiser une fouille et d'interroger tout le monde, d'autant qu'elle ne gagnerait pas en popularité, laquelle était déjà précaire.

Elle bâilla et se dit qu'elle ferait appel à un orfèvre une fois parvenue en Sicile.

Mais la nuit n'était pas terminée.

Cette fois les cris s'élevèrent des jardins en contrebas des fenêtres de l'hôtellerie du monastère.

Cette fois ils furent terribles.

Cette fois c'était au tour de Boggart.

Il y eut un grognement irrité émanant de l'une ou l'autre des femmes, « Messire Nicholas a encore lâché la bride ? », tandis qu'Adelia mettait la main sur une cape. Elle dévala l'escalier, déverrouilla la porte et se précipita à l'extérieur.

Au centre de la pelouse, la silhouette imposante et frémissante de messire Nicholas était recroquevillée aux pieds de Boggart. Il était agrippé à ses chevilles, si bien que la lune projetait une ombre en forme de crochet monstrueux. Renfort tirait sur la robe de l'homme avec acharnement.

La scène aurait été cocasse si la bouche de Boggart n'avait pas été crispée en un *O* d'horreur et si les hurlements qui s'en échappaient n'avaient pas été ceux d'une âme au supplice.

Adelia se joignit à Renfort pour tenter de déloger messire Nicholas, tout aussi vainement ; le chevalier était comme enraciné et sourd à ce qui l'entourait. Elle lui donna des coups de pied.

— Laissez-la tranquille, maudit bougre, glapit-elle. Bas les pattes, vilain vieux bonhomme, *laissez-la tranquille* !

Plus tard, elle se souviendrait des rires qui émanaient des fenêtres des chambres au-dessus de sa tête. Pourtant, sur l'instant, et d'ailleurs après coup, elle savait que la situation n'avait rien de ridicule ; il se produisait quelque chose d'horrible.

Elle se jeta sur l'homme et chercha ses yeux pour y planter ses doigts, mais il secoua la tête tel un taureau, si bien que ses ongles lui écorchèrent à peine les paupières. Voilà qu'on la tirait ainsi que Renfort sur le côté pendant que quelqu'un de plus costaud délivrait les pieds de Boggart de leur pesant fardeau, qu'il envoya valdinguer dans l'herbe.

Elle aperçut un court instant le visage du chevalier avant que son écuyer et un autre homme ne le mettent sur ses pieds et ne l'entraînent plus loin : il était défait et hagard, méconnaissable.

Rowley tentait de consoler Boggart.

— Là, là, ma chère. Inutile d'avoir peur, il a juste des lubies, ce n'est rien du tout. Il ne fait pas de mal.

Boggart bondit en arrière quand il avança la main vers elle.

— C'est à elle qu'il faut demander pour savoir s'il ne fait pas de mal, rétorqua Adelia sur un ton cinglant.

Elle ramassa le petit chien tout tremblant et le fourra dans les bras de Boggart. Puis, la main sur son épaule, elle conduisit la jeune fille sur un banc dans l'ombre d'une charmille. Rowley avait suivi.

— Y a-t-il quelque chose que je peux faire ?
— Non, répondit Adelia. Nous allons rester tranquillement ici un instant.

Il prit place avec elles sur le banc, à côté d'Adelia, tandis qu'à l'autre extrémité Boggart hoquetait, le regard rivé sur quelque chose qu'ils ne voyaient pas. Elle serrait Renfort si étroitement que ses frissons se propageaient au chien qui vibrait avec elle.

De l'autre côté de la pelouse, les volets de l'hôtellerie se fermaient ; le spectacle était terminé.

— Eh bien, cette fois au moins il a laissé la bottine, dit Rowley qui essayait de détendre l'atmosphère.

Adelia baissa les yeux sur les chaussures de Boggart. Elle les lui avait achetées à Caen, ainsi qu'une paire de rechange et des bottes de cheval, pour remplacer les lourds sabots ferrés – d'homme, et bien trop grands – qu'elle portait à Southampton. La fille s'était emparée de ses bottines pour les serrer contre elle, tout comme elle étouffait Renfort à présent et avait longtemps répugné à les porter de peur de les salir. Adelia avait fini par se débarrasser des sabots.

Voilà que ses nouvelles chaussures étaient souillées ; les petits rubans qui laçaient les côtés avaient été léchés, ils étaient informes et trempés.

— Pourquoi se conduit-il comme ça ? demanda Adelia. Comment diable... ? *Pourquoi ?*
— Je l'ignore.

Rowley marqua une pause.

— Elle a été violentée par le passé, n'est-ce pas ?
— Je le crois.
— Je suis désolé.

Il tapota la main d'Adelia et se leva.
— Alors je pense que ma présence l'incommode.
— Oui.

En le regardant s'éloigner avec regret, Adelia remercia la bonne fortune d'être aimée par cet homme. Il n'était pas exempt de défauts, comme tous les êtres humains – elle-même était une femme imparfaite –, mais sa nature ne cachait pas de fêlures où se dissimulaient des monstres tels que ceux qui habitaient messire Nicholas ; il était foncièrement sain.

Nous devons tous deux faire mieux pour Allie, pensa-t-elle, *elle a besoin de nous deux. Il faut le réussir ensemble.*

Boggart, le regard droit devant elle, prit la parole.
— Ma faute, dit-elle. C'est un...

Elle pressa Renfort plus fort encore contre sa poitrine.
— Le pauvre monsieur avait l'air bouleversé, alors j'suis allée l'trouver. J'croyais qu'c'était un gentilhomme aimable, j'lui ai souri. C'était bête d'avoir ameuté tout l'monde, il m'a pas fait d'mal, c'est ma faute...

Adelia lui prit le menton et tourna son visage vers elle.
— Boggart, écoutez-moi bien. *Ce n'est pas votre faute.* Il y a eu d'autres victimes. Messire Nicholas fait partie de ces hommes qui possèdent un démon caché en eux. La boisson le fait sortir. Il s'en est pris à vous, mais ç'aurait pu être n'importe qui, n'importe quelle femme. Moi, par exemple. Vous n'êtes pas plus coupable que... qu'un arbre frappé par la foudre.
— C'est vrai ?
— Oui.
— Alors ça va...

Elle ne paraissait guère convaincue.

— Boggart. Il vous est arrivé quelque chose. Avant ça, je veux dire. Voulez-vous en parler ?

— Je vais bien, maîtresse. Je vous assure.

— Non, ce n'est pas vrai. Ça vous ferait du bien de tout me raconter.

Que Boggart en ait eu l'intention ou pas, l'occasion passa. On s'approchait du fond du jardin et maîtresse Blanche apparut, marchant avec précaution pour ne pas renverser le bol qu'elle tenait dans les mains.

— J'ai pensé que la pauvre petite pourrait avoir besoin d'un remontant. Le cuisinier m'a donné du lait. J'y ai ajouté du cognac.

Adelia dut dégager les doigts de Boggart de la toison de Renfort et même alors fut obligée de porter le bol à ses lèvres.

Avec son élocution parfaite, la demoiselle de compagnie poursuivit :

— Ce genre d'incident n'est jamais agréable, mais les hommes sont d'étranges animaux. Après tout, il n'y a pas eu de mal. Il faut juste passer outre.

Adelia leva soudain la tête, mais la jeune femme se préoccupait de Boggart et montrait de la compassion. Il y avait de la sensibilité chez elle, et même de la sympathie.

— Elle s'en veut, je suppose, dit maîtresse Blanche.

— Oui.

— C'est toujours pareil. Dites-lui qu'il ne faut pas.

Ce cri du cœur était si inattendu et révélateur qu'Adelia lui tendit instinctivement la main.

L'autre ne la saisit pas ; pas question de se lancer dans des confessions entre femmes.

— J'étais inquiète pour la fille, dit-elle, vous devriez en faire autant. Elle va prendre froid.

Elles aidèrent la servante à se lever et l'accompagnèrent à l'hôtellerie.

Scarry les a observées d'une fenêtre, riant sous cape.
Il tient dans la main une chaînette avec une croix en argent. Il la fait tomber méticuleusement dans un espace entre deux lattes disjointes du parquet.

Quand il fut mis au courant de la disparition du collier d'Adelia, Ulf se montra circonspect.
— Curieux, dit-il. L'écuyer de monseigneur Ivo m'a confié que les bagages ont été fouillés. En revanche, rien n'a été volé.
— Qu'en penses-tu ?
— P'têt qu'on cherchait ça.
Il posa la main sur la croix de bois qui dépassait de la fonte de selle de sa mule.
— Ce n'est guère plausible, intervint Mansur. S'il était après l'épée, un voleur irait plutôt fouiner du côté des coffres à valeurs, pas dans les bagages.
— Tu crois ? Tu crois vraiment ? S'il est malin, il a conscience qu'le roi sait qu'les coffres seront les premiers à être visés en cas d'attaque et a deviné qu'le vieil Henri a planqué tu sais quoi ailleurs.
La criminalité et sa tournure d'esprit n'étaient pas étrangères à Ulf qui les avait côtoyées dans son enfance, mais c'était trop subtil pour Adelia.
— Si d'aventure il s'agit du même voleur et s'il a pris mon collier au lieu des diamants des dames, alors il n'est pas si intelligent que ça.
La conversation fut interrompue par l'amiral O'Donnell qui s'approchait sur un splendide cheval bai que suivait Deniz sur un âne. Quand ils ne profitaient pas des rares occasions offertes aux marins de suivre messire Nicholas ou monseigneur Ivo dans une partie de chasse, ces deux hommes aimaient à passer du temps à chevaucher auprès de Mansur.

Deniz ne prononçait jamais une parole, mais son maître ne cessait de questionner le Maure sur les coutumes de son pays natal, de raconter des histoires d'Irlande et de mer à Adelia, et d'interroger Ulf sur le Cambridgeshire et les *fens*. En fait, Ulf semblait l'intriguer particulièrement.

— Que voilà un intéressant jeune homme, dit-il en observant Ulf qui s'éloignait pour rejoindre son groupe. Un ami à vous ?

— Comme tous les pèlerins, je l'espère, répondit Adelia.

— Pas comme un pèlerin ordinaire, cependant, n'est-ce pas ?

— Ah bon ? répondit Adelia sur un ton d'ennui. Qu'est-ce qu'il a de particulier ?

— Ah, ma foi, je ne réussis pas à mettre le doigt dessus... Un certain manque de ferveur spirituelle, peut-être. Je dirais qu'il est dépourvu de cette aura de *mysterium stupendum* que montrent la plupart des pèlerins. N'êtes-vous pas d'accord ?

— Je crois qu'il soupçonne Ulf de ne pas être un véritable pèlerin, rapporta-t-elle à Mansur avec gravité quand l'Irlandais les eut quittés. Pourquoi ne nous laisse-t-il pas tranquilles ? Je commence à me demander s'il ne recherche pas Excalibur.

— Je pense que c'est pour ta compagnie qu'il se joint à nous, dit Mansur.

— Absurde ! Il furète.

Mansur haussa les épaules.

— Nous n'avons rien laissé filtrer.

Adelia avait pourtant l'impression que, d'une façon ou d'une autre, ils s'étaient trahis.

Rowley également s'inquiéta de la perte du collier d'Adelia.

— Je n'aime pas vous voir sans croix.

— Pourquoi ?
— Toutes les femmes en portent. Ça vous singularise.
— On m'a déjà mise à part, répondit-elle avec une grimace.

Il planta son regard dans le sien.
— À part, vous l'êtes à mes yeux, dit-il.

« Lupus, mon aimé, je crois que j'ai trouvé Excalibur. Henri l'a confiée à sa créature qui l'a cachée en usant d'un subterfuge malin, arte perire sua. *Le corniaud nauséabond qui la suit partout saute sur le jeune pèlerin avec un enthousiasme qu'il ne prodigue qu'à elle, à sa bonniche et au Sarrasin. Ils se connaissent. Et le garçon ne se sépare jamais de sa grosse croix en bois brut. Si on la secouait, entendrait-on brinquebaler ? Je crois que oui.*

» Richard la possédera et fera de nous des hommes riches, et genus et formam regis filius pecunia donat. *Qu'il sème la destruction avec l'épée, qu'il l'utilise pour tuer son père, car c'est ce qu'il souhaite en secret. Notre objectif premier réside ailleurs. »*

L'allure du convoi ralentit quand il eut rallié la grand-route vers l'Aquitaine ; c'était aussi la voie principale à l'ouest pour les Pyrénées et elle était encombrée par les pèlerins sur le chemin de la tombe de saint Jacques à Compostelle ou qui s'en retournaient.

L'atmosphère bruissait de ferveur religieuse, avec des langues par dizaines et l'odeur de corps malpropres mêlée de senteurs d'artémise, une plante souveraine contre la fatigue que les pèlerins fourraient sous leur chapeau ou dans leurs chaussures. Ceux qui venaient d'Espagne, traînant la patte après leur long périple malgré l'artémise, arboraient le coquillage symbole des apôtres et une mine extatique sur le visage. Les villageois allaient à leur rencontre pour obtenir leur bénédiction ou pour baiser les mains qui avaient touché la sépulture sacrée.

Les pèlerins qui faisaient route vers Compostelle menaient pour la plupart grand tapage, gueulant des alléluias, chantant les louanges du Seigneur qui allait bientôt leur pardonner leurs péchés ; quelques-uns se flagellaient, ou dansaient, certains étaient clairement déments, d'autres marchaient nu-pieds.

Un groupe déguenillé fit cercle autour du chariot de Jeanne et l'invita à grands cris à se joindre à lui pour le salut de son âme. Les hommes du capitaine Bornay les auraient dispersés du plat de l'épée si la princesse n'avait montré du tempérament en se levant et en lançant des pièces de monnaie dans l'attroupement.

— J'ai effectué le pèlerinage, braves gens, et j'ai reçu la bénédiction. Recevez cette aumône, et que Dieu guide vos pas.

Il y avait ceux qui poussaient des charrettes supportant leurs proches malades dans l'espoir que saint Jacques les guérirait et qui avaient attiré l'attention d'Adelia ; munie de sa trousse, elle alla les voir pour essayer de leur prodiguer des soins. Elle fut le plus souvent refoulée.

— Merci beaucoup, mais saint Jacques nous exaucera quand nous nous présenterons à lui.

— Laisse-les, suggéra Mansur. Ils sont trop nombreux.

C'était vrai, pourtant elle ne pouvait supporter l'idée de les abandonner à leur sort et il fallut la jucher de force sur sa monture pour ne pas la perdre en chemin.

Dans le monastère où la procession fait étape ensuite, Scarry observe sa cible d'une fenêtre élevée.

« Elle s'est rendue dans la cour parmi les pèlerins et leur chair gangrénée. Et son évêque concupiscent l'accompagne, aux yeux du monde pour donner charité et réconfort, mais en réalité pour être avec elle.

» Oui, je t'ai entendu, mon aimé. Nous approchons de l'Aquitaine. L'heure du crime a sonné. »

DEUXIÈME PARTIE

CHAPITRE 6

Les deux premières morts semblèrent accidentelles, et l'une l'était effectivement.

Les dames s'étant retirées dans leurs chambres, l'abbé de Saint-Benoît resta attablé avec ses convives masculins à qui il proposa une partie de chasse au sanglier d'ici une heure ou deux. La nuit était propice à ce type de gibier, quand le mâle, la plus féroce des bêtes sauvages, délaissait sa laie et les marcassins pour circuler dans la forêt, fouillant les feuilles de son groin et labourant la terre de ses défenses pour les aiguiser.

Comme Rowley l'expliqua plus tard à Adelia, chacun avait bien festoyé, cependant sans excès. Messire Nicholas avait été surveillé de près par son écuyer qui prenait soin de verser à son maître des gobelets de vin coupé d'eau.

Le prieur avait évoqué le grand-père de tous les sangliers ; il avait ravagé ses champs ensemencés au cours de l'hiver, et avait tué en outre deux paysans. Un adversaire redoutable au faîte de sa puissance et aimé de Dieu, avait ajouté l'abbé. Il avait demandé à son veneur d'apporter les laissées du monstre qu'on avait trouvées et de les disposer sur la table pour en convaincre ses visiteurs.

Et d'ailleurs, avait poursuivi l'abbé, il possédait une meute de chiens *sans pareille*[1] pour la chasse au sanglier et prêts pour la bagarre. Il était certain que les nobles seigneurs seraient enchantés de les voir en action.

— Vous imaginez la suite, ma chère, dit Rowley à Adelia. Tous ces seigneurs, et d'autres pas si nobles, furent sur leurs pieds en un instant, demandant que l'on selle leurs chevaux, en particulier messire Thomas Baicer et monseigneur Ivo, et bien sûr l'omniprésent amiral O'Donnell.

Il serra les lèvres en prononçant ce dernier nom, comme il en prenait l'habitude chaque fois que l'Irlandais était cité.

— J'ai essayé de retenir le père Adalburt car la chasse au sanglier n'est pas une affaire d'amateur, mais ce crétin piaillait d'excitation et il fut impossible de le dissuader. Locusta – le pauvre garçon, la chasse ne lui réussit pas, il obtient toujours le rôle de rabatteur – a tenu à y participer. Même le père Guy s'est piqué au jeu et a voulu se joindre à nous, au moins à titre de spectateur.

L'évêque de Winchester avait décliné, au prétexte qu'il était trop vieux et fatigué. Rowley, à contrecœur, s'était résolu à accompagner l'équipée, surtout, déclarat-il, pour garder un œil sur les imbéciles.

Les hommes s'équipent dans le petit pavillon de pierre sur les terres du bon abbé de Saint-Benoît. C'est à cet endroit qu'il range les javelines, les lances, les arbalètes et les carreaux, les arcs en if et les flèches, les couteaux de chasse et à dépecer.

Les hommes sont excités et, comme toujours quand le sanglier est le gibier, un peu nerveux. Pas les chiens

---

1. En français dans le texte.

dans le chenil voisin ; c'est un concert d'aboiements pour qu'on les délivre et qu'on les envoie faire ce pour quoi ils ont été dressés.

Quelqu'un s'énerve après Scarry parce qu'il choisit une lance trop légère.

— Ça ne percera jamais le cuir d'un sanglier !
Scarry affiche un sourire naïf.
— Ah bon ?
Mais il soupèse son arme et s'en empare quand même.

Adelia s'occupait des pèlerins souffrants dans la cour du monastère quand la chasse partit dans un tintamarre de cors et de trompettes, les cris des pisteurs, les aboiements rauques des chiens et les exclamations des cavaliers.

Elle dormait dans son lit à son retour, mais, comme tout le monde, fut réveillée par la longue plainte d'un cor venant de la forêt, qui annonçait la mort, l'hommage rendu à la bête tuée.

Sauf que cette fois, ce n'était pas celle d'un animal qu'on signalait…

Il pleuvait. Moines, invités et pèlerins se massèrent dans la cour pour observer la chasse qui rentrait, hommes et bêtes dégoulinants d'eau.

Le prieur, en pleurs, marchait à côté d'un brancard assemblé à la hâte sur lequel gisaient deux corps.

Le cadavre de messire Nicholas Baicer fut porté sur-le-champ dans la chapelle des dames et monseigneur Ivo, qui saignait abondamment, dans la chambre de l'abbé où on l'allongea sur le lit.

Le sanglier s'était montré à la hauteur de sa réputation. Les chiens l'avaient pisté et acculé ; le seigneur Ivo et l'abbé, qu'accompagnaient écuyers et veneurs, avaient mis pied à terre pour l'affronter.

Cependant, alors que les chiens avaient planté leurs crocs dans chaque partie ou presque de son corps, l'énorme animal avait réussi à charger et à percuter à l'aine le seigneur Ivo qu'il avait envoyé valdinguer dans les airs, avant de terminer sa course sur l'épée du prieur, qu'il avait reçue dans l'œil.

— Ce n'est qu'à ce moment-là, dit l'abbé en larmes, que nous nous sommes aperçus que messire Nicholas n'était pas dans le groupe, et en effet il en était éloigné quand nous l'avons trouvé. Sans lune, la forêt était si sombre que je crains que ceux qui nous suivaient ne se soient égarés. Nous avons organisé une battue et nous avons fini par tomber sur messire Nicholas sans vie, traîné par son cheval, un pied dans l'étrier. Que Dieu me pardonne pour le drame qui nous afflige… Un éminent chevalier grièvement blessé, un autre au paradis et mon meilleur chien avec lui. Nous devons être maudits.

Sous la conduite de Mansur et du docteur Arnulf, Adelia et l'herboriste de l'abbaye firent ce qu'ils purent pour monseigneur Ivo.

De la sphaigne moussue fut appliquée sur ses plaies pour les nettoyer et contenir l'épanchement de sang. Cependant, comme Adelia put le constater, les défenses du sanglier avaient pénétré trop profond ; sa seigneurie saignait à l'intérieur, suturer les blessures ne servirait qu'à aviver les souffrances sans permettre de prolonger une vie qui approchait inévitablement de la fin.

Elle se précipita hors de la chambre pour aller chercher dans sa trousse la potion de pavot et trouva Rowley qui l'attendait à l'extérieur.

— Ivo est-il mourant ?

— Oui. Tout ce qu'il reste à faire, c'est soulager la douleur.

— Combien de temps ?
— Je ne sais pas.
— J'y vais. Que Dieu ait pitié d'un bon ami et d'un excellent soldat.

Quand Adelia réintégra la pièce, Rowley tenait la main du seigneur Ivo et l'évêque de Winchester priait en préparant les saintes huiles pour les derniers sacrements. L'abbé, toujours en tenue de chasse, le père Guy et le docteur Arnulf discutaient à voix basse du choix des reliques de saint Benoît susceptibles d'aider l'âme de monseigneur Ivo à trouver le repos, tandis que Mansur, en apparence détaché de la conversation, montrait un visage inquiet qui tranchait avec son impassibilité coutumière.

La lumière des chandelles disposées aux quatre coins du lit projetait des ombres qui déformaient les visages des hommes dressés autour, creusant des orbites de tête de mort.

Seul l'agonisant avait les traits pleinement éclairés, et Adelia se mordit la joue en songeant à la torture que cet homme endurait et au courage avec lequel il la supportait. Les yeux clos, les lèvres réduites à un trait, il serrait la main de Rowley avec la force d'un rapace.

— Tenez, seigneur, dit Adelia à Mansur en lui tendant une fiole.

Le docteur Arnulf fut sur eux dans la seconde.

— Qu'est-ce que cela ?
— Du suc de pavot. Le docteur Mansur l'a prescrit contre la douleur.
— *Du suc de pavot ?* s'exclama le père Guy. C'est là une potion du diable ! Ce cher homme sur le lit se purifie et se rachète par sa souffrance. La passion du Christ nous montre le caractère sacré du supplice de la chair. Arnulf, vous qui êtes un membre

subalterne du clergé en même temps que médecin, vous ne pouvez pas permettre ça. Il existe des édits de Rome…

— En effet, je ne le permets pas, répondit le docteur Arnulf sur un ton ferme. Le pavot, la mandragore, la tête de chanvre… tout ça ne fait pas partie de mon armoire à remèdes.

Adelia les dévisagea, incapable d'en croire ses oreilles.

— Cet homme est au supplice. Vous ne pouvez pas, vous n'avez pas le droit de lui refuser le réconfort.

— Mieux vaut le tourment du corps que de l'âme, rétorqua le père Guy.

L'abbé se joignit à eux ; il dégageait une odeur de forêt mêlée à celle du sang, le sang du seigneur Ivo, qui maculait les manches de son pourpoint de cuir.

— Mon enfant, j'ai fait quérir le fémur de saint Étienne, le premier martyr. Il faut prier pour que son application aide ce preux chevalier à traverser ses épreuves.

— Aide-moi, dit Adelia à Mansur en arabe.

Mansur s'exécuta. Il arracha la fiole de ses mains et la présenta à Rowley, qui tourna le regard vers Adelia. Celle-ci hocha la tête.

Le Maure aida monseigneur Ivo à redresser la tête et Rowley administra la drogue à l'agonisant.

— Buvez, mon cher ami.

Pendant que le père Guy délirait à grand bruit sur le fait que le noble seigneur n'avait pas prononcé sa dernière confession, le docteur Arnulf, hors de lui, chassait Adelia de la pièce.

— Espèce d'insolente, cracha-t-il, qui êtes-vous, vous et votre maître, pour vous opposer aux hommes de Dieu et aux commandements de notre mère l'Église ?

La coupe était pleine.

— Quelle vraie mère autoriserait pour son fils les souffrances que ce pauvre homme endure ? Et quel médecin digne de ce nom ?

— Vous contestez mon autorité ?

— Oh oui, et comment !

Elle tourna les talons et s'éloigna dans le couloir.

L'agonie de monseigneur Ivo se prolongea toute la journée. Jeanne et les dames de compagnie passèrent leur temps dans l'église du monastère à prier pour l'âme qui s'était envolée et celle qui s'apprêtait à la suivre.

Adelia resta pour sa part dans sa chambre. Par deux fois, Mansur entra pour recharger la fiole. Le seigneur Ivo avait repris conscience suffisamment pour se confesser et recevoir l'extrême-onction de l'évêque de Winchester.

Le docteur Arnulf et le père Guy, se lavant les mains de la suite des événements, avaient quitté la pièce, rapporta Mansur à Adelia.

— Bien, dit-elle, mais elle grimaça. Nous ne nous sommes pas fait des amis aujourd'hui, hein ?

— Qui voudrait d'amis tels que ceux-ci ?

— Dire qu'ils se prétendent chrétiens... Quand le Christ a-t-il observé la souffrance sans chercher à l'apaiser ?

— Je ne crois pas que ce sont des chrétiens, je crois que ce sont des hommes d'Église.

Après le départ du Maure, elle se rendit à la fenêtre. La pluie tombait à verse. Une rivière coulait à proximité, elle distinguait à la surface les cercles que dessinaient les épaisses gouttes. La forêt au-delà se fondait dans une masse indistincte sous le ciel bas et gris. Il lui apparut qu'elle ne connaissait le nom ni de l'une ni de l'autre, et monta en elle un sentiment de détresse, celui d'un orphelin arraché à tout ce qu'il aime et abandonné en territoire hostile. La pensée qu'Allie pouvait éprouver la même chose la terrassa.

Le réconfort que Gyltha lui aurait apporté lui manquait. *On a traversé pire que ça, ma mie.*

Certes, c'était vrai, mais jamais l'une sans l'autre.

La nuit était tombée quand Mansur vint lui annoncer que monseigneur Ivo était mort. Il lui tendit une bure de moine.

— Mets ceci et va retrouver l'évêque dans la chapelle des dames.

— Pourquoi ?

— Il croit avoir décelé quelque chose de suspect dans la mort de messire Nicholas.

Le ridicule égaya soudain cette journée de cauchemar. C'était bien de Rowley : une demande de rendez-vous galant devenait l'ordre de traverser sous un déguisement une abbaye pleine de monde. Et pour faire quoi ? Pratiquer une autopsie ?

Elle irait, bien entendu. Qu'elle fût surprise dans cet accoutrement ou pas, sa réputation ne pouvait être pire que celle qu'elle avait acquise. Elle irait car elle était faite de la limaille qu'attirait le magnétisme de cet homme. Elle irait parce que... ma foi, parce que c'était une sottise et qu'une sottise était une bénédiction à présent.

Elle ôta voile et bandeau pour enfiler la bure, rabattant la capuche sur sa tête jusqu'aux yeux.

— Je ressemble à un moine ?

— Oui. Un petit.

En définitive, personne ne prêta attention à elle. Le monastère était en effervescence : deux invités de marque tués alors qu'ils étaient sous son égide ; les personnes à prévenir, les messages à envoyer ; les obsèques à organiser ; les offices extraordinaires à préparer et, en plus de tout ça, les heures sacrées à respecter. Les moines en grande agitation entraient, dégouttant de pluie, ou sortaient en courant, tête baissée pour tenter d'éviter de poser les sandales dans les flaques. Elle serait même passée inaperçue avec des cymbales.

La chapelle des dames, excroissance de l'église du monastère, était un bâtiment distinct et sans doute plus ancien. La silhouette qui l'attendait était plus haute que la porte à chevrons.

— Vous avez pris votre temps, dit Rowley.

Il tourna la poignée et ouvrit un battant dans un bruit fracassant.

Adelia perçut aussitôt l'odeur d'encens, de cire d'abeille et de mort. À l'intérieur, la seule lumière émanait de deux cierges disposés à la tête et au pied du catafalque sur lequel gisait messire Nicholas. Deux moines étaient agenouillés de part et d'autre.

Le silence était total hormis le plic-plic des gouttes de pluie tombant d'une fuite du toit dans un seau quelque part dans l'ombre.

— Merci, mes frères, dit Rowley, vous pouvez disposer. Je vais veiller mon ami.

Ils ne se firent pas prier et se levèrent dans un bel ensemble. Massant leurs pauvres genoux, ils s'inclinèrent devant le cadavre, l'autel, puis l'évêque de Saint-Albans avant de se retirer.

Rowley claqua la porte derrière eux et la verrouilla.

— Bien, dit-il. Maintenant, venez voir.

Le corps avait été enveloppé dans un linceul de soie. D'ordina.2ire, le visage restait découvert ; pas cette fois. Adelia aurait pu avoir sous les yeux une momie égyptienne.

À deux et non sans peine – messire Nicholas avait été un homme imposant –, Adelia et Rowley parvinrent à l'extraire de son cocon. Quand le cadavre fut enfin exposé à la vue, elle comprit pourquoi le visage avait été masqué : un trou irrégulier béait à la place d'un œil.

— Que s'est-il passé ?

— Le petit Aubrey l'a découvert et a lancé les premiers appels. Seigneur, cette chasse a été un désastre. La pluie, une obscurité d'enfer, trop de monde éparpillé sous une infinité d'arbres, personne ne sachant où se trouvait l'autre, et moi au milieu qui essayais de rattrouper l'ensemble...

Rowley ôta sa coiffe pour se passer la main dans les cheveux et dévoila des traits marqués par la fatigue et le chagrin.

— Quoi qu'il en soit, reprit-il, j'ai entendu le cor d'Aubrey et je me suis rué vers lui au grand galop. Il avait dégagé le pied de Nicholas de l'étrier et l'avait allongé sur le sol. Il se lamentait sur le cadavre. Un éclat de bois dépassait de l'œil de ce malheureux seigneur, si bien que nous avons cru que son cheval avait trébuché et qu'il s'était empalé sur une branche.

— Et maintenant, vous n'êtes plus de cet avis ?

— Eh bien... Il y avait Ivo, Nicholas, le temps me manquait pour réfléchir. Et puis, pendant que j'étais au chevet d'Ivo et que j'essayais de mettre un peu d'ordre dans mes idées, il m'est venu à l'esprit que si la branche avait causé la mort de Nicholas, il aurait dû y avoir beaucoup de sang. Or, il n'y en avait pas trace. Les morts ne saignent pas ; je tiens ça de vous.

— Il aurait été tué auparavant ?

— C'est la raison de votre présence ici. Et pressez-vous, on ne va pas tarder à amener Ivo.

Adelia repoussa sa capuche. Comme elle le faisait toujours, elle s'agenouilla devant la dépouille et implora son pardon pour les manipulations qu'elle s'apprêtait à effectuer. L'âme de messire Nicholas avait été absoute ; les morts étaient sans péché, et ils étaient son affaire.

Celui qui avait préparé le corps avait bâclé le travail ; des marques vertes étaient visibles sur la peau là où les vêtements du chevalier s'étaient déchirés quand il avait été traîné sur le sol. Les pierres et les ronces avaient laissé de longues lacérations dans la chair.

— Donnez-moi plus de lumière.

Rowley s'empara d'un cierge et la cire chaude goutta sur les plis du linceul défait quand il le leva au-dessus du catafalque. Derrière elle, dans l'obscurité, s'élevait le bruit régulier de la pluie tombant dans le seau.

— Hum.
— Quoi ?
— Ceci.

Ses doigts avaient repéré un repli de chair boursouflé et inégal dans le haut du dos à gauche, et, juste en dessous, un trou. Celui-ci avait saigné, et abondamment. Les toiletteurs négligents avaient oublié des croûtes sur les bords.

— J'y suis, dit Adelia en fouillant plus avant. Quelque chose est encastré là-dedans. Je sens comme du bois.

Elle leva les yeux.

— Rowley, je crois que c'est une javeline, très fine, mais, oui, je suis sûre qu'il s'agit d'un genre de javelot. Elle s'est cassée quand il a été traîné, mais la cause de sa mort n'est pas ailleurs.

La voix de Rowley fit trembler les ténèbres.

— *Maudits braconniers !*

Il se passa à nouveau la main dans les cheveux et dit sur un ton plus calme :

— Seigneur Jésus, quelle fin pour un homme pareil...
— Qu'allez-vous faire ?

— Dire à l'abbé ses quatre vérités. C'est une honte de laisser des braconniers rôder dans ses bois et lancer des javelots sur tout ce qui bouge.

Il s'éloigna à grands pas dans l'obscurité en ruminant des imprécations contre ces méchants bougres qui sortaient de nuit pour s'accaparer le gibier d'autrui, décrivant en détail le déplaisant destin de l'un en particulier s'il tombait entre les mains de Rowley Picot.

Le bruit d'un seau qu'on envoyait rouler d'un coup de pied se répercuta en écho contre la voûte. Adelia aurait apprécié de s'y laver les mains.

Adelia le laissa divaguer. Il y avait quelque chose de terrible dans ce genre de mort par méprise, car il était difficile d'imaginer qu'il pût en être autrement : l'obscurité, la pluie ; un paysan – peut-être affamé – à l'affût dans les fourrés, l'oreille dressée pour capter le moindre mouvement d'une bête ; qui entend un grand raffut ; enfin, le lancer habile et chanceux d'un javelot fait maison...

Non que ce fût rare. Sa connaissance de l'histoire de l'Angleterre était sommaire, mais un des fils de Guillaume le Conquérant – quel était son nom déjà ? – n'avait-il pas trouvé la mort dans des circonstances similaires ? Cela s'était produit dans la New Forest. *Rufus, c'est ça.* Guillaume Rufus. Un roi, pas moins.

— Voulez-vous que je sorte la pointe de javeline de la plaie ? demanda-t-elle à Rowley lorsqu'il eut repris ses esprits. Auquel cas il faudrait que j'aille chercher mes instruments.

— Non. Redonnons-lui décence.

Il la rejoignit pour l'aider.

Quand ils eurent arrangé le dernier pli, Adelia resta un peu plus longtemps agenouillée. Puis elle leva le regard et vit Rowley qui la dévisageait ; elle prit alors conscience qu'avec ses cheveux dénoués lui tombant sur les épaules elle était belle, parce qu'elle était toujours belle à ses yeux.

— Que Dieu me protège, bougresse, mais je dégagerais volontiers ce pauvre diable du catafalque pour vous y jeter et vous prendre sur-le-champ. Tant pis pour le salut de mon âme – et de la vôtre.

— Je vous laisserais faire, répondit-elle.

Le temps leur manqua ; ils perçurent des bruits de pas dans les flaques et des chants : « ... chaque larme de leurs yeux ; la mort ne sera plus... »

Rowley déverrouilla en hâte la porte et les processionnaires pénétrèrent dans la chapelle en portant le seigneur Ivo sur leurs épaules. « ... la peine et la douleur disparaîtront, car les objets d'ici-bas sont derrière eux... »

Adelia se couvrit la tête et se plaça à côté de la porte pour laisser passer les moines, puis elle se faufila dehors sans se faire remarquer.

Le prieur vivait un sale moment. Tandis que ses baillis interrogeaient tous les hommes du domaine capables d'une pareille précision au javelot, il conférait avec les deux évêques pour décider du sort des dépouilles. Les envoyer chez eux ou les enterrer sur place ?

Pour finir, on préleva les cœurs des chevaliers, qu'on plaça dans des coffrets tapissés de plomb qui furent confiés aux écuyers et aux serviteurs avec mission de les remettre aux familles. Un messager fut envoyé pour prévenir Henri Plantagenêt de la perte de deux de ses hommes les plus loyaux.

L'inhumation des corps fut menée sous une pluie battante dans le cimetière de Saint-Benoît, où la princesse Jeanne pleura ses chevaliers.

On descendait messire Nicholas dans la fosse quand le docteur Arnulf et le père Guy portèrent le regard sur Adelia. « J'espère que cette femme est contente maintenant, entendit-on le chapelain dire. N'est-ce pas elle qui a frappé ce cher homme de sa malédiction ? »

Quand enfin le cortège reprit la route, il avait perdu une vingtaine de serviteurs. Le malaise était général, les rires rares. Malgré ses frasques, messire Nicholas incarnait avec le seigneur Ivo la stabilité et l'autorité de leur roi et chacun se sentait moins tranquille en leur absence.

L'évêque de Winchester était le plus affecté. Il était gagné par une nervosité nouvelle chez lui ; aux manquements d'Henri le Jeune s'ajoutait à présent cette tragédie. Il relayait les mots qu'avait prononcés son hôte : « Nous devons être maudits. » Il confia à ses intimes qu'il commençait à croire que Dieu voyait leur entreprise d'un mauvais œil.

Ce sentiment se répandit le long de la colonne lorsque des langues malveillantes telles celles du père Guy, d'Edeva, la gouvernante de Jeanne, et de Brune, la patronne des blanchisseuses, assurèrent que *bien sûr* Dieu était mécontent. N'abritaient-ils pas dans leur sein non seulement un de Ses ennemis jurés, un Sarrasin, mais également cette femme qui semblait posséder le pouvoir de détruire hommes et bêtes qui avaient l'heur de lui déplaire ?

La procession entrait en Aquitaine, un duché qui tirait son nom de l'eau qui y coulait et qu'Aliénor avait apporté à Henri Plantagenêt par mariage ; depuis que la reine était en résidence surveillée, il était sous l'autorité de leur deuxième fils, le duc Richard.

Le temps se mit au beau, comme si le soleil ne pouvait pas faire moins que de briller pour l'arrivée au pays de la fille de la duchesse bien-aimée. Même l'évêque de Winchester retrouva le sourire.

— Nous sommes en sûreté maintenant. Le duc au cœur de lion nous retrouve à Poitiers.

Le problème du manque de chevaliers allait être résolu avec l'escorte de Richard qui accompagnerait sa sœur jusqu'en Sicile ; ils étaient des centaines à ses côtés, non pas comme avec son frère pour ces mascarades de guerre qu'étaient les tournois, mais pour qu'un jour il puisse les mener au véritable combat : la croisade.

— Il en est obsédé, déclara Rowley avec une grimace.

Il éprouvait peu d'enthousiasme pour la croisade, guère plus pour le seigneur Richard.

— Il va d'abord falloir qu'il ramène la paix dans le sud de l'Aquitaine. Bien fait pour lui, d'ailleurs, c'est lui qui a commencé à semer la zizanie. Il a cru que les barons allaient se ranger de son côté quand il est entré en conflit contre son père. En réalité, bien sûr, ils n'ont vu là qu'une occasion de grappiller des terres et ils n'avaient aucune raison de cesser quand Richard et Henri se sont rabibochés.

— Ça paraît paisible, pourtant, fit remarquer Adelia en admirant la campagne environnante, et si joli.

— Maîtresse, ce n'est pas joli à Limoges, à Taillebourg ou en Gascogne, intervint Locusta qui s'était approché avec l'amiral O'Donnell et Deniz. Le duc Richard a fini par briser leur résistance mais j'ai vu ce qu'il en restait au cours de ma tournée dans le pays. Nous allons éviter ce chemin. Ce qui s'y est passé n'est pas un spectacle pour les dames. *Bella, horrida bella.*

— Des brutalités ? demanda Rowley.

— Des horreurs.

Rowley hocha la tête.

— Il a ça en lui. Son père considère qu'il doit traiter avec les rebelles quand il les a vaincus – tout autre mode revient à semer les graines de la discorde – mais je doute que Richard en ait saisi le bien-fondé ; il y a du boucher dans ce jeune homme.

— Le garçon est encore jeune, observa l'amiral O'Donnell. Nous-mêmes, dans notre jeunesse, avons tous connu ça. *Experto credite.*

Quelles atrocités O'Donnell a-t-il pu commettre dans sa jeunesse ? se demanda Adelia.

Rowley piqua des deux et prit le large ; l'amiral n'était pas à son goût. Ulf n'appréciant pas non plus le bonhomme et Locusta s'étant éloigné, Adelia se retrouva seule avec O'Donnell.

— Et où se trouve le seigneur Mansur aujourd'hui ? demanda-t-il.

— Il est occupé.

En fait, Mansur était resté sur le lieu de leur dernière halte pour apprendre à Boggart à laver, sécher, repasser et plier le linge. C'était là en principe la mission des blanchisseuses, qui avaient reçu de l'évêque de Winchester l'autorisation exceptionnelle de travailler le dimanche, jour où le convoi obéissait au commandement de ne pas bouger de l'endroit où il était rendu pour observer le repos. Mais de plus en plus souvent, les vêtements d'Adelia et de Mansur leur revenaient encore tachés.

« Une faute d'inattention », avait expliqué Adelia pour calmer Mansur, bien qu'elle n'en crût pas un mot.

L'hostilité de Brune envers le Maure et elle était devenue criante. « Surtout ne réagissons pas », s'était-elle empressée d'ajouter.

La maîtresse blanchisseuse était colérique, mais Mansur également, et une querelle entre les deux serait vilaine à voir.

Dans le passé, quand Adelia et lui voyageaient avec Gyltha, Mansur avait toujours lavé son linge, et il y tenait. Désormais, en tant que *seigneur* Mansur, il ne pouvait plus se charger de tâches aussi vulgaires et avait donc entrepris de transmettre son savoir-faire à une Boggart limitée en pestant contre la blanchisseuse, dont c'était le devoir, de l'obliger à agir ainsi.

Adelia était en queue de convoi avec les pèlerins à traiter une affection de la peau sur un pied quand il arriva au petit galop, Boggart en croupe derrière lui et une cape d'Adelia dans la main.

Il mit pied à terre avant de déplier la cape devant elle.

— Elle est toujours tachée. J'ai demandé à l'horrible mégère d'utiliser de la terre à foulon. Elle n'en a pas.

— Doux Jésus.

Adelia remit sa chausse au pèlerin avec pour instruction de nettoyer les espaces entre ses orteils et surtout de les garder au sec.

— Je l'ai réprimandée.

— En anglais ? Voici une teinture de soucis et de myrrhe. Non, ce n'est pas pour boire, appliquez-la sur les endroits touchés deux fois par jour.

— J'ai utilisé le langage des signes, dit Mansur.

— Doux Jésus.

— Il est grand temps de se plaindre à l'évêque de cette grosse chamelle. Elle m'a répondu elle aussi en langage des signes. Ce n'était pas poli.

— *Doux Jésus !*

Ils remontèrent la colonne à cheval et virent Brune qui les attendait. Elle était descendue de son chariot et se tenait au milieu de la route, le visage rubicond, les bras croisés, un groupe de badauds égrillards derrière elle.

— Vous, maîtresse ! cria-t-elle à l'adresse d'Adelia. Oui, vous. J'ai un compte à régler avec vous.

Elle se tourna vers son auditoire dans un mouvement théâtral en pointant le doigt sur Adelia.

— Savez-vous ce qu'elle a fait ? Figurez-vous qu'elle a envoyé le grand païen pour râler sur sa lessive, voilà ce qu'elle a fait. Dégoisait dans son charabia à lui en secouant son doigt tout noir devant moi comme si j'étais de la boue. Eh ben, je vais pas me laisser faire, pas devant ceux-là qui croient pas en Notre Seigneur.

Brune poursuivit sur ce ton encore et encore, ce fut un débordement de vertu qu'Adelia, interloquée, devina mûri depuis un bon moment. La blanchisseuse jubilait.

Martin, proche d'Adelia, tenta de s'interposer.

— Voyons, mesdames, ça suffit...

Mais la blanchisseuse s'enivrait de sa propre éloquence. Elle bouscula le palefrenier et enfla le volume de sa tirade afin de s'assurer que la foule qui s'amassait en profitait.

— Que se passe-t-il ?

Attiré par le raffut, l'amiral O'Donnell s'était discrètement approché.

Brune se tourna vers lui.

— Je ne suis peut-être qu'une modeste lavandière, monseigneur, mais la reine Aliénor assure que mon âme est aussi propre que mon linge. « Votre franc-parler honore le Seigneur, ma bonne Brune », qu'elle me disait...

— Ah, vous êtes un sacré phénomène dans votre genre, maîtresse Brune, mais si c'est une citation que vous voulez, je vais vous confier un proverbe de ma grand-mère, là-bas en Irlande : « Les paroles des méchants sont toujours mauvaises. »

Sur ces mots, il saisit la blanchisseuse à bras-le-corps comme un sac et la jeta dans son chariot. Puis il se frotta les mains et fit face à la foule.

— Et en voici un autre pour vous : « Que peut-on espérer entendre d'une truie sinon des grognements ? »

Dans les acclamations et les sifflets qui s'ensuivent, car la blanchisseuse est populaire mais pas auprès de tous, Scarry s'éloigne au trot ; il détourne la tête car il ne veut pas montrer sa gratitude pour le gâteau bien gras que Lucifer, une fois encore, a déposé dans sa main avec délectation.

Votre Dieu vous accompagne, maîtresse Brune. Puissiez-vous reposer en paix.

CHAPITRE 7

Adelia avait toujours estimé qu'elle se serait bien entendue avec le premier évêque de Poitiers malgré les huit siècles qui les séparaient. Un libre penseur, un des plus lettrés et des plus indulgents parmi les premiers saints, qui avait une épouse et une fille – en ce temps-là, les membres du clergé étaient autorisés à se marier.

Et aussi, pensait-elle, il aurait été drôle de rencontrer celui qui, lors de sa conversion au christianisme, avait choisi le nom d'Hilarius.

Tandis qu'elle chevauchait juste derrière l'attelage de la princesse, elle se dit qu'il était possible de croire que la cité n'avait pas perdu la bonne nature que saint Hilarius – ou saint Hilaire, tel qu'il était nommé à présent – lui avait léguée. Les cloches sonnaient la bienvenue. La foule bruyante qui se pressait au bord des rues tortueuses en acclamant Jeanne montrait une joie authentique à son retour auprès du peuple de sa mère. Elle était leur princesse. Les pétales de rose séchés et la tendresse pleuvaient des fenêtres en saillie sur une enfant que Poitiers connaissait depuis son plus jeune âge.

Ils faisaient halte une semaine dans la ville ; malgré son impatience de rallier la Sicile et surtout de rentrer,

Adelia ne pouvait que s'en réjouir. La fatigue rendait hommes et bêtes irritables, tout le monde avait besoin de repos.

Ils atteignaient l'éperon rocheux sur lequel s'élevait le cœur de Poitiers quand elle entendit Jeanne pousser le gémissement de satisfaction de celle qui retrouve son foyer. Les tours et les façades en pierre blanche se teintaient de rose et d'ocre dans la lumière du jour finissant, le soleil du soir transformait les cours d'eau qui encerclaient la cité, à cent trente pieds en contrebas, en calmes serpentins d'améthyste bordés de saules.

Adelia eut une pensée émue pour la femme exilée, emprisonnée, qui avait choisi cet endroit pour résidence et imprimé sa marque de façon indélébile. Qui d'autre qu'Aliénor aurait pu planter ces arbres qui seraient encore beaux l'automne venu ? Ou installer des fontaines montrant des silhouettes de nus qui auraient scandalisé son premier mari, le pieux Louis ? Et, bien qu'inachevée, la cathédrale qu'elle et Henri avaient entrepris de bâtir présentait un miracle de fronton ouvragé dont les sculptures racontaient l'histoire sainte, et c'était sûrement sous l'influence d'Aliénor qu'était représenté un Enfant Jésus dans ce qui paraissait être un bain et veillé par un mouton.

À quelque distance de là, en l'an de grâce 732, le Franc Charles Martel avait défait les Sarrasins et refoulé l'invasion arabe qui menaçait le royaume. Un tournant pour l'Europe dont s'enorgueillissait Poitiers ; ce qui, Adelia le craignait, pouvait faire que la présence de Mansur soit vue comme un affront, en particulier parmi les natures frustes telles que la blanchisseuse ou la gouvernante de Jeanne, qui n'allaient pas se priver de le crier sur tous les toits.

À la différence d'Henri le Jeune, Richard Plantagenêt ne se précipita pas au-devant de sa sœur ; ce n'était pas un jeune homme impulsif, comme Adelia le comprit au premier regard.

Il était dressé dans l'entrée tel un colosse en habits, aussi beau qu'Henri le Jeune mais plus grand, plus lourd, tant au physique qu'au mental.

Les deux frères ne s'entendaient pas. Ils s'étaient associés contre leur père, mais quand les trois avaient conclu la paix, Henri II avait ordonné à l'aîné de prêter main-forte à Richard dans sa lutte contre les rebelles languedociens. Henri le Jeune s'était défilé et avait pris le large pour se consacrer à ses tournois.

En le découvrant, Adelia eut la certitude qu'en cas de conflit entre ces deux-là le cadet l'emporterait.

Il s'inclina devant Jeanne et lui baisa la main, puis le son de sa voix grave envahit la cour.

— Bienvenue à ma sœur bien-aimée, princesse de mon sang. Ceux qui l'honorent de leur amitié sont mes amis ; celui qui lui nuira éprouvera la force de mon poing.

C'est inutile, pensa Adélia. *Qui voudrait nuire à cette enfant ?*

Jeanne pour sa part levait des yeux d'adoration sur son grand frère qui lui donnait le bras tandis qu'on les menait dans une salle d'une taille et d'un lustre qu'Adelia n'avait encore jamais vus.

Le banquet qui s'y tenait reflétait le goût d'Aliénor. Il n'aurait certainement pas été de celui d'Henri.

Chaque plat était présenté avec le plus grand soin : pas une tête de sanglier sans ses défenses et une pomme dans la bouche, pas un paon sans sa traîne déployée, pas une huître sans sa perle, et les mets étaient d'une fraîcheur qui laissait penser que l'ensemble vivait ou poussait la veille encore dans ce pays de cocagne.

Les jeunes chevaliers étaient bien plus nombreux que les dames, ce qui, une fois de plus, aurait convenu à Aliénor, qui aimait se faire admirer des hommes, surtout des jeunes.

Son fils aussi, apparemment. Bien que les femmes qu'il connaissait bien, parmi lesquelles dame Béatrix, dame Pétronille et maîtresse Blanche, eussent l'honneur de partager avec lui la table surélevée, en compagnie des évêques de Winchester et de Saint-Albans, il y avait aussi convié le gracieux Locusta, dont le rang et le titre justifiaient à peine ce privilège et qui paraissait gêné de cette distinction.

Peut-être Richard veut-il discuter avec lui des projets pour la suite du voyage vers la Sicile, songea Adelia.

Vraiment ? Lorsque le duc s'adressait aux dames, il le faisait de charmante manière mais son œil restait terne ; quand il plaisantait avec ses chevaliers, conversait avec Locusta ou acceptait un plat de son page agenouillé – un garçon svelte et superbe –, son visage s'illuminait.

Installée à une place anonyme au milieu d'une longue tablée au pied de l'estrade, Adelia croisa le regard de son amant. Elle leva un sourcil interrogateur. Il répondit par un imperceptible mouvement de tête. *Il me semble.*

Pendant un court instant, le sentiment de la complicité qui les liait tous deux fut si doux qu'elle ne pensa à rien d'autre. Elle s'interrogea une nouvelle fois : pourquoi ne l'as-tu pas accepté quand il s'offrait à toi ? Idiote, tu n'es qu'une idiote, vois où nous en sommes aujourd'hui.

Elle se ressaisit et reporta son attention sur le duc d'Aquitaine. Si Rowley et elle voyaient juste, la situation de ce jeune homme était affreuse. Aux yeux du monde, un crime en plus d'un péché : une nature inacceptable par quiconque, y compris lui-même. D'où, peut-être, ce besoin frénétique de sauver son âme et d'apaiser le courroux de Dieu en levant haut Son étendard et en tuant Ses ennemis.

Il avait accueilli Mansur avec une courtoisie glacée comparable à celle dont elle avait été gratifiée, et pourtant, n'osant sans doute contrecarrer son père, il avait attribué au Maure une place au banquet de même rang que celle du docteur Arnulf.

Dans la fraîcheur de la nuit, deux hommes se promènent en conversant dans les jardins qui furent naguère ceux d'Aliénor d'Aquitaine. L'un d'eux projette une ombre épaisse qui vient parfois se fondre dans celle de l'autre.

— L'épée me revient de droit, dit-il.

Il parle à voix basse et autoritaire.

— Qui d'autre serait l'héritier d'Arthur ? Qui la lèvera mieux que moi pour protéger Notre Seigneur bien-aimé de Ses ennemis ?

— Je sais où elle se trouve et vous l'aurez avant Palerme, monseigneur, dit la seconde ombre. Car vous êtes son légitime propriétaire. Sans vous, la chrétienté sombrera dans les ténèbres et les lieux saints seront perdus à jamais. Votre père refuse de la lever pour les défendre.

— Dites « le roi » quand vous l'évoquez.

Tout ce qui porte atteinte à la personne royale d'Henri Plantagenêt le rabaisse lui-même, malgré la haine qu'il éprouve pour son père.

— Le roi, bien sûr, répond Scarry sur un ton d'excuse avant de reprendre : Il est juste et bon que vous la possédiez, car si vous saviez quels indi-

vidus indignes en ont la garde aujourd'hui, vous pleureriez.

Un sanglot à son côté l'interrompt, il se tait ; Richard Cœur de Lion est en larmes. Il pleure avec facilité ; souvent à l'église.

Après un silence approprié, Scarry poursuit :

— Entre vos mains, elle évitera la disgrâce de deux mille années d'oubli supplémentaires.

Dans l'obscurité, Scarry incline légèrement la tête et écoute l'écho de ses propres paroles qui flottent dans l'air d'octobre. Pas mal ; on ne dirait pas un vulgaire voleur.

— Le moment venu...

Un euphémisme pour la mort d'Henri II ; les deux hommes le savent.

— ... le moment venu, il faudra faire semblant de la redécouvrir. Et puisse cette main...

Nouvelle pause tandis que la petite ombre se fond dans la grande et que Scarry dépose un baiser sur la paume princière.

— ... puisse cette main, cette main bénite, brandir Excalibur dont la seule vision créera la débandade parmi tous les hérétiques qui retourneront dans l'enfer d'où ils sont issus.

— Oui, dit Richard, oui, il serait juste et bon qu'il en soit ainsi. Il n'y a pas de déshonneur à s'en emparer si c'est pour la plus grande gloire de Dieu.

— Non, aucun déshonneur.

Scarry a une petite toux délicate avant de passer du spirituel au matériel.

— Et... euh... il y a eu des frais.

— Vous serez payé comme prévu. Quand vous me l'apporterez. Laissez-moi, maintenant.

Scarry s'incline et prend congé, puis, regardant par-dessus son épaule, il voit le colosse à genoux, les

mains jointes levées dans un geste de supplication. Pour quoi ? L'absolution ? Qu'on lui ôte cette épine qui torture sa pauvre chair ?
— Vous priez le mauvais maître, imbécile, dit Scarry tranquillement avant de disparaître dans les ténèbres d'où il est venu.

Si les soirées s'étaient rafraîchies, les journées de ce mois d'octobre étaient douces et, retrouvant ses anciens repaires, Jeanne fut de nouveau une enfant qui s'ébattait dans les feuilles d'automne en jouant à la balle ou à colin-maillard avec des camarades de son âge, manifestement en pleine forme, laissant ses médecins livrés à eux-mêmes.

Ils nageaient dans le luxe ; des chambres en assez grand nombre pour qu'Adelia en ait une pour elle, qu'elle ne partageait qu'avec Boggart et Renfort, et, ô joie, pourvue d'une garde-robe. Les dames bénéficiaient d'une salle de bains avec une baignoire de marbre de vingt pieds de long. Les dessertes étaient chargées de fruits et de douceurs.

Avec ça, les sons avaient une musique différente. Les Aquitains du cortège avaient aussitôt repris leur parler natal, l'atmosphère en était chargée comme si une brise nouvelle, plus exotique, flottait dans le palais. La langue d'oc était si éloignée du français de Normandie qu'Adelia, qui absorbait pourtant les idiomes comme le sable l'eau, éprouva tout d'abord des difficultés. Mais bientôt, se souvenant de ses séjours dans les vallées d'Italie où les gens parlaient un patois approchant, elle fut capable de se débrouiller et de se joindre aux autres à la messe pour réciter le Notre Père – *Paire de Cèl, paire nòstre, sanctificat lo tue Nom* – comme une authentique Languedocienne.

Cependant la magie de la langue d'oc ne se manifestait pas dans les chants d'Église mais quand elle exaltait l'amour pour une femme. Penchés sur les balustrades, adossés aux statues, languissants, jouaient de leur luth ou de leur viole de jeunes nobles à qui Aliénor avait insufflé l'esprit de l'amour courtois. N'importe quelle jolie dame de la noblesse faisait l'affaire ; il suffisait de l'adorer sans espoir de la posséder.

Une nuée de jeunes gens entouraient dame Béatrix, dame Pétronille et maîtresse Blanche où qu'elles aillent comme de gracieux oiseaux multicolores sur un sillage de grains de blé.

À sa grande surprise, Adelia attira un troubadour, de dix ans au moins son cadet. Elle se demanda si messire Guillaume était trop immature, aveuglé par son sentiment passager ou tout bonnement stupide pour ne pas s'apercevoir qu'elle n'était pas de haute naissance ni même *persona grata* parmi les nouveaux venus. Peut-être que, dans ce lieu enchanteur et enivrant, personne n'avait pris la peine de l'informer.

Ce n'était pas déplaisant, quand elle arpentait les jardins pour regarnir autant qu'elle pouvait son stock d'herbes, d'être accompagnée par un jeune homme qui lui jurait au son de la viole qu'il se consumait d'amour pour elle.

Rowley y trouva à redire. Il se précipita sur elle.

— D'abord, qui est ce freluquet si familier avec vous ?

Loué soit-il d'être encore capable de jalousie. Comme c'est gratifiant.

— Guillaume de Chantonnay. Je trouve qu'il chante plutôt bien.

— Ah bon ? J'ai entendu des corneilles plus mélodieuses.

Il tourna les talons et s'éloigna à grands pas.

Un des rares à qui le palais de Poitiers déplaisait était le père Guy. Il était horrifié par le laxisme spirituel que représentaient les jeux ; il couvrait d'anathèmes les chansons qui ne glorifiaient pas Dieu mais l'idéal féminin ; il voyait la damnation éternelle dans les poudres, les maquillages, les robes et les manches en traîne des femmes – ridiculement longues – et les tuniques trop courtes qui révélaient le derrière des jeunes gens sous des hauts-de-chausses ajustés.

Il s'en émouvait haut et fort, et se scandalisa en constatant que son camarade chapelain semblait enchanté par ce qu'il découvrait.

— Allez-vous mettre en péril le salut de votre âme ? lança-t-il à frère Adalburt quand il le surprit un soir tard attablé avec quelques chevaliers de Richard devant un jeu de hasard.

— Mais ce sont ces estimables seigneurs qui m'ont demandé de me joindre à eux.

— Bien entendu, espèce d'idiot, vous n'arrêtez pas de perdre.

Le seul regret d'Adelia était de ne plus avoir de contacts avec Ulf. Les pèlerins étaient hébergés dans un monastère aux portes de la ville. Cependant elle pouvait profiter de la présence de Locusta qui avait enfin cessé ses navettes entre le cortège et l'étape de la nuit.

— Vous devriez essayer de prendre plus de repos, lui conseilla Adelia, vous commenciez à avoir sale mine.

Locusta grimaça.

— Ce n'est pas le repos que je cherche.

Il s'assura qu'aucune oreille indiscrète ne traînait.

— Pour vous dire la vérité, maîtresse, j'ai noué connaissance avec une dame en ville que j'aurais espéré revoir. Elle a été, euh, très *hospitalière* quand mon oncle et moi sommes passés par Poitiers, mais le duc tient à ce que je reste en sa compagnie.

Il jeta un second coup d'œil autour de lui.

— Entre vous et moi, combattre à l'épée et courir la quintaine toute la sainte journée n'est pas l'idée que je me fais du repos, encore moins de la distraction.

Adelia compatit avec un sourire.

— Et si le seigneur Mansur vous réclamait demain pour lui faire visiter les apothicaires de la ville ? Vous pourriez vous échapper.

— Maîtresse, dit Locusta, vous auriez ma gratitude éternelle.

Mais le lendemain, ce fut Adelia qui s'éclipsa...

Au matin, le capitaine Bornay l'entraîna à part.

— Vous cherchiez un endroit où préparer vos remèdes et vos teintures, maîtresse. Il y a une charmante petite maison sur la Clain qui vous conviendrait à merveille.

— Merci, capitaine, mais je n'en vois pas l'utilité.

Le cuisinier du palais lui avait ménagé un espace dans une de ses cuisines en échange d'une pommade de bardane salutaire contre ses problèmes de peau.

— Si, maîtresse, vous en aurez besoin, insista Bornay.

— Non, je...

Elle croisa son regard.

— Ah, en effet, peut-être...

La masure était minuscule, presque croulante, humide et pleine de courants d'air ; le rez-de-chaussée était pour l'essentiel un garage à bateau et les volets bleus de l'étage s'ouvrirent sur un petit balcon sculpté branlant qui surplombait une portion calme et déserte de la rivière. À l'arrière, un appentis abritait la cuisine.

Adelia ne sut jamais à qui elle appartenait, mais pour les objectifs qu'elle servait, la maison était parfaite : une barque pouvait approcher en toute discrétion.

En revanche apparaissait une difficulté qu'elle confia à Mansur, avec embarras et de façon confuse. Il comprit aussitôt.

— Tu veux rester seule ici.

— Ma foi, oui. De toute façon, en tant que seigneur Mansur, tu es d'un rang trop élevé pour loger ailleurs qu'au palais, et que tu partages avec moi une demeure aussi modeste ferait jaser. Pourtant, je n'aime pas l'idée de te laisser tout seul là-bas. Le duc Richard n'apprécie pas ta présence, pour commencer, et ensuite tu n'es pas censé comprendre ce qui se dit.

En réalité, les précédents ducs d'Aquitaine étaient plus tolérants et ouverts aux autres races et croyances que l'actuel ; ils avaient ramené d'Orient des Maures, et même des juifs, qui s'étaient révélés d'excellents serviteurs et avaient été admis dans l'organisation du palais, quelle que fût l'opinion de Richard.

— Il y a un lettré dans la bibliothèque, le vieux Bahir, dit Mansur. Il me tiendra compagnie. Nous jouerons aux échecs. Il traduit les textes arabes pour que le duc connaisse mieux les fidèles de Mahomet avant d'aller les massacrer.

Le capitaine Bornay avait reçu des instructions pour la sécurité d'Adelia. Au sein de sa troupe – une mosaïque de nationalités à qui il avait su insuffler une vraie cohésion, formée pour le seul usage d'Henri Plantagenêt –, un homme fut désigné pour aider Boggart à transporter ses bagages et son équipement dans la maison et y rester pour monter la garde dans le hangar à bateau.

— On peut avoir confiance en Rankin, déclara Bornay, et c'est pas un bavard. C'est d'ailleurs aussi bien, il est écossais et, le plus souvent, personne comprend un traître mot de ce qu'il raconte.

Adelia doutait que quiconque s'avise qu'elle et sa souillon avaient déserté le palais ; pour la plupart, les gens d'Aliénor avaient vécu avec leur reine à Poitiers à un moment ou un autre et ils étaient trop occupés à célébrer des retrouvailles avec de vieux amis pour remarquer l'absence d'une paire à qui ils ne prêtaient de toute façon guère d'attention. Et, quand bien même, le prétexte de la préparation des potions était fort plausible.

Boggart et elle terminaient le ménage de leur nouvelle demeure, qui en avait sacrément besoin, quand leur parvint de la rive le son d'un luth qu'accompagnait une voix mielleuse.

« J'ai vu sur son balcon ma Dame
Qui nourrissait les poissons de la Clain,
Gentille et délicate,
Mais à moi ce qu'elle donne
Est de plus maigre consistance... »

— Il est infernal, ce garçon, dit Adelia.

Elle se montra à la fenêtre et essaya de chasser messire Guillaume d'un geste de la main.

Il salua en retour. Elle retourna en grommelant à son travail.

— Pour l'intimité, c'est fichu. Pourquoi ne prévient-il pas les carillonneurs de la ville, tant qu'il y est ?

— Il chante joliment, dit Boggart.

— Oui, je suppose...

Adelia était perturbée ; il y avait quelqu'un d'autre là-dehors. Du balcon, elle avait entrevu un homme grand et mince qui l'observait sur l'autre rive avant de disparaître parmi les arbres. On aurait dit, mais elle n'en était pas certaine, l'amiral O'Donnell.

Messire Guillaume poursuivait sa sérénade.

> « Les oiseaux chantent par trois
> sur chaque branche
> Pour vous, ma Dame,
> et vous ignorez ma chanson... »

Le refrain s'interrompit brutalement. Il y eut un couinement et un grand bruit d'eau.

Alors que Boggart se précipitait pour enquêter, Adelia se retrouva face à une silhouette qui venait de se matérialiser dans l'entrée.

— Qu'avez-vous fait à messire Guillaume ?

— Je l'ai poussé dans cette fichue rivière. Ça devrait calmer son ardeur pour vous.

Devant sa mine inquiète, Rowley ajouta :

— Ne vous en faites pas, il a pied, il sera simplement un peu plus dégoulinant qu'avant. Si c'est possible.

Boggart risqua un regard par la porte et siffla Renfort pour qu'il la rejoigne dans l'appentis.

— Pauvre messire Guillaume, dit Adelia.

— C'est moi qui suis à plaindre. La location de ce taudis me coûte une fortune. Maintenant, enlevez-moi ces frusques.

Elle soupira.

— Messire Guillaume disait ça avec plus d'élégance.

Puis elle colla sa bouche sur celle de son amant avant que celui-ci puisse donner son opinion sur ledit Guillaume.

Le seul lit de l'unique chambre était poussiéreux ; ils éternuèrent. Les reflets du soleil sur la rivière dansaient au plafond et ils firent l'amour comme dans un rêve.

Ils prirent le temps de bavarder.

— Je suis désolée pour monseigneur Richard.

— Je le serais aussi s'il montrait plus de compassion pour les péchés d'autrui. S'il nous voyait maintenant, il nous expédierait en enfer avec la certitude d'accomplir l'œuvre du Seigneur.

— Je me demande comment va Allie.

— Moi aussi.

Il soupira avec elle avant de reprendre :

— Il faut que je retrouve ma chaste couche pour la nuit. Il n'y a que l'après-midi que je peux fréquenter les femmes de mauvaise vie. Au fait, à l'office de ce soir dans la cathédrale, c'est le père Adalburt qui dira le sermon. Vous viendrez ?

— Je ne vais pas manquer ça.

De temps à autre, les chapelains prenaient la relève de l'évêque de Winchester et disaient l'homélie. Le tour du père Adalburt se faisait plus rare, car ses sermons plongeaient l'évêque et le père Guy dans l'embarras. Ils étaient très courus et attiraient la foule.

Ce n'était pas la première fois qu'Adelia se demandait si le bonhomme était aussi stupide qu'il paraissait, ce qui ne l'empêcha pas de profiter du spectacle qu'il offrit.

Il se surpassa ce soir-là. Il avait choisi de s'exprimer sur le miracle des saintes reliques.

— J'ai profité de notre séjour dans ce noble Poitou pour me rendre à Saint-Jean-d'Angély où repose le crâne sacré de son patron, saint Jean-Baptiste.

Il posa un regard extatique sur l'assemblée.

— Comment est-ce possible, vous demanderez-vous, alors que cette même tête est vénérée également à Antioche ? C'est la question que j'ai posée au prieur : d'où vient ce miracle ? Et voici ce qu'il m'a répondu en prenant la sainte relique entre ses mains : « Sachez, ô vous qui cherchez la vérité, que ce crâne est celui de saint Jean quand il était jeune homme ; la tête d'Antioche est celle de la pleine maturité. »

Adelia ferma les paupières de bonheur.

Il restait quatre jours avant de reprendre la route.

Tous deux priaient pour réclamer du temps comme un couple condamné au gibet, mais il y avait de longues heures pendant lesquelles le devoir appelait Rowley. Adelia les passait avec Boggart et Renfort dans l'appentis délabré à peser des racines et à faire bouillir des herbes en attendant son retour.

C'est alors que le soupçon qui avait germé dans son esprit se mua en certitude.

Comme toutes les femmes qui accompagnaient Jeanne, elle avait expérimenté le problème du linge menstruel en voyage. Il nécessitait parfois de fréquents changements sur le chemin, opération menée discrètement car les hommes, pour qui le fonctionnement du corps féminin était bien souvent étranger, ne devaient pas découvrir que les femmes saignaient tous les mois. Elles devaient user de stratagèmes qui consistaient en visites dans les bois, en seaux couverts remplis d'eau froide pour le trempage, qu'accompagnaient pas mal de jurons.

De toutes ces obligations, Boggart n'avait pris nulle part. Il était temps d'aborder le sujet.

— Quand le bébé doit-il arriver ? s'enquit Adelia sur le ton de la conversation.

Un bol dans lequel la servante avait broyé des fleurs et des feuilles de thym pour une infusion destinée, ironie du sort, à maîtresse Blanche et ses périodes douloureuses, ce bol tomba sur le sol où il se brisa.

Boggart suivit presque le même chemin.

— Maîtresse, oh, maîtresse, vous êtes sûre qu'c'est ça ? Je m'demandais, j'avais si peur, je m'disais qu'ça pouvait être aut' chose et qu'j'étais malade.

Adelia sourit.

— Je suis à peu près sûre que c'est un bébé.

— Devant Dieu, j'ai jamais voulu. Qu'est-ce que j'vais faire ? Pardon, maîtresse, pardon.

— Le basilic, demanda-t-elle sur un ton ferme. Où avez-vous rangé le basilic ?

Serrant dans une main la fiole et une cuillère, poussant de l'autre Boggart devant elle, Adelia entra dans la maison, installa la servante sur une chaise et la força à avaler deux cuillerées d'une potion destinée à lui remonter le moral, après quoi elle s'assit sur le sol et mit les bras autour de ses genoux.

— Bien, dit-elle, maintenant, racontez-moi tout.

La pauvre fille n'avait rien à se faire pardonner. Toujours la même, la sempiternelle histoire de viol, tout au moins de contrainte, par le seigneur des lieux, en l'occurrence le seigneur Kenilworth, dont la famille avait accueilli Boggart comme orpheline.

— Il m'a dit qu'il fallait que j'le fasse. « Reste tranquille et pas un cri », qu'il a dit, sinon il m'chassait et il me jetait sur les routes.

Voilà qui expliquait la panique qui s'était emparée d'elle quand messire Nicholas s'en était pris à sa bottine ; la moindre avance d'un homme ravivait le souvenir du viol.

La peur l'avait dissuadée d'en parler à quiconque mais elle avait quand même perdu sa place ; dame Kenilworth, passant devant les écuries et attirée par les grognements de son époux, avait jeté un coup d'œil à l'intérieur.

La chose se produisait dans les meilleures maisons ; en fait, elle était prévisible. Toutefois dame Kenilworth était dans une position inconfortable, car elle n'avait toujours pas enfanté après trois ans de mariage et le seigneur Kenilworth commençait à s'impatienter.

Inquiète pour son mariage et à l'idée que son mari puisse adopter un bâtard comme héritier, la dame avait renvoyé Boggart en s'assurant par surcroît qu'elle ne serait pas dans le pays si elle donnait naissance à un bébé, d'où la sollicitation auprès de sa belle-sœur Pétronille qui s'apprêtait à partir pour la Normandie.

Seigneur, pensa Adelia, *dans quelles profondeurs la faiblesse féminine nous entraîne-t-elle ? « Je m'disais qu'ça pouvait être aut' chose et qu'j'étais malade. »* Elle se demanda avec colère ce qu'il serait advenu de Boggart si Pétronille ne la lui avait pas confiée. Abandonnée dans un champ, à l'étranger, seule ?

— Quand est-ce arrivé ? Quand s'en est-il pris à vous ?

— Il y a pas eu qu'une fois, répondit la pauvre Boggart entre deux sanglots, mais ça a commencé à la Saint-Anselme.

Elle pouvait donc avoir conçu à tout moment depuis avril, ce qui amenait sa grossesse à sept mois au plus ; sa minceur et les robes amples qu'elle portait avaient dissimulé jusqu'à présent son état.

Boggart tomba à genoux, les mains jointes dans un geste de supplication.

— Ne m'renvoyez pas, maîtresse. Où est-ce que j'irais ? Je comprends pas tous ces étrangers quand ils causent.

Adelia la dévisagea.

— Pourquoi je ferais une chose pareille ? J'aime les bébés, ajouta-t-elle.

C'était la vérité ; à maints égards, elle regrettait que Rowley et elle n'en aient pas conçu un second, si embarrassant que cela eût été. Elle prit la main de la servante dans la sienne.

— Nous aurons celui-là ensemble.

Sur quoi Boggart s'effondra complètement et il fallut la hisser sur une chaise avant que la réalité pénètre son esprit et qu'elle retrouve un semblant de cohérence.

La suite des événements fit que Rowley et Adelia ne se virent accorder que trois jours.

Tard dans la soirée du troisième, le soldat Rankin se présenta à la porte de l'appentis qu'Adelia et Boggart, ayant terminé de mettre dans des fioles une potion contre la toux, s'apprêtaient à quitter pour aller se coucher.

— Fautqu'zalliezaupalaistoussuite, déclara-t-il.

C'était un homme grisonnant à la mine féroce dont le visage évoquait un navet cabossé. Il s'était montré plutôt aimable avec les deux femmes dont il assurait la protection, mais il semait la terreur sur les champs de bataille, lui avait confié le capitaine Bornay. Elle voulait bien le croire.

— Euh… ? bredouilla-t-elle.

Elle éprouvait des difficultés avec son accent écossais.

Boggart, qui le maîtrisait mieux, fit l'interprète.

— Je crois qu'il veut qu'nous allions au palais.

— Toussuite.

— Tout de suite, traduisit Boggart.

Renfort dans leur sillage, elles se présentèrent devant les portes du palais juste avant que les gardes ne les ferment et furent reçues par le capitaine Bornay muni d'une lanterne. Il prit Adelia par le bras.

— Un problème dans la lingerie, maîtresse, devriez descendre voir. Le seigneur Mansur vous réclame.

Monseigneur l'évêque est déjà là, ajouta-t-il après un silence.

Il les emmena dans les sous-sols jusqu'à une immense cave sombre comme une grotte dont les piliers soutenaient une voûte surplombant un grand puits et où les blanchisseuses avaient tous les instruments à leur disposition pour faire leur travail.

C'est à cet endroit que les lavandières de la princesse avaient rattrapé leur retard de lessive, empêchées qu'elles avaient été par les installations parfois sommaires des places fréquentées lors de leurs étapes. (Brune ne manquait jamais de rappeler à Locusta l'abbaye près d'Alençon où les moines lavaient leurs bures dans la rivière et les frappaient avec des pierres.)

Les draps et les vêtements pendus à des fils tendus entre les piliers bouchaient le chemin. Le capitaine Bornay les chassa du bras tandis qu'il précédait Adelia et Boggart vers un angle éclairé par des lanternes ; un cercle de personnes entourait une énorme cuve en métal posée sur un brasero. Renfort, qui suivait, s'arrêta net et s'échappa furtivement.

Rowley était présent, tout comme le père Guy, Mansur, deux gardes et une jeune lavandière de Brune dont les sanglots se répercutaient en hoquets sur la voûte.

Il apparaissait que la blanchisseuse en chef avait fini de se lamenter.

— C'était à nous de faire la lessive, disait la fille, les femmes du palais en avaient terminé, et c'est ce que nous avons fait avant de monter nous coucher ; elle nous a envoyées au lit comme elle fait toujours, puis elle est retournée en bas afin de vérifier que tout était en ordre pour la journée de demain, comme elle fait toujours... *faisait*. Ô mon Dieu, ayez pitié de cette pauvre âme...

— Et alors ? coupa sèchement le père Guy.

— Alors, voyant qu'elle ne revenait pas, je suis redescendue voir et je l'ai trouvée, la tête dans le cuvier. C'était horrible, maître, horrible.

Le corps de Brune gisait sur le carrelage, la coiffe imbibée d'eau à moitié enlevée, si bien que des cheveux gouttaient sur son corsage déjà détrempé. La jupe était sèche.

— Comme ça ? s'enquit Rowley en penchant la tête au-dessus de la cuve.

La fille acquiesça. Elle serrait une planche à laver contre sa poitrine comme un bouclier.

— J'ai pas pu la soulever, maître. J'ai essayé et essayé, c'est vrai, mais elle était bien trop lourde, alors j'ai couru demander de l'aide. Et lui, là...

Un des deux gardes hocha la tête.

— ... il l'a sortie de la cuve mais elle était morte. Mon Dieu, ayez pitié, sainte Marie mère de Dieu, ayez pitié...

— Pourquoi cette cuve est-elle pleine ? demanda le père Guy sur un ton accusateur. Vous ne les videz pas le soir ?

Si, c'est ce qu'elles faisaient, avant de les remplir à nouveau pour la lessive du lendemain.

— Elle était très pointilleuse là-dessus, oui. Ça gagne du temps le matin, comprenez, tout ce qu'il reste à faire, c'est allumer le feu. Ô mon Dieu, ayez pitié. Maître, elle n'a pas... pas voulu se noyer elle-même, n'est-ce pas ? Dites qu'elle va pas aller en enfer, maître, n'est-ce pas ?

La fille s'effondra à la pensée de la blanchisseuse condamnée aux tourments éternels pour le péché mortel de suicide. Adelia la rejoignit pour la réconforter.

Le père Guy tapa ses longs doigts les uns contre les autres en considérant la situation.

— Je ne vois aucune raison d'envisager cette hypothèse. C'était une femme qui craignait Dieu, une des rares parmi nous, je le crains. Était-elle troublée de quelque façon aujourd'hui ? Non ? La cause de la mort est par conséquent claire : accident. N'êtes-vous pas d'accord, monseigneur ?

— Il semblerait, dit l'évêque de Saint-Albans. Qu'en pense le seigneur Mansur ? C'est lui le médecin.

Tous les yeux se portèrent sur le Maure, qui prit la parole en arabe.

— Qu'en dis-tu, Adelia ?

— Je n'aime pas ça, répondit-elle dans la même langue.

Elle avait repéré une zone à vif et rouge sur la lèvre supérieure de Brune. Elle passa au français de Normandie pour le bénéfice du chapelain.

— Le seigneur Mansur souhaite l'examiner.

Le père Guy en appela à des instances supérieures.

— Il n'est sans doute pas utile que le Sarrasin s'en mêle, monseigneur. D'évidence, cette femme a eu une syncope, une congestion, *quelque chose*, en se penchant au-dessus de la cuve, elle est tombée, inconsciente, et s'est noyée. Informons le sénéchal de cette affaire, *ratio decidendi*.

Rowley avait pris sa décision.

— Je vous en prie, faites donc. Et tant que vous y êtes, mon père, prévenez les prêtres du palais pour les obsèques de cette malheureuse.

— Vous, lança le père Guy aux gardes. Enlevez le corps.

— Pas encore, coupa Rowley avec autorité. Il reste des examens à faire avant de pouvoir la bouger, et des prières à dire.

Le chapelain eut un haut-le-cœur ; il jeta un regard venimeux à Mansur, répugnant à laisser un cadavre chrétien entre les mains d'un infidèle.

— Alors allons chercher le docteur Arnulf.

— Si vous voulez, et si lui-même est enclin à sortir de son lit, ce dont je doute. Maintenant, capitaine, ajouta-t-il à l'adresse de Bornay, je vous prie d'accompagner cette jeune personne à l'office et de vous assurer qu'on lui donne un verre de cognac. Et vous deux... (Il s'adressait aux gardes)... apportez une litière.

Avant de s'en aller, le père Guy s'arrêta devant Adelia.

— J'ai entendu dire que cette pauvre femme a eu il y a peu des mots avec vous, maîtresse.

— En quoi cela importe-t-il maintenant ?

— J'espère que ce n'est pas le cas, maîtresse. Je l'espère.

Poliment, mais fermement, le capitaine Bornay entraîna le chapelain vers l'escalier, un bras passé sur les épaules de la petite lavandière qui ne cessait de pleurer et d'étreindre sa planche à laver.

— Acte criminel ? demanda Rowley quand ils furent hors de vue.

— Je n'en suis pas certaine.

— Alors assurez-vous-en, et vite.

Adelia s'interrogea un instant sur l'opportunité de la présence de Boggart, mais bon, d'accord, la fille faisait à présent partie de la maison et pouvait être initiée au travail qui était le sien.

— Préparez-vous, Boggart, dit-elle. Je vais tenter de déterminer avec précision les causes de la mort de cette femme.

Elle s'agenouilla auprès du cadavre. *J'implore votre pardon, permettez à votre chair de me dire ce que vos lèvres ne peuvent plus.*

La mâchoire présentait les premiers signes de rigidité cadavérique. La tache rouge sur la lèvre supérieure de la grosse femme était indéniablement due à une friction.

Avec des gestes vifs et précis, Adelia enleva ses vêtements de dessus sous les yeux horrifiés de Boggart qui en avait le souffle coupé.

Le haut des deux bras présentait des contusions profondes.

— Hum.

— Quoi ? s'écria Rowley avec impatience.

Pas de réponse.

Les paupières étaient closes. Quelqu'un parmi les observateurs rassemblés autour du corps avait dû lui fermer les yeux, rien n'est plus désolant que le regard d'un mort.

Adelia souleva une paupière, puis l'autre. Elle se souvenait de deux cadavres, ceux d'un vieillard et d'un enfant, qui, à des époques différentes, avaient été apportés à son père adoptif pour examen, l'un comme l'autre montrant la même abrasion sur la lèvre supérieure que Brune. Ces décès n'étaient pas accidentels, comme on l'avait découvert plus tard.

Elle ne prêtait aucune attention à Rowley et Mansur qui discutaient calmement. Elle essaya de faire glisser le corsage sur la taille, mais les cordons qui le fermaient dans le dos étaient trop serrés. Elle leva le regard sur Boggart.

— Aidez-moi à la retourner.

La servante fit un pas en arrière.

— Oh, maîtresse, c'est pas bien c'que vous faites.

Les nerfs toujours à fleur de peau quand elle pratiquait une autopsie, Adelia s'emporta.

— Pas bien ? C'est ce qui est arrivé à cette femme qui n'est pas bien, il faut que je découvre quoi. *Aidez-moi à la retourner !*

Ébranlée – sa maîtresse n'avait jamais élevé la voix contre elle auparavant –, Boggart obtempéra.

En écartant les cheveux gris, Adelia trouva du sang. Elle examina la plaie, puis elle délaça le corsage et mit à nu le dos. Des marques en forme de croix apparaissaient sur la colonne vertébrale là où les lacets avaient été compressés. *Hum.*

— Retournez-la à nouveau, dit-elle.

Boggart obéit en gémissant et Adelia exposa la lourde poitrine laiteuse de Brune. La peau ne montrait pas de marque.

— Pour l'amour de Dieu, dépêchez-vous, voulez-vous ? cracha Rowley. Ils ne vont pas tarder maintenant. Quel est votre verdict ?

Sans se hâter, Adelia retroussa la jupe de la blanchisseuse. Non, la région du vagin n'avait pas été touchée.

Elle se redressa et s'assit sur ses talons.

— Je suis à peu près certaine qu'elle ne s'est pas noyée, Rowley. Pour s'en assurer, il faudrait disséquer les poumons, évidemment...

— Oh oui, une profanation tomberait très bien, siffla Rowley entre ses dents. *Bien sûr* que vous ne pouvez pas la disséquer. Au nom de Dieu, dites-moi ce qui s'est passé !

Adelia leva les yeux.

— Je pense qu'elle a été étouffée. Quelqu'un l'a frappée derrière la tête – Mansur, regarde si tu ne trouves pas une arme –, puis, profitant de son étourdissement, il l'a plaquée au sol, genoux sur ses bras – voyez les contusions, ici et là –, pendant qu'il lui collait un truc sur la bouche et le nez, un truc rugueux. Regardez la marque qu'il a laissée sur la lèvre supérieure.

— Ceci ?

Mansur avait découvert un chiffon qui traînait par terre. Une des pinces à linge qui le tenaient était sur le fil, et l'autre encore accrochée au morceau d'étoffe grossière, comme s'il avait été arraché.

— Probablement. Et elle a les yeux injectés de sang, caractéristique de la suffocation.

— Un meurtre, donc.

Boggart poussa un glapissement.

— Je le crains.

— C'était une femme imposante ; celui qui l'a agressée devait être costaud.

— L'assassin l'a d'abord frappée à la tête, avec quelque chose de massif et d'anguleux, un pommeau d'épée, par exemple, ce qui l'a étourdie…

Elle regarda Mansur qui secoua la tête ; il n'avait pas trouvé l'arme.

— Il n'empêche, oui, il était fort. Je doute qu'une femme en ait été capable. Elle s'est débattue, la malheureuse, d'où les marques de frottement sur la lèvre.

— Par les démons de l'enfer ! s'écria Rowley. Bon, remettez-lui ses vêtements.

— Mais il faut que le shérif, ou son homologue par ici, puisse constater les blessures. Comment ça se passe en Aquitaine ?

— Il se passe que cette femme doit apparaître exactement comme elle était au préalable. Alors *faites-le*.

Elle ne comprenait pas son mouvement d'humeur, ni pourquoi Mansur et lui échangeaient un regard de connivence, comme s'ils possédaient une information qu'elle ignorait. Cependant la décence exigeait en effet que le cadavre ne fût pas exposé ainsi ; sans doute le shérif, ou le coroner, quel que fût le nom qu'on lui donnait, pourrait-il mener ses examens au moment de la toilette de la morte.

À deux, Boggart et elle rendirent à Brune sa respectabilité.

Les gardes réapparurent avec une litière et emportèrent le corps recouvert de la cape de l'évêque.

Rowley ne les accompagna pas. Il saisit le menton d'Adelia entre ses mains et planta ses yeux dans les siens.

— Elle s'est noyée, mon cœur. Brune s'est noyée.

— Qu'est-ce que vous racontez ?

— A-t-on la moindre indication sur l'identité du meurtrier ?

Impuissante, Adelia observa autour d'elle. Hormis le chiffon que l'assassin avait laissé tomber par terre, il n'y avait rien ; les empreintes de pas sur le sol humide étaient nombreuses autour de la cuve, si nombreuses qu'elles ne signifiaient plus rien.

— Non... Un homme, à coup sûr. Une enquête s'impose.

— Et combien d'hommes occupent ce palais, d'après vous ?

À présent, elle était gagnée par la colère ; il l'effrayait.

— Tout le monde n'a pas accès au sous-sol. Seuls quelques-uns sont admis en bas, j'imagine.

— Vous croyez ? Avez-vous remarqué l'escalier qui mène à cet endroit ? Son entrée est à l'écart, elle n'est pas gardée à cette heure de la nuit ; n'importe qui, et pas seulement parmi les serviteurs, aurait pu se faufiler ici.

— Il existe peut-être un témoin, Rowley. Il faut interroger les gens.

— *Non, il ne faut pas.*

Il la saisit par les épaules et la secoua.

— Savez-vous combien de temps cela prendrait ? Les conséquences ?

Elle était estomaquée.

— Qu'importe ? Je n'aime pas plus que vous l'idée de repousser le départ, mais il y a un assassin en liberté...

— Il n'y a rien du tout. Rien du tout. Nous avons affaire à une noyade pure et simple, un accident.

Il se raidit ; des voix se faisaient entendre venant de l'escalier, étouffées par les rideaux du linge qui pendait ; les officiels arrivaient.

— Vite, sors-la d'ici, Mansur. Explique-lui. Je reste. Suivez-les, Boggart.

La servante et Adelia, toujours stupéfaite, furent entraînées vers un recoin sombre et se dissimulèrent derrière un drap. Plusieurs personnes se frayaient un chemin entre les cordes à linge et se dirigeaient vers Rowley et les lanternes. Adelia reconnut la voix grave du sénéchal et celle de dame Béatrix, qui passait devant elle :

— Oh, je suis d'accord, c'est effrayant. Se noyer toute seule, quel manque de prudence chez cette femme ! Jeanne va en être incommodée, il n'y avait que Brune pour venir à bout des taches sur les broderies...

Puis Pétronille :

— Quelle est cette odeur ?

Craignant que la demoiselle de compagnie n'ait senti Renfort couché à ses pieds, Adelia retint son souffle, mais elle s'éloigna sans rien remarquer.

— Oh, monseigneur, vous êtes là. Est-ce ici que ça a eu lieu ? Macabre, vraiment macabre...

— Allons-y, murmura Mansur.

Ils s'esquivèrent. Rowley avait vu juste, les marches menaient à un passage désert.

Pas une âme non plus dans les jardins d'Aliénor, et ce fut le moment que choisit Adelia pour refuser d'aller plus loin.

— Vas-tu prévenir les autorités ou est-ce moi qui m'en charge ?

Mansur la conduisit avec douceur vers un banc et prit place à côté d'elle. Boggart s'accroupit à proximité, cramponnée à Renfort pour se rassurer et lançant des regards inquiets sur les buissons.

Le timbre du Maure était un cri de chauve-souris dans la nuit.

— Elle t'a insultée. Ils vont dire que tu es à l'origine de sa mort. Ou que tu as fait en sorte qu'elle se tue.

La mâchoire d'Adelia se décrocha.

— De quoi parles-tu ? Je n'étais même pas présente. Les gardes m'ont vue entrer. Le capitaine Bornay...

Mansur poursuivit comme si elle n'avait rien dit.

— Que tu voulais sa mort, que tu l'y as incitée, ou que tu as incité quelqu'un à ce qu'elle se produise.

Il lui prit la main.

— Nous leur paraissons étranges, toi et moi. Le sort nous accable depuis le début du voyage, l'évêque de Winchester n'a pas d'autre sujet de conversation. J'écoute ce qui se dit car ils croient que je ne les comprends pas et ce que j'entends m'inquiète. Par trois fois tu t'es emportée, la première contre la jument Junon...

— Je n'étais pas en colère contre elle.

— Ensuite contre messire Nicholas...

— Ce n'est pas vrai !

— ... enfin plus récemment contre Brune...

— C'est elle qui était furieuse contre moi !

— ... et tous les trois ont péri dans des circonstances insolites. Un cheval ingère du poison, un javelot fauche un chevalier pendant une partie de chasse, une femme se noie.

— Personne ne pourra croire que je les ai tués. Chaque fois j'étais ailleurs.

— Inutile que tu aies été sur place. Tu as manigancé tes coups. Ou moi. Le cheval, le chevalier, ce sont des meurtres. Si, dans le cas présent, il est établi que la mort de Brune est accidentelle, alors on pourra considérer que son animosité à ton égard est une coïncidence, mais l'évêque Rowley ne veut pas que l'hypothèse du meurtre soit révélée. La situation est bien assez critique comme ça ; on va jaser, parler de sorts...

— C'est absurde. Pourquoi aurions-nous voulu sa mort ? Pour quelle raison ?

— Pourquoi *quiconque* aurait pu vouloir sa mort ? Alors voici la raison : parce qu'elle t'a insultée publiquement.

Elle percevait la voix haut perchée comme à travers le brouillard, lointaine, et était incapable de deviner de quelle direction les paroles lui parvenaient.

— Et comment nous sommes-nous débrouillés pour envoyer quelqu'un la tuer à notre place ? Ou lui plonger la tête dans la cuve à distance ?

— Sorcellerie.

Le mot était prononcé avec douceur, comme le Maure disait toutes choses ; Adelia, en revanche, le reçut comme un miasme de putréfaction dans l'air de la nuit. Sous la gifle pestilentielle, elle se couvrit la tête des mains pour se protéger, à l'image de la petite lavandière avec sa planche à laver pour bouclier.

Sorcellerie. Toujours, *toujours* depuis qu'elle avait quitté Salerne, où l'on savait qui elle était et ce qu'elle faisait et où elle était appréciée pour ça, la superstition collait à ses trousses, la contraignant, pour exercer ses talents au profit d'autrui, à se dissimuler derrière des stratagèmes usants qui l'écœuraient.

Mais il y avait une chose avec laquelle elle ne transigerait pas. Elle baissa les bras et se redressa.

— Ça ne fait rien. Quelqu'un a tué Brune, a pris sa vie, *sa vie*, Mansur. Son corps m'a implorée, son âme l'a hurlé. Impossible, je *ne permettrai pas* qu'un meurtre soit passé sous silence.

— Ce n'était pas une femme agréable, fit remarquer Mansur avec flegme.

— Elle a été assassinée. Elle était vivante. Le séjour terrestre que Dieu lui a accordé a été abrégé. Qu'elle soit agréable ou pas n'entre pas en ligne de compte.

— On va croire que tous ceux qui nous contrarient sont maudits.

— *Elle a été assassinée*, martela Adelia en se levant. Je vais de ce pas trouver le sénéchal et lui révéler ce qui s'est passé.

Mansur ne bougea pas.

— Non.

Le ton était calme. Adelia dévisagea le Maure.

— Tu ne peux pas me l'interdire.

— Je dirai que tu te trompes. La femme s'est noyée par accident. Je suis le médecin, Rowley est l'évêque. Nous démentirons tes paroles.

Ce coup de poignard dans le dos lui coupa le souffle. Cet homme l'avait protégée et défendue toute sa vie ; il ne l'avait jamais contredite. Il ferait ça ? Rowley ferait ça ? En clamant « Meurtre ! » haut et fort et sur tous les toits, elle serait jugée démente parce que Mansur et Rowley, qui seuls faisaient autorité, réfuteraient son affirmation.

En se soumettant à la superstition que les autres brandissaient devant elle, les deux hommes, *ses* deux hommes, faisaient alliance avec le grand ennemi, le pourfendeur de la raison, le promoteur de la tromperie. Il avait gagné. Sans eux, son témoignage n'aurait pas plus de valeur que les couinements d'une folle et déchaînerait des tempêtes.

Elle se sentit accablée, pour Brune d'abord, et parce que la science était toujours humiliée par l'obscurantisme.

La connaissant, Mansur ajouta :

— J'agis aussi pour ma propre sauvegarde. Un Sarrasin sera toujours vu comme un sorcier. Si Gyltha était là, elle ne te dirait pas autre chose.

Elle ne put le supporter un moment de plus et elle s'éloigna pour pleurer et crier sa rage dans l'obscurité, arpentant le jardin comme une âme en peine.

Mansur n'avait pas bougé ; il s'adressa en anglais à Boggart. Un discours interminable, sembla-t-il, par lequel il lui exposa la situation à laquelle sa maîtresse et lui étaient confrontés, ce qu'ils faisaient, ce qu'ils avaient fait, et pourquoi.

Son murmure n'avait pas plus de signification pour Adelia que les stridulations d'une cigale. Elle n'avait pas cessé sa déambulation ; jamais elle ne s'était sentie aussi seule.

Au bout d'un moment, une main toucha sa manche.

— Allons-y, maîtresse, faut vous reposer.

— Boggart, pensez-vous que je suis une sorcière ?

— Euh...

La servante était encore tourneboulée par les confidences de Mansur sur le passé d'Adelia et ses activités, et elle était incapable de mensonge.

— P'têt' que oui, maîtresse, mais alors une sorcière blanche.

Il était trop tard pour rejoindre la maison par la rivière, les portes du palais étaient closes. Les deux femmes rejoignirent discrètement la grande salle et l'escalier qui conduisait aux appartements des dames.

Dans la pénombre, les écuyers et les serviteurs installaient leur paillasse dans les niches du mur où ils allaient s'installer pour la nuit. Un groupe d'une bonne trentaine de chevaliers et de courtisans buvaient et jouaient aux dés à la lumière d'une torche unique plantée dans un support dressé à proximité.

Adelia émergeait de la cage d'escalier et prenait la direction de sa chambre quand un joueur laissa échapper une exclamation de joie après un coup chanceux. « *Mirabile visu !* » s'écria-t-il.

Elle s'immobilisa. C'étaient exactement les mêmes mots, prononcés avec la même exultation, qu'elle avait entendus jadis dans une forêt entre Wells et Glastonbury quand deux monstres vêtus de feuillage avaient surgi en bondissant et avaient menacé de la violer et de la mettre en pièces. Excalibur avait tué l'un d'entre eux – non, *elle* l'avait tué.

L'autre ?

Non, impossible. Le capitaine Bornay et ses hommes avaient ultérieurement nettoyé les bois, traqué les hors-la-loi qui les occupaient jusqu'au dernier et en avaient pendu les morceaux aux branches.

— Qu'y a-t-il, maîtresse ?
— Je pensais... Un homme du nom de Scarry...
Elle reprit son chemin.
— Mais ce n'est pas lui. Il est mort.

CHAPITRE 8

Au début, l'ambiance au sein de l'équipage qui quittait Poitiers pour reprendre la route fut morose. Jeanne, ses dames de compagnie, ses chevaliers, les évêques et les serviteurs avaient la sensation d'être chassés du jardin d'Éden, même si Richard et sa suite allaient les accompagner jusqu'en Sicile.

Pas Adelia, qui avait commis le pire acte qui fût à ses yeux. Elle ne laissait pas le paradis derrière elle, elle abandonnait les morts. Aux obsèques de Brune, les autres n'avaient contemplé qu'un cercueil que l'on portait en terre dans le cimetière du palais ; elle avait eu pour sa part la vision persistante d'une femme que l'on avait assassinée, elle se recroquevillait sous les « Traîtresse ! » que la blanchisseuse lui hurlait à l'oreille et qui couvraient les paroles de Rowley et de Mansur quand ils tentaient de lui parler. Elle les entendait à peine, ou ne le voulait pas.

Elle ne remarqua pas non plus les regards, certains effrayés, les autres accusateurs, qui se posaient sur Mansur et sur elle, ni qu'on les tenait à distance pendant l'office funéraire.

Toutefois, quand la procession commença à suivre le cours de la Vienne sous un ciel cristallin, l'humeur générale s'améliora. Les loutres glissaient dans l'eau, dessinant des V à la surface ; des hérons immobiles, sculptures élancées, guettaient le moment de saisir les truites imprudentes de leur long bec ; les groupes de grues passaient au-dessus de leur tête, en route pour leurs quartiers d'hiver, sans se soucier du long cortège d'humains et de bêtes qui lambinait en contrebas sur la terre ferme.

Lambiner n'était certes pas le mot approprié. Le duc Richard imposait une allure soutenue et, par cette magnifique journée ensoleillée, la princesse et ses dames de compagnie avaient déserté le palanquin pour leurs chevaux. Une foule clinquante de chevaliers les entourait ; les clochettes des harnais, les chansons, les cris et les rires effarouchaient les corneilles qui désertaient les ormeaux en croassant.

L'évêque de Winchester lui-même fut surpris à sourire tandis qu'il tressautait sur une monture trop grande pour lui.

Adelia, qui n'avait pas décoléré, refusait de parler aux deux seules personnes, Mansur et Rowley, qui auraient accepté de l'écouter.

Messire Guillaume, comme il fallait s'y attendre, avait pressé son cheval pour cheminer à son côté et l'accompagnait d'une chanson :

> « Je suis avec ma belle parmi les fleurs
> Quand la sentinelle de la tour s'écrie :
> "Debout, amants !
> Car je vois le soleil et l'aurore…" »

— Oh, la ferme, lâcha-t-elle, et elle prit le large vers la queue du convoi pour retrouver Ulf, le substitut de Gyltha, la seule personne après Dieu à qui elle pouvait se confier.

Il ne la reçut pas bien.

— Ils ont raison, lui dit-il en parlant de Rowley et de Mansur.

— Au nom du Ciel, mon garçon, comment pourraient-ils avoir raison ? Ils m'ont fait commettre un péché contre tout ce en quoi je crois. À cause d'eux, j'ai failli à mon devoir envers les morts.

Ulf resta inébranlable.

— M'semble à moi que ton devoir, l'est plutôt du côté du roi et d'sa fille, veiller à sa santé. C'est ta mission, non ?

— Je pouvais très bien me charger de Jeanne et faire ce que j'avais à faire.

— Non, crédieu, tu pouvais pas. On entend déjà des bruits. Faut qu'tu fasses gaffe. Si t'avais révélé la vérité sur cette vieille bique, t'aurais attiré l'attention sur toi, encore plus qu'aujourd'hui.

Il se rembrunit ; comme Mansur, il avait eu vent de rumeurs qu'elle ignorait.

— Quelques-uns ont peur de toi. Y voudraient qu'on t'laisse sur le bord de la route, ou pire. Il y en a même qui disent que c'est à cause de toi qu'Henri le Jeune est pas venu. Pas vrai, Boggart ?

Il s'exprimait en anglais et Boggart répondit de son mulet :

— Hélas, oui, maîtresse. J'en ai entendu qui prétendaient qu'vous aviez des *pouvoirs*.

— *Quelqu'un* a des pouvoirs, répliqua Ulf. J'crois que *quelqu'un* dans les parages en a après toi. On a empoisonné ce pauvre canasson délibérément, on a tué la grosse Brune délibérément, tout ça pour te mettre dans l'pétrin.

Une pensée lui traversa l'esprit.

— Eh, dis-moi, si ça expliquait pourquoi messire Nicholas s'est pris une lance ?

— Grand Dieu, répondit Adelia avec lassitude, tu deviens idiot.

— Je pense pas. Tu t'es fait un ennemi au cours du voyage ? Tu aurais blessé quelqu'un ces derniers temps ?

— J'ai abandonné Brune.

Les trois compagnons chevauchèrent un bon moment côte à côte en silence ; il fallait parfois retenir les mulets de mordre le palefroi d'Adelia, un petit cheval à la crinière et à la queue blondes et couvert d'une dorure de poussière, comme s'ils étaient jaloux de sa beauté. Rowley l'avait acquis en secret pour elle à Poitiers, et, en souvenir des heures passées là dans un lit poussiéreux, l'avait appelé Atchoum.

Ce nom avait fait rire Adelia. À présent encore, malgré elle. Et la journée était délicieuse. Et Ulf, avec sa truculence, lui rappelait vraiment sa grand-mère.

Soudain enjouée, elle changea de sujet.

— Je ne t'ai jamais raconté comment j'ai trouvé Excalibur, si ?

— J't'ai pas vue depuis.

Elle se lança dans le récit de la découverte de la petite grotte sur le Tor à Glastonbury, des ossements qui y reposaient et de l'arme peu engageante avec son épaisse couche de rouille que sa fille Allie avait trouvée gisant dans une mare. Elle l'avait donnée à Roetger, le champion d'Emma, et après que l'arme avait retrouvé son éclat, ils avaient découvert le mot « Arturus » gravé sur la lame ; Roetger, cette grande âme, lui avait rendu l'épée, qu'elle avait pour finir offerte au roi Henri.

Cependant, sous les questions d'Ulf, l'histoire s'attarda comme c'était prévisible dans la pénombre d'une clairière et sur ce qui s'y était passé – elle n'aurait jamais dû aborder le sujet.

— Tout ce que Rowley, Mansur et toi réussissez à obtenir, conclut-elle, c'est me faire imaginer des sottises. La nuit dernière, j'ai même cru entendre Scarry s'exclamer à une table de dés, alors il faut que tu…

Mais Ulf avait piqué des deux et son mulet s'éloignait vers la tête de la colonne ; la croix s'agitait dans tous les sens dans le sac de bât.

Quelques minutes plus tard, il revenait accompagné de deux chevaux, sur l'un l'évêque de Saint-Albans, sur l'autre le capitaine Bornay.

— Vous entendez Scarry et vous ne nous dites rien ? lança Rowley avec colère.

— J'ai distingué une voix qui m'a fait penser à celle de Scarry, se récria Adelia. Arrêtez de m'embêter avec ça.

— Et vous n'êtes pas allée vérifier ?

— S'il vous plaît, n'insistez pas. Je n'ai jamais cru à sa présence dans le Somerset, et je ne crois pas plus à sa présence ici. Comment un criminel tel que lui… ?

— Capitaine, demanda Rowley, avez-vous pendu *tous* les coupe-jarrets de la forêt ?

— Je le pensais, tous ceux sur lesquels nous avons pu mettre la main en tout cas.

— Vous voyez ? dit Rowley en se penchant pour saisir les rênes de la monture d'Adelia qu'il arrêta. Will et Alf avaient probablement raison, Scarry est peut-être parvenu à s'enfuir. De quoi avait-il l'air, ce joueur de dés ?

— Aucune idée. Je ne me suis pas dérangée pour aller y voir.

— Et de quoi *Scarry* a-t-il l'air ?

— Je n'en sais rien non plus ! s'écria-t-elle. Il était… Le Loup et lui sont apparus comme dans un cauchemar... Ils étaient revêtus de feuillage... Le visage grimé...

— Réfléchissez !

Ça lui coûtait. Elle secoua la tête.

— Instruit, je suppose, il a parlé en latin.

La plainte que l'homme avait poussée quand il tenait son amant dans ses bras résonnait encore dans sa tête : « Ne me quitte pas, mon Lupus... *Te amo ! Te amo !* »

Rowley hocha la tête.

— Instruit. Quoi d'autre ? Quel âge ? Quelle taille ?

— Je ne sais pas, *je ne sais pas* !

Les deux créatures avaient surgi d'un âge primitif, grandes comme des arbres.

— C'est ridicule, Rowley, il ne peut pas être ici. Comment serait-ce possible ?

— Réfléchissez, je vous prie.

Elle s'y efforçait.

— Il faisait si sombre... Oui, je me souviens de ses bras, de ses poils noirs... Mais dans l'obscurité...

— Des poils noirs, lâcha Rowley d'un ton amer, ça nous avance beaucoup.

Quoi qu'il en fût, l'évêque, Bornay et Ulf commencèrent à recenser tous les hommes bruns de la compagnie. Les pères Guy et Adalburt, les chevaliers, les écuyers, les serviteurs basanés, les soldats du capitaine Bornay, Bornay lui-même, l'Écossais Rankin, le jeune Locusta, l'amiral O'Donnell... et la liste s'allongeait.

— Sans compter que tous auraient pu participer à cette partie de dés, fit remarquer Rowley. Le groupe est éclectique.

— Oh, fichez-moi la paix.

Il était déjà assez difficile de croire que celui qui la traquait dans le Somerset était Scarry, alors il était impossible d'imaginer qu'un criminel peinturluré se soit joint à l'équipage de Jeanne et qu'il l'ait suivie sur le continent, si instruit en latin fût-il.

Elle refusait d'y accorder plus d'intérêt.

De la queue du convoi, à un demi-mille de distance, on pouvait voir que quelque chose n'allait pas devant. Adelia et Mansur partirent au petit galop et rejoignirent la tête où la princesse et son entourage proche étaient rassemblés autour d'une silhouette qui les dominait tous.

Le duc Richard avait revêtu sa cotte de mailles ; il portait sous le bras un heaume rehaussé d'une couronne ducale en or. Il avait les traits figés, exaltés, et ne prêtait aucune attention au capitaine Bornay et à l'évêque de Winchester, qui montraient un certain affolement.

Rowley s'écarta du groupe et s'approcha de Mansur et d'Adelia.

— Richard nous quitte, dit-il en arabe d'un ton amer.
— Où va-t-il ?
— Se battre.
— Il n'a pas le droit !
— En fait, il n'a guère le choix. Un messager vient de nous apporter la nouvelle. Angoulême s'est soulevé. Le duc ne peut tolérer ça, même si, de vous à moi, les causes premières de la révolte de cette satanée province lui sont directement imputables.

Angoulême. Angoulême. De ce qu'Adelia se remémorait de la carte de Locusta, le comté était sur leur route vers le sud.

— Nous devons rebrousser chemin ? Ô Seigneur, combien de temps une guerre nous prendrait-elle ?
— Nous allons contourner la ville. Nous ne pouvons nous permettre d'accumuler plus de retard et Richard est persuadé que quelques jours lui suffiront pour

réduire Vulgrin d'Angoulême à merci. Il a fait demander des renforts.

— Et il peut l'emporter ?

— Oh, oui. Richard n'est peut-être pas mon genre d'homme, en revanche c'est un fameux général. Si j'étais le comte Vulgrin, je prendrais mes jambes à mon cou.

Adelia regarda Jeanne.

— Pauvre enfant, dit-elle.

— Pauvre Locusta, il est au bord des larmes. Nous dévions de sa précieuse route. Il va devoir organiser un nouvel itinéraire, ce qui, compte tenu de notre direction, ne va pas être une tâche aisée.

Mais la compassion d'Adelia allait vers la princesse, abandonnée par un frère, puis par l'autre.

Jeanne, cependant, arborait une mine sérieuse mais nullement inquiète.

Elle a l'habitude, songea Adelia. Sa courte existence s'était passée à observer ses parents réprimer un soulèvement ici ou là au sein de leur vaste empire. Elle avait vu sa mère et ses frères conspirer contre son père ; pour elle, rébellions et batailles étaient l'ordre naturel des choses. *Et rien n'a changé, sauf en Angleterre et en Sicile.*

Les chevaliers et leurs écuyers partaient sur-le-champ. Une messe fut improvisée dans un petit bois, sous les hautes branches d'un châtaignier, pour bénir leur guerre et souhaiter qu'elle soit brève.

Troublé, l'évêque de Winchester trébuchait en récitant l'office. Le duc Richard ne montrait pourtant aucun des signes d'impatience que son excité de père aurait manifestés : il s'abîmait dans la prière, les chants, les bénédictions. L'appui de Dieu avait une authentique signification pour lui.

Alors que deux cents gorges lançaient un « Amen » final qui roula dans la forêt, il se redressa et s'approcha de Jeanne, toujours agenouillée.

— Je vous laisse sous la protection du bon capitaine Bornay et de Dieu, ma royale sœur. J'ai un ennemi à défaire, et nous serons de nouveau réunis à Saint-Gilles, si ce n'est avant. Puissent les saints nous accorder leurs bienfaits.

Il dégaina son épée et la dressa.

— Pour Jésus !

— Pour Jésus ! répondirent ses hommes en écho.

Il est magnifique, songea Adelia, *mais son élément est la guerre. Que Dieu nous préserve de cet homme.*

Un chevalier revêtu de sa cotte de mailles et méconnaissable sous son heaume à nasal chevaucha dans sa direction. Sa voix était familière, même si, pour la première fois, les paroles de sa chanson étaient affreuses.

« Épées et massues, heaumes aux couleurs variées,
Boucliers fendus et brisés dans la bataille,
Les montures des morts et des blessés
S'égaillent dans le champ,
Les hommes grands et petits chutent
   dans les douves,
Un moignon de lance dans la poitrine,
Et poussent leur dernier soupir... »

Les mailles crissèrent quand messire Guillaume mit pied à terre ; il ôta son heaume qu'il cala sous son bras.

— Je vais à la guerre, gente dame, mais je vous confie mon cœur. Si je devais mourir, puissiez-vous vous souvenir assez de moi pour être inhumée à mon côté.

Oh, le jeune écervelé ! Adelia fondit devant le jeune homme dont le visage s'éclaira de plaisir. Qu'il puisse compter parmi les cadavres dans les douves, une lance brisée dans les côtes, ne l'effleurait pas une seconde. Il ne voyait que la gloire, et la richesse. Grâce à la guerre, pillages et otages permettaient à un chevalier néophyte d'acquérir une fortune. S'il en réchappait.

— Ah, gente dame, votre cœur de douce femme pleure à l'idée de la guerre, je le sais, alors comment me montrer digne de vous, sinon par mes prouesses dans le combat ? Le hennissement fougueux des chevaux, le choc de l'acier contre l'acier, la clameur de la bataille… Je vous supplie, un souvenir de vous.

Elle lui donna le dernier des mouchoirs d'Emma qu'elle gardait sous sa ceinture – les autres avaient été convertis en bandages.

— Dieu vous garde, messire Guillaume, dit-elle.

Et elle était sincère ; il était si jeune.

Elle l'observa qui, avec un sifflement de joie, se dirigeait vers ses camarades chevaliers en nouant la fine pièce de lin autour de son bras.

Afin d'éviter le conflit, le convoi se déporta vers le sud-est dans un territoire que ce pauvre Locusta n'avait pas reconnu, une région sauvage où les hautes collines se faisaient plus escarpées et plus boisées, où les cours d'eau devenaient torrents.

L'endroit était désert.

Le capitaine Bornay n'aimait pas ça et doubla l'escorte.

— Supposez que le gars d'Angoulême soit pas repoussé vers l'ouest. Supposez qu'il se dirige de l'autre côté. La princesse ferait un otage parfait, sans parler des coffres à valeurs, et j'ai pas assez d'hommes pour affronter une armée.

Son inquiétude se propagea le long du cortège. Les cuisinières ne lâchaient pas leur broche, les blanchisseuses agrippaient leur bâton, le maréchal-ferrant grincheux exhibait un marteau menaçant. Les archers portaient leur arc en travers de la selle, carquois dans le dos. Le capitaine Bornay étoffa la garde autour du palanquin de la princesse et du chariot des coffres.

Ulf se faisait du mauvais sang pour le contenu de la croix et avait ajouté une lance à son équipement.

— Le premier bougre qu'essaye d'm'enlever tu-sais-quoi va s'faire recevoir.

— Je crois que nous étions plus en danger avec le duc Richard, assura Adelia.

— La croisade ?

Adelia opina. Il n'existait pas de pays sur le continent qui ne possédât pas sa propre version de la légende arthurienne. Brandir Excalibur, la plus prestigieuse des armes mythiques, doterait Richard d'un symbole de pouvoir sur les diverses nationalités de la chevalerie chrétienne rassemblée en Terre sainte presque aussi puissant que la Croix dans la lutte contre l'étendard noir de Mahomet.

Ulf cracha.

— Eh bien, lui pas plus qu'un autre. Le roi et le prieur m'ont chargé d'l'emmener en Sicile, et elle va y aller, dans c'te bon Dieu d'Sicile.

Locusta se multipliait et partait à l'aventure en quête d'un lieu d'étape, qu'il trouvait ou pas. Par deux fois, l'équipage fut contraint de dormir à la belle étoile sous des auvents et des tentes, bâtissant de petites villes de toile au cœur des ténèbres où seuls brillaient les feux et les lanternes, au son du ululement des hiboux et du glapissement des renards.

Les rares villages étaient minuscules et toujours perchés, à l'écart de la route déserte, comme si les rares habitants, à l'approche de ce qui paraissait une procession impressionnante, s'étaient éloignés pour s'enfermer chez eux à double tour, à l'image des fleurs dont les pétales se replient à la tombée du jour.

Il y avait une bonne raison à cela. Confrontés à l'obligation de nourrir l'équipage, les intendants devenaient des loups à la vue du moindre mouton qu'ils réquisitionnaient au nom du roi Henri.

Par chance, les voyageurs furent épargnés par le temps ; la journée, ils cheminaient sous un ciel couleur de myosotis. On trouvait encore des châtaignes et des mûres tardives en lisière des bois ; hommes et femmes s'arrêtaient pour les cueillir, puis ils se hâtaient de rattraper le convoi, perturbés par la quiétude que seul troublait le chant des oiseaux.

Ils avaient atteint le Massif central. Les cavaliers durent mettre pied à terre et les muletiers crier des obscénités à leurs bêtes pour les encourager à gravir des pentes de plus en plus raides, avant de les retenir dans la descente.

C'était long. *Que c'était long.* Ils parcouraient parfois à peine dix milles avant de faire halte pour le soir. Adelia, déjà désespérée par le contretemps, pensait en permanence à Allie.

Ce n'est pas ici que je veux être, c'est avec toi.

Devant le Lot, ils se mirent en quête du bac qui les transporterait sur l'autre rive. Sauf qu'il n'y avait pas de bac.

— Comment ça, brûlé ?

Sur ce qui avait naguère été une jetée, Locusta tempêtait contre le passeur.

— Je vous dis que le seigneur d'Angoulême l'a incendié, répondit l'homme d'un ton amer. Il y a trois jours. Pour empêcher le duc de le poursuivre de l'autre côté. S'en fichent complètement de moi et de ma subsistance, tous autant qu'ils sont.

— Où pouvons-nous trouver d'autres bateaux ?

— Y en a plus. Le seigneur d'Angoulême les a tous brûlés.

Ça sautait aux yeux : la large rivière favorable au trafic fluvial était vide de toute embarcation sous un ciel terni par les cendres.

— Qu'allons-nous faire ?

Le passeur n'en avait cure ; il avait perdu son travail et par conséquent son moyen d'existence en attendant qu'un nouveau bac soit mis en place... « et en espérant que les autres bougres vont pas revenir et l'incendier de nouveau ».

Il cracha et pointa son doigt vers l'aval.

— Le duc Richard l'est passé par là. Devriez vous diriger à l'est pour trouver un passage ; à ce que je sais, ça se bagarre pas par là-bas. Allez à Figères. C'est la ville la plus importante du coin, Figères.

— Est-ce loin ?

— Deux journées de cheval.

Il leur donna les indications.

— Au moins, nous faisons route vers l'est, confia Locusta à l'évêque de Saint-Albans tandis qu'ils chevauchaient côte à côte en rejoignant le cortège. Nous étions bien trop à l'ouest.

— Certes, mais nous ne pouvions prendre le risque de mêler la princesse à une guerre.

— Encore une nuit à la belle étoile, grogna Locusta, et pas de possibilité de bain. Monseigneur, je vous serais éternellement reconnaissant si vous pouviez annoncer la nouvelle aux dames de compagnie.

— C'est votre rôle, répliqua Rowley. Je ne possède pas ce courage.

Pour se rendre à Figères, il fallait emprunter une route qui s'enfonçait dans la montagne, et c'est ainsi que le cortège découvrit le petit village perché de Sept-Glane...

C'était un hameau minuscule qui ne méritait pas d'être rasé mais dont le seigneur était Vulgrin d'Angoulême, si bien que Richard, au passage, avait fait un exemple.

Les chaumières et les cultures avaient été réduites en cendres. Dans les prés en terrasses, les cadavres des animaux commençaient à gonfler. Les hommes avaient été emmenés, on ne savait dans quelle intention. Les femmes éplorées et les enfants grattaient la terre noircie de leurs champs dévastés.

Rowley ordonna une halte afin de leur porter assistance par de l'argent et des vivres, mais il avait compris, comme les sinistrés, que Sept-Glane était maintenant rayé de la carte.

Ce fut le lendemain au petit matin, après une nouvelle nuit passée sous la tente, qu'Ulf, qui chevauchait en compagnie d'Adelia, lui confia tout à coup la croix, descendit de son mulet et se précipita vers un bosquet non loin où il vomit en se tenant le ventre.

Elle passa la croix à Mansur, mit pied à terre et partit à sa recherche. Il était accroupi quand elle le trouva.

— Fiche le camp, grommela-t-il. Je suis en train de mourir.

Adelia se hâta de retourner auprès de sa monture pour y prendre sa trousse à remèdes ; sur le chemin, elle avisa des hommes et des femmes qui couraient vers les arbustes de la même manière que le jeune homme.

Au milieu de l'après-midi, face à la progression de l'épidémie dans ses rangs, le cortège fut contraint de faire halte.

— Il faut trouver un endroit que nous pourrions transformer en hôpital, dit Adelia à Locusta. Et vite.

— Par ici ?

Tout autour d'eux, ce n'était qu'un causse pelé que même les moutons désertaient. Adelia désigna du doigt un sentier qui grimpait sur sa droite et qui se perdait au loin dans un bosquet d'où s'échappait un mince filet de fumée.

— Là-haut ?

Elle observa Locusta qui entraînait sa monture sur la colline avant de rejoindre la réunion de crise formée des évêques, des médecins, des chapelains, d'O'Donnell l'Irlandais et du capitaine Bornay qui s'étaient rassemblés au centre de la route caillouteuse.

Le docteur Arnulf était hystérique.

— C'est la peste ! La princesse doit être emmenée sur-le-champ.

Le père Adalburt poussa un couinement de frayeur.

— La peste !

Cependant Adelia avait mené son enquête auprès des serviteurs, les malades comme les indemnes. La veille, semblait-il, ils étaient tombés à court de bière pendant qu'ils donnaient l'aumône dans les champs de Sept-Glane et ils avaient tiré de l'eau d'un puits pour remplir le tonneau.

— Le seigneur Mansur ne pense pas qu'il s'agisse de la peste, monseigneur. Seuls ceux qui ont bu de l'eau sont malades.

Le silence se fit.

— Dieu tout-puissant, lâcha Rowley, le duc Richard a empoisonné les puits.

— J'ai peur... Le seigneur Mansur a peur que ce ne soit effectivement le cas.

La pratique était courante au cours d'une guerre pour priver l'ennemi d'eau fraîche, une atrocité qui ajoutait aux souffrances des villages innocents pris dans le conflit.

— C'est la peste ! insista le docteur Arnulf. Je vais conduire la princesse et sa compagnie à Figères. Et lui administrer un traitement personnel contre la contagion.

L'évêque de Winchester tomba à genoux.

— Mon Dieu ! Mon Dieu ! Faut-il que nous T'ayons offensé pour que Tu nous accables ainsi de malheurs ?

— Combien de personnes sont atteintes ? demanda Rowley.

— Trente-quatre, répondit Adelia, mais le seigneur Mansur pense qu'il n'y en aura pas plus. Les autres ont eu de la bière issue de tonneaux différents. (L'élite possédait sa réserve particulière, de meilleure qualité.) Dans le cas contraire, si nous avions bu de cette eau, nous montrerions tous en ce moment les symptômes du mal. La princesse n'est pas touchée, par bonheur.

— Nous ne pouvons pas prendre de risques, s'empressa de déclarer le docteur Arnulf. Je dois la conduire dans un endroit sûr.

— Laissez-le faire, Rowley, dit vivement Adelia en arabe. Il va nous gêner plus qu'autre chose.

— Vous allez l'accompagner, je peux vous l'assurer.

Une expression que Gyltha et Mansur connaissaient bien envahit les traits d'Adelia dont le visage parut plus carré, plus lourd. *Je reste avec mes patients.* Elle avait failli à son devoir envers Brune, elle n'allait pas laisser tomber à présent.

Son amant rendit les armes.

Hors d'haleine, Locusta les rejoignit, chevauchant avec une jeune femme installée derrière lui sur une selle de croupe.

— Il y a des religieuses là-haut... hoqueta-t-il. Elles sont deux... Voici sœur Aelith qui m'a dit... qu'elles possédaient une étable désaffectée...

Il aida la bonne sœur à mettre pied à terre.

Sœur Aelith salua la compagnie d'une révérence, marquant un imperceptible mouvement de recul à la vue de Mansur. L'occupation du Languedoc par les troupes mauresques des siècles auparavant avait laissé le souvenir que le mot « Sarrasin » était synonyme de ruines.

— Il est médecin, lâcha Locusta avec impatience. Répétez-leur ce que vous m'avez dit.

Sœur Aelith s'inclina de nouveau.

— Ma mère est peinée d'apprendre vos ennuis et vous offre notre ancienne étable pour vos malades. Elle est en train de la nettoyer.

— Il n'y a pas à hésiter, Rowley. Nous devons trouver un endroit où je puisse les soigner.

Les décisions furent promptement prises. L'état des patients se faisait de plus en plus préoccupant.

La princesse, sa suite, les chariots à valeurs et tous les serviteurs valides allaient rallier Figères. Le docteur Arnulf détala aussitôt à toutes jambes.

Rowley participerait à l'évacuation des invalides vers l'étable et ferait la liaison avec Figères tant que l'épidémie durerait. Locusta fut envoyé à la ville pour annoncer la venue de Jeanne Plantagenêt.

À la surprise générale – et au déplaisir d'Adelia –, O'Donnell annonça qu'il restait.

— Je suis sûr que monseigneur Mansur aura besoin de deux paires de mains habiles. Deux parce que Deniz ne me quitte pas.

Les malades furent traînés le long du chemin qui menait à ce qui allait être leur hôpital – progression difficile, ponctuée de haltes qui laissèrent un sillage nauséabond.

Sur le versant s'élevait une étable avec un demi-pan de mur ouvert, typique de la région. L'arrière de la bâtisse désaffectée s'était effondré mais le reste tenait debout ; devant s'étalait une mare.

Quand Adelia et ses patients arrivèrent, le sol en terre battue avait été balayé et une femme vêtue de noir comme la jeune religieuse était occupée à remplir des sacs de paille pour en faire des paillasses.

Elle vint à leur rencontre. Petite et droite de maintien, elle avait des yeux noirs brillants d'intelligence ; bien qu'elle ne fût pas âgée, son visage, creusé de rides, était de ceux qui se sont longtemps exposés au soleil.

Rowley s'inclina et lui expliqua qui ils étaient et leur situation présente.

— Pouvons-nous savoir à qui nous sommes redevables, ma mère… ?

— Ma sœur, rétorqua-t-elle d'une voix étonnamment grave et chaleureuse. Nous sommes tous frères et sœurs ici-bas. Je suis sœur Ermengarde. Vous connaissez ma fille en religion, Aelith. Vous avez besoin d'aide ? Magnifique, vous l'avez trouvée. Nous sommes itinérantes et, grâce à Dieu, installées ici en ce moment. Nous n'avons pas de vaches, cette étable est donc à votre disposition. J'ai aussi fait passer le message de réquisitionner tous les pots de chambre des hameaux environnants.

Dieu soit loué, une femme pragmatique ! Pourtant, malgré le soulagement qu'elle éprouvait, Adelia eut la pensée fugitive qu'il y avait quelque chose d'étrange dans ces deux nonnes. Les robes noires indiquaient des sœurs bénédictines, mais elles n'arboraient pas de scapulaire et leurs voiles noués autour de la tête ressemblaient plus à des fichus de paysannes. Sans doute avaient-elles choisi la vie monastique sans avoir encore reçu d'affectation officielle de leur évêque. Qu'elles fussent itinérantes était inhabituel : les religieuses demeuraient usuellement là où on les plaçait.

Il y avait autre chose qui ne collait pas, un détail qui faisait défaut… Qu'importe, après tout. Elles étaient la providence.

La préoccupation immédiate était de débarrasser les malades de leurs déjections, vomis et diarrhées sanglantes ; il fallait les laver à grande eau et brûler leurs vêtements avant de les coucher sur des paillasses propres, et pour cela séparer les hommes des femmes ; d'expérience, Adelia savait que la pudeur était un obstacle à la guérison.

— Des couvertures, dit-elle, et en quantité. Monseigneur, si vous aviez la bonté de rattraper le train de bagages et d'en rapporter…

Rowley fila séance tenante.

— … et du feu. Amiral, si vous pouviez, avec l'aide de Deniz et de Mansur, aller collecter du bois…

Elle s'inclina devant la religieuse plus âgée.

— Ma sœur, je parle au nom du seigneur Mansur, notre médecin.

Puis elle exposa ses besoins.

En l'espace de quelques minutes, sœur Ermengarde avait rassemblé tous les draps et couvertures qu'elle possédait, et l'on acheminait des seaux d'eau du puits du couvent dans les hauteurs, invisible d'où ils étaient.

Le capitaine Bornay saisit Adelia par le bras.

— Je dois partir avec mes hommes retrouver la princesse et le trésor, maîtresse. Leur protection n'est pas assurée dans les conditions présentes...

— Bien sûr, faites votre devoir.

— ... mais ça m'ennuie vraiment de vous laisser sans un garde.

Elle lui offrit un sourire avant de tendre le bras vers les alentours déserts que seuls troublaient les rapaces qui tournoyaient dans le ciel.

— Qui pourrait nous menacer ?

— Très juste. D'autant que personne ne sait que vous êtes là. Il n'empêche, ça m'embête. Ce pays est malsain ; il a quelque chose de mauvais dans les os, je le sens.

— Tout ira pour le mieux, capitaine.

Il hocha la tête.

— Dieu vous bénisse, et qu'Il délivre mon Écossais de la fièvre. Rankin est parmi les malades, et l'un des plus durement atteints.

— Je ferai de mon mieux.

— Comme toujours, dit l'officier en lui baisant la main.

Rowley également, de retour avec des couvertures, était dans tous ses états à l'idée de l'abandonner à son sort, mais avec l'évêque de Winchester proche de la commotion devant cette récente manifestation de la fureur divine, il demeurait la seule autorité ecclésiastique compétente auprès de la princesse.

— De toute façon, il faut que je découvre où le duc Richard se trouve, et où *nous*, nous nous trouvons. Et que j'envoie quelqu'un à Poitiers pour s'enquérir d'un éventuel message du roi Henri.

— Allez-y, lui dit Adelia. Il n'y a rien que vous puissiez faire ici, je dispose d'assez d'hommes.

Sourcils froncés, il tourna le regard vers O'Donnell qui avait déjà allumé quelques feux.

— C'est bien ce qui m'inquiète.

Les patients mâles tout frissonnants furent aspergés à l'arrière de l'étable par Mansur et sœur Ermengarde – les nonnes étant jugées asexuées –, tandis qu'à l'avant les femmes, elles aussi grelottantes, bénéficiaient du même traitement, administré par Adelia et sœur Aelith, avant de filer se réfugier près du feu.

— Restez à l'écart, Boggart.

Adelia ne voulait pas que la servante et son bébé soient exposés à une possible contagion.

Dans l'étable, O'Donnell, qui avait envoyé Deniz décharger leur mule, avait tendu une voile de navire en guise de séparation ; il recueillait les poutres tombées dans la partie détruite du bâtiment pour les remettre en place. Son regard croisa celui d'Adelia et il ôta sa coiffe d'un geste vif.

— Je suis marin et irlandais, madame, je sais tout faire.

— De la tormentille, demanda Adelia à sœur Ermengarde. Nous allons avoir besoin de tormentille, et en quantité.

Armées de truelles et de paniers, les deux femmes, suivies de Boggart et de Renfort, entreprirent de creuser tels des blaireaux dans une prairie voisine en quête des rhizomes de l'herbe à fleurs jaunes qui, une fois broyés, réduits en poudre et additionnés d'eau, produisaient le seul astringent susceptible de combattre la dysenterie.

— C'est aussi ce que j'aurais prescrit, dit sœur Ermengarde. Et vous avez de l'opium pour nos malades les plus touchés ? Magnifique ! Magnifique !

Opium. Adelia dévisagea un instant la religieuse, puis elle lui serra la main avec chaleur.

Le terme de ville qu'avait employé le passeur pour qualifier Figères était exagéré. Ou alors le bonhomme n'avait pas beaucoup voyagé. Elle se résumait à un petit prieuré, un grenier à blé et un moulin à eau, à quoi s'ajoutaient quelques misérables rues sinueuses et un tout aussi misérable château en surplomb de la rivière, croulant et inoccupé ; l'ensemble était situé à l'extrême limite de l'Aquitaine, donc sur les terres du roi d'Angleterre, et pouvait par conséquent être réquisitionné en son nom. L'évêque de Saint-Albans et le capitaine Bornay jugèrent tous deux déraisonnable d'emmener la princesse plus loin avant d'avoir pris contact avec le duc Richard et de s'être informé de sa situation. L'équipage, diminué des malades, comptait moins de quatre-vingt-dix personnes, il était trop peu fourni pour s'aventurer dans un territoire disputé.

Des messagers furent dépêchés au nord, vers Angoulême et Poitiers, vers la civilisation en général.

Ne restait plus qu'à patienter. La princesse et sa suite furent installées tant bien que mal dans le château avec les coffres de valeurs tandis que les hommes du capitaine Bornay dressaient leurs tentes en anneau tout autour, formant un rempart de toile et d'acier.

L'évêque de Winchester, les chapelains et les serviteurs allèrent s'entasser dans le prieuré où le prieur et un moine vivaient chichement des produits de la terre. Le malheureux père Jacques ne put que contempler les intendants qui examinaient les greniers à grain et les granges, remplis des récoltes estivales de blé et de fourrage. Ils estimèrent qu'il y avait là de quoi nourrir les bêtes pour une bonne quinzaine de jours.

Pour la première fois depuis des semaines, la princesse et la cour étaient immobilisées, ce qui leur donnait des loisirs à satiété. Jeanne et ses dames de compagnie lâchaient leurs faucons sur les nuées d'oies sauvages qui traversaient le ciel pour rejoindre leurs quartiers d'hiver ; les hommes chassaient ou pêchaient dans les eaux poissonneuses du Lot. Au milieu de ces allées et venues, il était aisé à un individu de disparaître pendant un jour ou deux sans que l'on s'en étonne...

Scarry ? Lui aussi a envoyé un message, un message secret porté par un serviteur bien rétribué. Une paix merveilleuse l'a envahi quand il a vu le plan que son maître a déroulé à ses pieds.

« Les cathares, dit-il. Ô Être suprême, Tu as créé les cathares pour servir nos desseins. C'était prédit, car qui d'autre que Toi aurait manigancé pour les placer sur mon chemin ? Et elle ? Ta main a guidé la mienne quand je me suis emparé de sa croix. »

Scarry, qui n'a pourtant jamais mis les pieds dans cette région des confins, en perçoit le parfum. Il sait que l'hérésie cathare a commencé de s'y diffuser comme un feu qui couve et qui menace de tout ravager, et que l'Église craint sa brûlure.

Il connaît aussi pour l'avoir rencontré lors d'un synode à Cantorbéry un prélat du Vatican qui est aujourd'hui, si la mémoire de Scarry est fidèle, à la tête de l'évêché d'Aveyron, un diocèse situé à moins de cinquante milles de là.

Scarry n'est pas un proche de l'évêque d'Aveyron, mais son parfum également lui est familier et il est de ceux qu'il apprécie. Il est convaincu – n'est-ce pas prévu ainsi ? – que sa dépêche au père Gerhardt et à son évêque sera accueillie avec l'enthousiasme qui sied aux hommes cruels, égoïstes et apeurés qu'ils sont.

Quant à l'épée, sujet d'importance subalterne, elle est pour ainsi dire d'ores et déjà dans la main du duc Richard.

Au sommet de la colline, dans la cuisine du couvent – guère mieux qu'une chaumière de pierre crémeuse qu'entourait un grand jardin potager –, la jeune sœur Aelith et Boggart réduisaient les rhizomes en purée à s'en faire saigner les doigts. Le chien Renfort, ayant en vain attendu sa pitance, était parti en chasse.

Une gouttière en bois installée par O'Donnell et Deniz sur le flanc de la colline apportait une eau fraîche et pure d'un ruisseau de la montagne.

L'intérieur de l'étable-hôpital retentissait de plaintes. Les rayons de soleil piquetés de poussière filtrant des fentes de la toiture tombaient sur trente-quatre silhouettes prostrées d'hommes et de femmes secoués de haut-le-corps. Des bouquets de lavande, de menthe, de thym et de rue pendaient à tous les clous disponibles, d'autres étaient accrochés aux robes des soigneuses ; il fallait veiller en permanence à la propreté de chacun, administrer la potion de tormentille. Les pots de chambre pleins étaient évacués sur-le-champ, lavés et rapportés dans un exténuant cycle sans fin.

Les soigneurs se battaient pour la vie de leurs patients ; les patients se battaient pour la leur, certains avec plus d'ardeur que d'autres.

La petite lavandière qui avait trouvé le corps de Brune mourut rapidement, comme si le choc de la découverte avait eu raison de sa volonté. Elle fut suivie du forgeron acariâtre qui, parmi tous les hommes – et les hommes formaient la majorité –, n'avait pu supporter l'humiliation de son état et l'impuissance à laquelle il était réduit.

Parce qu'il avait profité dans son enfance d'une vie saine et dure au mal dans les *fenlands* du Cambridgeshire et qu'il possédait de bonnes dispositions physiques et mentales, Ulf montrait des dents de loup à la Faucheuse qui se dressait à son chevet. Les plus âgés étaient ceux qui lâchaient prise devant la lame, en particulier les hommes avec un passé de misère. Tel l'Écossais Rankin, avant qu'il ne devienne soldat sous les ordres du capitaine Bornay.

— Z'y croillez ? demanda-t-il à Adelia qui lui tenait la tête en essayant de le forcer à avaler le contenu d'un gobelet.

Elle s'était habituée à son jargon.

— Oui, j'y crois, vous en êtes capable et vous allez le faire. Qu'est-ce que le capitaine Bornay deviendrait sans vous ? Et moi ?

Au départ, la vue de Mansur qui penchait sur eux sa tête et son keffieh créait la panique parmi les malades mais, à la longue, sa mine imperturbable avait un effet apaisant et ils se cramponnaient à lui en gémissant. De son côté, O'Donnell les régalait de plaisanteries salaces qui, si elles écorchaient les oreilles d'Adelia, semblaient enchanter à la fois les souffrants et les nonnes.

C'était un combat de tous les instants entre leurs patients et la Mort, ils luttaient jusqu'à leur dernière goutte d'énergie. Adelia et sœur Ermengarde quittaient rarement l'étable, sinon pour de courtes pauses dans une meule de foin quand elles n'en pouvaient plus, et jamais en même temps.

Rowley et un serviteur venaient tous les jours de Figères pour apporter du pain et du linge propre, et afin que ceux qui étaient anxieux de se délivrer de leurs péchés puissent le faire auprès d'un évêque s'ils devaient se présenter devant leur Créateur.

Jacques, qui confectionnait les harnais, et Pepe, un cuisinier, moururent et furent inhumés dans des tombes qu'O'Donnell et Deniz avaient creusées dans le calcaire de la montagne ; cependant, au cinquième jour, les survivants montrèrent des signes de rétablissement, dont Rankin.

Deux hommes se rencontrent de nuit dans un carrefour tranquille à mi-chemin de Figères et de la ville d'Aveyron. Leurs montures sont attachées à un noyer tombé et ils marchent côte à côte en parlant à voix basse, même ici où seuls les chouettes et les renards peuvent les entendre.

— Je peux vous fournir ce que vous voulez, dit Scarry, car l'évêque de Saint-Albans est le représentant d'Henri d'Angleterre et a été requis pour mener les pourparlers entre les parties. Aucune décision, même la plus secrète, ne m'échappera.

Scarry vend le pouvoir, car savoir ce qui se trame dans l'intimité des puissants a plus de valeur que le rubis pour l'ambitieux. Et Scarry n'est pas cher. Le marché est clair et net : cinquante pièces d'or et la destruction d'une personne bien précise.

— Tant que ce n'est pas fait, votre maître peut toujours courir pour obtenir des informations qui iront dans son sens, dit Scarry avec bonne humeur.

Frère Gerhardt sait pertinemment que son maître n'aime pas courir et qu'il ne ratera pas une occasion d'empocher de l'or, d'autant qu'un vieil ennemi tomberait entre ses griffes.

— *Ce sera fait, réplique frère Gerhardt. Et maintenant, où est-elle, cette catin ?*

Scarry le renseigne. La catin du frère Gerhardt n'est pas la catin de Scarry. Mais puisqu'un bûcher est toujours un divertissement plaisant, il assistera aux deux.

Rowley et Locusta amenèrent des visiteurs ; dame Pétronille et maîtresse Blanche firent le déplacement au nom de la princesse pour s'enquérir de l'état des malades.

Adelia leva les yeux de la cuillère de bouillon de légumes qu'elle s'apprêtait à enfourner dans la bouche du palefrenier Martin et elle découvrit ce qui ressemblait à deux papillons aux ailes dépliées à l'extérieur de l'étable – franchement à l'extérieur.

Dame Pétronille resta devant la porte à faire l'inventaire devant O'Donnell des douceurs que la princesse envoyait : « De la brioche, de la confiture de figue et de raisin – les moines sont les rois de la confiture –, oh, et de l'essence de lavande pour nos malades. »

La barbe, pensa Adelia. Elle espérait de la viande.

Blanche, quant à elle, s'était aventurée dans l'étable, un mouchoir parfumé au clou de girofle sur son nez gracieux.

— Il n'y a pas la peste ici, lui lança Adelia sèchement.

— Ce n'est pas non plus un jardin de roses, répliqua Blanche sur le même ton.

En effet, mais l'espace était propre et en ordre. Les paillasses alignées étaient à présent sur des planches reposant sur des pieds qui les tenaient hors du sol, des oreillers garnis de paille fraîche accueillaient les têtes des patients ; les anciennes mangeoires avaient été tapissées de verdure et remplies d'herbes sèches.

Adelia revint au bouillon qu'elle administrait à Martin tandis que la demoiselle de compagnie déambulait devant les couches en posant des questions d'une condescendance aristocratique : « Depuis quand êtes-vous muletier, mon brave ? Vraiment ? », « Je vous connais, n'est-ce pas ?... Hadwisa, bien sûr. Revenez-nous vite, Hadwisa. »

Elle s'attarda à observer Adelia.

— Combien de nos gens avez-vous perdus ?

— Je vous en prie ! Nous en avons *sauvé* trente sur trente-quatre !

En réalité, la question de maîtresse Blanche ne se voulait pas un reproche.

— Le même mal a frappé dans un château de mon père et la moitié des souffrants sont morts.

— Ah, dit Adelia, décontenancée. Je suppose qu'ils n'avaient pas une sorcière et un Sarrasin auprès d'eux.

Contre toute attente, maîtresse Blanche sourit.

— Sans doute aurait-il mieux valu.

Tiens donc, un compliment.

— Les véritables saintes sont les deux nonnes qui nous ont procuré cet abri. Je vous les aurais présentées si elles n'étaient pas en ce moment en train de restituer les pots de chambre que nous avions empruntés.

— Charmant détail. La princesse va vous rendre visite demain et elle les remerciera à ce moment-là.

Après le départ des deux femmes et de Locusta, Adelia attendit que l'évêque et les fidèles en aient terminé avec leurs prières avant de demander à Rowley de lui rapporter le bouillon de bœuf le plus riche possible.

— Nous n'avons pas pu donner de viande aux malades depuis notre arrivée. Les sœurs n'en consomment pas.

Rowley hocha la tête.

— C'est bien ce que je craignais.

— Pourquoi ? Où est le problème ?

— Faisons quelques pas.

Suivis de Renfort, ils s'éloignèrent sur la colline non sans qu'Adelia lance de fréquents coups d'œil inquiets derrière elle au cas où un incident surviendrait à l'un de ses patients. Sous le soleil de novembre, le fond de l'air était frais. Ils prirent place à l'abri des branches rares d'un figuier solitaire.

Rowley lui prit la main.

— Nous avons réussi à prendre contact avec le monde extérieur, mon cœur. Notre messager a rencontré celui du roi Henri à Périgueux. Je suis envoyé en mission. Il me faut partir devant. Les troubles avec Angoulême ont excité les autres seigneurs de Guyenne...

Il allait la quitter. C'est tout ce qu'elle entendit avant que la douleur, cette bonne vieille douleur, ne plante ses crocs en elle. Il l'abandonnait. Même leurs rencontres furtives allaient lui être enlevées.

Il poursuivit en lui exposant l'histoire en permanence tumultueuse et sanglante de la région.

— Nous approchons des limites sud de l'empire du roi Henri. À partir d'ici, nous entrons en territoire hostile.

Il parla des seigneurs qui saisissaient la première occasion pour partir en guerre et envahir leur voisin, d'alliances scellées et rompues, des comtes, vicomtes, princes, d'Alphonse d'Aragon, Roger de Carcassonne, Raymond de Toulouse, du seigneur d'Albi... Les noms s'envolaient dans les branches au-dessus de sa tête, se transformaient en meurtres et rapines.

— ... Par conséquent, je dois m'assurer de la sécurité de Jeanne jusqu'à Saint-Gilles. Un meurtre est à craindre pendant les pourparlers de paix qui vont se tenir à Carcassonne...

— Quand partez-vous ? le coupa-t-elle.

— Demain. Et...

Il serra les poings.

— ... je ne reviendrai pas.

— *Vous ne reviendrez pas ?*

Il tira de son habit un parchemin d'où pendait un imposant sceau rouge.

— Lisez ceci.

Elle commença à lire. *À notre bien-aimé Rowley, évêque de Saint-Albans, salutations dans la paix du Seigneur d'Henri, roi d'Angleterre, duc de Normandie et d'Aquitaine...* Elle sauta les titres ; la liste était interminable. *Oyez que nous requérons vos estimés services en Lombardie...*

Elle lui rendit la lettre.

— Non, expliquez-moi.

Il s'agissait de politique. Une affaire avec l'empereur Frédéric Barberousse et la Lombardie, les papes, les antipapes et le maintien d'une paix fragile.

Elle cessa de l'écouter. Henri. Le roi. Toujours le roi. Au-dessus de Dieu, au-dessus de tout, Henri Plantagenêt.

— Vous comprenez, mon cœur, poursuivit-il sur un ton de désespoir, Henri ne peut permettre de troubles dans le nord de l'Italie. Il va falloir user de ruse et de diplomatie ; il me fait confiance pour organiser la paix.

Il la dévisagea et s'emporta.

— *La paix*, maîtresse. Empêcher les gens de mourir. C'est mon devoir.

— Je sais.

Ils observèrent sans mot dire un rouge-gorge téméraire qui s'aventurait devant leurs pieds en quête de vers. Puis elle rompit le silence.

— Nous retrouverons-nous en Sicile ? lui demanda-t-elle.

— Non. J'assisterai au mariage, du moins j'espère, mais, dès demain, vous retournez directement en Angleterre, vous et Mansur. Je me suis arrangé avec le capitaine Bornay…

Elle se redressa, faisant fuir le rouge-gorge.

— Pas question. Vous savez combien j'ai envie de rentrer, mais Henri m'a confié la santé de Jeanne.

— Bien sûr que si, c'est moi qui vous le dis. Il y a un individu dans cette compagnie qui vous veut du mal, et je ne parle pas que du père Guy. Vous levez le camp demain.

Il avait l'obligation d'obéir à l'appel de son devoir à lui ; celui d'Adelia n'avait-il aucune valeur ? Seigneur, elle avait eu raison de refuser de l'épouser ; il l'aurait étouffée.

— Et plus vite vous vous éloignerez de ces deux femmes, mieux ça vaudra, ajouta-t-il.

— Je veux que vous le sachiez, ces religieuses se sont montrées plus chrétiennes que…

— Ce ne sont pas des religieuses, dit-il, ce sont des cathares.

Les cathares.

Elle reprit son calme. *Cathare*. Un mot qui sentait le soufre, que l'on entendait rarement en Angleterre, comme d'ailleurs en Sicile, mais qui réveillait dans le tréfonds de sa mémoire une impression malsaine.

— Des cathares ? Ce ne seraient pas des hérétiques ?

— Bon Dieu si, elles le sont. J'ignorais que l'hérésie cathare s'était étendue si loin vers le nord. Elles ne mangent pas de viande, bien entendu ; elle leur est interdite. Avez-vous remarqué que ni l'une ni l'autre ne portent de croix ? Ce qui me fait penser que je dois vous en procurer une nouvelle. Il va devenir dangereux de ne pas en arborer. Il y a des évêques dans le coin qui considèrent les cathares comme du petit bois pour le bûcher.

Il se recula et l'observa en grimaçant.

— Ils auraient vite fait de vous y jeter s'ils vous voyaient maintenant. Comment diable êtes-vous attifée ?

— Aelith nous a prêté à chacune une de ses robes, à Boggart et à moi, vu que l'étable n'était pas un endroit qui convenait au satin d'Emma. Rowley, nous avons essayé de sauver des vies. Ermengarde et Aelith sont des femmes remarquables ; elles se sont démenées sans répit. Si être chrétien n'est pas s'occuper de ceux qui souffrent, alors qu'est-ce que c'est ?

— Ce n'est pas nous désigner sous le nom d'Église du diable, comme les cathares le font, ni refuser de payer leur maudite dîme au prétexte que nous sommes tous corrompus par l'argent.

Dans son geste, le diamant qui ornait sa chevalière scintilla et Adelia esquissa un sourire ; il s'en aperçut et rangea ses mains dans les plis de son habit comme un gamin cachant ses doigts pleins de confiture.

— Hum, bon... Quoi qu'il en soit... Quoi qu'il en soit, maintenant que nous savons que ce n'est pas la peste, Jeanne, en bonne petite princesse, a décidé de rendre une royale visite à ses fidèles serviteurs. Ce faisant, elle sera accompagnée de l'évêque de Winchester qui bénira les malades, et lui sera suivi par ses chapelains. Pour l'amour du Ciel, imaginez comment réagira le père Guy quand il découvrira que vous et les autres avez séjourné chez une paire d'hérétiques qui rejettent la Sainte Trinité... Par Dieu, Adelia, ils croient en la réincarnation. *La réincarnation.* Je vous demande un peu !

Elle se leva ; la dernière chose dont elle avait envie était d'attirer des ennuis à ces deux femmes qui s'étaient montrées si bonnes.

— Dites à Jeanne qu'il est inutile qu'elle se déplace. La plupart des patients sont en état de voyager ; ils partiront dès cet après-midi si vous nous envoyez des chariots. L'Irlandais pourra se joindre à eux. Je les suivrai demain avec les derniers.

— Et après, vous retournerez en Angleterre ? insista-t-il.

Devant son hésitation, il ajouta :

— J'en ai parlé à Mansur. Il est pour.

Auquel cas elle était piégée, comme elle l'avait été à Poitiers. Sans Mansur, elle perdait sa raison officielle de suivre le cortège.

— Soyez maudit, dit-elle.

— Parfait.

Il brandit de nouveau la lettre ; il avait la mine qu'il prenait quand il voulait la désarmer.

— Maintenant, je vais vous lire ce que le roi a ajouté en post-scriptum : *Et à la traductrice d'arabe de ma fille, salutations de son roi. Qu'elle sache qu'une certaine enfant à Sarum se développe à merveille entre la reine et un dragon de sa connaissance du nom de Gyltha.*

— Oh...

Adelia se rassit.

— Oh, elle va bien. Elles vont bien toutes les deux.

— Ce message date d'il y a moins d'un mois, se rengorgea-t-il. Les messagers d'Henri sont rapides.

Elle se mit à le rouer de petites bourrades d'allégresse.

— Vous n'auriez pas pu commencer par ça ? La barbe avec Barberousse, les Lombards et les papes, le plus important est ce qui concerne notre fille.

Il emprisonna ses mains entre les siennes.

— Je vais vous manquer.

— Certainement pas.

— Vous verrez. Parce que vous m'adorez.

L'embêtant, c'est qu'il avait raison sur les deux points.

Les chariots furent envoyés et, au soir, l'étable-hôpital était vide de ses occupants à l'exception d'Ulf et de Rankin pour qui, avait estimé Adelia, une nuit de repos supplémentaire ne serait pas superflue.

Elle sortit sur la route pour observer la petite procession en train de s'éloigner vers les montagnes qui masquaient Figères. À la lumière des torches, elle pouvait voir des mains qu'on agitait vers elle, ces mêmes mains qu'elle tenait dans les siennes peu auparavant. Elle leur fit signe en retour et remarqua O'Donnell qui ôtait sa coiffe pour la saluer.

L'Irlandais avait montré une étonnante réticence à partir.

— Maîtresse, je n'aime pas devoir vous laisser derrière nous. Maître Ulf m'a raconté qu'un mystérieux assassin vous traque comme le goupil un poulet.

Il faudrait qu'elle dise quelques mots à Ulf.

— Ah oui ? Le renard existe plus dans l'imagination du garçon que dans la réalité. De toute façon, nous levons le camp demain. Et j'ai cru comprendre que votre présence à Figères était requise au plus tôt.

— C'est ce que m'a rapporté monseigneur de Saint-Albans.

— Alors il faut vous exécuter.

Depuis le début, Rowley avait considéré d'un œil torve ce qu'il appelait l'admirable empressement de l'amiral à éponger le front fiévreux des patients d'Adelia. « C'est quelque chose de bien plus fiévreux qu'il a envie d'éponger avec vous », disait-il.

La convocation à Figères était certes une manœuvre de Rowley pour que l'Irlandais ne passe pas une nuit de plus en sa compagnie, mais Adelia était soulagée. O'Donnell s'était montré serviable et efficace, pourtant sa présence la mettait mal à l'aise ; il avait un regard trop insistant, et il le posait trop souvent sur elle.

— Vous pourriez au moins garder Deniz avec vous.
— Non.

Sa réponse avait claqué plus sèchement qu'elle ne l'aurait voulu.

— J'ai Mansur, Ulf et Rankin.

Puis, car en vérité elle ne savait pas comment elle s'en serait sortie sans lui et son Turc, elle ajouta :

— Nous vous devons à tous deux une reconnaissance éternelle.

Il ouvrit les mains.

— *Ipsa quidem pretium virtus sibi*, maîtresse. La vertu est en soi une récompense.

Il ne s'était pas offusqué de sa rebuffade ; elle l'observa qui s'éloignait en chantant. Quand les chariots se furent fondus dans le crépuscule, elle pouvait encore entendre sa voix :

« Ils ne gardaient pas la cadence sur la terre froide
  et morte,
Alors, pour suivre la musique, ils dansèrent sur la
  porte… »

Sur le chemin du retour, elle s'arrêta à l'étable pour s'assurer que Rankin et Ulf avaient assez chaud près du feu que Mansur avait préparé pour eux, puis elle poursuivit jusqu'à la chaumière des religieuses.

En lui exposant les croyances des cathares, Rowley s'attendait à ce qu'elle montre la même indignation que lui. À sa manière, il était fervent chrétien et très dogmatique, ce qui, supposait-elle, était bien le moins pour un évêque.

Les préceptes des cathares l'avaient déroutée, en effet, puis elle s'était aperçue que ceux de l'Église officielle étaient pour certains tout aussi déconcertants. La Sainte Trinité, par exemple ; elle n'avait jamais réussi à en comprendre la signification. Que les cathares la rejettent plaidait en leur faveur.

Pour eux, le monde physique était une création du diable. L'âme devait s'en délivrer en menant ici-bas une vie pure afin qu'ainsi, après la mort du corps, elle puisse rejoindre la lumière des Cieux, sa véritable demeure.

Puisque Dieu n'avait pas pu envoyer Son fils en chair et en os dans le royaume du Mal, le Christ était une créature spirituelle, de ce fait il n'avait pas enduré le supplice de la croix, ce qui expliquait que les cathares n'en reconnaissaient pas le symbole et ne l'arboraient pas plus.

— En outre, ils admettent autant les femmes que les hommes comme prêtres, avait dit Rowley en secouant la tête. Ils se nomment eux-mêmes les parfaits. Les parfaits, que Dieu me garde !

— Allons donc, des femmes prêtres ! De quoi faire pleurer les anges.

— De quoi me faire pleurer *moi*. Et effacez cette mine de votre visage.

Quand elle arriva en vue de la chaumière, Adelia remarqua que sœur Ermengarde était en pleine discussion avec quelqu'un qui n'était qu'une silhouette dans les cerisiers et elle s'assit sur un banc devant l'entrée pour l'attendre.

Boggart était installée dans l'encadrement de la porte et profitait de la lumière venant de l'intérieur de la pièce pour s'exercer à la couture. Elle utilisait une aiguille en os sur un chiffon que lui avait donné Ermengarde, laquelle avait été horrifiée d'apprendre que la jeune femme ne savait pas coudre.

— L'évêque a projeté de nous renvoyer chez nous demain, Mansur, vous et moi, lui dit-elle. Êtes-vous heureuse de retrouver l'Angleterre ?

La réponse de Boggart fusa :

— *Il* m'attrapera pas encore, n'est-ce pas ?

Qui ça ? Oh, la pauvre enfant. Son violeur.

— Diable non, ça n'arrivera pas. De toute façon, nous sommes sous la protection du roi Henri. Si cet homme s'amuse à ne serait-ce que lancer un regard dans votre direction, quel qu'il soit, Henri lui coupera ses machins qu'il fera frire avec du persil.

— Ça m'va, répondit Boggart avec soulagement. Pourtant, c'est pas banal d'voyager parmi cette noblesse et d'voir tant d'merveilles, pas vrai ? Mais ce s'ra bien d'rencontrer vot' Allie.

— Oui, ce sera bien.

D'où elles étaient, on pouvait encore distinguer une faible lueur violette au-delà des montagnes à l'ouest, là où le soleil avait disparu ; il faisait frais et Adelia se félicita d'avoir pris sa cape.

Ermengarde la rejoignit sur le banc.

— C'était un de nos amis qui venait nous alerter. Aelith et moi devons quitter cet endroit dès demain. L'Église nous traque, voilà le message. Magnifique !

Cela signifie que les démons ont pris peur de nous. Bien sûr, vous et les vôtres êtes les bienvenus ici autant que vous le souhaitez.

— Je le sais, dit Adelia en posant la main sur celle d'Ermengarde. Nous sommes cependant prêts à partir. Pour ma part, je rentre en Angleterre demain. Je suis désolée des ennuis que vous connaissez.

On aurait cru que les deux femmes étaient intimes, et pourtant jamais elles n'avaient eu l'occasion de s'asseoir pour converser d'autre chose que de leurs patients.

De l'intérieur de la chaumière leur parvenaient des raclements et des trépignements féminins tandis qu'Aelith, libérée de la corvée des soins, s'affairait aux préparatifs du départ.

À l'instar des étoiles, les senteurs du début de la nuit d'automne se levaient, auxquelles s'ajoutaient celles de Renfort dont la tête reposait sur les pieds d'Adelia et d'un bouc parqué dans le voisinage.

— Nous ne pouvons attendre que des ennuis d'un monde créé par Satan et d'une Église romaine peuplée de loups.

Cette femme fluette lâchait d'une voix claire ses hérésies dans la pénombre où dansaient les chauves-souris. Adelia tressaillit. *Et si on l'entendait ?* Aucune oreille indiscrète ne traînait dans les parages, toutefois persistait l'impression que quelque part non loin, dans les montagnes, l'imposant monolithe de l'Église était là et les écoutait. « Ce pays est malsain, lui avait confié le capitaine Bornay, il a quelque chose de mauvais dans les os. »

— Où partez-vous ?

— Au nord. Nous avons bien œuvré ici. Adelia, vous devriez nous voir batailler contre les prêtres sur les grands-places. C'est formidable ; leurs blasphèmes et leur corruption éclatent au vu et au su de tout le monde. Nous devons maintenant remonter vers le nord délivrer la vraie parole et enseigner que notre étincelle divine est emprisonnée dans un corps mortel avant de retrouver le paradis.

La vraie parole, songea Adelia. Ils s'en réclamaient tous : les chrétiens, romains et orthodoxes grecs, les juifs, les musulmans, les cathares. Chacun persuadé que la seule bonne façon d'adorer Dieu était la sienne.

Ce fut au tour d'Ermengarde de poser sa main sur celle d'Adelia.

— La flamme qui brûle en vous est particulièrement vivante, ma fille. Je le vois. Ce serait merveilleux si vous vous joigniez à nous, afin de devenir une parfaite.

Adelia toussa. Rowley lui avait appris que, pour parvenir à l'état de parfait, il fallait non seulement faire abstinence de viande et faire vœu de pauvreté, mais également vivre dans la chasteté.

— Trop difficile pour vous ? demanda Ermengarde.

Si la religieuse avait surpris les adieux d'Adelia et de Rowley, elle n'aurait pas posé la question.

— J'en ai peur. J'aime un homme.
— Plus que Dieu ?
— Oui.

Ermengarde poussa un soupir de pitié.

— Après la naissance d'Aelith, mon mari et moi avons considéré que notre union avait atteint un degré spirituel. Lui aussi est un parfait aujourd'hui. En fait, ajouta-t-elle en s'animant, veillez juste à être libérée des péchés de la chair au moment de votre mort – nous appelons ça l'*endura* –, sans quoi vous serez condamnée à renaître dans un nouveau corps, voire celui d'un animal, jusqu'à ce que votre âme soit assez pure pour entrer au paradis. C'est pourquoi nous nous abstenons de viande dans notre nourriture : on ne peut jamais savoir qui on est en train de manger.

Adelia éclata de rire.

— Vous allez me manquer, Ermengarde.

— Vous de même... docteur.

— Oh, Seigneur ! C'est si évident que ça ?

— Dans chacun de vos gestes. « L'homme n'allume pas une lampe pour la mettre sous le boisseau. » C'est ce que nous enseigne le Sermon sur la montagne. Jésus utilise le mot « homme » dans un sens général, bien sûr, car l'homme et la femme sont égaux aux yeux de Dieu.

Elle se racla la gorge.

— Que le pape à Rome se mette ça dans la tête !

Renfort se mit à gronder. Il s'était redressé, le poil du dos hérissé le long de la colonne vertébrale. Il pointait le museau vers le bas de la colline où le feu devant l'étable semblait s'être multiplié ; les lumières allaient et venaient, surgissaient avant de disparaître, signalant une intense activité qu'accompagnaient des clameurs.

— Que se passe-t-il ?

Adelia bondit sur ses pieds et scruta le bas de la colline. Dans la lumière des torches, elle devina des silhouettes casquées. *Ô Seigneur, la guerre de Richard est parvenue jusqu'à nous.*

Quels qu'ils fussent, les hommes grimpaient la colline. Elle pouvait à présent entendre ce qu'ils criaient : « Hérétiques ! » ainsi que « Au bûcher ! ».

Ermengarde s'immobilisa.

— Ils viennent pour nous.

Elle pivota brusquement en criant :

— Aelith ! Par l'arrière ! Fuyez ! Je les retiens !

Elle poussa Adelia avant d'empoigner le bras de Boggart pour la redresser.

— Fuyez, vous deux. *Fuyez !*

Boggart, alourdie par sa grossesse, peinait à se lever. Adelia se précipitait pour l'aider quand les hommes surgirent. Une odeur de sueur et d'acier l'enveloppa. Malgré la terreur qui la saisissait, elle savait qu'ils venaient pour les cathares, pas pour elle, mais qu'Aelith, au moins, devait leur échapper.

Ermengarde avait claqué la porte de la chaumière et s'appuyait contre elle en criant, en luttant pour la tenir close. Adelia se joignit à elle et se cramponna comme elle au loquet.

— Laissez-la tranquille, *laissez-la tranquille* !

Elle sentit sa clavicule craquer quand un homme chercha à la repousser mais elle parvint à tenir bon.

Les deux femmes réussirent à donner assez de temps à Aelith pour qu'elle se faufile par une fenêtre à l'arrière et qu'elle coure se réfugier dans les bois. En revanche, elles ne purent éviter la capture pour elles-mêmes, et pour Boggart.

CHAPITRE 9

L'étable et la chaumière furent toutes deux incendiées.

— C'est ce qui vous attend là où vous allez, maudites cathares ! s'écria le chef des assaillants.

— Nous ne sommes pas des cathares, déclara Adelia en s'efforçant au calme, consciente que Boggart et elle avaient les cheveux relevés à la façon des femmes cathares et qu'elles portaient les robes noires qu'Aelith leur avait prêtées.

Elle était désolée de tourner le dos à Ermengarde, mais c'était ainsi, elle ne faisait que dire la vérité et il fallait penser aux autres.

— Nous sommes au service du roi Henri Plantagenêt qui se montrerait très contrarié s'il nous arrivait malheur.

— Vous êtes des bougresses de cathares, c'est tout ce que vous êtes, rétorqua l'homme avant de cracher. Et là où nous vous emmenons, ce n'est plus le territoire du Plantagenêt.

Pour l'heure, aucun signe de Mansur, de Rankin et d'Ulf. Elle était terrifiée à l'idée qu'ils aient été tués. Puis d'autres hommes gravirent la colline et elle distingua dans le brouhaha les jurons en diverses langues de Mansur, ceux de Rankin en gaélique et le bon vieil anglais des *fenlands* d'Ulf qui invectivait ses ravisseurs et réclamait au nom de Dieu qu'on lui rende sa croix. Ils avaient chacun les mains entravées par une corde nouée à la selle d'une mule.

Il était difficile de savoir combien de soldats avaient mené l'assaut car leur chef en avait aussitôt détaché plusieurs qu'il avait lancés à la poursuite d'Aelith. À la lumière des torches, les sept qui restaient montraient des visages frustes de paysans et des tuniques arborant ce qui ressemblait à un blason ecclésiastique. Ils s'adressaient à leur supérieur, lequel s'exprimait comme eux avec un fort accent occitan, en lui donnant du « Arnaud ».

Adelia n'arrêtait pas de demander où on les emmenait et pourquoi, mais elle ne reçut pas plus de réponse qu'Ulf et sa promesse qu'Henri leur arracherait les couilles, si toutefois ils en possédaient. De toute façon, on ne les comprenait pas.

Sur un signe d'Arnaud, les mules avancèrent, les cordes se tendirent et la marche commença.

La pente était trop raide pour que même les mules progressent autrement qu'au petit pas, mais chaque tension de la corde sur les bras d'Adelia plantait une flèche de douleur dans sa clavicule cassée. Elle avait aussi perdu une chaussure dans la bagarre et son pied droit était meurtri par les épines.

Un jappement intermittent la rassurait en lui indiquant que Renfort, resté inaperçu, était sur leurs talons. Mais qui d'autre pour suivre leur piste ? Rowley était à Carcassonne.

— Nous allons à Carcassonne ? demanda-t-elle.

Pas de réponse ; Arnaud avait imposé le silence.

Une dénonciation. On avait renseigné les autorités sur le lieu où Ermengarde et Aelith résidaient.

Ce pouvait être n'importe qui : un paysan lorgnant une récompense, un pourfendeur de cathares. Et il ou elle avait impliqué Adelia et les siens par sa trahison.

Quels qu'ils fussent, les mercenaires connaissaient les montagnes comme leur poche ; ils empruntaient en général des chemins larges, mais de temps à autre, ils bifurquaient dans des sentiers étroits bordés de buissons épineux aux senteurs de thym et de fenouil qui fouettaient leurs prisonniers.

Un bruit de cavalcade annonça l'arrivée des poursuivants d'Aelith. « Nous l'avons perdue », fut-il rapporté à Arnaud. Ermengarde poussa un cri de victoire qui lui valut aussitôt une gifle.

La progression fut plus difficile quand les hommes abandonnèrent leurs torches consumées pour se diriger à la lueur de la lune.

Avec tout ça, et malgré les coups qu'elle recevait, Ermengarde déclamait sans désemparer des prières cathares pleines d'espoir.

Adelia surveillait Boggart attachée à la mule voisine. À un moment donné, avancer fut si pénible que la jeune femme s'écroula.

— Eh, vous, bon Dieu, lança Adelia au soldat sur sa selle, faites attention à cette dame, elle attend un bébé !

À sa grande surprise, l'homme mit pied à terre et hissa Boggart sur sa monture. En tête, Arnaud ne remarqua rien.

Il était illusoire de chercher à s'orienter, ou même de garder la notion du temps ; elle consacrait tous ses efforts à ne pas trébucher, à rester sur ses pieds, à résister à la soif, à ne pas succomber à la peur.

Quand le jour allait-il se lever ? Quand feraient-ils halte ?

Tout à coup Arnaud annonça qu'il partait devant « pour leur annoncer notre arrivée » et lança sa monture au trot. Il fut bientôt absorbé par la nuit dans le large chemin en descente.

Lorsque son chef fut hors de vue, l'homme qui avait fait preuve de prévenance envers Boggart montra une fois de plus son humanité en décrétant une pause afin que les prisonniers puissent se désaltérer. L'eau était tiède, saumâtre et avait le goût du cuir de la gourde, pourtant, oh, elle était délicieuse.

Ils se remirent en route.

Enfin les formes déchiquetées des montagnes devant eux commencèrent à se détacher sur l'horizon que l'aube pâlissait. Elles dominaient sur trois côtés, à ce qu'on pouvait en voir, une ville d'une certaine importance.

Figères ? Non. Rowley avait dit que Figères n'était guère qu'un gros village.

Adelia eut l'espoir qu'il s'agissait de Carcassonne, grande métropole du Languedoc, où Rowley se rendait. Il lui semblait pourtant que Carcassonne s'étendait dans une plaine.

Elle entendit sœur Ermengarde prononcer « Aveyron » comme si en elle quelque chose venait de s'éteindre, et un soldat éclata de rire.

La ville s'éveillait quand ils atteignirent les faubourgs. Une femme qui sortait d'une maison pour vider un pot de chambre appela sa famille afin qu'elle vienne admirer le spectacle. Les volets s'ouvraient en claquant ; sous le feu des questions, les prisonniers, entourés de chiens et d'enfants, gravirent une ruelle pavée et sinueuse jusqu'à une place entourée de bâtiments imposants. Avec le point du jour, Adelia distingua les silhouettes d'une haute tour et de coupoles qui faisaient comme de gracieux couvercles de casseroles.

Ils grimpèrent encore pour aboutir sur une place où Boggart fut descendue de sa monture et où on remplaça les cordes qui les entravaient par des menottes. Puis ils furent introduits dans une immense salle en arcades où une file de serviteurs en livrée portant des plats dans une pièce voisine s'immobilisèrent un instant pour les dévisager avant d'être rappelés à l'ordre par le bâton d'un intendant dans une toge empesée. Du haut des galeries, les gens posaient sur eux des regards hébétés.

Au centre de la salle se dressait une table où s'installa un homme en soutane, un scribe à son côté. Un juron et le bruit d'une échauffourée attirèrent l'attention d'Adelia ; elle se retourna et vit un soldat saisir Renfort par la peau du cou, le jeter dehors, et lui fermer la porte au nez.

Ermengarde avait repris courage. Poussée devant la table, elle salua courtoisement le prêtre en latin.

— *Ave*, Gerhardt.

Puis, plus fort, en occitan :

— *Ara roda l'abelha*.

« L'abeille revient bourdonner par ici. » Un rire vite réprimé éclata et se répercuta en écho si bien qu'il était impossible d'en découvrir la provenance.

— *Père* Gerhardt pour vous, sorcière, répliqua le prêtre en latin.

— Mon père est aux Cieux. Devons-nous reprendre nos disputes ? Magnifique !

— Ermengarde de Montauban, dit le père Gerhardt à son scribe, cathare autoproclamée. Écrivez.

Il leva la tête.

— Ou vous êtes-vous repentie, bougresse ?

— Je ne me repens de rien du tout.

227

— Vous êtes accusée de prêcher une hérésie dans cette région en violation des édits de Sa Sainteté le pape Alexandre III. Le châtiment est la mort par le feu.

— Je ne reconnais pas ces édits, ni votre pape satanique. Je prêche la seule vraie religion chrétienne.

— Nous possédons des témoignages.

Le père Gerhardt pointa le doigt sur un rouleau devant lui.

— Magnifique !

Arrêtez, arrêtez ! avait envie de lui crier Adelia. La déclaration d'un ignorant pendant qu'il incendiait la chaumière d'Ermengarde – *c'est ce qui vous attend, maudites cathares* –, qu'elle avait prise pour la menace d'une brute, prenait désormais un sens nouveau. Ils se trouvaient piégés dans les rouages d'une puissante machine. L'homme qui leur faisait face n'était pas un plaisantin ; ses yeux, les seuls éléments mobiles sur son visage de marbre, lançaient des éclairs.

Ils ne peuvent pas faire ça, songeait Adelia. *Pas à nous.* Henri entrerait dans une colère terrible. *Ils ne le savent pas ?* Si, *forcément.*

Cependant les montagnes qui l'entouraient appartenaient à une contrée où la férule du Plantagenêt ne s'appliquait pas. Elle s'était aventurée dans une histoire qui ne lui appartenait pas. Elle était victime d'une erreur, elle allait mourir par erreur. Elle voulait qu'Ermengarde se soumette, qu'elle se défende, qu'elle murmure une repentance au lieu de réclamer avec tant d'ardeur sa propre exécution – et donc la leur.

L'un après l'autre, ils furent menés devant l'inquisiteur et sommés de décliner leurs nom, lieu de naissance et profession.

Leurs explications tournèrent court.

— Vous êtes des cathares. Nous vous avons trouvés en compagnie de cathares.

Malgré les tremblements qui l'agitaient, Adelia tenta de montrer son indignation quand son tour fut venu.

— Nous sommes traités d'une façon indigne. Qui êtes-vous ? Où sommes-nous ?

— Vous êtes dans le palais épiscopal d'Aveyron.

Le visage du prêtre montrait des protubérances et des aspérités qui évoquaient une gueule de chien et on y lisait une expression qui demandait la muselière.

— Je vous prie donc de prévenir votre évêque que nous sommes sous la protection de l'évêque de Winchester, actuellement à Figères auprès de la princesse Jeanne, et de l'évêque de Saint-Albans d'Angleterre, qui s'est rendu à Carcassonne. Nous sommes au service du roi Henri Plantagenêt, nous étions en chemin avec sa fille quand...

— Vous êtes des cathares. Nous vous avons trouvés en compagnie de cathares.

C'était une rengaine.

L'interrogatoire de Mansur fut le plus bref de tous. Qui il était et ce qu'il faisait en Languedoc étaient de peu d'intérêt, la couleur de sa peau et sa tenue désignaient l'infidèle ; il risquait le bûcher comme les autres.

Quand il en eut terminé avec ses questions, le père Gerhardt ramassa ses parchemins, quitta la salle et traversa un réfectoire jusqu'au salon du petit déjeuner ; sur une table scintillaient des verres en cristal et des plats en or.

Le plafond plat était décoré de scènes bibliques peintes par un maître ; au-dessous, la robe de chambre de l'homme attablé n'était pas moins raffinée, avec ses couleurs automnales et ses broderies fines.

L'évêque d'Aveyron était gras, ses yeux pétillaient d'intelligence ; il enfourna une figue au miel, s'essuya les doigts sur une serviette en lin qui pendait de son col et leva la tête.

— L'information était donc exacte ?

— Dans le moindre détail, monseigneur. Sinon, je ne crois pas que nous aurions déniché son repaire. Malheureusement, elle a réussi à contenir l'assaut assez longtemps pour permettre à sa fille de s'enfuir. J'ai ordonné sa traque.

L'évêque eut un geste de dédain.

— Qu'importe la fille. C'est Ermengarde que nous voulions.

— Et maintenant nous l'avons.

Pendant un court instant, ces deux hommes si dissemblables partagèrent le même souvenir : une femme en noir dressée sur la place qui les tournait en ridicule. « Laissez-moi, vieillards. Abandonnez vos richesses, ou faites taire vos sermons. »

Et les gens s'étaient moqués d'eux. *D'eux.*

— De plus, dit le père Gerhardt, nous possédons une preuve écrite. Nos hommes ont fouillé la masure avant de l'incendier. Nous avons trouvé un évangile rédigé en langue d'oc.

L'évêque secoua la tête avec tristesse.

— Gerhardt, Gerhardt, l'abomination cathare cessera-t-elle un jour ? Que deviendrions-nous, malheureux prêtres apostoliques que nous sommes, si le bas peuple se mettait à écouter la Sainte Parole dans son propre langage ?

Il tendit la main pour prendre un petit pain blanc du panier que le serviteur venait de déposer devant lui.

— Vous et moi en serions réduits à mendier notre pitance.

Gerhardt était perdu ; il ne savait jamais si l'évêque était sérieux ou pas.

— Je plaisante, expliqua celui-ci.

C'était l'ennui avec le clergé dont le zèle était forgé par Rome. Aucun humour.

— Bien, monseigneur. Et les étrangers capturés avec Ermengarde ? Le marché conclu avec notre informateur précise qu'ils doivent connaître le même châtiment, mais il faut que je vous dise…

Gerhardt s'exprimait avec réticence.

— … Ils persistent à soutenir qu'ils sont au service d'Henri Plantagenêt.

— Et qui sont-ils ? Rappelez-le-moi.

Le père Gerhardt consulta sa liste.

— Un adolescent qui se dit pèlerin. La croix qu'il transportait avec lui intéressait notre informateur, si vous vous en souvenez, et comme elle n'offrait pas d'intérêt, nos hommes la lui ont cédée. Une servante enceinte…

L'évêque leva son couteau à beurre.

— La grossesse ne l'absout pas. La racine et la branche, Gerhardt, la racine et la branche. Ne l'oubliez pas.

— Bien, monseigneur. Nous avons ensuite un mercenaire dont personne ne comprend le langage. Puis un Sarrasin et une femme qui lui sert d'interprète.

Gerhardt leva le regard.

— C'est elle que notre informateur est si désireux de savoir supprimée, et qu'importe si les autres meurent avec elle. M'étonnerait qu'un roi chrétien inflige à sa fille des rats de cale de cet acabit.

L'évêque haussa les épaules.

— Je n'en serais pas si sûr, d'après ce que j'ai entendu. Pas Henri. Oui, je suis persuadé qu'ils sont ce qu'ils prétendent.

Le père Gerhardt était décontenancé, moins par le fait lui-même que par la conviction que montrait l'évêque.

— Et alors ? Qu'avons-nous à faire de son opinion ? Un tueur de prêtre ?

— Ah, mais un tueur de prêtre qui a fait pénitence pour Becket et qui a été réintégré au sein de l'Église.

L'évêque se servit un verre de vin blanc qu'il considéra.

— Je me pose la question : pouvons-nous nous permettre d'offenser le roi d'Angleterre ?

— Sans ça, nous perdons un espion capable de nous mener au centre de la toile du roi Henri. Qui plus est...

Les canines du père Gerhardt brillèrent dans son excitation à offrir la pépite qu'il avait gardée dans sa manche.

— ... Monseigneur, sachez que l'évêque de Winchester et d'autres de la suite de la princesse accusent le Sarrasin et cette femme de sorcellerie. Ils assurent que ces deux-là ont attiré le malheur sur eux. Leur disparition ne les affligerait pas.

— Des sorciers, hein ? dit l'évêque avec satisfaction.

— Oui, monseigneur. À ce qu'on raconte, la femme aurait administré un philtre d'amour à l'autre évêque, Rowley de Saint-Albans, pour qu'il se consume pour elle et n'admette aucune critique à son encontre.

— Je croyais qu'elle était très quelconque.

— En effet, monseigneur. Ce qui prouve la puissance de sa magie.

— Une Jézabel, dit l'évêque, pensif. « Et Jézabel fut jetée dehors, les chiens dévorèrent son corps, et on ne

retrouva d'elle que le crâne, les mains et les pieds. »
J'ai toujours trouvé l'image plaisante.

— Si fait, monseigneur, dit Gerhardt qui refusait de se laisser distraire. Et cette créature ne porte pas non plus la croix. Sa servante et elle sont vêtues comme les cathares. De toute façon, ils ont passé du temps avec Ermengarde, ils sont sûrement contaminés.

L'évêque sourit. Il adorait le principe du *post hoc ergo propter hoc*. Si commode.

Le père Gerhardt agita les bras en l'air comme pour invoquer les Cieux.

— Ô Seigneur, quand nous offriras-Tu une véritable croisade contre cette infection ?

Quand, en effet ? songea l'évêque. Rome avait prononcé en trente ans des édits de plus en plus sévères contre les hérétiques sans jusqu'ici appeler à la croisade. C'était pourtant la seule solution, il le savait ; l'épidémie menaçait de se répandre comme la peste.

Un nouvel ordre était nécessaire. Un homme assez fort pour brandir la Sainte Croix contre les cathares en dépit du pape et entreprendre leur juste massacre au nom de Dieu.

La nuit, dans son lit, l'évêque d'Aveyron transpirait entre ses draps de soie. Le succès pouvait l'entraîner très haut, peut-être même sur le trône de Rome. Un échec...

Il se tapota les dents et observa la représentation du jardin d'Éden sur son plafond. Il avait pour elle une tendresse particulière ; l'artiste avait poussé jusqu'aux limites de la décence la nudité d'Ève.

— Cet informateur, vous êtes sûr de lui, n'est-ce pas ?

— Un homme de valeur, monseigneur. Je le répète, il a connaissance de tout ce qui circule entre les évêques anglais et leur roi ; il sera en Sicile quand Saint-Albans y arrivera après les négociations. En quoi une sorcière et un ramassis de rien-du-tout seraient-ils un obstacle ?

Cependant le tempérament prudent de l'évêque d'Aveyron l'emporta ; il n'avait pas atteint la position qui était la sienne en fonçant tête baissée.

— Quoi qu'il en soit, nous devons nous en assurer. Le Plantagenêt est tolérant avec les hérétiques, mais il a le bras long, et au bout il y a un marteau. Inutile de provoquer sa colère à ce stade. Des antennes, Gerhardt, nous devons sortir nos antennes ; rien n'est bien établi d'un côté comme de l'autre. Nous avons besoin de nous renseigner auprès de l'entourage de la princesse : si nous sommes tombés sur des hérétiques divaguant dans la montagne et que nous les traitions comme tels, seront-ils regrettés ?

— D'après ce que j'ai entendu, la réponse que vous obtiendrez sera « Non », monseigneur.

— Je le crois aussi. Mais ne faites rien avant d'en être certain. Quant à notre parfaite, vous pouvez procéder comme prévu.

Il sourit de nouveau ; cette fois, le prêtre comprit qu'il ne plaisantait pas.

— Faites que toute la ville en soit le témoin.

— Où mettons-nous les autres prisonniers, monseigneur ? Au cachot ?

L'évêque resta pensif un instant.

— Non, qu'ils aient un aperçu de ce qui les attend. Débarrassez une pièce du donjon et casez-les là pour l'instant. Placez des gardes, et de confiance, surtout. Parfois j'ai l'impression que l'infection s'est propagée jusque dans mon propre palais.

Quand le père Gerhardt eut pris congé, monseigneur se resservit de ce vin d'un cépage venant d'un vignoble qu'il possédait près de Carcassonne. Il but à petites gorgées en imaginant Ermengarde, cette railleuse en noir, dressée devant lui mais cette fois ligotée à un poteau et les pieds entourés de fagots.

Il se vit approcher une torche des branches comme si elle était un pénis qu'il introduisait en elle et il soupira car, hélas, ce plaisir était réservé au bourreau. En revanche, un jour, oui, oui, un jour, les feux qu'il avait lancés les consumeraient tous… hommes, femmes et enfants.

Ce vin était vraiment délicieux.

Et Scarry ? Il a été très occupé.

Comme promis, il a conduit les chasseurs d'hérétiques à l'étable. Il a vu Mansur, Rankin et Ulf succomber sous le nombre. Il a observé la capture des femmes au sommet de la colline. Puis il s'est mis en quête d'une chose qu'il a trouvée reposant dans une mangeoire, là où Ulf l'avait laissée. Une croix en bois brut.

Maintenant, de retour à Figères, il retire quelques-uns des clous qui assemblent la croix. Il travaille lentement afin que nul bruit ne s'échappe de la cellule de moine qui lui a été attribuée.

Il soulève le chapeau de la croix et glisse un regard par l'ouverture. Ce qu'il découvre, protégé avec soin par du crin de cheval, est le pommeau d'une épée sur lequel luisent des améthystes. Une exclamation de triomphe lui échappe.

Une voix s'élève de la cellule voisine :

— Un problème, frère ? Je vous ai entendu crier.

— Je vais bien, frère. De temps en temps, la gloire de Dieu m'exalte.

— Amen. Bonne nuit, frère.

En repositionnant les clous avec le poing, toujours dans le souci de ne pas faire de bruit, il s'écorche les mains, et ce n'est qu'en reniflant l'odeur du sang qu'il s'en rend compte.

La douleur est une sensation que Scarry ne connaît plus guère, c'est un fait. D'un autre côté, son odorat est devenu excellent. Il remonte aux jours où il parcourait la forêt avec le Loup, quand ils devaient repérer leur gibier parmi quantité de senteurs parasites, le traquer, s'amuser avec avant de le tuer et de danser sur ses tripes répandues, animales ou humaines.

Il lève la main devant son nez, simplement pour vérifier l'endroit.

Avec de la chance et si l'occasion s'y prête, il devrait sous peu savourer le parfum d'une chair féminine en train de brûler.

Adelia avait le pied posé dans le giron de Boggart et espérait très fort qu'il ne fût pas infecté par les épines que la jeune fille retirait une à une.

Ulf faisait les cent pas. Il ne tenait pas en place, portant sur les nerfs de tout le monde.

— J'ai repéré dans l'étable un bougre à l'écart quand ils nous sont tombés dessus. Il fouillait partout pendant que les autres bâtards nous ficelaient. Je suis sûr qu'il cherchait ma croix.

— Nous le savons, dit Mansur avec lassitude. La seule consolation, c'est qu'il ignore ce qu'elle contient.

Ulf fit volte-face.

— *Mais il ne l'ignore pas !* Je le répète, il a enquêté sur elle. *Il savait*. Et il faisait pas partie des hommes qui nous ont emmenés dans la montagne, il a disparu aussitôt qu'les autres nous ont attrapés.

— Tu ne l'as pas reconnu à la voix ?

— Non, l'avait sa maudite capuche sur sa maudite bouche, bon Dieu !

— T'quiète, gars, lui dit Rankin, personne y peut pu rin. Maint'nant, faut voir à garder not' souffle pour r' froidir not' *parritch*.

Ce qu'était un *parritch*, Adelia n'en avait aucune idée, mais elle sut gré à l'Écossais ; il se montrait aussi solide qu'un roc, comme Mansur. La marche dans la montagne avait dû être très pénible pour lui qui avait été si malade, plus que pour Ulf, qui avait la jeunesse de son côté. Tout le long du chemin, il n'avait cessé de grommeler dans sa barbe des jurons aussi bizarres qu'incompréhensibles et ses yeux sous d'épais sourcils levés indiquaient que, s'il avait eu les mains libres, ses agresseurs auraient été dépossédés de quelques-uns de leurs membres. Cependant, et Adelia en avait été curieusement rassurée, à aucun moment il n'avait montré la moindre surprise devant la situation qui était la sienne. Peut-être la vie dans les Highlands d'Écosse, associée à celle qu'il menait dans les rangs des mercenaires du roi Henri, l'avait-elle prévenu contre tous les coups du sort.

Alors qu'elle se sentait obligée de lui présenter ses excuses pour l'avoir entraîné là-dedans, il lui tapota la main et déclara :

— Z'en faites pas. Comme on dit par chez nous, l'brouillard du matin annonce parfois une belle journée.

Ulf continuait d'aller et venir nerveusement.

— Il m'évoque quèqu'chose, ce gars. Jamais aperçu son visage, mais la façon d'se mouvoir... Je jurerais que j'ai déjà vu cette dégaine. Où qu'c'était, crédieu ?

La question était purement rhétorique et il la posait si souvent que personne ne s'en souciait. Il soupira et porta son attention sur les deux fenêtres non vitrées de la pièce de la tourelle.

— Malgré les meneaux, elles seraient assez larges pour nous permettre de passer si nous avions une corde.

Ils n'avaient pas de corde, et une fenêtre donnait sur la place qu'elle dominait d'une hauteur vertigineuse de cent pieds quand l'autre surplombait un toit du palais distant d'une bonne cinquantaine de pieds.

Ulf regardait à présent dehors. Il ajouta un commentaire au bruit des scies et des marteaux qui montait jusqu'à eux.

— Ils sont en train d'confectionner une estrade, pour qu'les nobles ratent rien du spectacle, j'suppose. Seigneur, ils mettent un auvent pour pas qu'ces bâtards s'prennent la pluie sur l'museau. Pourquoi pas des bon Dieu d'banderoles, tant qu'à faire ?

Le jeune homme se torturait lui-même – et les autres – d'avoir perdu Excalibur. Adelia attendit que Boggart ait emmailloté son pied dans un linge provenant de son jupon, puis elle s'approcha de lui en clopinant. Elle plaça son bras sur ses épaules.

— Nous sommes tous fatigués. Allons nous coucher.

— Y a qu'un bûcher, pour l'instant, dit-il.

Elle suivit son regard ; le bûcher s'élevait au centre de la place, le poteau dressé comme un mât. Les rangées de bûches à la base formaient comme une plate-forme. Cinq piquets supplémentaires de sinistre augure étaient couchés au pied d'un mur.

— Pas nous, donc, dit Ulf. Pas tout d'suite.

— Ils n'oseront pas. Nous leur avons révélé qui nous étions. Ils auront fait parvenir un message à la princesse Jeanne ou à Rowley – je leur ai indiqué qu'il se trouvait à Carcassonne. Le nom du roi Henri doit avoir un certain poids, même ici.

— Où gardent-ils Ermengarde ?
— Je n'en sais rien.
La cathare avait été emmenée aussitôt après son interrogatoire.
— Quel est le misérable Judas qui l'a livrée ?
Adelia l'ignorait également.
— J'l'aimais bien, confia Ulf.
— Comme nous tous.
Nous parlons d'elle au passé, pensa-t-elle.
— Tu crois qu'Aelith s'en est sortie ?
— Je pense. Seigneur Jésus, je l'espère.
— Qu'ont-elles fait pour mériter ça ? À part s'conduire en vraies chrétiennes ?
— Je ne sais pas.
De guerre lasse, Ulf consentit à s'allonger sur le sol auprès des autres.
Il faisait froid en haut de cette tour. On ne leur avait même pas donné de paille, sans parler de lits. Ils n'avaient pas plus reçu la moindre nourriture, ni d'ailleurs une goutte d'eau. Tout juste avaient-ils eu droit à un seau qu'on avait balancé sur leurs talons avant de fermer la porte.

Quoi qu'il en soit, après une marche aussi longue et éprouvante, l'important était de se reposer ; Mansur, Rankin et Boggart avaient déjà les yeux qui se fermaient. Observant la tension quitter les traits juvéniles du visage buté d'Ulf, Adelia, saisie d'angoisse, songeait à sa grand-mère, à ce qu'elle dirait en la voyant en ce moment. Et à Boggart, qui abritait une nouvelle vie... Et à Allie, sans cesse Allie. *Es-tu en train de dormir, ma petite chérie ? J'espère que je ne te manque pas trop. Sois heureuse.*

Comment avaient-ils pu en arriver là ?

Toujours disposée à endosser une faute, Adelia revisita en pensée le fil des circonstances qui les avaient menés dans cet endroit… Loin, loin en arrière, elle repensa à l'instant où elle acceptait la mission que lui confiait Henri Plantagenêt… Mais elle n'avait pas à proprement parler *accepté* cette mission, il lui avait forcé la main… Plus loin encore dans le passé, à l'éducation qu'elle avait reçue de ses parents adoptifs qui avaient fait d'elle, pour son malheur, une personne inadaptée au monde tel qu'il était conçu pour les femmes… Enfin, au fait d'être née dans ce monde-là.

Les soins de Boggart avaient soulagé son pied mais son épaule la faisait souffrir.

Elle dénoua la cordelette qui lui ceignait la taille et en fit une écharpe sur laquelle reposer son bras. Puis elle s'emmitoufla dans sa cape pour se protéger du froid et chercha une position confortable sur les lattes du plancher, utilisant le derrière désormais rebondi de Boggart comme oreiller…

Elle se trouvait dans une salle de classe de la faculté de médecine de Salerne et quelqu'un qu'elle ne voyait pas discourait d'une voix forte et pédante sur le supplice du bûcher.

« Il vaut mieux pour le condamné que la pile de bois soit haute, les inhalations de fumée le font mourir plus vite… »

Ce fut une délivrance d'être éveillée par le grincement d'une clé qu'on tournait dans la serrure de la porte. La pièce était éclairée par la seule lueur du ciel parsemé d'étoiles. Deux des hommes qui les avaient menés dans les montagnes entrèrent. Le premier pointait une lance ; le second, celui qui s'était montré prévenant envers Boggart et leur avait donné à boire, portait un plateau et sur ce plateau cinq bols, du pain de seigle rassis et une casserole de ragoût d'agneau étonnamment appétissant.

— D'mande-leur quand ils comptent nous laisser sortir, ces bâtards, dit Ulf.

Elle s'exécuta, sans les embellissements.

— La seule façon que vous aurez de quitter cet endroit, ce sera dans les flammes, cracha l'homme à la lance.

Mais le plus aimable ajouta :

— Quand nous aurons la réponse.

— Quel est votre nom ? lui demanda Adelia.

— Ne lui réponds pas, Raymond, intervint l'autre. Ah, *merde*.

Après le départ des gardes, ils s'interrogèrent sur le sens obscur du « Quand nous aurons la réponse » de Raymond.

— Cela signifie qu'ils sont partis chercher confirmation auprès des nôtres sur qui nous étions, dit Adelia avec conviction. Ou qu'ils prennent contact avec Rowley. Nous serons hors d'ici en un rien de temps.

Repus, les cinq prisonniers s'installèrent pour reprendre le cours de leur nuit.

« En revanche, poursuivait l'orateur, si les fagots sont sous les pieds ou presque du supplicié, il endurera des souffrances maximales avant de mourir sous le choc ou d'hémorragie... »

Non. Adelia se dressa. La voix du tribun était la sienne. Elle planta ses ongles dans la paume de sa main pour ne pas avoir à l'entendre davantage et resta éveillée jusqu'à l'aube.

Au cours de la matinée, on les entrava de fers aux poignets et aux chevilles avant de les mener dans l'escalier en colimaçon de la tour. Ils débouchèrent à l'air libre sous des nuages qui filaient rapidement dans le ciel.

Des soldats montaient la garde à chaque entrée de la place ; d'autres y faisaient entrer des habitants de la ville en s'assurant que nul chien ou oie ne les accompagne. La présence de paniers montrait que ceux qui les portaient avaient été interrompus alors qu'ils faisaient leur marché.

On conduisit les prisonniers à une estrade sur laquelle ils grimpèrent afin qu'ils puissent voir et être vus ; malgré tout, les gens qui pénétraient sur la place leur lançaient à peine un regard avant de se détourner, presque indifférents, comme s'il était habituel de trouver là des personnes ligotées et menottées.

Mansur était entouré de Boggart d'un côté, d'Adelia de l'autre, laquelle voisinait avec Rankin puis Ulf. Derrière eux s'élevait un échafaudage contre la façade en restauration d'une vieille église.

Au-delà, le palais épiscopal dominait l'église, plus moderne, plus neuf avec ses fenêtres vitrées aux arcs en plein cintre et la frise de son portail qui racontait la vie de Jésus.

Cette place était belle. Au centre se dressait un bûcher.

Adelia crut entendre Renfort qui aboyait quelque part, et elle se demanda comment il se débrouillait pour obtenir sa subsistance ; si Allie avait la permission de faire voler sa crécerelle ; si sœur Aelith avait réussi à s'échapper ; où était Rowley à présent.

Son esprit vagabondait ainsi de sujet en sujet, à des lieues de la farce qui se jouait sous ses yeux et qui allait s'achever par la dispersion de la foule devant un bûcher laissé intact, chacun rentrant chez soi. *L'être humain ne brûle pas son semblable, plus à notre époque ; c'est une menace d'un autre temps que l'on laissait peser sur la tête des hérétiques, des juifs, des sorcières et autres originaux, mais que l'on ne pratique plus aujourd'hui, plus du tout, Dieu merci, plus du tout.*

L'irréalité de la situation lui apparut tout à coup et un flot de panique l'envahit. Au-delà des toits et des tours, le paysage était hostile, muraille écrasante et déchiquetée. Cette place était remplie d'individus qui n'étaient rien pour elle et pour lesquels elle n'était rien.

Non, se dit-elle, ce n'était pas possible. Ces hommes d'Église là-bas en face, sur leur estrade à tentures, avaient l'obligation de ne pas verser le sang. Par conséquent, ils n'allaient pas faire ça, ils *ne pouvaient pas* le laisser se figer dans la chair rôtie. Et pourtant le bûcher était dressé là, devant elle, en plein centre, et elle ne parvenait pas à en croire ses yeux : elle n'allait pas assister à une chose pareille... Elle entendit de nouveau les aboiements de Renfort ; elle aurait donné sa vie pour que quelqu'un offre aide et abri à ce chien et à Allie, qu'il les préserve de la solitude, ce qui ne pouvait qu'advenir car il y avait de la bonté en ce monde, il fallait qu'il y eût de la bonté, ou alors il n'y avait aucun sens à tout cela, aucun espoir.

La foule des citadins était à présent si dense que le regard des prisonniers surplombait une étendue de coiffes masculines qu'agitaient les vagues des grands chapeaux de paille des femmes. Nulle part n'était perceptible l'excitation qui animait souvent le public lors d'une exécution. Ces gens étaient moroses ; cathares ou pas, ils ne voulaient pas de ça.

Aux pieds d'Adelia, une femme s'adressa à sa voisine :

— Ermengarde.

Un simple mot, comme s'il se suffisait.

— Je sais, dit l'autre.
— Comment va-t-elle supporter la douleur ?
— Prions pour que Dieu l'en décharge.

Les lances claquèrent : les soldats saluaient l'arrivée de l'évêque d'Aveyron qui sortait de son palais en grande tenue, chape et mitre. Une tribune particulière lui était réservée.

Adelia ferma les yeux quand il prit la parole. Il avait un timbre agréable, modulé et plein de compassion : aussitôt qu'elle l'entendit, Adelia sut qu'Ermengarde allait mourir dans la journée.

— Mes amis, nous sommes réunis aujourd'hui en bons et honnêtes chrétiens pour assister à ce qui doit être accompli pour le salut de nos âmes...

Un cri s'éleva tout à coup : « Persécution ! » L'exclamation d'un homme, forte et claire. Il y eut un bruit de pas lourds tandis que les gardes s'immisçaient dans la foule afin d'appréhender le fauteur de troubles. *Que Dieu le bénisse*, pensa Adelia. *Nous ne sommes jamais tout à fait seuls.*

— Persécution ? reprit la voix mélodieuse. Mais toute persécution n'est pas blâmable ; il est au contraire raisonnable que nous persécutions les hérétiques, comme jadis le Christ le fit avec rudesse envers ceux qu'Il chassa du Temple. C'est servir Dieu que de tuer les hommes et les femmes pervertis, pour le salut de leur âme, pour voir triompher le droit et la justice. Et cela doit être fait en ce jour.

Il y eut un nouveau martèlement de pas ; on amenait Ermengarde sur la place. Un groupe de moines entonna un chant.

Adelia rouvrit les yeux. La cathare paraissait si menue... Elle était tête nue et la brise ébouriffait sa chevelure grisonnante. Elle poussait son propre cri de guerre : « Béni sois-Tu, ô béni sois-Tu ! » La litanie flottait dans l'air et couvrait le chœur des moines.

— « Méfiez-vous des faux prophètes qui viennent à vous déguisés en brebis, mais au-dedans sont des loups rapaces », est-il dit dans l'Évangile de Matthieu. Leur Dieu est barbare, cruel, assoiffé de sang et inique...

Il y eut un claquement et elle se tut.

Une rumeur courait dans la foule qui ondulait comme le blé dans le vent et l'évêque éleva la voix.

— L'entendez-vous, braves gens ? Le blasphème sorti de la bouche de cette femme prouve son hérésie.

Adelia s'obligeait à regarder. Détourner les yeux devant un tel courage serait le bafouer ; elle était un témoin.

Minuscule et misérable devant les tapisseries ecclésiastiques, entourée d'hommes en armes, Ermengarde avança pieds nus vers le bûcher comme une future mariée que l'on mène devant l'autel. Un prêtre la suivait de près et brandissait devant elle une croix ornée de pierreries. Elle avait la bouche maculée de sang.

La respiration de Boggart s'accéléra. Ulf et Rankin juraient.

Adelia observa les hommes d'Église, stupéfaite. *Êtes-vous aveugles ? Ne voyez-vous pas les pieds nus, la modestie, la solitude ? Ceci est son chemin de Croix.*

Ermengarde fut hissée sur le bûcher et entravée au poteau. Elle était juchée sur le sommet des piles de bois, pas parmi elles. Dans la manœuvre, un fagot tomba sur le sol et un soldat prit son temps pour le replacer avec soin.

Le chant des moines s'intensifia. Une bible fut présentée à Ermengarde qui l'esquiva en tournant la tête, le côté indemne de sa bouche animé par des prières.

Un homme encapuchonné s'approcha, une torche enflammée à la main. Il porta le regard sur l'évêque qui opina du menton et baissa ses mains dodues aux doigts joints.

Adelia pressa son visage contre la manche de Mansur. Lui parvenaient le crépitement des flammes, le craquement du bois, des bruits qu'elle avait entendus mille fois dans le confort de cuisines où l'on rôtissait la viande. Son impitoyable esprit d'anatomiste suivait la progression, les pieds qui brûlaient, les mollets, les cuisses, les mains, le tronc. Pas la mort, non, pas la mort avant que le feu n'atteigne la bouche et n'éteigne le souffle qui en sortait.

Et Dieu ne la déchargea pas non plus de la douleur. Ermengarde hurla longtemps avant d'être délivrée.

CHAPITRE 10

Après avoir montré à ses prisonniers le sort qui les attendait, peut-être l'évêque d'Aveyron s'inquiéta-t-il du risque de les voir déloger les meneaux des fenêtres du donjon et se précipiter dans le vide. Ou alors considéra-t-il plus moral de la part d'un prélat de ne pas laisser les hommes et les femmes confinés dans la même pièce. Quelle qu'en fût la raison, quelques heures à peine après que les cendres d'Ermengarde eurent été jetées aux ordures, Adelia, Boggart, Mansur, Rankin et Ulf furent transférés du point culminant du palais au plus profond où ils furent séparés selon leur sexe.

Pieds libres et menottes toujours aux poignets, ils furent escortés le long de l'escalier en colimaçon du donjon et ils traversèrent la grande salle sous les regards jusqu'à un autre escalier qui plongeait dans les entrailles de la terre, puis ils passèrent par un poste de garde souterrain pour descendre d'autres marches et aboutir dans un couloir en cul-de-sac où s'alignaient des cachots.

À chaque contact sur ses bras, à la moindre secousse, Adelia avait l'impression qu'un poignard lui transperçait l'épaule. L'écharpe qu'elle s'était faite avec une corde avait été arrachée par le garde qui la menottait.

Elle en prenait à peine conscience ; sa douleur n'était en rien comparable au supplice dont elle avait été témoin.

Les poignets enfin libérés, Boggart et elle furent poussées dans un cachot, Rankin, Ulf et Mansur dans celui d'à côté, et les clés jouèrent dans les serrures. Il leur aurait été possible d'échanger en collant leur bouche contre la petite ouverture grillagée des portes et en criant, mais ils ne le firent pas. Aucun d'entre eux n'avait prononcé une parole depuis qu'ils avaient quitté la grand-place.

Effondrée sur le sol de pierre, accrochée à la main de Boggart, Adelia savait qu'elle devait briser le silence, dire quelque chose pour mettre un peu de baume au cœur de chacun, mais elle s'en trouvait incapable. Elle se sentait partir à la dérive ; le seul fil qui maintenait sa raison en place était la pensée que Rowley viendrait à leur rescousse. Quand bien même, jamais ne s'effacerait la cicatrice que les flammes et les hurlements avaient marquée au fer rouge dans leur mémoire. *Nous avons vu un être humain se faire brûler vif.* Comme ses compagnons, Adelia avait franchi le cap de la colère, comme celui de la prière ; elle avait sombré dans une stupéfaction hébétée devant l'abomination dont l'homme se rendait capable, un état que venaient entrecouper quelques inutiles moments de sommeil.

Rowley ne se porta pas à leur secours ce jour-là. Ni le suivant.

Le père Gerhardt se rendit à Figères, porteur de présents pour l'illustre fille du roi d'Angleterre de la part de l'évêque d'Aveyron : parfum, vin, foie gras enveloppé dans des feuilles de figuier et fromages de la région.

L'heure étant trop avancée pour déranger la princesse au château, l'évêque de Winchester, le docteur Arnulf, les pères Guy et Adalburt le reçurent, non sans gêne, dans la petite salle à manger du prieuré où ils s'étaient attardés après dîner. (Le père supérieur était parti se coucher ; il devait sarcler le potager à la première heure.)

— Vous nous prenez au dépourvu, mon père, déclara l'évêque. Comme vous le constatez, nous avons été poursuivis par la malchance sur notre trajet. J'éprouve de la honte à vous offrir un accueil indigne de votre rang.

— Pas du tout, pas du tout.

Le père Gerhardt feignit de ne pas voir la bêche que l'on avait laissée dans un coin, ni les reliefs d'un repas frugal sur la table, ni que l'homme qui se tenait derrière l'évêque de Winchester était le seul domestique présent dans cette pièce éclairée non par des chandelles de cire d'abeille mais par des moignons de cierges.

Il en prit cependant note ; jusqu'à présent, les informations de Scarry se vérifiaient.

Le père Gerhardt accepta un verre de vin et étudia les visages de ses hôtes.

Il plongea brièvement le regard dans celui du père Adalburt, qui lui offrit en retour un sourire d'idiot ; il constata que l'évêque de Winchester était un vieillard fatigué ; ses alliés allaient être le père Guy et le docteur Arnulf. Oui, comme il lui avait été dit.

— Monseigneur, je suis chargé de vous remettre un courrier de l'évêque d'Aveyron.

Il s'inclina avant de tendre le parchemin.

— Et maintenant, s'il ne vous déplaît, je vous serais reconnaissant de pouvoir profiter d'un lit. La route a été longue.

(« Donnez-leur la lettre et retirez-vous pour qu'ils la lisent entre eux, lui avait conseillé son évêque. Il leur sera plus facile de comploter hors de la présence d'un inconnu. »)

Ce fut l'affolement. Un lit ? Ô Seigneur, un lit. Déjà que le bon évêque devait partager la couche du prieur, les deux chapelains et le docteur Arnulf occupaient le seul autre lit...

— Le capitaine Bornay pourrait peut-être nous en fournir un, suggéra le père Guy avant de s'adresser sèchement au valet : Peter, conduisez notre excellent père au château. Et à votre retour, nettoyez-nous cette table, c'est une honte.

Quand la porte fut refermée, il s'empara de la lettre.

— Vous en ferai-je la lecture, monseigneur ?

— Volontiers. Dans cette lumière, mes vieux yeux me trahissent.

« De l'évêque d'Aveyron à l'évêque de Winchester, son frère en religion, salutations sincères et respectueuses. Notre misérable région s'honore de la présence d'une noble princesse et de ses conseillers spirituels que leur réputation de sainteté et de sagesse a précédés... »

— Très aimable, dit l'évêque de Winchester en s'essuyant les yeux. Il est bien aimable, cet Aveyron.

Plus de la moitié du parchemin était occupée par des compliments, une invitation au palais épiscopal d'Aveyron, et encore des compliments.

L'évêque de Winchester commençait à piquer du nez. Le père Adalburt s'était mis à prendre des notes sur son ardoise pour son prochain sermon...

Ce n'est qu'à la toute fin que la lettre entrait dans le vif du sujet...

« Vous n'ignorez pas, monseigneur, dans votre infinie sagesse, que l'immonde hérésie cathare s'étend dans ce pays, et que nous sommes quelques-uns à combattre cette contagion afin qu'elle n'infecte pas la chrétienté dans son ensemble. Par conséquent, je dois porter à l'attention de votre seigneurie que, dans cette bataille, le Très-Haut a permis que tombent entre mes mains cinq hérétiques de cette espèce qui vagabondaient dans les montagnes... »

Le père Guy marqua une pause avant de reprendre sa lecture.

« En temps ordinaire, il aurait suffi d'un instant avant d'infliger le châtiment promis à ceux qui prêchent la fausse parole, cependant ces cinq scélérats – deux femmes en robes cathares et trois hommes – prétendent avoir un rapport quelconque avec la cour de la princesse Jeanne. C'est là, je le suppose, une impudence digne de ceux qui répandent le mensonge autour d'eux, toutefois je me sens obligé de signaler le fait à l'appréciation de votre seigneurie. Mon cher frère, si, comme il est probable, vous réfutiez cette allégation, j'agirais comme j'agis en pareil cas envers ceux qui menacent notre mère l'Église. J'attends votre réponse par l'entremise du père Gerhardt, mon excellent et fidèle chapelain.

« Dans cette perspective, que la grâce de Dieu soit sur vous est le souhait de votre obligé, Philippe d'Aveyron. »

(« Ils sauront, tout comme je le sais, que ce sont leurs gens, avait confié Aveyron. Mais si je veux donner satisfaction à notre informateur tout en évitant de m'attirer les foudres du Plantagenêt, il faut que ce soient eux qui, tel Ponce Pilate, s'en lavent les mains et autorisent l'exécution. Et je le veux par écrit. »)

Le père Guy enroula le parchemin avec précaution en évitant le regard du docteur Arnulf qui se tenait droit sur sa chaise.

Quelque chose, une *chose*, une excitation fétide s'infiltra dans la petite pièce et étendit son ombre ; elle s'accrocha aux chevrons crasseux, hors de vue, attentive, sournoise, obscène.

Les cellules étaient plongées dans l'obscurité et, avec seulement un seau, nauséabondes. Il n'y avait pas de fenêtre, juste une maigre clarté qui filtrait dans le couloir, provenant de l'escalier circulaire et des torches de la salle de garde au-dessus.

Ils étaient des scarabées dans le noir ; ils sentaient peser sur eux la colossale botte du palais et s'aplatissaient sur le sol de peur qu'elle ne s'abatte et ne les écrase. Et si un incendie se déclarait ? Qui se soucierait des insectes piégés dans les tréfonds du château ?

La seule chose qui empêchait Adelia de se transformer en une boule de panique tourbillonnante et hurlante était Boggart qui, elle en avait conscience, devait être dans un état de nerfs identique mais pourtant luttait parce qu'elle-même luttait. Elles étaient comme deux cartes à jouer se soutenant mutuellement ; que l'une cède et l'autre l'imiterait. À en juger par leur silence, les trois autres prisonniers vivaient la même chose.

Il restait les bruits. Les craquements et les gémissements propres au tunnel.

Ulf brisa le silence : « Il y a quelqu'un par ici ? » Son appel se perdit en écho, « ... quelqu'un par ici...,

... qu'un par ici... », comme des réponses de morts, et il ne recommença pas.

Les repas étaient annoncés par un son métallique. Les deux gardes étaient équipés à la ceinture d'une châtelaine semblable à celle que portaient les dames et à laquelle elles accrochaient des objets féminins tels que ciseaux, nécessaire à couture, clés des armoires, etc. Celles des gardes ne portaient que des clés, d'énormes clés.

La cellule des femmes était ouverte la première. Un garde introduisait un plateau pendant que l'autre restait dans le couloir, lance en main pour prévenir toute tentative d'évasion, avant qu'ils ne reverrouillent la porte. Adelia et Boggart entendaient la procédure se reproduire chez leurs voisins, puis le cliquetis des clés tandis que les deux hommes montaient l'escalier pour gagner le poste de garde.

Ténèbres.

— Des cathares ? Comment des cathares seraient-ils en relation avec la princesse ?

L'évêque de Winchester éprouvait des difficultés à suivre.

— Ils ne le sont pas, bien entendu, répondit le père Guy d'une voix apaisante. Il s'agit d'un stratagème pour échapper au châtiment. Comme l'indique le seigneur d'Aveyron, tous les cathares sont des menteurs. Nous n'avons rien à voir avec eux.

— Tout de même, c'est curieux, dit l'évêque. Est-ce possible que... ? Ne seraient-ce pas... ? Combien de nos gens sont restés dans l'hôpital des nonnes après notre départ ?

— Oooh, dit le docteur Arnulf sur un ton désinvolte, sept ? Huit ?

— Pas cinq, donc.

— Et n'oubliez pas, monseigneur, fit remarquer le père Guy, que l'évêque de Saint-Albans, avant son départ pour Carcassonne, a décidé de renvoyer en Angleterre le Sarrasin et sa bonne femme. On peut raisonnablement croire qu'ils sont loin à présent.

— Et les autres les ont accompagnés, à ce que l'on suppute, ajouta le docteur Arnulf.

— De plus, ils ont dû prendre la route directe de l'Angleterre ; ils ne peuvent pas s'en être éloignés au point de s'aventurer dans un territoire tel que l'Aveyron.

— Et ils ne seraient pas vêtus comme des cathares.

Le chapelain et le médecin surenchérissaient à tour de rôle, comme deux acolytes, tout en évitant que leurs regards se croisent, à la manière d'amants secrets. Le père Adalburt les observait, avec sur les lèvres son habituel sourire sans expression.

Le Sarrasin, pensa l'évêque de Winchester avec amertume. Le Sarrasin et cette femme – quel était son nom ? – avaient attiré la mauvaise fortune sur une expédition déjà éprouvante pour un vieil homme ; il redoutait la réapparition des ennuis.

— J'aimerais que l'évêque de Saint-Albans soit là, dit-il. Il saurait quelle décision prendre. Hélas, nous devrons faire sans lui jusqu'en Sicile.

Le père Guy ne déplorait pas le moins du monde l'absence du seigneur de Saint-Albans.

— Monseigneur, pourquoi nous soucier d'un lointain groupe de mécréants ?

Le docteur Arnulf non plus n'avait aucun regret.

— Tout à fait inutile.

Ils se turent pendant que leur évêque méditait. Peter revint débarrasser la table ; comme celles de la plupart des serviteurs, sa tunique portait les léopards des Plantagenêts.

Plantagenêt. Le nom tira l'évêque de sa rêverie. Bien sûr, le Sarrasin et sa compagne s'étaient montrés fauteurs de troubles et nuisibles, cependant le roi Henri avait insisté sur leur importance. Peut-être serait-il préférable de produire quelque effort pour s'assurer qu'ils étaient sains et saufs ? Si on lui marchait sur les pieds, le roi était capable de sacrées ruades.

— Ne devrions-nous pas envoyer quelqu'un en Aveyron pour vérifier qu'il ne s'agit pas d'une tragique méprise ? Contrôler auprès des prisonniers de l'évêque si nos gens ne font pas partie du nombre ?

Le père Guy leva la main pour réprimer un grincement de protestation du médecin.

— Monseigneur, si vous me permettez, ce serait une erreur qui pourrait vous nuire gravement. Vous indiqueriez par là à un évêque étranger que vous avez toléré que la princesse et son équipage frayent avec des hérétiques. Sinon, pourquoi vous donneriez-vous la peine d'enquêter ?

— Ô mon Dieu, vous avez raison. Non, il ne faut pas faire ça.

— Je ne vois pas pourquoi votre seigneurie se préoccupe de cette affaire, intervint le docteur Arnulf. Les prisonniers de l'évêque sont vêtus comme des cathares, par conséquent ce sont sûrement des cathares.

Le vieillard soupira.

— Ma foi, très bien. J'imagine que nous devons envoyer dès demain une lettre à l'évêque d'Aveyron par laquelle nous nions connaître ces individus.

Le médecin et le chapelain inspirèrent un grand coup avant d'expirer lentement.

La chose tapie dans l'ombre qui était entrée avec l'émissaire d'Aveyron grossit et se mit à vibrer à bas bruit.

— Autorisez-moi à la rédiger, monseigneur, s'empressa de dire le père Guy. Il vaut mieux battre le fer tant qu'il est chaud. Retirez-vous donc, je vous l'apporterai pour signature.

— Merci, mon fils.

L'évêque de Winchester se leva de sa chaise et prit congé pour rejoindre un lit bienvenu, vieil homme fatigué qu'accablait plus encore l'impression désagréable que quelque chose venait de lui échapper.

Quand la porte se ferma derrière le prélat, le père Guy et le docteur Arnulf échangèrent enfin un regard.

— Eh bien, écrivez-la, cette lettre, dit le médecin.

Devant une des tentes qui entouraient le château, O'Donnell et Locusta jouaient aux échecs à la lumière d'un feu.

— Ah, Peter, s'écria l'amiral tandis que le serviteur passait devant lui, qui est le gars dont la gueule ferait peur à une sorcière ?

— Il a apporté un message de l'évêque d'Aveyron, monseigneur.

— Tiens donc, dit l'Irlandais en déplaçant sa reine. Et qu'est-ce qu'il disait, ce message ?

Peter le renseigna. O'Donnell secoua la tête.

— Les cathares... sale temps pour eux.

— Échec et mat, intervint Locusta en souriant. Vous n'avez pas la tête au jeu ce soir, monseigneur.

— À vous la gloire, répondit le marin en se levant et en s'étirant. Et à moi mon lit. Messeigneurs, bonne nuit.

Puisque la vie, si désespérante fût-elle, devait être vécue, les prisonniers en tiraient le meilleur parti possible.

Ils établirent leur propre routine. Chaque matin – si les matins existaient encore –, ils se pressaient à tour de rôle contre le guichet grillagé et parlaient d'une porte à l'autre. L'opération était plus ardue pour Adelia et Boggart que pour les hommes car l'ouverture était placée en hauteur et elles devaient se dresser sur la pointe des pieds pour y accéder, position qu'elles ne pouvaient tenir bien longtemps.

Puis, sur l'insistance d'Adelia, ils prenaient tous de l'exercice : ils faisaient vingt fois le tour de leur cellule en suivant les murs. Ceux-ci étaient en pierre et longs, caractéristiques qu'il leur fallut établir par le toucher et en comptant leurs pas. Comme Rankin le fit remarquer un matin par le guichet de sa porte : « Pourquoi un hom'd'Dieu y l'aurait b'soin d'tant d'espace p'r ses prisons, à moins d'êt' l'chienchien à l'âme noire d'un démon ? »

Ce qui, une fois traduit, était une bonne question. L'évêque d'Aveyron qui avait bâti cet endroit se défiait-il de ses ouailles pour avoir conçu des cachots qui pouvaient les accueillir par centaines ? L'actuel prélat espérait-il les remplir avec des cathares ?

L'après-midi – si les après-midi existaient encore –, ils se remontaient le moral par des chants ou des vers ; chacun s'approchait à tour de rôle de la porte pour que sa voix puisse atteindre la cellule voisine. Dans le cas d'Adelia, l'exercice était une véritable épreuve, pour elle-même et pour les autres. Elle chantait faux avec un timbre de corneille et limitait son répertoire à des berceuses que sa nourrice anglaise lui avait apprises durant son enfance sicilienne.

La voix d'Ulf était à peine plus mélodieuse et il choisit de raconter les exploits d'Hereward l'Exilé, le héros des *fenlands* qui avait vaillamment résisté à Guillaume le Conquérant. Les modulations aiguës et claires de Mansur se répandaient dans le tunnel avec un son de clochettes, des chansons du Tigre et de l'Euphrate, de ses marais natals. Boggart chantait de jolies ballades qu'elle avait récoltées sur les marchés auprès des ménestrels. Rankin entonnait d'une voix grave et puissante des airs des Highlands absolument incompréhensibles mais émouvants, tout en regrettant de ne pas avoir avec lui sa « 'muse » avec laquelle il aurait réchauffé le cœur de tout le monde.

— Euh... *muse* ?

— Cornemuse, intervint Ulf sur un ton lugubre. Au moins nous échappons à ça.

Leur bravade : pas de psaumes, en aucun cas ; dans cet endroit, ils n'allaient pas chanter pour un Dieu que servait l'évêque d'Aveyron.

Cependant la fatigue se faisait de plus en plus pesante ; leurs repas provenaient des restes des cuisines du palais et, en supposant que personne n'avait craché dedans, étaient de bonne qualité, mais les portions étaient trop maigres pour satisfaire leur faim. Adelia, que son épaule faisait méchamment souffrir, se prit de bec avec le garde en faveur de Boggart qui, comme elle le lui fit remarquer, devait manger pour deux. Les rations n'augmentèrent pas pour autant et Adelia partagea les siennes avec la jeune femme.

Et Rowley qui ne venait toujours pas.

À la longue, ils cessèrent de chanter ; les privations se prêtaient mal à un tel exercice. En général, ils restaient assis sans rien faire. Adelia avait cessé de prétendre que la durée de leur incarcération prouvait que l'évêque attendait une réponse de Figères avant de se décider à agir : depuis le temps, elle aurait pu lui parvenir plusieurs fois.

Ulf l'épuisait. Sa jeunesse lui donnait l'énergie de vitupérer à propos d'une lubie qu'il s'était mise en tête : il prétendait que la trahison la visait elle, et non Ermengarde, une théorie qu'il n'arrêtait pas de lui seriner.

— C'est après toi qu'ils en avaient, insista-t-il.

— Ils recherchaient Ermengarde, répliqua-t-elle avec lassitude. Nous avons été embarqués en même temps qu'elle, tout bonnement, et on nous a pris pour des cathares.

— Oh, je te l'accorde, ces mauvais bougres voulaient lui mettre la main dessus, mais qui leur a indiqué son repaire en sachant très bien que nous y serions aussi et qu'on allait voir en nous des cathares ? Hein ? Qu'as-tu à répondre à ça ? Ermengarde et Aelith vivaient là depuis des mois. Pourquoi ces bâtards ont-ils choisi le moment précis de notre présence dans cette chaumière ? Hein ? La coïncidence me paraît un peu grosse, si tu veux mon avis.

Il existait une explication plus simple qu'Adelia s'employa à lui fournir en pressant son visage contre le grillage pour ne pas avoir à parler trop fort, car elle était trop affreuse pour être criée.

— C'est *notre* faute, Ulf. Rowley et Locusta faisaient tous les jours des allers et retours jusqu'à l'étable. Deux cavaliers bien habillés comme ça, il y avait de quoi attirer l'attention des gens sur la route. Quelqu'un s'est montré curieux ; peut-être les a-t-il suivis dans les collines pour voir où ils se rendaient et a-t-il découvert les deux cathares par la même occasion. Puisse Dieu nous pardonner, nous sommes seuls responsables. Nous avons attiré vers elles les hommes d'Aveyron…

Elle ne termina pas sa phrase.

Car Ulf faisait porter sur d'autres la responsabilité des coups du sort qui les avaient accablés au cours du voyage : il cita la mort de la monture d'Adelia après l'incident de la chute ; le meurtre de Brune qui l'avait traînée dans la boue auparavant.

— Je te le répète, il y a là-dehors un salaud qui a œuvré pour causer ta perte. *La tienne*, pas la sienne.

La faim et la douleur à l'épaule aiguillonnèrent la colère qui bouillonnait en elle.

— Eh bien, voilà, ils m'ont capturée, pas vrai ? s'écria-t-elle. Et vous tous avec moi.

Elle perçut la défaite dans les échos de sa voix qui se propageaient dans le tunnel et tenta de s'amender.

— Mais Rowley va venir, j'en suis sûre.

Elle n'en était plus sûre du tout, et après cela cessa de le dire.

Le cliquètement des clés venant de l'escalier tira les prisonniers de leur torpeur et leur fit monter l'eau à la bouche tout en provoquant en eux la stupéfaction. Vingt-quatre heures étaient-elles déjà passées ?

Le moment du repas n'était pas encore arrivé. Bien que la lumière apparût dans le tunnel, les portes demeurèrent closes. En se hissant pour se porter à la hauteur du guichet, Adelia vit le père Gerhardt qui se tenait devant la porte d'Ulf, Mansur et Rankin. Il avait un parchemin à la main ; ses dents luisaient sous la flamme de la torche que tenait un garde à son côté.

— M'entendez-vous tous ?

Personne ne lui répondit ; ils l'entendaient.

Il entreprit sa lecture.

« Par la présente, notification est faite par notre bien-aimé et vénéré évêque d'Aveyron que les cinq cathares en détention sont déclarés coupables du péché mortel d'hérésie. Pour ce qu'un témoin a attesté qu'ils se sont rassemblés dans une cabane dans les montagnes où ils se sont livrés à des actes odieux en présence du Malin sous la forme d'un chien noir devant lequel les cathares se sont prosternés et se sont adonnés à des danses obscènes... »

Un concert de protestations s'éleva dans la cellule des hommes ; Mansur hurlait en arabe, Rankin en gaélique. La voix d'Ulf dominait :
— Un témoin ? Quel témoin ? Donnez-nous son nom, espèce de bâtard.

« ... après quoi chacun d'eux a déposé un baiser sur l'arrière-train de la créature et tous se sont mis à copuler entre eux... »

— Un chien ? répéta Boggart qui tendait l'oreille. Le seul chien que nous connaissons est Renfort.
Adelia secoua la tête. Un chien, toujours un chien. Ou un bouc. Parfois un chat ou un crapaud. Sans oublier l'inévitable *osculum infame*, le baiser obscène, la bonne vieille accusation à l'encontre des juifs, des prétendues sorcières et des hérétiques ; immuable, sinon dans d'infimes détails. Seigneur, qu'elle se sentait lasse...
Ulf continuait d'exiger le nom du témoin.
— Bougres de bâtards, il n'y a même pas eu de procès !
Arrête, pensa-t-elle. *Économise ton souffle, mon jeune ami. Nous ne sommes pas ici sous la législation d'Henri Plantagenêt. Pas de procès, aucune défense, seulement la sentence.*

Le père Gerhardt poursuivait, imperturbable, martelant ses mots pour couvrir les imprécations d'Ulf.

« En accord avec la loi, nous avons décidé qu'une telle abomination interdit la bénédiction du Christ à ces hérétiques et que leur corps devra endurer le châtiment du bûcher afin que leur âme puisse comparaître devant le tribunal de Dieu en quelque manière purifiée de leurs graves péchés. La sentence sera exécutée demain à midi. »

Le prêtre enroula le parchemin et fit signe au garde de lui ouvrir le chemin de l'escalier en l'éclairant de sa torche.

— Au nom de Dieu, allez à Carcassonne, demandez l'évêque de Saint-Albans ! Nous sommes pas des cathares, y vous l'dira ! hurla Ulf.

— Votre évêque n'est plus à Carcassonne. Il est parti pour l'Italie.

— Allez à Figères, dans ce cas.

Le prêtre s'immobilisa et se retourna. Son sourire, si l'on pouvait parler d'un sourire, s'élargit.

— Nous y sommes allés, dit-il, et nous avons reçu une réponse : on ne vous connaît pas.

Adelia se laissa glisser sur le sol. Une main menue tâtonna dans l'obscurité pour se poser sur elle.

— Le bûcher ? On va nous brûler ?

Elle était abasourdie.

— Coupez-moi, supplia Boggart d'une voix pressante. Il faut me couper le ventre.

Adelia la serra dans ses bras.

— Chhht...

— Sortez le bébé. Je veux pas qu'ils brûlent mon bébé. Ouvrez-moi le ventre et sortez-le. Enlevez-le. Vous pouvez l'faire.

— Ma chère enfant, je ne peux pas. Impossible. Puisse Dieu tout-puissant nous aider, je ne peux rien faire.

C'est fini, mon Loup, mon amour. Le plan longuement mûri, nos ruses et nos stratagèmes ont porté leurs fruits. Elle mourra dans les hurlements. Oui, nous serons présents, toi et moi. Nous serons tapis dans l'ombre à la regarder se faire dévorer par les flammes, à humer l'odeur de cochon grillé, à voir sa chair de chienne crépiter avant d'être réduite en cendre. Quae vide, *mon Lupus. Admire ce que j'ai réalisé en ton nom et sois fier de moi.*

Boggart s'était apaisée. Ils étaient tous calmes. Le cachot des deux femmes était envahi par Allie et la musique, Adelia contemplait sa fille qui dansait en agitant ses petites mains.

Les notes se firent discordantes et se transformèrent en tintement de clés.

Seigneur, ils sont là. Allie. Pas tout de suite, pas maintenant. Jésus, j'ai tellement peur...

On déverrouillait la serrure des hommes. Échauffourée. *Dieu merci, ils ne se rendent pas sans combattre. Moi non plus. Je vais me jeter sur leurs lances. Que le Seigneur soit avec moi, l'heure de ma mort est venue.*

Adelia, que la terreur rendait sourde et aveugle, n'entendit pas que l'on ouvrait la porte de sa cellule, ne vit pas la lumière projetée sur sa silhouette gisant à terre, agrippée à Boggart.

Puis Mansur fut devant elle, la main tendue. *Oui, mon ami, je t'accompagne. Reste près de moi, surtout reste près de moi.*

Ulf et Rankin étaient là eux aussi. Et, derrière eux, une autre présence, qui s'adressait à elle... Une histoire de *chaussures* ?

— Ôtez-les, dit l'inconnu, glissez-les dans votre ceinture. Elle est consciente ? Et Boggart ? Et maintenant, discrets comme des souris.

Elle connaissait cette voix, elle avait déjà vu cet homme ; elle ne parvenait pas à mettre un nom dessus. À présent, c'était le visage rayonnant d'Ulf qui se penchait sur elle.

— Allons-y, m'dame, debout là-d'dans.

Il s'accroupit et lui enleva son unique chaussure.

Ils sortirent dans le tunnel, précédés par la torche que tenait l'inconnu familier.

En haut des marches, dans la salle des gardes, gisait un corps aux couleurs d'Aveyron, la gorge tranchée.

L'homme accrocha la torche au mur sur une applique ; sous la lumière, le sang de la sentinelle qu'il avait tuée avait des reflets humides.

À l'assaut de l'escalier, de nouveau, puis la grande salle du palais. Plongée dans la pénombre, avec une seule torche pour éclairage ; des corps tapis dans l'ombre des niches. Morts, eux aussi ?

Non, endormis. Des domestiques. Elle pouvait entendre leurs ronflements. Il lui semblait que le dallage s'étendait sur des lieues, tel un lac, avant d'atteindre les portes donnant sur la place ; impossible d'y parvenir sans éveiller les dormeurs.

Elle commençait à reprendre ses esprits, la terreur laissant place à une autre émotion partagée entre la peur panique et le fol espoir, tandis que ses pieds nus allaient sans bruit de dalle en dalle derrière l'homme... *l'Irlandais*. C'était O'Donnell qui s'était porté à leur secours. Rowley l'avait envoyé pour qu'il les sorte du guêpier.

Sauf qu'il ne les en sortait pas du tout. Au lieu de se diriger vers la sortie, il les entraîna vers l'entrée de la tour qui avait été leur première prison. La porte était ouverte. Il se plaça sur le côté et leur fit signe de grimper les marches devant lui. *Nous sommes déjà montés là-haut*, pensa-t-elle. *Il n'y a pas d'échappatoire. Je ne lui fais pas confiance, non, je ne lui fais pas confiance.*

Pas le temps de discuter ; une des formes endormies contre le mur le plus proche bougeait et grommelait. Mansur, Ulf et Rankin étaient parvenus au pied de l'escalier du donjon ; ils jetèrent un regard derrière eux pour s'assurer que les deux femmes suivaient. Adelia poussa Boggart devant elle et s'engouffra à sa suite dans le donjon, l'Irlandais sur ses talons. La porte grinça quand il la ferma derrière eux, et avec elle les nerfs d'Adelia qui se figea dans l'attente d'une mauvaise surprise. Au lieu de quoi on la bouscula en lui sifflant à l'oreille : « Sainte Mère de Dieu, vous vous remuez ou quoi ? »

L'obscurité était totale. En avant, donc ; ils attaquèrent à l'aveuglette la montée de l'escalier en colimaçon, passèrent devant des portes donnant sur des remises, les unes ouvertes, les autres closes, toutes apparemment désertes. Adelia tourna la tête.

— Pourquoi vers le haut et pas vers la sortie ? murmura-t-elle par-dessus son épaule avec hargne.

— C'est la sortie. Avancez.

L'escalade des marches lui coûtait, elle leur coûtait à tous, affaiblis comme ils l'étaient. Le souffle court et haletant, Boggart commençait à flancher ; Adelia se porta à sa hauteur et, avec son bras valide, trouva le dos de la jeune femme qu'elle put soutenir.

Le clair de lune inondait la pièce au sommet du donjon ; mieux encore, l'air nocturne, chargé des bonnes odeurs de la campagne et de liberté, pénétrait par les ouvertures et emplissait leurs poumons à l'agonie. Boggart s'écroula sur le plancher, épuisée, mais l'Irlandais la hissa sur ses pieds.

— Pas encore, mam'zelle. Maintenant, faut descendre.

Une corde était arrimée aux meneaux de la fenêtre donnant sur les toits à l'arrière du palais par un nœud compliqué ; le grappin qui avait servi à l'accrocher gisait sur le sol.

— Qui commence ? dit O'Donnell. Aussi facile qu'un baiser et le brave Deniz est en bas pour vous recevoir.

Il regarda Adelia. Elle secoua la tête ; si c'était réellement aussi facile qu'un baiser, alors Boggart avait la priorité. Mais la servante se recroquevilla, terrorisée, et Adelia n'irait pas sans elle. Peut-être d'ailleurs n'irait-elle pas du tout, pas avec cette maudite épaule.

— J'y vais, déclara Ulf.

Était-ce Ulf, cette tige aux joues et aux orbites creuses ? Et cet épouvantail hirsute, serait-ce Rankin ?

Ils observèrent l'Irlandais qui nouait une boucle autour du pied gauche du garçon et s'assurait que celui-ci s'agrippait fermement à la corde.

— Je vais te descendre en douceur, mon garçon. Accroche-toi bien, c'est tout.

Il se pencha par la fenêtre, plaça ses mains en portevoix et poussa un cri de chouette. Un ululement lui répondit d'en bas.

— Dégagez, maintenant, comme disait ma grand-mère en poussant le colporteur du haut de la falaise.

Adelia passa la tête par la fenêtre et vit les rayons de la lune caresser les cheveux filasse d'Ulf et les jointures blanches de ses doigts crispés sur la corde que laissait filer O'Donnell au-dessus de lui, utilisant un meneau comme point d'appui. L'abîme sous ses yeux lui sauta à la figure et elle se recula, avant de se forcer à regarder de nouveau en contrebas.

Ulf était à l'arrêt ; il se bagarrait avec une silhouette indistincte.

— *Ils l'ont pris !*

— Hein ? fit O'Donnell en passant la tête par la fenêtre. Non, c'est Deniz. Le garçon a accompli la première partie de la descente, voilà tout.

Parce qu'il y en avait deux ? Oui, bien sûr, l'arrière de la tour donnait sur des toits, il restait encore un saut d'au moins cinquante pieds avant la terre ferme. Elle ressentit une fois de plus la morsure de la peur et de la faim. La manœuvre était complexe et périlleuse ; jamais Boggart n'en serait capable ; elle-même doutait de l'être.

— Pourquoi ne pas sortir par les portes ?

O'Donnell haussa les sourcils.

— Ma foi, je ne pense pas que les gardes en bas apprécieraient. Ils ne sont pas aussi endormis que celui qui se trouvait devant l'escalier.

Et qu'il avait tué.

Un ululement leur parvint.

— Il est arrivé, dit l'Irlandais en tirant la corde. Au suivant.

Rankin s'approcha, le souffle court. Après une éternité, la chouette se fit entendre.

Mansur lui succéda ; il le fit de mauvaise grâce car il n'aimait pas l'idée de passer avant les femmes, mais Boggart paniquait et Adelia refusait de l'abandonner. Comme le Maure enjambait la fenêtre dans le clair de lune, Adelia vit que sa robe était souillée, lui qui se montrait toujours dans un vêtement immaculé.

Nous puons, pensa-t-elle, *tous autant que nous sommes. Sauf lui.* Dans la clarté laiteuse, O'Donnell lui paraissait impeccable et concentré ; il sifflotait avec insouciance en manœuvrant la corde, comme s'il était en train de décharger un de ses navires, les muscles saillant sous sa chemise, laquelle, Adelia le savait, était tachée sur le devant par le sang du garde au pied des marches.

La descente de Mansur lui semblait durer plus longtemps que celle de Rankin, laquelle avait déjà demandé plus de temps que pour Ulf. Adelia dressait l'oreille avec angoisse, s'attendant à tout moment à ce qu'éclatent là-dehors ou en bas de la tour des cris après la découverte de leurs cellules désertes... La chance ne pouvait pas leur sourire éternellement ; le palais était immense, il abritait un monde fou...

— À vous, mesdames.

— Je... je ne peux pas, bégaya Boggart. Le bébé...

— Raison de plus, répliqua l'Irlandais. Se balancer dans les airs ? Il va adorer ça. Allons-y.

À deux, ils vinrent à bout de la résistance de la jeune femme et elle plaça son pied dans la boucle. Obtenir qu'elle se glisse entre les meneaux fut plus délicat – Adelia fronçait les sourcils en songeant au fœtus écrasé dans son ventre proéminent –, mais enfin elle fut à l'extérieur. Son visage déformé par la terreur s'enfonça dans l'obscurité.

La chouette ulula et O'Donnell hissa la corde.

— À vous, m'dame.

Adelia grimaça.

— J'ai une clavicule cassée.

— Quel côté ?

Le ton ne montrait aucune compassion.

— Le droit.

— Alors tenez-vous de la main gauche.

Son pied fut placé dans la boucle, la corde enroulée autour de son corps et assurée par un nœud compliqué.

— Ne regardez pas en bas, dit l'Irlandais. Levez la tête vers moi.

Ce qu'elle ne fit pas ; elle garda les yeux rivés sur les pierres qui défilaient devant son nez.

Agrippée par sa main valide, à l'équilibre sur son pied gauche sanglé et écartant la muraille du droit, elle s'aperçut que la descente n'était pas en réalité aussi éprouvante qu'elle l'avait cru.

Une forte odeur de sueur l'enveloppa quand ses orteils touchèrent enfin les tuiles et le Turc à l'affût la débarrassa de son harnachement avant de mettre ses mains en cornet autour de sa bouche pour ululer une dernière fois. La corde serpenta en montant.

Elle se tenait sur le toit plat d'un édifice qu'elle mit un instant à situer ; de ce côté, le donjon dominait un bâtiment qui formait une partie du mur arrière du palais, lequel donnait sur un terrain vague menant à une colline.

Au-dessus d'elle, O'Donnell glissait avec aisance le long de la corde, le grappin sous le bras. Il le confia à Deniz et secoua la tête devant la corde qui se balançait depuis la fenêtre.

— Dommage d'abandonner tout ce bon chanvre. Bah, ma foi, ce cher évêque l'utilisera peut-être pour se pendre.

Il saisit Adelia par le bras gauche et l'entraîna sur le toit vers un endroit où une échelle de corde était arrimée à un montant.

— Vous allez y arriver, m'dame ?

Elle n'en savait rien du tout. Elle s'approcha du bord et risqua un regard ; il plongea dans les ténèbres.

Devant son hésitation, O'Donnell s'engagea sur l'échelle et recula le corps afin de former une corbeille pour elle.

— Et comme ça ?
— Oui.

La descente fut malgré tout difficile ; l'échelle se balançait d'avant en arrière et de gauche à droite, Adelia ne pouvait se tenir que de la main gauche, pourtant elle réussit à s'en sortir, grâce aux bras de l'Irlandais qui faisaient cercle autour d'elle et effaçaient son vertige. Deniz les suivit en une glissade.

Ils étaient à l'extérieur du palais. *Dehors*. Dans l'ombre du mur de soutènement, un groupe apparemment fourni s'agitait nerveusement : deux chevaux, deux chiens, la mule bâtée qui transportait l'équipement d'O'Donnell, Mansur, Boggart, Rankin, Ulf, et un corps inerte allongé sur le sol.

Sans même réfléchir, Adelia se pencha sur lui. L'amiral lui donna un petit coup de pied.

— La sentinelle. Laissez.

Il examina la petite troupe.

— Tout le monde en selle, Deniz, dit-il en arabe.

Il se retourna et tendit à Adelia la chaussure qu'elle avait perdue devant la chaumière d'Ermengarde.

— Vous allez en avoir besoin.

De quelque part dans les profondeurs du palais, une cloche d'alerte se mit en branle. On avait découvert les cellules vides.

Déjà l'obscurité qui enveloppait les champs devant eux commençait à pâlir. Deniz et O'Donnell hissèrent Boggart sur un cheval ; Mansur la pressa de se dépêcher.

— *Maintenant*, Delia.

C'était plus fort qu'elle : elle tâta le cou de la sentinelle allongée. Il était mort. Comme elle retirait sa main, une forme surgit en se tortillant et la lécha.

Renfort.

Elle le prit dans ses bras et serra le corps efflanqué et crasseux contre le sien avant d'être entraînée *manu militari*, sans qu'elle eût lâché le chien, et juchée sur la monture de Boggart. Ulf s'installa derrière elle. Rankin et Mansur montaient l'autre cheval.

Ils s'ébranlèrent, chiens, chevaux, mule, O'Donnell et Deniz courant à leur côté en tenant les rênes.

Pas assez vite, pensa-t-elle. La colline dénudée en face d'eux s'éclaircissait de seconde en seconde. Ils allaient être aussi visibles là-dessus qu'un troupeau de daims en fuite, mais pas aussi rapides. Elle entendit l'Irlandais qui disait à Deniz, entre deux halètements :

— Ils vont d'abord... fouiller la place... Ça nous donne... une minute ou deux avant... qu'ils pensent à la tour...

Une minute ou deux. Une minute ou deux pour couvrir une telle distance à découvert. Pas suffisant. Des cris lui parvenaient du palais, des ordres, et toujours le tintement de la cloche.

Ils arrivaient au sommet de la colline, levant une volée d'alouettes qui s'éparpillèrent en criant, comme pour prévenir Aveyron que des hérétiques avaient pris la fuite. Ils y étaient. Sous le couvert des bois. Ne pas ralentir. *Seigneur, ô Seigneur, pardonnez-moi mes péchés. Épargnez-moi le bûcher, faites qu'ils ne me brûlent pas. Ayez pitié de nous tous.*

Ils serpentaient entre les arbres, ils empruntaient les ruisseaux pour semer les chiens qu'ils entendaient aboyer au loin, ils escaladaient des éboulis à grand fracas de pierres sous les sabots des chevaux et les chaussures des deux hommes. Sans s'arrêter, sans s'arrêter. Sauf une fois quand, à l'abri d'un surplomb rocheux, ils observèrent à l'horizon une file d'hommes en selle qui encourageaient de la voix leurs limiers

– Deniz et O'Donnell avaient placé les mains autour de la gueule de leurs propres chiens pour les empêcher d'aboyer.

Vite, ils repartirent, dans la clarté blafarde du soleil qui dardait vers eux ses premiers rayons accusateurs. Ne pas s'arrêter, ne pas s'arrêter, grimper, descendre, sur un terrain qui s'élevait et rendait leur progression plus difficile. Enfin arriva le moment où, qu'ils meurent dans les flammes ou pas, ils se sentirent incapables de tenir un instant de plus, mais l'Irlandais les harcela pour qu'ils continuent :

— Pas encore. Nous ne sommes pas sortis d'affaire.

— Il le faut, murmura Adelia. Le bébé.

Dieu seul savait si l'enfant pouvait supporter un tel traitement ; de toute évidence, pas Boggart : la jeune femme était à peine consciente.

— Pas encore. Nous ne sommes pas sortis d'affaire.

La soif. Un détour par un ruisseau de montagne pour l'étancher et permettre aux bêtes de se désaltérer. On repart, on se fait secouer, on s'accroche, Deniz et O'Donnell tirant sans relâche sur les rênes des montures qui commencent à trébucher.

L'obscurité, la fraîcheur. Le bruit de l'eau qui goutte. Une grotte. Ils sont dans une grotte. Un arrêt. *Dieu du Ciel, par pitié, faites que ce soit le dernier.*

— Maintenant, ça ira, déclara O'Donnell.

La grotte était magnifique, pour autant que les fugitifs fussent capables d'en juger, et cela nécessita du temps, du repos, de la nourriture et beaucoup d'eau pure et fraîche tirée du lac souterrain qui s'étendait plus loin.

Le sol était constitué de terre noirâtre dans laquelle de gros galets ronds étaient enchâssés et, bien que l'entrée fût étroite, les parois avaient des proportions de murs de cathédrale, si bien que les voix se répercutaient en échos qui rappelaient à Adelia le tunnel de leur cachot.

— Un pays de grottes, le Languedoc, dit O'Donnell, aussi troué qu'un fromage charançonné.

Mais comment, se demanda-t-elle, connaissait-il l'existence de celle-ci ? Elle ne trouva pas l'occasion de l'interroger ; en reprenant leurs esprits, Mansur, Ulf et Rankin avaient une foule d'autres questions à lui poser.

— Eh bien, j'ai trouvé curieux que cinq cathares prétendent appartenir à la suite de la princesse Jeanne. Peter – vous voyez qui est Peter, celui qui nous sert au dîner ? –, quand il m'a appris l'arrivée de la lettre d'Aveyron, j'ai voulu m'assurer qu'il ne s'agissait pas de vous, au lieu de cinq autres dont nous n'aurions que faire. J'ai laissé un message à Figères disant que je me rendais en éclaireur à Saint-Gilles pour organiser la traversée. À la place, je me suis rendu avec Deniz à l'étable pour la découvrir en cendre, puis la chaumière d'Ermengarde itou. Ma foi, un hochement de tête vaut un clin d'œil pour l'aveugle, comme disait ma grand-mère.

— Mais comment nous avez-vous retrouvés ?

— Grâce au corniaud qui pue, dit O'Donnell. Nous avons mis la main sur la chaussure de madame qui gisait sur le sol près de la chaumière. Nous avons cherché en vain un bon moment, nous n'avons trouvé que ça. Son odeur à elle pouvait s'être dissipée après tout ce temps, mais celle de ce chien, elle pourrait survivre à une tempête, et il avait en permanence la tête sur les pieds de sa maîtresse. J'ai donné la chaussure à sentir à mes chiens. C'est donc celui-là qui nous a conduits à travers les montagnes et que nous avons retrouvé qui gémissait devant les portes du palais d'Aveyron. Vous lui devez une fière chandelle.

Adelia frotta sa joue contre la tête du chien qu'elle tenait dans ses bras. L'animal avait été si durement éprouvé par sa faction devant le palais qu'il marchait avec peine – on avait fini par l'installer sur la mule au milieu des fournitures pendant l'évasion. Même s'il avait retrouvé des forces à présent qu'il était nourri régulièrement, sa maîtresse refusait de s'en séparer ; répugnants comme ils l'étaient tous deux, elle pouvait se permettre de le cajoler comme il le méritait.

Ce fut cependant à l'Irlandais que revint la part belle des remerciements de tous les autres. Deniz et lui avaient reconnu le palais, élaboré leur plan, utilisé tout leur cordage – « Ne sortez jamais sans une bonne longueur de corde et une bonne mule pour la transporter ! » – pour y pénétrer, puis pour en sortir.

— Comment avez-vous su dans quelle partie du château nous étions ? s'enquit Ulf.

L'homme fit le fier et glissa les pouces sous le col de sa chemise.

— Nous avons fait la connaissance dans une auberge, Deniz et moi, de deux braves pèlerins en route pour Rocamadour, et insouciants avec leur argent. « N'est-ce pas là la plus grande cité et le plus grand palais que tu aies jamais vus, Deniz ? — Certainement. Je me demande comment il est à l'intérieur. »

Il baissa les mains.

— Nous n'aurions même pas eu besoin de ce stratagème. Toute la ville parlait encore d'Ermengarde, Dieu ait son âme, et prévoyait des bûchers à venir, sans grand enthousiasme, je dois dire. Ce n'est pas un homme bien populaire, l'évêque d'Aveyron.

Ça discutait ferme pour savoir si vous étiez dans les cachots – pas très populaires non plus, je vous assure – ou dans le donjon. Nous connaissions le moindre trou de souris du palais avant qu'ils en aient terminé.

Qui êtes-vous donc ? s'interrogeait Adelia. Il avait évoqué avec naturel Ermengarde et le bûcher, et son récit donnait l'impression que leur sauvetage, loin d'être une prouesse, avait été exécuté sur un coup de tête. Or, pour réaliser tout cela, il fallait être animé d'une volonté féroce de les libérer que leurs relations passées ne justifiaient guère. Il leur avait sauvé la vie en prenant des risques insensés pour la sienne.

Adelia posa ce qui était pour elle la seule question qui valût :

— Est-ce l'évêque de Saint-Albans qui vous envoie ? Où est-il ?

Les yeux en amande de l'Irlandais glissèrent vers elle.

— En Italie, madame. Il s'est rendu directement en Lombardie, selon les ordres du roi Henri. Il nous retrouvera à Palerme, si tout va bien.

— Alors il ne sait même pas... intervint Ulf.

— Pour votre arrestation ? Non. Il pense que vous êtes en chemin pour l'Angleterre. Et personne ne s'est avisé de le détromper...

Le regard soyeux du marin se posa de nouveau sur elle.

— Bien sûr, dans le cas contraire, je suis certain que le cher homme serait accouru ventre à terre pour tirer les oreilles de l'évêque d'Aveyron et vous sortir de là.

Ulf demanda pourquoi l'évêque de Winchester s'était gardé de le faire, pourquoi on les avait abandonnés... ou quelque chose comme ça ; Adelia n'écoutait plus.

Elle se leva et se dirigea vers le lac à l'arrière de la grotte ; elle enleva ses chaussures – l'une était complètement détruite à présent, et toutes les deux étaient répugnantes – pour se tremper les pieds dans l'eau glaciale.

Le roi, d'abord et avant tout. Pas elle, jamais. *J'aurais pu mourir*. Cet affreux ressentiment était peut-être injuste – Rowley n'était même pas au courant de sa situation –, mais elle lui en voulait, Seigneur ! elle lui en voulait.

J'aurais pu mourir, et si je ne suis pas morte, et les autres non plus, c'est grâce à un quasi-inconnu.

Elle resta si longtemps immobile que les vaguelettes qu'elle avait provoquées s'effacèrent et que la surface de l'eau redevint lisse, lui renvoyant son image dans la clarté diffuse.

Ce qu'elle vit l'épouvanta : un buisson de ronces en lieu et place de chevelure – qu'était devenu le foulard qu'Ermengarde lui avait prêté ? – et, en dessous, un visage déformé par la crasse et le désespoir.

— Maintenant, haut les cœurs, déclara l'Irlandais qui s'était approché du bord du lac et qui l'observait. Nous allons vous emmener à Palerme comme qui rigole.

Non, pas Palerme. Je veux rentrer à la maison auprès d'Allie. Le regard toujours rivé sur l'étendue d'eau, elle dit :

— J'ignore pourquoi vous avez agi de la sorte, mais je vous remercie. Pour nous tous, du fond de mon cœur, merci.

Il se détourna.

— Vous allez avoir besoin d'une nouvelle paire de chaussures, lâcha-t-il.

Le Loup hurle dans la tête de Scarry :
— Comment ont-ils réussi à s'enfuir ? Où sont-ils allés ?
— Je ne sais pas, je ne sais pas. Arrête, mon amour, tu me fais mal.
Ce sont les vers ; ils gigotent et se faufilent dans les trous de son cerveau si bien que ses pensées s'abîment dans la douleur.
— Tu as promis.
— Les cathares ont dû se porter à leur secours.
— Trouve-la. Détruis-la. Je suis toi et tu es moi, à jamais. Homo homini lupus.
— Je le ferai, je le ferai. Et après, m'apporteras-tu la paix ?
— Oh oui, nous connaîtrons tous deux la paix.
Mais les vers continuent de se tortiller ; car le seul moyen qu'a Scarry de s'en débarrasser est de se couper la tête.

Deniz lui confectionna des chaussures. Le barda que transportait la mule était une corne d'abondance d'où le petit Turc tira une énorme aiguille, du fil huilé, du tissu et une pièce de cuir.
Pendant qu'il était à l'ouvrage, les ex-détenus tentèrent tant bien que mal de retrouver figure humaine. Tandis que les hommes patientaient comme il se devait devant l'entrée de la grotte, les deux femmes se déshabillèrent et entreprirent toilette et lessive. Adelia essaya de convaincre Boggart de s'immerger tout entière, comme elle-même, mais la jeune femme resta avec Renfort sur la berge pour se débarbouiller, prétextant sa grossesse.
— Ce serait un choc pour le bébé, maîtresse.

Peut-être avait-elle raison ; l'eau était très froide, mais, aux yeux d'Adelia, sa morsure avait quelque chose de baptismal, enlevant les salissures de son corps en même temps que quelques-unes de son âme.

Elle sortit de son bain en frissonnant, forte d'une détermination nouvelle. *Je suis vivante et, bon Dieu, je vais le rester. Je retournerai auprès d'Allie.*

Le savon ne faisant pas partie du paquetage de la mule, la lessive fut plus problématique ; même frotté et séché au soleil, le linge des cinq rescapés pouvait à peine être qualifié de vêtements. L'écharpe qu'O'Donnell avait donnée à Adelia pour son bras resplendissait littéralement sur elle quand elle fut habillée.

L'Irlandais dénicha une vieille cape pourvue d'une capuche pour couvrir la coiffe en lambeaux que Mansur s'obstinait à porter.

— C'est toujours mieux pour ceux qui nous verront, dit-il après un tour d'inspection. Ces pouilleux de pèlerins qui cherchent la route de Compostelle sans même une croix dans leur poche pour empêcher le diable de danser, comme disait ma grand-mère.

Il refusait qu'ils s'attardent dans la grotte.

— Si moi je connais l'existence de cet endroit, il se peut que nos poursuivants aussi.

Comment connaissait-il l'existence de cette grotte ? Ulf, que l'on avait souvent vu en grande conversation avec l'Irlandais et à qui Adelia posa la question, afficha un grand sourire.

— Il fait dans la contrebande, t'avais pas compris ça ? Ces grottes accueillent autre chose que des évadés.

Un homme aux multiples talents, donc : patron d'une flottille, transporteur de croisés, trafiquant, assassin, sauveteur...

Adelia était impressionnée ; cependant, malgré la dette qu'elle avait envers lui, elle continuait de se sentir mal à l'aise en sa présence. Ce n'était pas le cas pour les autres ; à leurs yeux, il était un ange auquel ne manquaient que les ailes.

Mansur, qui la connaissait trop bien, intervint avec douceur.

— Il fallait réduire ces gardes au silence, Delia. Son seul moyen, c'était le poignard.

— Je sais, répondit-elle. J'aimerais juste que...

Elle laissait trop de cadavres derrière elle.

Ulf demanda à l'Irlandais des précisions sur ce qui s'était passé à Figères et, après les avoir obtenues, il s'approcha en tempêtant de l'endroit où Adelia se reposait.

— T'as entendu ça ? T'as bien entendu ? Ils nous ont reniés. Maudits Judas Iscariote, tous autant qu'ils sont. Ils ont envoyé un message à Aveyron prétendant que nous n'étions pas des leurs. *Pas des leurs !* Tu me crois, maintenant ? Y a quelqu'un qui s'amuse à un drôle de sale jeu.

Il dansait presque de rage.

— Ils auraient dû s'en assurer, je le concède, mais on peut l'admettre. Ils supposaient que Mansur, Boggart et moi faisions route vers l'Angleterre. Ils ne pouvaient pas s'attendre...

— L'admettre ? Il s'en est fallu d'un cheveu que nous finissions sur un bûcher. Et ça, c'était délibéré.

— Non, répliqua-t-elle avec fermeté, ce n'était en rien délibéré.

Les épaules du jeune homme s'affaissèrent. Il lança un regard désespéré vers les autres et la laissa seule.

Ils quittèrent la grotte au cours de la seconde nuit, s'orientant à la lumière du clair de lune. Adelia aurait préféré qu'ils prennent plus de repos – sinon pour elle-même, du moins pour Boggart –, mais O'Donnell s'y était opposé, répétant que les hommes d'Aveyron pouvaient fouiller toutes les grottes de la région.

— Notre bon évêque n'apprécie guère qu'on lui dérobe ses torches humaines. Il a lancé sa croisade personnelle, et veut se donner en exemple auprès du pape.

— Où allons-nous ?

— Loin. Un village que je connais, proche de la côte.

Ils n'étaient pas tractés ni entravés cette fois, et ils se relayaient pour chevaucher une monture, pourtant la progression était aussi pénible que celle qu'ils avaient connue avec leurs ravisseurs. La clarté trompeuse de la lune provoquait des faux pas et le chemin était de plus en plus escarpé.

Adelia eut du mal à s'habituer aux chaussures que Deniz lui avait confectionnées. Bien qu'étant un prodige d'inventivité – une semelle taillée dans une pièce de cuir à laquelle était cousue de la toile à voile nouée autour de la cheville, si bien que ses pieds ressemblaient à des puddings ambulants –, elles manquaient terriblement de souplesse.

Durant la journée, ils restèrent sous le couvert des arbres à proximité d'un ruisseau. Mansur, Ulf et Rankin montèrent la garde à tour de rôle, l'Irlandais, Deniz et les chiens partirent chasser et les femmes allèrent ramasser du bois ainsi que des herbes pour agrémenter le gibier. Après quoi ils prirent du repos jusqu'à la tombée de la nuit afin de repartir frais et dispos.

Enfin O'Donnell jugea qu'ils étaient hors de portée des hommes d'Aveyron et que voyager de jour devenait possible.

— Il est grand temps de retrouver la civilisation, que nous puissions nous procurer des chevaux supplémentaires.

Civilisation. Adelia savoura le mot.

— Je pourrais faire l'emplette de nouveaux vêtements, proposa-t-elle.

Puis elle se rappela qu'elle n'avait pas un liard ; ses affaires étaient restées dans la chaumière d'Ermengarde avec sa trousse de soins.

— Je pars seul, dit l'Irlandais, j'irai plus vite. Pour les vêtements, je vais voir ce que je peux faire, bien que je doute que le marché auquel je pense dispose d'articles de mode.

— Merci, lâcha-t-elle laconiquement.

Elle n'avait jamais été dépendante d'un homme, même de Rowley, et haïssait l'idée de l'être de celui qui avait déjà tant fait pour elle.

Il les quitta le lendemain au matin en emmenant avec lui la seconde monture et ne revint pas avant le soir, monté sur un petit cheval hirsute que suivaient six autres au bout d'une longe.

— Des mérens, dit-il, rien de mieux pour crapahuter dans les montagnes.

Il avait également apporté des sacs d'avoine pour les bêtes, deux sarraus en laine pour Adelia et Boggart, informes et lourds – « Tout ce que j'ai pu trouver » –, et, pour tout le monde, d'épaisses capes aussi velues que ses chevaux.

— Nous en aurons besoin. Il va faire froid.

En effet. Durant la journée, ils étaient protégés par leurs capes et la chaleur que dégageaient leurs montures en sueur, en revanche, le soir venu, ils gelaient. Au moins avaient-ils à présent la liberté de faire du feu, car il n'y avait pas âme qui vive à la ronde pour les voir.

Adelia n'aurait jamais cru que puissent exister des étendues inhabitées aussi vastes. En de rares occasions, ils aperçurent un berger dans le lointain et entendirent la faible plainte d'un pipeau rameutant le troupeau, mais ce fut tout.

Le terrain devint épouvantable ; il plongeait dans des vallées perdues et désertes avant de s'élever vers le ciel, était parsemé de formations rocheuses chaotiques qui émergeaient de l'herbe, évoquant des tonsures sur un crâne chevelu. Ils rencontrèrent de paisibles petits lacs piégés dans les creux de la montagne qui reflétaient l'azur, les nuages et la ronde des aigles.

Ils ne firent pas de pauses, sinon pour permettre aux bêtes de paître, et ne suivirent aucun chemin, même s'ils devinaient une sorte de piste que révélaient de loin en loin des affleurements pavés de pierres usées. Adelia se demanda si quelque peuplade ancestrale avait tracé pour son usage une voie menant à la côte.

Ils s'endurcirent et acquirent une forme physique étonnante, y compris Renfort. Rankin, en particulier, était un homme neuf ; il sifflotait et chantait des airs de ses Highlands que le paysage lui évoquait.

— Ça m'va. Ouais, ça m'va. Un' goutte d'*usquebaugh* et j'appelle le roi tonton.

— Un tord-boyaux qu'on boit en Écosse, expliqua Ulf. Fait avec de l'eau de tourbe, misère de Dieu.

Le souci principal d'Adelia était Boggart qui, quand il fallait soulager les poneys et mettre pied à terre pour les mener par la bride, marchait en se dandinant légèrement, signe que la grossesse approchait de son terme. L'Irlandais le remarqua.

— Quand le bébé doit-il arriver ? demanda-t-il à Adelia tandis qu'ils chevauchaient côte à côte en compagnie d'Ulf.

— Je n'en sais rien et elle non plus. Peut-être ce mois-ci, ou le prochain.

Adelia s'aperçut qu'elle avait perdu toute notion du temps.

— Quel jour sommes-nous ?

Il repoussa sa coiffe en arrière et se passa la main dans les cheveux en réfléchissant.

— On doit pas être bien loin de la Sainte-Cécile.

Presque fin novembre. Et ils se dirigeaient vers le sud, loin d'Allie, toujours plus loin.

— Pourquoi ne pas rejoindre une route décente et plus rapide ? Pourquoi nous accrocher à ces maudites montagnes ?

Il haussa les épaules.

— Pour commencer, chère madame, il n'y a qu'une seule route dans le coin et elle mène à Toulouse, ville que nous contournons, voyez-vous, car si le convoi de la princesse a quitté Figères, ce qui est certain à présent, c'est celle qu'il empruntera et je voudrais éviter de buter dessus. Ensuite, notre destination est elle-même dans la montagne et le chemin que nous suivons est aussi rapide qu'un autre.

— Qu'importe si nous rencontrons le cortège ! Pourquoi ne pas le rejoindre ?

— Pasque, intervint Ulf avec patience, t'as après toi un ennemi, il est tapi dans les broussailles et, tant qu'il en sort pas, on prend plus de risques, s'pas, amiral ?

— Il a raison, maîtresse, enchaîna O'Donnell. Il y a trop de coïncidences fâcheuses, comme me l'a rapporté maître Ulf, et une bonne fuite vaut une victoire, comme disait ma grand-mère. Au nom de Dieu, bougresse, qu'est-ce que vous fabriquez ?

Adelia avait de nouveau chuté.

— Je suis à plat ventre, le nez dans l'herbe, grogna-t-elle. Et vous, qu'est-ce que vous fabriquez ?

Elle vit l'éclair de ses dents blanches quand il lui tendit la main pour l'aider à se redresser et, tout à coup, la coupe fut pleine. Elle était perdue dans ces limbes sur le toit du monde ; ils étaient tous perdus ; condamnés à une errance sans fin ; à y mourir.

Martelant le sol de ses poings, Adelia se laissa aller à une crise de nerfs.

— Je ne sais pas où nous sommes ! Je ne sais pas où nous allons ! Je ne veux pas être ici ! Je déteste ce maudit pays, il est barbare et je le déteste ! Je déteste tout ! Je veux ma fille ! Ô Seigneur, qu'est-ce que je fais ici ? *Je veux rentrer chez moi !*

Ce fut Mansur qui se chargea de la remettre sur ses pieds et de l'emmener à l'écart. Il l'installa sur un rocher et s'agenouilla devant elle ; il lui essuya les joues avec sa manche en la réprimandant.

— Tu es irrespectueuse. Aucun d'entre nous ne souhaite être ici, mais nous sommes entre les mains miséricordieuses d'Allah qui nous a envoyé cet homme. Sans lui, nous aurions succédé à Ermengarde sur le bûcher.

Adelia se pencha pour blottir son visage dans la laine rêche et odorante de sa cape.

— Je veux rentrer à la maison, Mansur.

— Je sais.

Il la laissa sangloter tout son saoul en lui caressant le dos et en murmurant des paroles apaisantes, comme elle-même le faisait avec Renfort quand il avait peur.

Enfin elle releva la tête. Par-dessus l'épaule du Maure, elle vit Rankin qui observait le ciel avec le plus grand intérêt. Deniz s'occupait des bêtes auxquelles il donnait leur ration d'avoine. O'Donnell le regardait faire en mâchouillant un brin d'herbe.

Boggart et Ulf la dévisageaient avec inquiétude et elle vit la gentillesse qui émanait d'eux. Hormis Ulf et ses lamentations sur la perte d'Excalibur, aucun d'eux n'avait émis la moindre plainte. Elle eut honte.

— Je suis désolée, lâcha-t-elle entre deux reniflements.

Mansur lui tapota le dos.

— Si tu t'effondres, nous nous effondrerons tous, dit-il.

Elle l'embrassa et se mit lourdement debout.

— Je ne suis pas effondrée, juste un peu chiffonnée.

Elle s'éloigna pour rejoindre O'Donnell.

— Je suis désolée, lui dit-elle. Ça ne se reproduira plus.

Il tira le brin d'herbe de sa bouche.

— Je vous ramènerai chez vous, répondit-il avec calme, mais auparavant, je dois remplir mes obligations envers Henri et sa fille, il y va de mon devoir.

— Je comprends.

— Maintenant, voici le plan. Je vous installe dans un village que je connais pendant que Deniz et moi nous rendons à Saint-Gilles. Mes navires sont là-bas, mais mes capitaines n'appareilleront pas sans que je leur en donne l'ordre.

Elle acquiesça du menton.

— Si Jeanne est arrivée, je l'embarque avec les autres pour Palerme. Si elle n'est pas encore là, je donnerai à mes capitaines des instructions pour qu'ils l'accueillent quand elle se présentera et mettent les voiles pour la Sicile. Dans un cas comme dans l'autre, je reviendrai pour vous. Qu'en pensez-vous ?

Le ciel parut plus lumineux. Un pinson chantait, comme en Angleterre. Le monde avait repris son équilibre.

— J'ai honte de moi, lâcha-t-elle.

— Inutile.

Soudain, il se dressa et s'en alla aider Deniz avec les poneys.

— C'est-y pas un être extraordinaire ? murmura Boggart.

— Certes oui, répondit Adelia, et elle le pensait. Elle sourit.

— Mais s'il mentionne encore sa grand-mère, je le tue.

CHAPITRE 11

Le château de Caronne donnait l'impression qu'un dragon s'était posé sur le sommet accidenté d'une montagne et que, fier de sa silhouette contre l'infini du ciel, il avait déployé ses ailes et s'était changé en pierre. Comme si le monstre pouvait assurer sa protection, un minuscule village était niché dans la forêt à son pied, une suite de maisons disposées en fer à cheval et bordées de pâtures si pentues que les moutons et les chèvres qui y broutaient paraissaient de guingois. Plus bas se dressait une petite église.

Au loin, les Pyrénées alignaient leurs pointes enneigées derrière lesquelles s'étendait l'Espagne.

— C'est notre destination ? s'enquit Adelia auprès de l'Irlandais. Le château ?

— En effet. Vous y serez en sécurité. Même les cathares le sont.

Elle opina de la tête. Une forteresse. Elle avait toutefois la certitude désormais que les cathares n'étaient en sécurité nulle part, et cette éminence était repérable à des lieues. Elle devina l'œil inquisiteur de l'Église exterminatrice de cathares qui pivotait, s'arrêtait, observait ses victimes grimpant vers le château, et se plissait en œillade menaçante.

Peut-être était-il puissamment protégé.

Qui plus est, ils arrivèrent dans le village avec l'aube, ce qui rappela aux cinq ex-prisonniers leur entrée dans Aveyron ; les coqs chantaient, les volets claquaient, les curieux s'interpellaient pour aller voir ce qui se passait dehors.

Mais cette fois, les exclamations se firent joyeuses. « Don Patricio ! Regardez, c'est Don Patricio ! » Des enfants se précipitèrent à leur rencontre en criant le nom de l'Irlandais. Saluant ses admirateurs de la main, il conduisit son petit cortège le long de la rue principale, puis par des ponts sur des torrents et des passages voûtés moussus et croulants jusqu'aux portes entrouvertes du château donnant sur un hall plongé dans la pénombre.

— Don Patricio ! C'est Don Patricio !

Attirée par les cris des enfants, une femme dont la poitrine nue était cachée par sa seule chevelure, longue, noire et splendide, apparut sur un balcon et s'égaya à la vue de l'Irlandais.

— Te voilà, Patrick ! Où est ma soie ?
— Pas cette fois, ma belle. Où est ton mari ?

D'après la langue qu'ils employaient tous deux – une version particulière de l'occitan à peu près incompréhensible –, Adelia se rendit compte qu'ils se trouvaient en pays catalan, lequel s'étendait de part et d'autre des Pyrénées et sur les montagnes elles-mêmes. Les Catalans se considéraient comme une nation distincte de la France, de l'Espagne et de l'empire Plantagenêt, mais c'était des Français qu'ils se défiaient le plus.

— L'est passé à la Saint-Michel, hélas ! répondit la femme.

Le veuvage ne semblait pas la consumer de chagrin ; un jeune homme sortait de la chambre derrière elle en reboutonnant à la hâte sa soutane.

— Descends donc, Fabrisse, lui lança O'Donnell. J'ai des réfugiés pour toi.

La femme s'exécuta avec une lenteur étudiée, sûre de son effet, exhibant des jambes superbes par l'entrebâillement de la cape dans laquelle elle s'était enveloppée.

— Mesdames et messires, je vous présente la comtesse de Caronne, déclara O'Donnell.

— Comtesse douairière, corrigea celle-ci, et tous les amis de Don Patricio sont les bienvenus. Vous voudrez bien excuser le comte lui-même. En ce moment, il est dans son berceau et il dort.

Elle était belle à damner un saint, les pommettes hautes, des yeux noirs en amande ; elle étudia les guenilles de ses invités d'un regard amusé tandis que les présentations étaient faites, levant un sourcil devant Renfort, notant avec satisfaction la grossesse de Boggart, et s'attardant particulièrement sur Adelia.

— Avez-vous des bagages ? demanda-t-elle, et la réponse fut négative. Dans ce cas, nous allons voir ce que nous pouvons faire pour vos vêtements ; ils seront en chanvre, malheureusement, cet homme...

Elle exhiba des petites dents blanches dans une grimace à l'adresse de l'Irlandais.

— ... ayant négligé de me rapporter ce que je lui avais demandé. Mais pour l'instant, place au petit déjeuner. *Thomassia !* glapit-elle.

Un autre hurlement lui répondit, venant de quelque part à gauche.

— *Quoi ?*

— Petit déjeuner pour sept, dont deux à monter dans le solier.

Elle battit des paupières en regardant O'Donnell.

— Où tu pourras tout me raconter.

Ils sont amants, pensa Adelia, et elle ressentit un soulagement étrange, bien qu'elle ne sût pas au juste pourquoi. Qu'il fût coureur de jupons en sus de ses multiples facettes le classait dans une catégorie bien identifiable : celle des aventuriers, dotés sans doute d'une femme dans chaque port, ce genre de femme à la cuisse légère.

Désormais, je vais me sentir à l'aise avec lui.

Le repas fut plantureux : fromage et lait de chèvre, jambon, saucisses, truites fumées, pain frais venant du village à tremper dans l'huile d'olive, vin aux herbes aromatiques, figues confites – les branches du figuier où elles avaient été cueillies encadraient la fenêtre des cuisines et certaines s'étaient faufilées par les ouvertures. Le service était assuré par Thomassia, une jeune femme courtaude que son babil incessant en patois catalan faisait paraître acariâtre mais qui en réalité semblait les encourager à manger en tirant leur manche vers les assiettes en bois. Elle s'esclaffa à la vue de Renfort, une race de chien qu'elle n'avait jamais rencontrée – comme tout le monde –, et elle le gava de restes jusqu'à ce qu'il demande grâce.

Mansur était celui qui bénéficiait le plus de l'attention de Thomassia, qui tendit à plusieurs reprises la main vers lui.

— *S'endevi – ina, s'endevi – ina, contacontes.*

— Qu'est-ce qu'elle me veut, celle-là ?

— Il me semble, répondit Adelia, qu'elle te demande de lui dire la bonne aventure.

Mansur fut offusqué.

— Je n'ai rien à voir avec ce genre de charlatans !

— *Moi*, j'vais la lui donner, la bonne aventure.

Rankin se dressa au-dessus de la table et saisit la main de Thomassia. Il ne l'avait pas quittée des yeux, même quand il était occupé à s'empiffrer.

— Dites-y qu'elle est un ange du ciel, vérité vraie, et que c'festin y manque de *parritch*. Dites-y qu'elle rencontrera un bon mari.

Adelia fit de son mieux.

— Qu'est-ce qu'un *parritch* ? demanda-t-elle à Ulf à voix basse.

— Une bouillasse d'avoine écrasée. Il m'en a fait manger une fois. Pas deux.

Quand ils furent repus, ils retournèrent dans le hall où ils furent frappés par un fait dont ils n'avaient pas pris conscience à leur arrivée, soulagés qu'ils étaient de se trouver enfin en lieu sûr : une pauvreté dont ne témoignait pas le repas qu'ils venaient d'honorer. L'ameublement était rare, usé, parfois déglingué. Le dallage était disjoint, l'herbe poussait entre les pierres. Les fissures dans le mur avaient été bouchées à la hâte, d'autres pas du tout, laissant filtrer des traits de soleil.

Ils s'aperçurent également que les écuries devant lesquelles ils passaient étaient vides et que les serviteurs se limitaient à Thomassia.

Étonnant pour une place forte d'un comté.

Adelia se rappela le mépris que professait Henri Plantagenêt pour les pays qui, comme celui-ci, maintenaient le principe du partage équitable du legs entre les héritiers.

En Angleterre, la loi normande pratiquait le droit d'aînesse, et le premier mâle reconnu héritait de la totalité. « La primogéniture oblige les puînés à quitter le nid et à se retrousser les manches pour assurer leur existence, lui avait dit le roi. Les domaines restent intacts, le système féodal est préservé, un seigneur est un seigneur, c'est tout. » Il avait ajouté ce qui importait le plus à ses yeux : « Et les impôts sont plus faciles à lever. »

Diviser les domaines, les subdiviser pour la génération suivante et ainsi *ad infinitum* signifiait, disait-il, qu'« un pauvre couillon finit avec un titre, quelques champs, et à peine un chiffon pour s'essuyer le derrière ».

Il fallait sans doute voir dans le comte de Caronne qui reposait dans son berceau un seigneur de cette espèce.

Si bien que nous sommes vulnérables, songea Adelia, *car la misère de ces montagnards les rend vulnérables.*

Les cathares ne seraient pas en sécurité dans un tel endroit, pas même les chrétiens qui les toléraient ; ils auraient tout à craindre des ennemis omnipotents qui les cernaient. On pouvait se croire à l'abri, mais Adelia savait que c'était une illusion.

À l'étage, dans une chambre sur un mur de laquelle les armes des Caronne étaient gravées, la comtesse s'assit dans le lit défait, attentive, le regard braqué sur O'Donnell qui, debout devant la fenêtre face à un panorama grandiose, rapportait ses aventures.

— Tu as pris un risque en la secourant, lui dit-elle quand il eut terminé.

Il ne se retourna pas.

— J'ai pris un risque en les sauvant tous.

— Elle.

Il émit un grognement, à moitié un rire.

— C'est si évident que ça ?

— Pour moi, oui.

Il tapa du poing sur le rebord de la fenêtre épais de deux pieds.

— Pourquoi ? Tu peux me le dire ? Pourquoi, entre toutes les femmes… ? Elle n'a rien d'attirant, est têtue comme une mule et n'a d'yeux que pour son maudit évêque.

La comtesse haussa ses blanches épaules.

— Ça arrive. Pas à moi, merci, Sainte Vierge, mais ça arrive.

— Je n'aurais jamais cru.

Il alla s'asseoir à côté d'elle sur le lit.

— Prends soin d'elle, Fabrisse. Deniz et moi partons demain.

— Compte sur moi.

Il l'embrassa.

— C'est un médecin compétent, au cas où tu tomberais malade. Trente personnes de la suite de la princesse ne seraient pas en vie aujourd'hui si elle ne les avait pas tirées hors de leurs cercueils. Et elle a un sourire à éclairer le soleil.

— J'ai dit que tu pouvais compter sur moi.

— Mes condoléances, pour ton mari...

Elle hocha la tête avant de couvrir son superbe corps d'une blouse rapiécée.

— Il était vieux.

— Tu comptes te remarier ?

— C'est possible ; il faut voir qui se propose.

— En attendant...

— En attendant.

Ils échangèrent un sourire. Comme elle se penchait pour attraper ses sabots, il lui donna une tape sur le derrière.

— C'est quand même toi la plus belle femme que j'aie jamais rencontrée, dit-il.

— Je sais.

Elle le poussa vers la porte.

— De la soie. Le prix vient d'augmenter. Je veux de l'*orfroi*, avec des fils d'argent dans la trame. Un chevalier articulé en bois pour Gervais quand il aura grandi, et une cape pour Thomassia – la laine anglaise est meilleure. Et un poêlon neuf. Et nous n'avons plus de cumin...

Elle poursuivit son énumération en l'accompagnant dans l'escalier, le bras passé autour du sien.

Adelia avait tiré le lait de trois chèvres pendant que Thomassia et la comtesse douairière en avaient trait dix chacune. La bise s'infiltrait dans la bergerie – il y avait en permanence du vent à ces altitudes –, mais l'activité et la cape dans laquelle elle était emmitouflée la tenaient au chaud. Elle était assise sur ses talons, sans que son épaule fût trop douloureuse. Il y avait du progrès. Du progrès également dans ses prouesses en matière de traite. Les deux autres avaient été étonnées quand elles l'avaient vue considérer les pis des chèvres avec un intérêt scientifique qui entraînait une méthode de traite totalement inepte.

— Vous n'avez jamais tiré le lait de quoi que ce soit ?

— Ça ne faisait pas partie de mon cursus académique.

Qu'elle ait fréquenté l'école, et une école de médecine par surcroît, les épatait tout autant. La comtesse savait signer de son nom, Thomassia même pas.

Adelia aurait préféré rester discrète sur sa formation universitaire, mais les bavardages de l'Irlandais l'avaient dévoilée. Elle craignait que l'information ne se répande.

— J'ai dû apprendre que, hors de la Sicile, les termes « femme médecin » et « sorcière » sont synonymes.

— Non, non, la rassura Fabrisse. Personne ne vous trahira. Nous n'avons aucun contact avec les autorités.

Il apparut que Caronne constituait une étape sur une route clandestine pour les Catalans dans les Pyrénées sur laquelle transitaient toutes sortes d'individus que l'Église pourchassait, emprisonnait, ou pis. Adelia et ses amis faisaient partie d'une succession de contrebandiers, de parfaits cathares, de mages sarrasins itinérants et autres excentriques auxquels Caronne offrait refuge, profitant d'une position géographique singulière qui interdisait les indiscrétions. Quand le collecteur d'impôt de l'évêque de Carcassonne s'aventurait dans la montagne pour récolter la dîme – on l'attendait d'un jour à l'autre, les vigies étaient en place –, les villageois se précipitaient pour emporter troupeaux et réserves de blé au fin fond de la forêt, en espérant que le soupçon ne naisse pas devant le manque de bêtes dans les bergeries et de sacs dans les greniers. Et cela en dépit du fait que le refus de payer la part de l'évêque signifiait, selon l'Église, la damnation éternelle.

Fabrisse, catholique vénérant la Vierge Marie, ne voyait pas de raison d'accorder sa confiance à ceux qui administraient sa religion et qui en détournaient les principes. Elle comptait de nombreux cathares parmi ses amis au village, et même si elle déplorait la perte d'influence que connaissait son dogme dans la région, elle ne les aurait pas plus dénoncés qu'elle n'aurait eu l'idée de balancer son enfant chéri par-dessus les remparts. Ils étaient tous emprisonnés dans un front uni d'égale pauvreté.

— Le comte disait qu'il ne devait rien à un collecteur qui se présentait sur une splendide monture, accompagné d'inspecteurs mieux vêtus qu'il ne l'était lui-même. Jésus nous enseigne de rendre à César ce qui appartient à César, mais Il n'avait pas prévu que Sa propre Église se comporterait comme César.

C'était là une opinion partagée par l'ensemble de la communauté. Alors qu'Adelia et Fabrisse traversaient un soir la place du village pour apporter un onguent de poitrine au fenouil pour Na Roqua, la vieille amie cathare de la comtesse, Adelia entendit des hommes qui discutaient de l'impôt sur la viande à devoir sous peu.

— Pourquoi devrions-nous donner autant d'agneaux à l'évêque ? demandait l'un d'eux.

La question, manifestement rhétorique, était posée chaque année à la même époque.

— Ne payons rien, fit une autre voix. Débarrassons-nous de l'évêque à la place.

— Vous voyez ? dit Fabrisse tandis que des rires gênés s'élevaient. Vous êtes en sécurité ici. Vous n'avez rien à craindre.

Elle est si confiante, que Dieu la protège. Mais j'ai vu brûler vive Ermengarde ; pas elle. Pourtant, elle a raison, je dois arrêter d'avoir peur, je suis lasse d'avoir peur.

Malgré tout, elle ne put s'empêcher de s'enquérir de la loyauté du curé du village.

— Il gardera le silence sur nous, sur vous, sur les cathares ?

— *Lui ?*

Les sourcils parfaits de la comtesse s'étaient dressés pour former une arche moqueuse. Les péchés de la chair que commettait le prêtre assuraient à la fois de sa discrétion et de sa collaboration, ses services auprès des femmes seules de Caronne ne se limitant pas aux messes qu'il célébrait dans son église.

Adelia commençait à fortement apprécier la comtesse douairière ; en vérité, elle n'avait jamais rencontré un tel personnage auparavant. Il y avait en elle une saine franchise qui empêchait Adelia de la ranger dans la catégorie des femmes faciles ; pareil pour son mépris des règles édictées par les hommes. Sans mari pour l'instant, elle avait certains besoins et ne s'en cachait pas. Pourquoi s'interdire de les satisfaire ? Elle était allée chercher le jeune curé dans son église et l'avait fourré dans son lit comme d'autres utilisaient une brique chaude pour se réchauffer les pieds. (Adelia se demanda si, lorsque Fabrisse se confessait, le prêtre l'absolvait pour un péché qu'ils avaient commis ensemble.)

Cependant Adelia ne parvenait pas à se départir de son angoisse.

— Oui, *lui*. Le père Alain ne peut-il pas signaler notre présence à son évêque ?

— Non, je vous le promets. De toute façon, Patricio s'est porté garant de vous auprès de nous.

— Vous lui faites confiance à ce point ? ne put s'empêcher de demander Adelia.

— Bien sûr. Pas vous ?

— Si, si, c'est juste que… il a risqué sa vie pour nous et je ne sais toujours pas pourquoi.

La comtesse dévisagea Adelia un instant.

— Ah bon ? dit-elle enfin. Dans ce cas, je ne peux rien pour vous.

À Caronne, tout le monde, noble ou paysan, travaillait de ses mains. Fabrisse avait beau être comtesse, elle ne trouvait pas infamant d'aller chercher de l'eau au puits dans des jarres qu'elle portait sur le crâne, comme les autres, ou de débiter son bois, ou encore de faire sa lessive dans un ruisseau en contrebas du château. Thomassia et la comtesse étaient servante et maîtresse, pourtant toutes deux se rendirent ensemble à une réunion en soirée qu'organisait Na Roqua sur la terrasse de son toit, pendant laquelle elles et plusieurs femmes du village filaient ou se coiffaient mutuellement avec des peignes à lentes – un signe d'amitié – tout en commentant les nouvelles.

Adelia se rendit compte que les femmes menaient une existence plus rude que leurs hommes, qu'elles s'échinaient autant qu'eux sans aucune reconnaissance, la moindre récrimination étant balayée ou accompagnée à l'occasion d'une gifle. Elles ne se plaignaient pas, cela faisait partie des mœurs, mais, apparemment, elles s'épanouissaient avec le veuvage, or la plupart des habitantes de Caronne vivaient plus longtemps que leurs maris. Na Roqua, l'amie de Fabrisse, et Na Lizier, sa voisine, avaient créé leur commerce après le décès de leurs époux respectifs et dirigeaient à présent leurs enfants et petits-enfants comme les matrones qu'elles étaient devenues. Adelia avait de l'admiration pour elles.

Boggart et Adelia aidaient Fabrisse et Thomassia dans leurs tâches quotidiennes. Elles entreprirent les interminables préparatifs de Noël, que tout le village célébrait par un banquet au château, catholiques et cathares ensemble, que leurs vues sur la naissance du Christ convergent ou pas.

Mansur, Ulf et Rankin passaient leur temps avec les bergers et leurs troupeaux – occupation exclusivement masculine – ou exerçaient leurs divers talents à tenter de restaurer ce qui pouvait l'être dans la forteresse délabrée.

La pratique de ces activités eut tôt fait de rendre aux anciens captifs une bonne partie de ce que l'évêque d'Aveyron leur avait enlevé. Rankin, en particulier, se sentait comme chez lui. « Comme les Highlands sans c'te garce de pluie », telle était sa description du pays, bien qu'il apparût que, pour lui, une grande partie de son attrait pour Caronne résidait dans les liens d'amitié de plus en plus étroits qu'il tissait avec Thomassia.

Nous nous intégrons, songeait Adelia, *ce lieu merveilleux et singulier nous a adoptés dans son giron*. Tout comme elle l'adoptait volontiers dans le sien. O'Donnell, qui devait venir les récupérer, ne se montrait toujours pas et la neige menaçait de tomber à tout instant désormais, les coupant du reste du monde.

La nuit, en pensant à Allie, elle se demandait combien de temps cette idylle allait durer, combien de temps elle souhaitait qu'elle dure.

Au matin de la veille de Noël, les femmes étaient en train de préparer le festin pour le lendemain dans une cuisine festonnée de poules, de canards et d'oies attendant d'être embrochées, quand Mansur surgit dans l'encadrement de la porte.

— Il y a un problème au village.

Adelia lâcha l'ustensile avec lequel elle broyait des châtaignes pour la *torche aux marrons*[1], version locale du pudding anglais. Son regard croisa celui de Boggart et elle y lut la même terreur. *Ils sont revenus nous chercher*. Accompagnées de Thomassia, Fabrisse, son bébé dans le dos, et Renfort sur leurs talons, elles se précipitèrent dehors et entendirent des cris venant de la montagne.

Pas eux, mon Dieu, faites que ce ne soient pas eux.

On aurait cru qu'on égorgeait quelqu'un. Pas du tout ; en arrivant sur place, ils découvrirent Na Roqua sur sa terrasse qui invectivait Na Lizier

---

1. En français dans le texte.

dressée sur la sienne, laquelle beuglait en retour des insultes par-dessus l'étroite allée qui séparait leurs maisons.

Ce n'est qu'une querelle entre bonnes femmes. Merci, Seigneur, merci.

Une petite foule de curieux s'était rassemblée pour observer la scène et Fabrisse dut jouer des coudes.

— *Sancta Maria*, que se passe-t-il par ici ?

— Reculez ! s'exclama Na Roqua. N'entrez pas dans l'allée et regardez ce qu'il y a au milieu.

La lumière chiche du petit matin n'avait pas encore atteint le passage et Fabrisse dut scruter la pénombre pour découvrir ce que sa vieille amie lui montrait. Adelia se joignit à elle et parvint à distinguer le corps d'un grand bouc qui gisait sur le sol, la tête tordue dans un angle insolite.

— Elle l'a tué ! hurla Na Roqua. Cette sorcière jalouse l'a attiré sur sa terrasse et l'a balancé de là-haut !

— Je ne l'attirerais même pas en enfer ! repartit Na Lizier sur le même ton. Qui est d'ailleurs l'endroit d'où il vient ! Je n'ai jamais touché ce monstre !

— Oh si, bien sûr que si. Regarde, regarde, tu ne vois pas de traces de sabots dans l'allée. Il est tombé du ciel, peut-être ? Tu l'as poussé.

— Non, c'est faux.

— Sainte Mère, murmura Fabrisse, c'est Auguste.

Adelia avait fait la connaissance d'Auguste ; une déchirure dans la manche de sa nouvelle robe en chanvre le prouvait. Le bouc était la joie et la fierté de Na Roqua, mais une nuisance pour tous les autres. Il vagabondait où bon lui semblait, dévorait tout ce qui était à sa portée et cherchait à copuler avec tout ce qui possédait un orifice adéquat. (Ce n'était pas par hasard que le bouc devait son nom au prénom chrétien de l'évêque de Carcassonne.) Que l'animal n'ait pas connu une fin plus précoce tenait au fait que les villageois craignaient plus Na Roqua que son bouc.

Ça ressemblait bien à une scène de meurtre ; Na Roqua avait raison, il n'y avait pas d'empreintes de sabots dans l'allée, et Auguste ne s'y était certainement pas aventuré. Adelia parvint à garder son sérieux.

— Quel soulagement, dit-elle à voix basse, j'ai cru que c'était plus grave.

Les traits de la comtesse ne montraient aucune trace d'amusement ; elle était livide.

— C'est très grave. Non seulement la fête de Noël va être gâchée, mais ça va entraîner un conflit susceptible de durer des années.

— Pour un *bouc* ?

— Ce sont mes gens, Adelia. Je les connais, et si je vous dis qu'une brouille entre les Roqua et les Lizier...

Elle avait débuté ; parmi les badauds, un petit-fils Lizier avait émis un commentaire défavorable pour Na Roqua et se voyait réprimandé par un fils de celle-ci.

— Faites quelque chose, lâcha Fabrisse.
— Moi ?
— Oui, vous. C'est vous le fameux médecin. Ulf prétend que vous levez les mystères. Résolvez celui-là.

Les yeux plissés, Adelia observa le premier rang de la foule où se tenaient Ulf, Mansur et Rankin qui contemplaient l'échauffourée avec intérêt.

— *Et débrouillez-vous pour le résoudre sans qu'il y ait de coupable*, ajouta Fabrisse dans un chuchotement.

Elle avança d'un pas et éleva la voix afin de couvrir le chahut qui enflait.

— Écoutez-moi ! *Écoutez-moi !*

Le silence se fit aussitôt ; la comtesse douairière était peut-être vêtue de guenilles, elle n'en restait pas moins l'autorité de Caronne. Elle saisit Adelia par la manche et l'exhiba comme si elle était un poisson au marché.

— Voici quelqu'un qui est capable de percer cette énigme. Cette dame est une maîtresse dans l'art de la mort. Patricio me l'a confié. Il m'a dit que les morts lui parlaient.

Le silence s'éternisait ; puis un fils Roqua le rompit.

— Ça signifie qu'Auguste va lui raconter ce qui s'est passé ?

— Oui, répondit Fabrisse.

— Pour l'amour du Ciel... grommela Adelia.

— Je m'en fiche, grinça la comtesse.

— Mais je ne sais rien sur les boucs !

— Je m'en fiche. C'est pour ça que la Sainte Vierge vous a envoyée parmi nous.

C'était ça la raison ? Ridicule. Na Roqua et sa famille étaient cathares, Na Lizier et la sienne catholiques. Deux confessions cohabitaient sans heurts, alors que la mort d'un bouc pouvait provoquer une guerre. Et Fabrisse, qui connaissait la population bien mieux qu'Adelia, était vraiment inquiète qu'elle n'éclate.

Ô Seigneur, que faire ? Je me sens obligée envers cette femme, envers le village tout entier, d'établir la paix. D'une façon ou d'une autre.

Mais un *bouc* ?

Pour autant, on ne refaisait pas Adelia ; s'il y avait une vérité à découvrir, elle allait la trouver, qu'importent les conséquences. La mort était son domaine. Pour la première fois depuis belle lurette, elle devait exercer son métier.

Elle se dégagea de l'emprise de la comtesse et se dirigea vers la porte de la maison de Na Roqua. Elle fut agressée par une puissante odeur de bouc quand elle y pénétra. (Quand Auguste ne divaguait pas dehors, il partageait le logis de sa maîtresse.)

Les volets étaient clos pour protéger du vent, comme partout dans Caronne. Ce qui signifiait que les villageois vivaient dans une semi-pénombre seulement éclaircie par le feu.

Adelia examina la marche de la porte basse avant d'ouvrir les volets afin de bien distinguer le sol de la pièce. Elle emprunta l'escalier, étudiant chaque marche en montant. De la chambre à l'étage, elle grimpa encore pour débouler sur la terrasse ; les regards de Na Roqua et de la foule en contrebas pesaient sur elle avec une expectative intimidante.

Elle redescendit au rez-de-chaussée dans la cuisine, dans laquelle Na Roqua, n'ayant nul besoin de fourneaux car sa belle-fille la pourvoyait en nourriture, exerçait son activité de cardage de laine.

Un côté de la pièce était occupé par la laine de mouton et sentait fort le suint, même si Adelia, en humant bien, pouvait percevoir des effluves de bouc. Une rangée d'étagères supportait un métier à carder et des peignes, quelques-uns gisant à terre.

Elle passa si longtemps à examiner les lieux que, quand enfin elle émergea à l'extérieur, la populace s'impatientait.

— Auguste peut pas vous raconter grand-chose là-dedans, fit remarquer quelqu'un, et il y eut une rumeur d'approbation.

— Sainte Mère de Dieu, c'est sur l'animal que vous êtes censée enquêter, lui dit Fabrisse avec sérénité avant d'élever la voix à l'adresse des villageois : Du calme. Elle écoute Auguste. Elle suit ses derniers pas.

Adelia les ignora tous. Elle traversa l'allée pour se rendre en face, chez Na Lizier.

Impossible de déduire quelque chose de la marche de l'entrée, trop de pieds l'avaient foulée. En revanche, l'escalier... Seule Na Lizier l'avait pris ce jour-là à en juger par les profondes marques de ses galoches dans la poussière. Non, bon sang, il y avait aussi de petites empreintes d'un animal à sabots.

Na Lizier avait menti.

Ah, mais... voilà qui était intéressant ; les traces, certaines couvertes par celles d'une semelle, montraient que la bête s'était traînée en montant. Elles disparaissaient avant la terrasse, comme si on les avait grossièrement effacées avec un chiffon. Na Lizier avait-elle empoisonné Auguste ? Ou essayé de l'étrangler, si bien que la pauvre bête s'était hissée sur la terrasse pour lui échapper ? Ou pour trouver de l'air frais ?

Hmm.

Adelia ressurgit dans la lumière du jour et claironna un ordre.

— Emportez la dépouille au château. Je vais écouter ce qu'Auguste a à raconter.

Elle se sentait idiote et malhonnête, mais elle était très satisfaite de pratiquer une autopsie sur ce satané bouc – *et Dieu sait que je ne trouverai rien.* Pour cela, elle avait besoin de tranquillité ; Na Roqua aurait du mal à considérer le charcutage de son animal favori comme une manière de l'« écouter ». De plus, la salle du château possédait une grande table en pierre.

On aurait pu se croire aux obsèques d'un héros. Sous le regard consterné de Na Roqua, Auguste fut déposé cérémonieusement sur une couverture que quatre hommes du clan Roqua saisirent chacun par un coin et hissèrent à hauteur d'épaule. Ils le transportèrent le long du chemin en gradins qui traversait le village. Dans leur sillage, la famille Lizier suivait en traînant les pieds.

Quand ils arrivèrent dans la grande salle du château, Adelia se tourna vers Ulf, Rankin et Mansur.

— Allumez quelques chandelles et flanquez tout le monde dehors. Vous restez, je peux avoir besoin de vous.

Na Roqua voulait être présente et il fallut que Fabrisse la convainque que seuls ceux qui étaient en communion avec les âmes des défunts pouvaient mener à bien l'opération.

— Mais j'ai toujours été en communion avec l'âme d'Auguste !

— Et il s'est ouvert à vous depuis qu'il est mort ? Non. Il ne parlera qu'à une maîtresse dans l'art de la mort. En confidence.

— Mais vous, vous restez bien ! fit remarquer Na Roqua.

— Oui, mais je suis chez moi. Filez, maintenant.

Thomassia fut investie de la mission de raccompagner la vieille femme et de la consoler en attendant le verdict.

Quand les portes furent closes et la lumière faite, Rankin et Ulf hissèrent le bouc sur la table tandis que Boggart était envoyée aux cuisines y quérir le couteau le plus affûté qu'elle pouvait trouver.

Avec hésitation, Adelia tâta le cou d'Auguste puis le reste de son corps. La rigidité cadavérique ne s'était pas encore manifestée, ce qui signifiait, en supposant qu'elle obéisse aux mêmes lois chez les boucs que chez les hommes, que le décès était récent.

Comme Na Roqua assurait qu'Auguste était vivant quand elle était montée se coucher, le drame s'était produit au cours de la nuit.

Il serait intéressant de savoir si l'animal s'était tué dans sa chute ou s'il était mort avant. Cette dernière hypothèse commençait à la séduire.

Les trois hommes discutaient entre eux et se creusaient la tête pour imaginer les raisons qui expliqueraient la mort du bouc et qui contenteraient Na Roqua sans incriminer Na Lizier.

— Un gros aigle l'a attrapé et l'a laissé tomber dans l'allée.

— Un aigle qui se respecte ne s'abaisserait pas à le toucher. Non, il a pété, s'est envolé et s'est écrasé par terre.

Adelia ne réagit pas. Elle prit le couteau des mains de Boggart et se demanda par où elle devait commencer.

Ulf sourit.

— Des boucs, hein ? « Ils sont tombés les héros. »

— Tais-toi, répliqua-t-elle, tu me déconcentres avec ton bavardage. Maintenant, les hommes, chacun une patte... comme ça, et on le retourne sur le dos.

Tandis que Rankin tenait en l'air la longue barbiche infestée de puces du bouc, Adelia pratiqua une incision juste en dessous du menton. Elle n'eut pas à couper bien loin avant de découvrir ce qui avait tué Auguste. Il avait la gorge obstruée par quelque chose.

Elle retira l'objet qu'elle déposa sur la table à la lumière d'une chandelle.

— Qu'est-ce diable que cela ?

— Je n'en sais rien. On dirait de la laine de mouton.

Adelia utilisa la pointe du couteau pour défaire le conglomérat. Il y avait du bois mâché et des pointes qui ressemblaient à des clous.

— Na Lizier l'a donc bien assassiné, déclara Mansur. Elle a étouffé ce monstre.

— Hmm.

Adelia posa son couteau et se mit à faire les cent pas, tentant de faire coller ses observations avec ce qu'elle avait vu lors de son inspection des deux maisons.

— Alors ? s'enquit enfin Fabrisse. Qu'allons-nous raconter à ces deux pauvres vieilles qui ne déclenche pas une guerre ?

Adelia s'était fait son opinion.

— La vérité. Elles sont toutes deux coupables.

Une fois que l'incision eut été cousue avec soin et dissimulée sous la barbiche bien peignée, Na Roqua, Na Lizier et le reste du village furent invités à pénétrer dans la grande salle.

— Auguste m'a rapporté ce qui lui était arrivé, déclara Adelia à haute et intelligible voix. Vous, Na Roqua, avez laissé ouverte la porte de votre atelier de cardage la nuit dernière...

— Non, c'est faux ! s'exclama Na Roqua. Je la ferme toujours.

— Pas hier soir, c'est ce que m'a dit Auguste.

La vieille femme se renfrogna.

— Ma foi, c'est possible...

— Et Auguste y est entré et s'est mis à manger la laine de vos moutons.

— Ça peut pas l'avoir tué, rétorqua Na Roqua. Auguste avale n'importe quoi.

— Il a également mangé au moins un peigne à carder, poursuivit Adelia sans se laisser démonter. Et les dents se sont accrochées à la pelote de laine qui s'est prise dans la gorge d'Auguste, l'empêchant d'avaler. Affolé, il s'est précipité dehors et il est entré à l'aveuglette chez Na Lizier. Votre porte n'est pas fermée au loquet, n'est-ce pas ?

Na Lizier haussa les épaules. Personne à Caronne ne se préoccupait de verrouiller chez soi. Pour se protéger de qui ?

— Toujours suffocant, Auguste s'est engagé dans l'escalier. L'exercice a fait que les dents du peigne se sont accrochées plus fermement encore, bloquant la pelote dans sa gorge, si bien qu'il agonisait en atteignant la terrasse. Auguste m'a confié que Na Lizier l'a trouvé mort quand elle est montée ce matin, et que, effrayée à l'idée d'être accusée par Na Roqua de l'avoir tué – ce qui s'est vérifié –, elle a balancé son corps dans l'allée. Il ne vous en veut pas pour ce geste, Na Lizier, et à vous non plus, Na Roqua, d'avoir négligé de fermer la porte de l'atelier hier soir. Il espère que vous allez redevenir les amies que vous êtes depuis toujours.

Il y avait autant de spéculation que de déduction, mais elle ne pouvait pas mieux faire.

Le silence régnait dans la salle, seulement rompu par un début de ronchonnement venant du comte de Caronne, attaché dans le dos de sa mère, qui voulait son repas.

Le suspense était terrible.

La canne de Na Roqua martela le sol dallé tandis que la vieille femme s'avançait d'un pas lourd vers Na Lizier.

— Je te présente mes excuses.
— Je te présente les miennes.

Elles tombèrent dans les bras l'une de l'autre.

Dans une ambiance générale de gaieté, Fabrisse prit Adelia par l'épaule.

— Bravo, vous nous sauvez.

Les fils Roqua enlevèrent la dépouille d'Auguste qui allait avoir droit à une inhumation décente.

Na Roqua les suivit. Avant de sortir, elle s'arrêta devant Adelia et planta son regard dans le sien.

— Auguste vous a-t-il dit quel corps il habitait à présent ?

— Euh, non, je ne crois pas.
La matrone soupira.
— Vous auriez dû lui demander.

Si la résolution de l'énigme de la mort d'Auguste était anecdotique comparée à d'autres enquêtes qu'Adelia avait menées, elle était de première importance pour l'équilibre de la communauté et, au cours de la célébration de Noël qui s'ensuivit, elle fut fêtée comme une héroïne.

Les hommes des clans Roqua et Lizier lui offrirent avec reconnaissance, ainsi qu'à ses compagnons, de magnifiques manteaux de laine ; elle dut lever son gobelet et le boire en réponse aux dizaines de toasts qu'on lui adressait et une couronne de laurier fut posée sur sa tête. Enfin, après trois heures de ripaille, appuyée, voire vautrée parfois sur le bras de Mansur – le Maure, à qui sa religion interdisait l'alcool, était le seul de l'assemblée à être sobre –, Adelia fut installée dans un fauteuil sur l'estrade pour admirer la danse que menaient les villageois autour du grand feu de joie que Rankin et Ulf avaient construit pour l'occasion.

Les visiteurs étaient incapables de se joindre à la ronde : les danseurs tapaient du pied et bondissaient – les hommes autour du feu, les femmes et les enfants derrière eux, en petites grappes fringantes – selon un pas trop compliqué pour les non-initiés.

La musique était assurée par des flûtes de Pan mais, soudain, une explosion éclata tandis que Prades, le forgeron, soufflait dans un instrument d'aspect effrayant qui ressemblait à une énorme vessie de cochon encore pourvue de ses tuyaux. La plainte qu'il en tira était si puissante qu'on aurait pu l'entendre à trois lieues de distance. Adelia tressaillit. *Ils vont entendre. Ils vont venir.* Elle se ressaisit. *Ce bruit appartient à la montagne. Pourquoi se dérangeraient-ils ?*

— Oh, misère, dit Ulf, la cornemuse.

Rankin, qui se prélassait sur l'estrade, blotti contre la joue de Thomassia, à moitié assommé par le vin, fut tout à coup sur ses pieds.

— Z'entendez ça ? Par tous les saints, d'la cornemuse. D'la cornemuse ! Chuis d'retour chez moi.

Il se rua sur Prades tel un mort de soif vers une fontaine et l'agrippa par le bras en suppliant.

— Il va pas le faire, si ? grogna Ulf. Oui, il va nous jouer de la cornemuse. Nous sommes maudits.

Pour la première fois depuis une éternité, Adelia se mit à rire.

La neige dont Adelia craignait qu'elle n'empêche O'Donnell d'arriver ne tomba pas, mais l'Irlandais ne réapparut pas pour autant. À la place, un parfait cathare débarqua dans le village pour y répandre la bonne parole.

— Ô mon Dieu, dit Adelia quand elle l'apprit. Il va vous mettre en danger.

Le « vous » lui semblait à présent aussi important que le « nous ».

— Vous arrêtez, maintenant ? répliqua Fabrisse avec lassitude. Nous avons des guetteurs qui surveillent les abords. Nous connaissons frère Pierre, un brave homme. Il est chez Na Roqua si vous voulez l'écouter.

Adelia consulta les autres.

— Nous devrions y aller, déclara Mansur. Peut-être a-t-il des nouvelles de sœur Aelith.

La pensée de la pauvre orpheline pourchassée les hantait.

Ils ne rencontrèrent pas le parfait, pas ce jour-là ; ils en furent empêchés par la foule qui se pressait dans la maison de Na Roqua, et même par ceux qui écoutaient à l'extérieur la voix de frère Pierre qui leur parvenait par les fenêtres. Il faisait la lecture de la Bible cathare en patois catalan afin que tout le monde puisse recevoir le message du Christ dans sa langue plutôt que dans le latin que déclamaient les prêtres.

Adelia s'était rendu compte que les habitants de Caronne, bien qu'illettrés, étaient passés maîtres dans l'art du débat, en particulier sur des sujets théologiques ; questions et réponses allaient s'enchaîner jusque tard dans la nuit.

Adelia laissa ses camarades écouter le discours et retourna au château, Renfort sur ses talons ; en franchissant le pont, elle affronta un instant le vent glacial pour contempler les cimes enneigées des Pyrénées.

C'était un bon indicateur météorologique. Les sommets jouaient à un-deux-trois-soleil. Les voir clairement, comme à présent, présageait une journée ensoleillée. Quand ils avaient bondi en avant, donnant l'impression qu'ils n'étaient éloignés que d'un mille, le mauvais temps était à prévoir. Elle avait appris à les apprécier ; elle voyait ces espaces dénudés infestés d'ours et autres bêtes sauvages comme des refuges où les réprouvés comme elle menaient une existence libre. *Je pourrais m'installer ici*, pensa-t-elle. *Allie, Gyltha, Mansur, Boggart, Ulf et moi serions en sécurité. Je serais hors d'atteinte du Plantagenêt et de ses satanées missions.*

Une voix claironna dans sa tête : *Et Rowley ?*

Soudain, elle eut fortement besoin de lui, très fortement. *Il peut se joindre à nous.*

Elle reçut une petite poussée sur le mollet. Renfort commençait à avoir froid. Elle lui caressa le crâne et ils pénétrèrent tous deux dans le château.

— Vous n'avez jamais eu la tentation d'épouser la foi cathare ? demanda-t-elle à Fabrisse qui couchait le jeune comte de Caronne dans son berceau.

— Non, répondit celle-ci avant de déposer un baiser sur la joue de son fils. À sa naissance, mon enfant était malade, très malade. Nous avons cru le perdre. Un parfait, celui-là même qui est ici, est venu me rendre visite et m'a conseillé d'arrêter de nourrir mon petit, de lui permettre de connaître l'*endura* cathare en le laissant s'éteindre. Il lui délivrerait le *consolamentum*, m'a-t-il dit, afin de s'assurer que le jeune Raymond devienne un ange au royaume des Cieux. Je ne l'ai pas écouté. Comment priver de mon lait cet être issu de mes entrailles ? Nous avons lutté, Thomassia et moi, et il a survécu.

Cela correspondait à ce que sœur Ermengarde lui avait confié. Adelia secoua la tête, éberluée par la manière qu'avaient les religions en place, y compris celle-ci, de s'efforcer de détourner l'amour humain, si simple, de son élan naturel.

Le lendemain, au milieu de la matinée, le petit Bérenger Pons, qui grelottait dans le clocher de l'église à surveiller la route de Carcassonne, s'empara de la cloche posée à côté de lui et se mit à la secouer furieusement. Il continua en dégringolant de l'échelle puis en remontant la rue du village ventre à terre avec de hauts cris de sa voix aiguë :

— Le *bayle* ! Le *bayle* arrive !

Aussitôt les femmes émergèrent de leurs maisons pour se ruer vers la grange communale où étaient entreposés les sacs de blé. Les hommes abandonnèrent leurs travaux dans les champs et coururent vers les bergeries. Na Roqua apparut sur son perron en tirant derrière elle le parfait cathare qui avait passé la nuit dans la chambre du bas. Comme elle l'aurait fait avec un cheval, elle lui donna une tape sur le derrière pour l'encourager à galoper jusqu'au château.

Dans la forteresse elle-même, Fabrisse éjecta le curé de son lit et se rua hors de la pièce ; elle baissa les yeux sur le petit Bérenger qui déboulait hors d'haleine dans la grande salle en hurlant son message.

— Combien de temps avant son arrivée ?
— Trente Notre Père, peut-être trente-deux.

Sans horloge, les gens de Caronne ne comptaient pas le temps en minutes.

— Brave garçon. *Thomassia !*

Elle se dépêcha d'aller secouer le reste de la maisonnée.

— Vite ! Vite ! Le collecteur d'impôt de l'évêque arrive ! Suivez Thomassia.

Empêtrés dans leurs vêtements qu'ils enfilaient tout en courant, Adelia, Boggart, Mansur, Rankin et Ulf se précipitèrent dans la salle en compagnie du prêtre de Fabrisse.

Thomassia les attendait ; elle prit la tête du groupe et les fit sortir par la grande porte en les encourageant à presser le pas. Il y eut un petit encombrement au bout du pont quand ils furent rejoints par le cathare et que le prêtre chrétien, toujours en train de se boutonner, lui coupa la route avant de dévaler la pente vers son église. Ils empruntèrent un sentier qui contournait le château et mirent le cap sur la forêt en contrebas. Ils aperçurent sur des chemins parallèles les bergers qui poussaient leurs troupeaux dans la même direction avec l'assistance de leurs énormes chiens à fourrure blanche qui mordaient les jarrets des bêtes pour les inciter à accélérer.

Adelia prit Renfort dans ses bras – les chiens de berger le terrifiaient – sans interrompre sa course. Ulf, Rankin et Mansur fermaient la marche en soutenant une Boggart ralentie par son état.

Ils étaient à présent sous la protection des arbres, mais Thomassia, qui peinait en se tenant la poitrine, ne ralentit pas l'allure. Elle bifurqua, quitta la piste, se fraya un passage dans les fougères mortes avant de s'arrêter devant un affleurement rocheux recouvert de lierre. Elle écarta l'épais rideau végétal et révéla la bouche d'une grotte dans laquelle elle fit entrer les fugitifs.

— Restez là.

En sortant, elle arrangea le lierre pour qu'il dissimule l'entrée. La voix du cathare s'éleva dans la pénombre.

— Elle va retourner au château en effaçant nos traces en chemin. C'est une brave femme, Thomassia.

De tous, il était le moins essoufflé ; il avait couru à grandes enjambées aisées, ses jambes maigres et tannées dépassant de la robe dont il avait coincé l'ourlet dans sa ceinture. Penchée en avant pour se débarrasser d'un point de côté, Adelia suffoquait.

— J'imagine que vous êtes habitué, hoqueta-t-elle.

— Disons que ce n'est pas une surprise.

Il semblait amusé et s'inclina. Adelia se présenta et présenta les autres.

— Comment on appelle les gens qui vivent dans les grottes ? Les troglodytes. Voilà ce que nous sommes devenus, grogna Ulf. Maudits troglodytes. Ma foi, je suppose que nous avons un jour de congé.

La remarque était judicieuse et, comme les paysans qu'ils étaient devenus, ils consacrèrent leur temps libre à somnoler.

Bien qu'Adelia, la seule à posséder un minimum de catalan, se sentît obligée de faire la conversation avec le parfait, elle resta coite dans l'espoir qu'il n'aborde pas la question qu'elle redoutait.

Ce qu'il fit.

— Vous étiez à Aveyron avec Ermengarde quand elle est morte.

— Oui.

Adelia était surprise.

— Je vous ai vue. J'étais là moi aussi, en spectateur, caché dans la foule. J'ai prié pour elle, non qu'elle en eût besoin, cette bonne, cette excellente femme. Et j'ai prié pour vous et les autres. Je me suis réjoui quand j'ai appris votre évasion.

— Courageux de votre part d'être venu, répondit Adelia sèchement avant de changer de sujet. Avez-vous des nouvelles de sœur Aelith ?

— Nous l'avons envoyée dans les Pyrénées, le temps qu'elle retrouve la force de poursuivre sa mission.

— J'espère qu'elle n'en fera rien.

— Si, elle le fera. C'est bien la fille d'Ermengarde. Elle aussi était à Aveyron.

— Ô mon Dieu, ne me dites pas qu'elle a été témoin…

— Non. Elle était à l'abri chez un de nos amis non loin des portes du palais, mais elle voulait être là, aussi proche de sa mère que possible.

Adelia hocha la tête. Elle comprenait très bien. Frère Pierre continua de parler tandis qu'elle pensait à la douleur de la jeune femme.

— Veuillez m'excuser, dit-elle en s'ébrouant, je n'écoutais pas.

— Je disais qu'une autre personne de la suite de la princesse Jeanne était présente. Aelith l'a remarquée quand elle a passé les portes du palais. Un autre assistant qui priait pour Ermengarde, peut-être ?

— Pardon ?

— Un homme qu'elle avait vu en votre compagnie quand vous êtes arrivée avec vos malades à la chaumière d'Ermengarde dans les collines. Je crois que c'est ce qu'elle m'a dit.

— Non, répondit Adelia, il n'y avait personne d'autre de notre connaissance.

— Oh, si, affirma frère Pierre, Aelith l'a reconnu.

Adelia se sentit blêmir. Quelqu'un de proche avait assisté au supplice d'Ermengarde. Quelqu'un les avait vus entravés par des chaînes, et n'avait pas signalé le fait. *N'avait pas levé le petit doigt.*

— Que... ? bredouilla-t-elle en cherchant ses mots. À quoi ressemble-t-il ?

— Qui ça ? répondit le cathare qui était passé à autre chose.

— L'homme qu'Aelith a vu. À quoi ressemble-t-il ?

Frère Pierre haussa les épaules.

— Elle ne l'a pas décrit.

Mais elle l'avait identifié comme un des leurs.

Adelia se prit la tête dans les mains et essaya de reconstituer le cours des événements du jour où la dysenterie s'était déclarée. Ulf était tombé malade sur le trajet, les autres l'avaient suivi, et Locusta s'était mis en quête d'un endroit susceptible de les héberger...

Il était revenu avec sœur Aelith, oui, en effet ; elle le revoyait qui descendait la colline en compagnie de la petite cathare, elle se souvenait que celle-ci avait proposé d'utiliser l'étable comme hôpital. Et puis... Que s'était-il passé après ? Il y avait eu un débat, avec le docteur Arnulf qui assurait que c'était la peste... Qui d'autre était susceptible de s'être montré à Aelith ?

Le parfait commença à s'inquiéter pour elle.

— Vous vous sentez bien, mon enfant ?

Adelia se leva et fila à l'endroit où Ulf dormait. Elle le secoua.

— Qui d'autre était là ?

— Hein ?

— Sur la route, ce jour-là... L'épidémie... Quand nous avons rencontré Aelith... *Qui d'autre était là ?*

— De quoi tu parles ?

Adelia le renseigna. Ulf poussa un long soupir de satisfaction.

— Qu'est-ce que je t'avais dit ? J'ai pas toujours parlé d'un serpent qui rôdait dans l'herbe ?

— Mais *qui* ? répliqua-t-elle en le secouant de nouveau. Qui était présent ce matin-là ?

Les autres s'étaient réveillés.

— Elle n'a pas pu voir la princesse Jeanne et les dames, elles étaient devant.

— Non, il s'agit d'un homme.

— Il y avait monseigneur Rowley... intervint Boggart.

— Non, il est au-dessus de tout soupçon.

— Le capitaine Bornay.

— Pareil. Qui d'autre ? L'évêque de Winchester, bien sûr, mais ça m'étonnerait...

— L'amiral O'Donnell.

— Oui.

— Ce détestable médecin...

— Arnulf, oui. Ensuite ?

— Les deux chapelains, l'imbécile et l'autre. Je les ai jamais portés dans mon cœur.

— On peut aussi envisager que ce soit l'un de nos patients, suggéra Mansur. Ils étaient nombreux.

— Pour l'amour de Dieu, gémit Adelia, je ne sais pas. *Je ne sais pas.*

— C'était Scarry, déclara Ulf. Depuis le départ. Il est fort, hein ? Il commet des meurtres et monte les gens contre toi afin qu'ils soient contents de t'abandonner à Aveyron, et nous par la même occasion.

Adelia grommela et s'éloigna de ses amis en titubant. Elle se sentait malade.

Elle se rendait compte qu'elle avait eu peur, *depuis le début*, de croire qu'un être malfaisant la traquait, ce qui la plaçait au centre de la scène – un personnage d'une tragédie grecque poursuivi par des Furies vengeresses.

Ce n'est pas moi, ce n'est pas moi...

Et pourtant si, c'était elle, elle en prenait conscience. Elle, et rien qu'elle, avait été la cause de tant de morts dans la poursuite. Obtuse, idiote, refusant d'ouvrir les yeux, elle était une Médée laissant dans son sillage les cadavres de ses enfants assassinés.

Un individu avait juré sa perte, lui avait collé l'étiquette de « sorcière » pour que ses compagnons de voyage ne voient pas d'objection à l'abandonner à un sort funeste à Aveyron, elle et quatre de ses intimes.

La vérité, à présent qu'elle l'affrontait, lui apparaissait comme un mur contre lequel on l'aurait projetée. *Insupportable d'y penser.*

Mais elle ne pouvait l'éviter plus longtemps. *Il faut réfléchir.*

Elle finit par s'asseoir et considérer son affaire de la seule manière dont elle était capable : en médecin établissant un diagnostic d'après les symptômes et les antécédents.

Quand cela avait-il débuté ? Le cheval, oh oui, le cheval. Il avait été empoisonné.

Ensuite ? Brune, cette pauvre Brune. Non, il y avait eu d'abord messire Nicholas qu'elle avait maudit, ce qui l'avait condamné.

La mort d'un cheval, le vol de sa croix, l'assassinat de deux innocents, la dénonciation aux chasseurs de cathares d'Aveyron et ses conséquences – *non, pas ça, pas ça, et pourtant si* –, un meurtre de plus, celui d'une femme brûlée vive. Ô mon Dieu, elle l'avait mené à Ermengarde.

Tout cela avait été élaboré par un cerveau si méticuleux, si habile dans sa rouerie, si détraqué que l'esprit rationnel d'Adelia ne parvenait pas à comprendre son mécanisme, encore moins les raisons qui l'animaient. Sinon qu'il était dément.

Puis une pensée s'imposa à elle : cela n'avait pas commencé en Normandie.

Les choses avaient démarré en Angleterre, dans le lointain éden du domaine d'Emma, avec Allie, avec des femmes et des hommes normaux et une partie de soule. C'est alors que le poison avait été instillé.

Elle se corrigea : ce n'était pas là l'origine...

Le départ, pour elle, se situait dans une forêt du Somerset, quand deux hors-la-loi avaient surgi des bois en bondissant. Vert et noir, deux créatures issues d'un paganisme fantasque qui bruissaient sous les feuilles dont elles étaient couvertes. Elle avait tué l'une d'elles pour sauver sa vie et celle des hommes qui l'accompagnaient et, par ce geste, elle avait gagné la haine éternelle de l'autre.

La pénombre de la grotte n'était guère différente de celle qui régnait dans la clairière dans laquelle le Loup s'était embroché et où Scarry avait pleuré son compagnon en latin.

Et voilà où il m'a menée ; tout ce chemin, de là-bas à ici.

Un ronflement discret lui parvint ; le parfait s'était endormi. Ses trois compagnons discutaient calmement...

— C'était Scarry, je te dis. Depuis le début. Le seul ennemi qu'elle se soit jamais fait.

— Ouais. Et l'malfaisant busard qu'a volé la croix dans l'étable, c'était aussi Scarry ?

— Je sais pas à quoi il ressemble, ce satané Scarry. J'ai pas pu voir le bougre.

Excalibur. Un autre vol, pas d'une vie cette fois, mais d'un objet que le roi Henri lui avait confié, comme il lui avait confié sa fille. Scarry avait mis la main sur l'un et sur l'autre afin qu'elle échoue dans ce qui faisait sa fierté : l'accomplissement de son devoir.

Mansur s'agenouilla devant elle.

— Je te connais, dit-il. Ce n'est pas ta faute.

— Non.

Elle dressa la tête et éleva la voix, ce qui fit sursauter tout le monde :

— LE BÂTARD !

À ce même moment, Scarry lève la tête lui aussi, comme si l'appel d'un clairon dans le lointain le débarrassait de ses vers. La connaissance s'est infiltrée par les trous qu'ils ont creusés.

— *Je sais où elle se rendra, dit-il au Loup.*

— *Où ça ?*

— *À Palerme. Elle sera à Palerme.*

— *Comment le sais-tu ?*

— *Parce que c'est la mission qu'Henri lui a assignée, prendre soin de sa fille. Je lis dans son esprit maintenant, mon Loup ; c'est une femme obéissante, elle ne voudra pas manquer à ses engagements envers son roi.*

— *Et c'est là-bas que nous la tuerons ?*

— *Oui, mon amour.*

Le sourire que montre Scarry est presque celui d'un être sensé.

— *Comme les armées d'Octave et de Marc Antoine face à face à la bataille de Philippes, nous nous retrouverons à Palerme.*

Le collecteur d'impôt s'en alla en exprimant son profond mécontentement devant l'indigence de la dîme que ses hommes et lui rapportaient à leur évêque.

Le jeune maître Pons, de nouveau perché dans le clocher de l'église de Caronne, les observa qui descendaient la montagne, sa cloche à portée de main au cas où ces bougres de voleurs tourneraient les talons pour revenir.

Ce ne fut pas le cas ; ils disparurent dans le soleil, laissant dans leur sillage une brume qui s'élevait de la terre froide sous les sabots de leurs chevaux. Bérenger, cependant, ne relâcha pas sa vigilance : les collecteurs étaient connus pour ressurgir sans prévenir.

Deux jours plus tard, il vit une nouvelle silhouette, menant une file de mules, émerger de ce même brouillard. Il s'empara de sa cloche, puis il la reposa.

Il glissa de l'échelle et se mit à bondir d'allégresse autour du nouveau venu. Parfois cet homme rapportait des friandises.

Ils se mirent tous deux en route pour le château.

Adelia était déjà dans la cuisine car elle souhaitait l'investir avant Thomassia et la préparation du petit déjeuner. Elle faisait bouillir dans une pâte épaisse le gel qui gouttait des feuilles d'aloès qu'elle avait émiettées dans un bol. Non sans gêne, Jacques Lizier avait confié à Mansur qu'il souffrait de « démangeaisons », sans préciser l'endroit où elles se situaient. Mansur avait passé le message à Adelia, qui espérait être en présence d'une simple irritation des parties génitales et pas d'un mal plus sérieux. Elle lui confectionnait un onguent calmant.

— L'est temps de partir, madame, fit une voix.

Adelia se redressa. La forme de gobelin de Deniz, le petit Turc, se dessinait dans l'encadrement de la porte. Elle jeta un coup d'œil derrière lui, en quête de l'Irlandais, mais Deniz secoua la tête.

— L'amiral est toujours à Saint-Gilles. On le retrouve plus tard. Venez tous maintenant. Bagages. Vite.

Même si leurs maigres affaires eurent tôt fait d'être emballées, les adieux à Caronne s'éternisèrent ; il leur était difficile d'exprimer suffisamment leur dette et leur reconnaissance envers tant de gens. Devoir les quitter leur brisait le cœur.

— Pas la peine de me dire au revoir, dit Fabrisse, je vous accompagne jusqu'à Salses. J'y possède un petit château par droit de chevalerie accordé par Raymond de Toulouse, ou, plutôt, mon petit seigneur de Caronne le détient. Deniz m'a dit qu'O'Donnell a trouvé de la soie à Saint-Gilles et qu'il va l'expédier à Salses par bateau avant de faire route vers l'Italie. La belle-fille de Na Roqua pouponnera mon garçon jusqu'à mon retour. De plus, j'emmène avec moi deux Roqua pour que nous rapportions du sel, notre réserve est basse.

L'un de ces adieux était déchirant... Adelia vit la souffrance sur deux visages.

Rankin fut le dernier à les rejoindre. Tandis qu'il descendait lentement l'escalier, cornemuse sous le bras, elle se planta en face de lui.

— Vous ne venez pas avec nous, déclara-t-elle.

— Quèqu'vous racontez, bougresse ? Sûr que si.

— Non. Vous restez là et vous épousez Thomassia.

Une lueur passa dans les yeux de l'Écossais.

— J'mentirais si j'niais... mais y s'ra pas dit d'Rankin des Highlands qu'c'est un sale déserteur.

— Ce n'est pas de la désertion.

Elle avait réussi à semer le trouble en lui.

— Vous avez été un rempart pour nous tous. Nous vous adorons, mais nous ne craignons plus rien et Thomassia a besoin de vous. Votre maison, c'est ici.

— *Ay*, elle dit qu'elle veut bien, la gentille fille, et chuis v'nu à vraiment l'apprécier, mais...

Adelia l'embrassa.

— Alors c'est décidé.

Dressé sur les remparts du château, Thomassia derrière lui avec le comte de Caronne dans les bras, il joua une complainte gémissante avec sa cornemuse en l'honneur du petit groupe qui descendait le long du versant de la montagne comme une larme coulant sur la joue d'un géant.

TROISIÈME PARTIE

CHAPITRE 12

— Qu'est-ce que c'est ?
— J'ai vu une lumière sur la mer. Des éclairs.
Adelia sortit de son lit et rejoignit Fabrisse devant la meurtrière qui donnait sur la Méditerranée ; elles étaient dans une chambre au sommet du donjon du château de Salses.
— Ça doit provenir d'un bateau, dit-elle timidement.
— C'est sûr, d'un bateau, répondit Fabrisse. La question est : lequel ?
Ce pouvait être O'Donnell, qui ne s'était toujours pas manifesté. Ou des contrebandiers alliés. Mais aussi des forces moins amicales s'apprêtant à envahir le territoire du comte de Toulouse. Ou encore des pirates agressifs venant piller et violer.
Or, le château de Salses n'était pas équipé pour tenir tête à des agresseurs. En fait, estimait Adelia, il n'aurait pas résisté à une paire de ramasseurs de bigorneaux déterminés.
À l'origine une forteresse, le château de Salses était plus délabré encore que celui de Caronne. Magnifique vu de loin, Adelia le reconnaissait. Quand ses compagnons et elle avaient descendu les collines, le premier jour, il leur était apparu comme un gros gâteau rose

crénelé contre le bleu froid de l'eau qui léchait le pied des remparts.

Un examen plus approfondi révélait des murs dont le grès rouge s'effritait et tombait dans les douves, des ponts de guingois, une cour intérieure encombrée de mauvaise herbe dans laquelle, outre les écuries et des ateliers, se dressait le donjon – et tour de guet – à l'escalier en colimaçon périlleux.

— Je n'ai pas les moyens de l'entretenir, avait dit Fabrisse sur un ton allègre comme si la chose allait de soi, même s'il me fournit la plus grande partie de mes revenus. Nous sommes proches de la frontière avec l'Espagne et à l'écart des routes, si bien que les trafiquants y trouvent leur compte – pas assez à mon goût.

S'apercevant qu'elle ne rendait pas justice à la forteresse, elle avait ajouté :

— Bien avant la naissance du Christ, Hannibal et son armée sont passés par ici pour se rendre en Italie.

Peut-être les éléphants l'ont-ils piétinée, songea Adelia. En tout cas, elle n'avait guère connu de rénovations depuis.

— Ils envoient un signal, dit Fabrisse en observant la lumière qui clignotait de façon irrégulière, mais à qui ?

On ne pouvait pas savoir qui rôdait dans les collines derrière le château.

Laissant Boggart à ses rêves, les deux femmes allumèrent une chandelle, enfilèrent leur cape et descendirent avec précaution l'escalier dont plusieurs marches manquaient avant de sortir dans la cour.

Deniz, qui montait la garde, conversait à voix basse avec Jehan sur le rempart.

Autre point : il n'y avait pas trace au château de Salses du chevalier représentant le comte Raymond de Toulouse en contrepartie du droit que Fabrisse devait acquitter pour la jouissance des lieux. (Connaissant Fabrisse, Adelia la soupçonnait de payer le comte Raymond par d'autres moyens.)

À la place, on avait un troupeau de chèvres et un vieil homme aux yeux perspicaces entouré d'une couvée de petits-fils que la comtesse présenta comme « son intendant », ce qui était un euphémisme pour « préposé au trafic de contrebande ».

— Qui est-ce, Deniz ? demanda Fabrisse.
— Le *Saint-Patrick*.

Le navire-amiral d'O'Donnell. C'était un soulagement. Il faut dire qu'ils attendaient sa venue depuis plusieurs jours.

— Vous me quittez demain, dit Fabrisse à Adelia avec tristesse. Il aura pris ses dispositions pour votre retour en Angleterre.

— Non, répondit Adelia. Nous allons avec lui à Palerme.

Depuis le choc et l'indignation qui l'avait submergée dans la grotte à Caronne, elle avait repris du poil de la bête.

Comment ose-t-il, comment ose-t-il ? Je ne me laisserai pas faire. Henri Plantagenêt lui avait confié un travail et Scarry l'avait détournée de ses obligations, afin d'avoir sa peau – à moins qu'elle ne réussisse à le tuer, ce à quoi elle était parfaitement préparée désormais.

— Ho ho, dit Fabrisse en la dévisageant. Nous avons cessé d'avoir peur.

— Non, mais j'arrête de fuir.

Curieusement, c'est en entendant Rankin appeler son poursuivant un « malfaisant busard » qu'elle avait repris courage. Elle se souviendrait à jamais avec tendresse de cette expression qui effaçait la part diabolique de son démon. Les sabots étaient devenus des pieds humains. Si elle réussirait à démasquer et à défaire la buse, elle l'ignorait ; en revanche, par Dieu, elle allait s'y employer. Même les déments avaient leurs points faibles.

Ses compagnons et elle avaient revisité encore et encore le temps passé avec la princesse en quête du moindre indice pouvant leur révéler l'identité de Scarry. Qui avait pu saisir l'occasion ? Qui était présent au bon moment pour faire ce qu'il avait fait ? Comme disait Ulf : « Lequel des membres de cette compagnie nous joue des sales tours ? »

Quasiment tout le monde au cours de ce voyage erratique et désordonné, c'était bien le problème.

Bon, alors qui avait l'esprit assez subtil pour instiller dans celui des autres la conviction qu'Adelia était une calamité qu'ils n'avaient pas été mécontents d'envoyer au bûcher ?

Oui, qui ?

Ils avaient croisé leurs impressions et leurs souvenirs jusqu'à pouvoir presque déterminer la pointure de Scarry, mais ses traits leur échappaient toujours.

De guerre lasse... « Ça n'avance plus, vous trouvez pas ? » avait lâché un Ulf résigné.

Pourtant Adelia, le regard tourné vers le large, Fabrisse à côté d'elle, estimait qu'ils avaient progressé. Scarry était comme cette petite lumière qu'elle voyait trembloter sur les flots : il était tapi quelque part dans l'obscurité avec l'épée qu'il avait dérobée. Sans savoir pourquoi, elle avait la certitude qu'il se rendait à Palerme, qu'elle l'affronterait là-bas – et qu'elle allait le vaincre.

Elle entendit la voix de Deniz qui tombait du rempart.

— Un bateau à rames va accoster.
— *Maintenant ?*

La nuit sans lune était impénétrable et, à cet endroit, la côte était parsemée de minuscules îlots qui rendaient la navigation impraticable et qui offraient une meilleure défense que les remparts du château en cas d'agression nocturne.

— Message « Gardez position et montrez fanal ».

Deniz descendit du tour de ronde.

— Il apporte des marchandises.
— Patricio, don Patricio ! Ma soie, youpi !

Fabrisse s'éclipsa à la hâte pour confectionner le repas de son visiteur.

Adelia attendit que Deniz ait allumé une lanterne et envoyé un signal vers le navire invisible au large, puis ils franchirent tous deux la poterne du château pour se rendre sur la plage.

Ils entendirent derrière eux Jehan qui appelait l'aîné de ses petits-fils pour qu'il vienne l'aider à préparer les mules qui allaient transporter les marchandises de contrebande jusqu'au donjon mais, devant eux, le seul bruit venait des vagues qui caressaient le rivage. Adelia n'avait pas pris le temps d'enfiler des chaussures et le sable lui gelait les pieds. Le bateau avait cessé d'émettre des signaux, laissant la lanterne de Deniz orpheline dans l'obscurité.

— Il n'a pas seulement annoncé la soie de Fabrisse, n'est-ce pas ? demanda Adelia.

Elle avait remarqué les traits du visage de Deniz, qui secoua la tête.

— Il a envoyé le signal « Problème ».

Adelia tourna les talons et fila pour aller réveiller Mansur et Ulf, et mettre ses chaussures. *Un problème.* Bon Dieu, n'existait-il que ça ?

L'attente les glaça ; les côtes septentrionales de la Méditerranée pouvaient connaître des hivers très rigoureux. Les hommes se réchauffaient les mains sur les lanternes qu'ils avaient apportées. Adelia battait la semelle tout en cherchant à déterminer la date. On était, voyons… début janvier ?

Cinq mois qu'elle avait fait ses adieux à Allie. Si l'arrivée de l'Irlandais signifiait un retard supplémentaire, elle… elle allait tuer quelqu'un.

Fabrisse apparut avec une lanterne.

Ulf dressa la tête ; son ouïe de jeune homme avait perçu quelque chose. Une seconde passa et ils entendirent le grincement des rames dans leurs tolets. Deniz entra dans l'eau en tenant la lumière au-dessus de sa tête. Mansur et Ulf allèrent l'aider à tirer la barque sur la rive. Ils revinrent en encadrant une silhouette qu'ils soutenaient… une femme…

— *Blanche ?*

Adelia secoua la tête pour se remettre les yeux en place.

— Maîtresse Blanche ?

La demoiselle de compagnie s'accrocha à elle.

— Il faut que vous l'aidiez. Sainte Mère de Dieu, elle est si malade. Aidez-la. Elle est mourante.

— Qui ça ?

O'Donnell s'avançait dans les vagues et abordait la plage.

Il avait un paquet dans les bras.

Il ne s'agissait pas de la soie de Fabrisse mais de la princesse Jeanne et il se fit l'écho de Blanche.

— Aidez-la, dit-il à Adelia, je crois qu'elle se meurt.

L'effervescence régna le temps de débarrasser la pièce du rez-de-chaussée du donjon puis on déposa la princesse sur ce qui avait été la table de cantine des soldats au temps où l'endroit était une salle de garde. Les lanternes furent accrochées.

Jeanne était fiévreuse et à peine consciente. Elle gardait le genou droit replié sur le ventre. Ce fut une bagarre pour la dévêtir car maîtresse Blanche s'agrippait à Adelia comme une naufragée à un radeau, la suppliant de sauver la chère enfant.

— Utilisez la sorcellerie, n'arrêtait-elle pas de répéter. Je sais que vous en avez le pouvoir, tout le monde le sait. Vous avez sauvé tous ces gens de l'épidémie. C'était vous, je vous ai vue. Sauvez-la. Je me fiche comment, mais sauvez-la.

Pour finir, elle fut évacuée de force par Ulf et emmenée à l'extérieur.

Adelia entreprit son examen en prêtant une oreille distraite au compte rendu des événements que livrait O'Donnell à l'assistance.

— Elle est tombée malade peu après avoir embarqué à Saint-Gilles. Le docteur Arnulf a diagnostiqué une indigestion sévère qu'il a traitée avec du crapaud bouilli, de la poudre de licorne, des anneaux antiépileptiques, divers talismans et je ne sais quoi d'autre. Le brave évêque de Winchester a récité le Psaume 91 encore et encore, *ad infinitum*. Et l'état de la princesse ne faisait qu'empirer.

Il marqua une pause quand Adelia quitta tout à coup la pièce ; elle traversa la cour et se dirigea vers la balle de foin sur laquelle Blanche était assise, la tête dans les mains, Ulf à côté d'elle qui lui tapotait l'épaule avec gaucherie.

La demoiselle de compagnie leva les yeux à l'approche d'Adelia.

— Pouvez-vous lui venir en aide ? Pouvez-vous la guérir ?

— Était-elle constipée ?

Gêné, Ulf grogna, mais on put mesurer le désespoir de Blanche quand, après une seconde d'hésitation, elle hocha la tête.

— Des nausées ? Des vomissements ?

Blanche opina de nouveau du menton.

— Hmm.

Adelia retourna dans le donjon où O'Donnell pérorait toujours.

— ... elle était hors d'elle. Selon moi, Blanche est la seule des trois femmes à se soucier plus de Jeanne que d'elle-même, bénie soit-elle. Quand je leur ai suggéré de faire voile pour Salses où résidait sa seigneurie ici présente, les deux autres ont poussé de hauts cris, évoquant ce que le roi leur ferait s'il venait à apprendre qu'elles avaient livré sa fille à une sorcière et à un Sarrasin, ce que la Sicile ferait, ce que ce cher docteur Arnulf ferait. Je leur ai dit : « Voyez, le cher docteur Arnulf n'a rien fichu hormis essayer de la tuer plus vite... »

Adelia pressa doucement le bas du ventre à droite et retira la main aussitôt. Une plainte s'était fait entendre. Le genou se plia de nouveau.

— ... alors Blanche et moi l'avons enlevée. Les autres dames dormaient, mes gars ont descendu un canot avec la princesse dedans, et nous voilà, puisse Dieu nous sauver de la perdition.

— Quelle audace ! intervint Fabrisse. Adelia, vous ne trouvez pas qu'il est courageux ?

Adelia ne l'entendait pas. Les muscles qu'elle tâtait étaient durs.

— Et le duc Richard ? demanda Mansur.

— Il n'est pas au courant. Il est en route pour la Sicile, à bord du *Nostre-Dame*. Les membres de la famille royale ne voyagent pas ensemble, pour le cas où un accident se produirait. Ah, et Dieu merci, frère

Adalburt a embarqué avec lui. Je préfère qu'il porte sur les nerfs de messire Richard que sur les miens.

O'Donnell se tut et tourna le regard vers Adelia qui s'était écartée de la table et avait pris place sur une chaise ; à l'image de Blanche, elle se tenait la tête dans les mains.

Il s'approcha d'elle.

— Elle est mourante, n'est-ce pas ?
— Je le crois.
— Pouvez-vous la sauver ?

Adelia secoua la tête.

— Même si j'avais pu, ce qui est fort douteux, je n'ai pas mon équipement. Il était chez Ermengarde.
— Voyons ça...

Il s'éloigna en appelant Deniz.

— Qu'est-ce que tu as fait du satané machin que j'ai apporté ?

Il revint avec une valise en cuir ouvragé équipée de fermoirs en argent.

— Cela fera-t-il l'affaire ? Je l'ai, euh... délivrée de la cabine du docteur Arnulf pendant qu'il dormait.

Dedans, des poches en peau de veau abritaient des fioles, un graphique pour les urines très usé, des flacons à onguents graisseux, un fer à cautériser rouillé, un maillet, sans doute pour endormir les patients récalcitrants, des pinces pour arracher les dents, rouillées elles aussi...

Adelia jeta les instruments sur le sol, fouilla dans la mallette et sortit pots et fioles qu'elle ouvrait, reniflait, écartait. Le dixième flacon contenait ce qu'elle cherchait... et espérait ne pas trouver. Même chose pour une des grandes fioles.

Les couteaux manquaient ; petit médecin respectueux des ordres de l'Église, Arnulf obéissait à la bulle papale de 1163 qui interdisait les effusions de sang.

— Pas de couteaux, dit-elle, et elle eut honte de se sentir soulagée.

— Pourquoi avez-vous besoin de couteaux ? s'enquit l'Irlandais. J'ai une excellente dague, si cela peut vous être utile.

— Des couteaux ? intervint Fabrisse. Si c'est ça que vous cherchez, j'ai l'homme qu'il vous faut. Jehan se rend à Leucate toutes les semaines. Il y pratique l'abattage pour le compte de juifs qu'il connaît. C'est un... Comment dit-on ? Un jouet ?

Adelia dressa la tête.

— Un shohet ? C'est un shohet ?

— Je crois bien. Quoi qu'il en soit, il possède un bel assortiment de couteaux, très affûtés, très propres. Il en prend le plus grand soin.

— Oui, dit lentement Adelia, oui, ça conviendrait.

Voilà pourquoi les juifs jouissaient en général d'une meilleure santé que leurs voisins, et qu'ils avaient été accusés d'avoir empoisonné les puits des chrétiens quand la peste s'était répandue. Le docteur Gershom, le père adoptif d'Adelia, lui-même juif non pratiquant, respectait le commandement de sa religion de pratiquer l'abattage rituel avec des instruments propres et effilés. Il soutenait que les vieux résidus sanguinolents et puants sur les lames des couteaux des Gentils contribuaient à corrompre leur viande.

Seigneur, Seigneur tout-puissant, tous les prétextes pour ne pas agir lui étaient enlevés un par un.

Elle ferma les yeux et se repassa le diagnostic. La douleur dans le bas du ventre à droite, le genou plié, les muscles durcis. Des symptômes caractéristiques, lui avait appris son père adoptif. Il lui avait montré sur le cadavre d'un enfant ce que la ceinture abdominale couvrait : au bout du gros intestin existait une petite excroissance en forme de larve.

Ni Gershom, ni Gordimus l'Africain, son précepteur à l'école de médecine de Salerne, n'avait été capable d'en expliquer la fonction. Gordimus la nommait « *addimentum vermiforme* ». Gershom en parlait comme d'un « appendice du cæcum qui ne sert foutrement à rien sinon à tomber malade ».

Et l'appendice de Jeanne était infecté.

J'ai besoin d'air. Adelia se leva et sortit dans la cour, la respiration lourde. L'aube se levait, les nuages s'étaient dissipés, et, le chien sur ses talons, elle grimpa les marches du mur d'enceinte dans la clarté d'un petit matin froid et sans un souffle de vent.

Sur sa droite, les deux fils Roqua garnissaient des sacs avec le sel qu'ils prélevaient dans un silo aux reflets blanchâtres. Derrière eux s'alignaient en rangées régulières les ceps de vigne nus qui produiraient, la saison venue, le vin de Salses, un breuvage si âpre qu'il décapait les armures.

C'était la mer qu'Adelia contemplait : bleue et or dans le soleil naissant, calme, léchant le rivage avec un murmure qui évoquait le souffle paisible d'un enfant, dont le seul ornement était le *Saint-Patrick* au large. Le navire d'O'Donnell au mouillage se balançait tranquillement tandis qu'à bord les passagers étaient en effervescence, certains inquiets pour leur princesse, le docteur Arnulf fou de rage, et tous impuissants, à moins de parcourir à la nage les deux milles qui les séparaient de la côte.

Adelia aurait donné n'importe quoi pour être à leur place.

— Mon père, aidez-moi, et ce n'était pas seulement Dieu qu'elle invoquait, mais le juif qui l'avait élevée et qui avait affronté ce qu'elle affrontait à présent.

Les responsabilités l'écrasaient.

— Père, aidez-moi. La dernière fois que je me suis servie d'un couteau, c'était sur un bouc, et il était mort.

Un cri s'éleva derrière elle ; maîtresse Blanche montait l'escalier des remparts en courant, suivie par O'Donnell.

— Qu'est-ce que vous fichez ici ? Pourquoi n'agissez-vous pas ?

— Parce que l'opération que je dois mener pourrait la tuer, répondit-elle, le regard toujours braqué sur la mer.

Elle prit une profonde inspiration et se retourna.

— Je ne peux pas pratiquer la magie, j'aimerais en être capable. Je ne suis que médecin. Vous comprenez, il existe un organe dans le ventre... ici...

Elle posa la main sur le côté droit de son ventre.

— ... et parfois il se détériore...

Elle hésita à évoquer la suppuration ou les matières fécales et décida de s'abstenir.

— Je crois que c'est ce qui arrive à la princesse et il faut l'enlever.

— L'enlever ? Comment ?

— Eh bien, en faisant une incision au-dessus de la zone affectée et en ôtant le morceau malade.

Doux Jésus, si seulement c'était aussi simple...

— Avec des ciseaux ? Comme pour le tissu ?

Le savoir de la demoiselle de compagnie en matière d'incision se limitait à la couture.

— Oui, sauf qu'on utilise un couteau.

Le visage de Blanche vira d'éperdu à spectral.

— Vous faites un trou ? Dans la peau ?

— Oui. On le coud par la suite.

— Mais ça va lui laisser une balafre, non ?

— C'est à craindre, oui...

Adelia allait poursuivre et rassurer la pauvre femme en l'informant que sa princesse ne souffrirait pas, que le sac du docteur Arnulf contenait des préparations au pavot, même si celui-ci soutenait suivre les préceptes de l'Église pour ce qui concernait les substances permettant de soulager la douleur.

Cependant le motif d'inquiétude de la demoiselle de compagnie n'était pas là.

— C'est impossible.

Elle se précipita vers l'escalier comme si elle voulait rejoindre Jeanne et faire barrage de son corps, mais l'Irlandais s'interposa.

— Allons, allons, Blanche. Écoutez la gentille dame.

Blanche le martela de coups de poing.

— Vous ne comprenez pas ? *Il va la répudier !* Sainte Mère de Dieu, il va la répudier !

Adelia tombait des nues.

— Je ne comprends pas. La princesse est très malade. Avec ma méthode, il existe une faible chance de sauver la vie de la princesse.

Blanche se plaqua les mains sur la bouche et commença à se balancer d'avant en arrière. O'Donnell prit Adelia par le bras et l'entraîna le long du mur d'enceinte. Sous la lumière du soleil, il montrait des traits tirés, et ses yeux, dont elle se défiait tant, étaient extrêmement las.

— Cette malheureuse navigue entre Charybde et Scylla, maîtresse, dit-il avec calme. D'un côté elle souhaite plus que tout que sa princesse vive. De l'autre, si la princesse passe entre vos mains et en réchappe... Ce sera le cas, n'est-ce pas ?

— Je n'en sais rien.

Il hocha la tête.

— Si elle en réchappe, elle sera imparfaite, vous voyez ? Marquée dans sa chair par une intervention non consacrée. Une marchandise endommagée, si vous préférez. Le prince Guillaume pourrait la répudier ; peut-être même qu'il en a le droit, je l'ignore. Et comment notre brave Henri prendrait-il une pareille humiliation ? Des guerres ont éclaté pour moins que ça.

Adelia voyait. Ce n'était pas qu'une question de malade, mais d'une affaire entre des rois et des pays. La fille allongée sur la table dans le donjon mettait en jeu des intérêts internationaux. Qu'elle meure au cours de l'opération, ce qui était probable, Adelia serait accusée de l'avoir tuée. Qu'elle survive – et deux patients du docteur Gershom avaient survécu –, elle serait jugée également coupable de... Comment avait-il dit ? D'avoir endommagé la marchandise, une marchandise *royale*. Dans les deux cas, les implications politiques allaient tous les engloutir, et pas seulement eux, mais un continent tout entier.

Depuis le début elle savait qu'une opération sur un corps était un péché aux yeux de l'Église, sujet à punition sévère. Toute chirurgie était proscrite. Ceux qui possédaient la technique et assez de compassion pour la pratiquer et sauver la vie d'un malade le faisaient à leurs risques et périls. Que l'école de médecine fût réputée pour l'admettre la mettait en porte-à-faux vis-à-vis des autorités ecclésiastiques.

Mais cette intervention-là ne pouvait rester secrète. Le corps de Jeanne était un présent du roi d'Angleterre au roi de Sicile ; dans le lit nuptial, le défaut serait découvert, le joyau se révélerait imparfait, délibérément souillé par un acte qui, pour l'Église, et à n'en pas douter pour un royal époux chrétien, procéderait du pire des sacrilèges.

Adelia remuait ces pensées dans sa tête, évaluait les conséquences à long terme, et elle comprit que, dans un cas comme dans l'autre, *ça ne changeait rien*.

Elle leva les yeux vers l'Irlandais.

— Ça ne change rien, déclara-t-elle. Rien du tout. Le devoir d'un médecin est le patient, et rien que lui. Jeanne se meurt. S'il existe un seul moyen de pouvoir la sauver, alors je dois le tenter.

— Quelles sont les chances ?

— Eh bien, ça a déjà été fait. Mon maître a réalisé l'acte une fois, sur un vieillard, mais il est mort ; c'était trop tard, l'organe avait éclaté et diffusé du poison. Mon père... J'ai assisté aux deux opérations qu'il a réussies sur deux patients, des enfants.

Curieux, pensa-t-elle, *que le mal affecte en majorité les très jeunes.*

— J'étais aussi présente quand trois autres sont morts. C'est un risque terrible.

— Mais vous savez vous y prendre ?

Les larmes la faisaient ciller.

— O'Donnell, je ne veux pas le faire, je ne veux pas, pourtant il le faut. Je ne peux pas la laisser mourir.

— Oui, dit-il d'une voix douce. C'est pourquoi je vous aime.

Il la dévisagea et toucha du doigt avec tendresse le menton d'Adelia qui s'était décroché.

— Vous ne le saviez pas ? Ah, ma foi, ce n'est rien.

Rien ? *Rien ?* Il la stupéfiait.

— *Pourquoi ?*

Ce fut tout ce qu'elle trouva à dire. Sa question le fit sourire.

— Comme si je pouvais comprendre pourquoi le soleil se lève et se couche.

Elle aurait tout donné, *tout donné*, pour soulager la souffrance de cet homme merveilleux à qui elle devait tant, tout pour ne pas le blesser. Mais elle ne pouvait pas lui offrir la seule chose qu'il désirait d'elle.

— J'ignorais, murmura-t-elle. Je suis désolée. Désolée.

— Pas la peine. Il fallait que ce soit dit. Allons-y, préparez-vous.

La table d'opération, disait Gershom, était un autel sur lequel le chirurgien déposait sa supplique à Dieu et, comme tous les autels, devait être immaculée. À l'image du futur chevalier qui prenait un bain à la veille d'être adoubé et avant de passer la nuit en prières à l'église, le médecin suppliant et son offrande se montraient propres à Dieu, pour que, s'Il acceptait ses prières, le Seigneur rende la santé au malade.

Adelia se mua en furie. Tout le monde fut mis à contribution. La princesse fut soulevée et déposée sur une couche tandis qu'Ulf et O'Donnell tiraient la table dehors en plein air – la lumière était meilleure. Ils la récurèrent comme elle ne l'avait jamais été. Les couteaux de Jehan avaient beau être bien luisants, ils furent tout de même plongés dans l'eau bouillante, ainsi que les aiguilles et le fil de soie venant du nécessaire à couture que maîtresse Blanche, malgré la panique, avait apporté en même temps que sa poudre pour le visage, son fard à lèvres et du parfum.

Tout, absolument tout, devait être purifié.

Adelia était en train de plonger dans l'eau bouillante de la cuve un panier de chiffons de laine dont elle allait avoir besoin quand Mansur lui toucha le bras.

— Tu sais que tu es folle ? Tu devrais laisser cette fille à son sort. Elle est entre les mains d'Allah.

— Non, elle est entre les miennes. Ô mon Dieu, Mansur, j'ai tellement peur...

Il soupira.

— Bon, eh bien, on ne peut nous pendre qu'une fois. Que disaient les gladiateurs dans l'arène ? « Ceux qui vont mourir te saluent... »

Elle ne l'écoutait pas.

— Fabrisse a-t-elle nettoyé nos vêtements ?

Adelia avait besoin d'être lavée de ses péchés, de sa responsabilité dans la mort de Brune, dans celle d'Ermengarde. Il fallait qu'elle se présente pure pour faire ce qu'elle avait à faire ; tout devait être pur.

Le Maure acquiesça.

— Elle frotte avec vigueur. Nous porterons des robes propres. Mais il se pourrait bien qu'elles soient mouillées, ajouta-t-il avec un sourire.

Sur ces entrefaites, un cri leur parvint des hauteurs de la tour. Fabrisse monta s'enquérir de ce qui se passait et revint en grimaçant.

— Boggart perd les eaux, dit-elle. Le bébé arrive.

— Pas maintenant, pitié, pas maintenant.

— Si, maintenant.

Adelia avala une grande bouffée d'air.

— Vous allez vous en occuper, dit-elle à Fabrisse. Prenez un couteau de Jehan. Et vous...

Elle tourna le regard vers maîtresse Blanche.

— Vous l'accompagnez et vous l'aidez.

— Mais je...

— *Vous l'aidez, j'ai dit !*

Adelia se mordit la lèvre et baissa le ton. Après tout, c'était une femme brave et dévouée.

— Blanche, ma chère, vous avez eu le courage de m'amener Jeanne, il faut me laisser faire, maintenant.

Pendant plus d'une heure, Ulf et Jehan, ainsi que sa volée de petits-fils, restèrent à l'écart du centre de la cour où se dressait la table comme les spectateurs éloignés d'un rite sacré et terrible – ce qu'ils étaient.

Malgré un soleil resplendissant, le froid était mordant. Mansur, penché au-dessus de la table, les longs doigts de sa main gauche tenant écartées les deux lèvres de chair, épongeant de la droite, grelottait dans sa robe humide. O'Donnell, debout à côté d'une desserte couverte d'un linge sur laquelle s'alignaient instruments et flacons, frissonnait lui aussi malgré le brasier près de lui.

Une couverture propre protégeait la tête et les membres de la princesse plongée dans un sommeil opiacé, mais la chair de poule piquetait la peau nue de son ventre, sauf à l'endroit de l'incision.

Dans la chambre au sommet de la tour, les contractions de Boggart se faisaient de plus en plus fréquentes et violentes, et des plaintes involontaires, puissantes et profondes, résonnaient dans la cour où elles éclataient comme les appels d'une trompe.

Adelia n'était pas consciente de tout cela : ni des bruits, ni du temps qui défilait, ni des gens, ni de sa peur, ni même de l'humanité du corps sur lequel elle opérait. Elle se bagarrait contre son ennemi, une excroissance dodue, jaunâtre, luisante, veinée de rouge qu'elle avait des difficultés à saisir avec sa petite pince pour la détacher de l'intestin. Elle n'avait pas percé, Dieu soit loué. Mais cela durait trop longtemps.

Elle parvint quand même à ses fins. Maintenant la pince en place, elle fit un geste vers O'Donnell pour qu'il lui tende un couteau.

— Fer à cautériser. Vite.

Un grésillement se fit entendre. Le corps sur la table tressaillit et Mansur, sur un signe d'Adelia, approcha une éponge du nez de Jeanne.

Le lambeau de chair en forme de larve fut jeté dans un seau.

À présent, recoudre.

— Aiguille.

On lui passa une aiguille courbe issue du nécessaire à couture de Blanche et elle sutura la plaie.

— Cognac.

Elle versa l'alcool sur l'incision avant de la couvrir d'un pansement.

Adelia avala une gorgée de cognac avant de s'asseoir sur le sol, le regard dans le vide, agrippée à la bouteille.

Elle ne leva les yeux qu'au moment où Fabrisse émergea du donjon avec dans les bras un nouveau-né braillard.

Le souffle de Jeanne était régulier mais elle n'était pas sortie d'affaire pour autant et son sort était désormais entre les mains de Dieu. Adelia avait fait de son mieux ; restait à savoir si c'était suffisant.

Pendant un moment, on crut que le Seigneur avait donné et que le Seigneur allait reprendre. Donnell, tel était le nom du bambin, florissait pendant que Jeanne sombrait dans le délire et Adelia dans la panique.

L'Irlandais rama jusqu'à son navire à l'ancre pour prévenir les gens qu'il s'en était fallu de peu mais que la princesse avait tiré bénéfice des « bons soins du docteur Mansur ».

Il repoussa leur demande de les emmener à terre et donna l'ordre à son équipage de veiller à ce que tout le monde reste à bord où des provisions d'eau, de vin et de nourriture allaient être livrées.

Il ne fit pas allusion à une quelconque opération ; si Jeanne mourait, on devait croire qu'elle avait été emportée par son mal – une faible protection pour Mansur et Adelia. Ils subiraient de toute façon les anathèmes du docteur Arnulf et des autres pour la mort de la princesse, mais cette omission était susceptible de leur éviter une exécution certaine si on savait que son décès était dû au charcutage de son jeune corps.

Même l'affection qu'Henri II portait à Adelia n'y résisterait pas.

Toutefois, Blanche n'allait probablement pas tenir sa langue. Elle se débattait contre deux rocs monstrueux qui l'écrasaient et entre lesquels elle s'était elle-même fourrée. Elle avait déversé sa peine et sa culpabilité sur la tête d'Adelia pendant qu'Adelia et elle veillaient au chevet de Jeanne. C'était tantôt : « Vous l'avez tuée. » Tantôt : « J'aurais mieux fait de ne pas vous l'amener. »

Même quand la fièvre de Jeanne commença à tomber, le flot ne se tarit pas, malgré tout hors de portée des oreilles princières. « Que vaut-elle maintenant ? Sainte Marie, mère de Dieu, vous avez détruit son existence. »

La cicatrice était en effet horrible. Adelia n'avait rien d'une couturière ; lorsqu'elle enleva les fils, au septième jour, subsistait un pli provocant et obscène sur la jeune peau laiteuse.

Adelia ne chercha pas à se défendre. L'humilité l'écrasait. Pour elle, la cicatrice ne symbolisait que l'extraordinaire endurance du corps humain, la guérison rapide d'une chair juvénile, et un Dieu compatissant qui avait pardonné la témérité de celle qui l'avait provoquée en accordant un miracle.

Bien qu'O'Donnell fût impatient d'entreprendre le voyage le long de la côte jusqu'en Italie, Adelia insista pour que Jeanne puisse récupérer pendant une semaine après l'ablation des sutures. La convalescence de la jeune fille se passait bien, aussi le troisième jour – le dixième après l'opération – fut-elle autorisée à faire quelques pas dans la cour, et maîtresse Blanche fit remarquer sur un ton acerbe qu'elle se déplaçait avec une certaine raideur.

Quatre jours supplémentaires permirent aux muscles de se rétablir, journées qui furent l'occasion de découvrir quelle délicieuse enfant elle était. En dehors de l'emprise d'Aliénor et de l'autorité d'Henri, elle se montrait tout à fait charmante. L'intimité qui avait grandi entre eux tous autorisait la princesse à abandonner l'étiquette de son rang et à s'exprimer à cœur ouvert en leur compagnie. Ulf lui narra les histoires épouvantables d'Hereward l'Exilé qui l'enchantèrent, même si les exploits de ces messieurs des *fenlands* étaient dirigés contre son arrière-grand-père Guillaume le Conquérant. Elle eut droit à d'autres récits de marins tout aussi horribles venant d'O'Donnell, tandis que Mansur, pour qui elle éprouvait un immense respect, la fit progresser aux échecs.

Elle était fascinée par le bébé de Boggart et par ses doigts minuscules qui agrippaient les siens. Elle voulut savoir si l'accouchement faisait mal – « Pas tellement, m'a dit ma mère » – et Boggart répondit avec tact : « Pas plus qu'la normale. »

Adelia était celle qui l'intriguait le plus. Comme tous les praticiens officiels, le docteur Arnulf avait raconté à la princesse que la médecine était un secret occulte dont lui seul détenait la clé ; que ce fût une science que même une femme pouvait exercer était un concept qu'elle avait des difficultés à admettre.

— Mais si Dieu avait décidé que je devais mourir, n'était-ce pas un péché que de contrarier Son choix ?

— Pourquoi Dieu s'élèverait-il contre la connaissance ? Elle est entre nos mains, ici-bas ; c'est une ressource que Lui seul a pu placer dans le monde pour que nous l'utilisions. Le vrai péché, c'est l'ignorance intentionnelle. Manifestement, Il ne voulait pas que vous mouriez. Maîtresse Blanche le sait.

— C'était un miracle, alors ?

Seigneur Jésus ! Adelia refusait que Jeanne puisse croire qu'elle était une sainte.

— Dans le sens où la nature est un miracle, oui. La nature abrite des secrets que Dieu souhaite que nous apprenions. S'Il ne le voulait pas, comment le forgeron pourrait-il se procurer l'acier des épées, comment l'herboriste saurait-il extraire des plantes les substances bienfaisantes pour la santé ? Je ne suis ni une sorcière ni une faiseuse de miracles, je suis une physicienne, ni plus, ni moins, formée dans une école qui a foi en la recherche des choses que Dieu a créées pour soulager les souffrances de Ses créatures. L'opération aurait pu mal se passer ; que vous soyez sauve est une grâce dont je remercie Dieu par des prières de gratitude quotidiennes.

— Moi aussi, dit Jeanne en souriant, avant de prendre un ton royal : Mon père sera votre débiteur à jamais, ainsi que mon époux.

Son époux. Elle n'avait que onze ans – son anniversaire avait été célébré à Figères.

L'amitié naquit entre la femme et la fillette. Tous les soirs, quand Adelia venait examiner la plaie, la princesse l'interrogeait sur son éducation et son existence, qu'elle trouvait exotiques. Elle adorait en particulier les récits qui concernaient Allie. « Mère adore elle aussi les animaux. Elles vont bien s'entendre. » Avant d'ajouter avec mélancolie : « Ça doit être drôle d'être Allie. »

Adelia aurait tant aimé pouvoir enlever la princesse que, sans réfléchir, elle lui dit :

— Et si nous demandions à O'Donnell de voguer vers le large... de nous aider à fuir ?

L'idée plut beaucoup à Jeanne.

— Et devenir des pirates ? Que ce serait amusant ! Mais pourquoi devrais-je fuir ?

— Eh bien... Supposez que vous n'aimiez pas la Sicile.

— Mais je vais l'aimer. C'est mon devoir, je vais en être la reine.

Adelia n'aborda plus le sujet par la suite. S'il y avait de l'acier dans l'âme aimable de la princesse, il était engravé du mot « Devoir » ; il ne lui viendrait pas à l'esprit qu'elle était abusée et, dans le cas contraire, elle en chasserait l'idée. Elle avait en revanche pleinement conscience des exigences de la diplomatie. Son père avait arrangé pour elle un excellent mariage avec un roi, comme il avait arrangé celui de ses sœurs. C'était son destin, elle ne pouvait y échapper.

Enfin, lorsque Adelia jugea que sa patiente était suffisamment rétablie pour quitter le château de Salses, et avant qu'ils n'embarquent pour rallier le *Saint-Patrick*, O'Donnell la sermonna, ainsi que ses compagnons, « *privatim et seriatim* », selon ses mots, sur la nécessité d'ouvrir l'œil.

— Nous ignorons dans quel navire Scarry se cache, s'il se trouve sur l'un d'eux. Nous avons réparti la suite sur trois bateaux. La plupart des domestiques, ainsi que les chevaux, occupent le plus gros, *La Trinité*, qui a fait voile en même temps que le *Nostre-Dame*, avec Richard à son bord et frère Adalburt, Dieu merci. Scarry peut se trouver sur l'un ou sur l'autre, mais également sur le *Saint-Patrick*, auquel cas je serai trop occupé à diriger la manœuvre pour surveiller ses agissements. Mettons-nous dans la tête que nous emmenons notre oie dans le terrier du renard, comme disait ma grand-mère.

Il planta ses yeux dans ceux d'Adelia.

— Il faut que vous ayez peur à partir de maintenant. La peur aiguise la vigilance.

Il avait prononcé ces paroles sans exprimer la moindre émotion, sans rien montrer dans le regard, comme s'il parlait d'une marchandise fragile de sa cargaison qu'il fallait arrimer avec précaution. Rien n'indiquait qu'il lui avait déclaré ses sentiments, toutefois son aveu était un fardeau pour Adelia, le fardeau qui pèse sur ceux qui sont incapables de rendre l'amour qu'on leur porte.

Si elle n'avait pas rencontré Rowley, elle aurait pu tomber amoureuse de cet homme, pensa-t-elle. Audacieux, digne de confiance, plein d'humour et, il le cachait bien, très tendre.

Pourtant, comme il l'avait dit, on avait aussi peu de contrôle sur les mouvements du cœur que sur la course du soleil, et elle avait donné le sien à un autre.

Elle n'avait rien révélé de sa confession, pas même à Fabrisse, bien que celle-ci, Adelia le devinait, fût au courant depuis le début.

Doux Jésus, Fabrisse allait lui manquer, elles étaient devenues comme deux sœurs jumelles. Quand le moment des adieux fut venu, elles tombèrent dans les bras l'une de l'autre, la parole presque coupée par une séparation qui s'annonçait inévitablement définitive.

Adelia finit par se dégager de l'étreinte.
— Je vous dois tant... Je ne peux...
Fabrisse essuya ses larmes.
— Pas du tout. Vous avez été pour moi... Jamais je ne retrouverai...
— Faites attention à vous, Fabrisse, faites bien attention...
— Non, vous... Prenez garde à *vous*.
Cependant, alors que les mouettes accompagnaient la barque de leurs cris joyeux et que rapetissait la silhouette qui agitait le bras sur les remparts du château, il semblait à Adelia que cette femme courait un plus grand danger qu'elle-même, car elle défiait l'Église en recueillant généreusement les cathares. Pendant une seconde, elle eut la vision d'un bûcher et celle qui brûlait dans ses flammes n'était pas Ermengarde, mais la comtesse douairière de Caronne.

À bord du *Saint-Patrick*, le capitaine Bornay avait été ulcéré par l'absence d'une princesse qu'il avait mission de protéger, et il couvrit O'Donnell d'amers reproches de l'avoir enlevée. S'il était heureux de retrouver Adelia, sa fureur était telle qu'il se montrait inabordable, et elle dut attendre un jour ou deux avant de lui annoncer la défection de Rankin.

Ce qui ne l'enchanta pas non plus.
— Il est heureux, dites-vous. Il n'a pas le droit d'être heureux, ce maudit déserteur.

En fait, Adelia et les autres furent plutôt fraîchement reçus. Seule la princesse bénéficia d'un accueil chaleureux. Et encore, l'enthousiasme parut-il exagéré, car subsistait le ressentiment sous-jacent qu'elle avait préféré suivre sa convalescence parmi les magiciens et les étrangers plutôt que d'exiger d'être rapatriée parmi les siens.

Le commentaire de la gouvernante de Jeanne fut le plus direct :

— Vous n'êtes qu'une vilaine chipie. Pourquoi ne m'avez-vous pas emmenée avec vous ? Qu'est-ce qu'ils vous ont fait pour que vous soyez si pâle ? Toujours est-il que vous êtes vivante et c'est une bénédiction du Seigneur.

La réception de Blanche par les deux autres demoiselles de compagnie fut glaciale ; elle avait rompu les rangs, agi dans son coin, préféré un Sarrasin et une sorcière au médecin orthodoxe choisi par la reine Aliénor. Quant aux cris qu'elles pousseraient si elles découvraient la cicatrice sur le ventre de Jeanne, Adelia préférait ne pas y penser.

L'évêque de Winchester réprimanda Blanche et O'Donnell d'avoir eu le culot d'enlever la princesse. Devant la bonne humeur de Jeanne, ses reproches manquaient de conviction, en revanche il prit garde de ne pas associer les noms de Mansur et d'Adelia à ses prières d'action de grâce pour le retour de ses ouailles saines et sauves.

Le père Guy prit très mal leur réapparition et refusa de leur adresser la parole.

Le docteur Arnulf manœuvra en louvoyant pour tenter de regagner les faveurs royales. L'épisode était regrettable, mais il était prêt à passer l'éponge ; toutefois, si la chère princesse demeurait sous sa supervision, elle n'aurait plus cette pâleur ni cette raideur dans la démarche.

Rien de tout cela avec Jeanne. Elle devait la vie sauve à Adelia et elle le savait, bien qu'elle soutînt la fiction selon laquelle le mérite de sa guérison était attribué au seigneur Mansur. Tous deux devaient être traités avec honneur en sa présence. Maîtresse Adelia fut même invitée à partager la royale cabine – et, oui, le chien avec elle. (Renfort, comme son nouvel ami Ulf, la faisait rire.)

Sa cicatrice ne semblait pas préoccuper le moins du monde la princesse. Peut-être pensait-elle que personne ne la verrait jamais. La nudité était indigne des femmes de la noblesse ; même dans leur bain, elles se recouvraient d'une chemise légère. Adelia craignait que la jeune fille n'ait pas compris qu'elle allait devoir se dévêtir devant son mari ; elle n'était même pas certaine que Jeanne fût pleinement consciente de l'aspect sexuel du mariage.

Et qu'allait-il advenir d'elle ? Quelle sorte d'homme était Guillaume de Sicile ?

Quand Edeva, la gouvernante, lors d'un de ses rares moments de familiarité, lui confia qu'elle n'avait jamais vu « son poussin aussi heureuse depuis qu'elle était sur c'bateau », Adelia espéra que ces jours passés à bord du *Saint-Patrick* resteraient comme les plus insouciants dans la mémoire de Jeanne.

Il faisait froid mais le ciel était clair. O'Donnell profita d'une bise de nord-ouest, fit mettre toutes les voiles et le navire vogua à bonne vitesse, à présent que Jeanne avait acquis le pied marin, sans pour autant retourner l'estomac de quiconque. Adelia avait un sentiment de liberté qui lui faisait dire que Scarry ne les accompagnait pas.

Elle rejoignait Mansur et Ulf à la poupe le plus souvent possible et elle contemplait l'Italie qui défilait devant elle en se demandant si, dans la circulation qu'elle distinguait au loin sur les routes côtières, se trouvait un certain cavalier en chemin pour la Sicile.

Au bout de deux jours, le capitaine eut pitié d'elle.

— Si c'est Saint-Albans que vous cherchez, son navire est bien plus au sud à présent.

— Sauf s'il a été retenu en Lombardie, répliqua-t-elle.

— Ah, voyons, s'il a appris que vous faites voile vers la Sicile, rien ne l'empêchera de respecter son rendez-vous.

Il eut une grimace.

— Rien ne m'empêcherait, ajouta-t-il.

Adelia broncha. Elle se hâta de changer de sujet.

— Allons-nous rattraper le duc Richard ?

— Nous allons le doubler, à cette allure. Le *Nostre-Dame* n'a pas la vitesse du *Saint-Patrick*. C'est un navire lourd, qui doit faire escale de temps en temps pour s'approvisionner en eau et en fourrage, et j'y ai donc affecté Locusta pour qu'il renseigne le capitaine sur les ports les plus accueillants.

Quelqu'un d'autre manquait dans l'effectif du *Saint-Patrick*.

— Chose curieuse, dit O'Donnell, lors de l'embarquement à Saint-Gilles, notre brave chapelain, frère Adalburt, qui n'est pas aussi idiot qu'il le montre, décida tout à trac de voguer sur le *Nostre-Dame* avec le duc Richard. Pourquoi le bonhomme a-t-il choisi d'abandonner sa princesse et son évêque comme ça, je vous le demande ?

— Si vous voulez mon avis, intervint Ulf sur un ton lugubre, il imagine que ses perspectives sont meilleures avec le duc. Il pourrait l'accompagner à la croisade. Il finira probablement évêque de Jérusalem.

— Dieu ait pitié des lieux saints ! s'écria O'Donnell, ce qui fit rire Adelia.

Une pensée traversa l'esprit de l'Irlandais qui se tourna vers Ulf.

— Une croix en bois, n'est-ce pas ? Grande comme ça ? dit-il en écartant les bras.

— Oui.

Ulf ne s'était pas répandu en lamentations devant la perte de sa croix ; non par crainte d'affronter le roi Henri – un peu quand même – et de lui avouer qu'il l'avait perdue mais parce qu'il était torturé à l'idée que l'épée du grand roi Arthur était entre des mains indignes.

— Ma foi, ça me revient à l'instant, reprit O'Donnell, mais j'ai vu à Saint-Gilles qu'on embarquait une croix en bois à bord du *Nostre-Dame*. Je l'ai remarquée car elle était dans un matériau grossier, à l'inverse des crucifix ornés de joyaux qu'on chargeait avec elle.

— Qui la transportait ? s'enquit Ulf, les mains crispées.

L'Irlandais haussa les épaules.

— Un gars de l'équipage, je suppose.

Ulf regarda Adelia.

— Scarry. Je te l'ai dit, je le répète, c'était Scarry dans l'étable.

— Dieu tout-puissant ! Je suis désolée, mon cher, vraiment désolée.

— Pourquoi serais-tu désolée ? T'as dit que Richard la voulait et maintenant il l'a, c't'ordure d'assassin lui a vendu Excalibur.

Le navire fit une légère embardée et O'Donnell les quitta pour donner l'ordre à son barreur de surveiller le vent.

— Que faire à présent ? s'enquit Ulf.

— Je ne sais pas. Il n'y a rien à faire.

Sinon pleurer sur la perfidie des hommes dans leur quête du pouvoir.

Tout le monde fut sur le pont pour admirer le Vésuve quand ils passèrent au large de la baie de Naples. Le spectacle fut décevant : le volcan apparaissait indistinctement et le sommet semblait tout plat.

Le père Guy saisit l'occasion d'un sermon impromptu, expliquant que l'éruption décrite par Pline le Jeune avait été le châtiment que Dieu avait infligé aux habitants de Pompéi et d'Herculanum pour leur perversité de ne pas être chrétiens.

— À l'image des villes de Sodome et Gomorrhe détruites par le Seigneur.

Jeanne l'interrompit.

— Maîtresse Adelia a été trouvée sur un versant du Vésuve. N'est-ce pas, Delia ?

— En effet.

— Comme c'est romanesque, siffla dame Pétronille sur un ton fielleux. Tel l'enfant Moïse dans son berceau. En moins mouillée.

— Comme ça, ajouta dame Béatrix, si nous ratons la Sicile et voguons jusqu'en Égypte, nous aurons quelqu'un pour nous montrer le chemin.

Le froid commençait à se faire sentir. Chacun déserta le gaillard d'arrière pour se réfugier dans la chaleur de l'entrepont, sauf Adelia et le vigilant Mansur.

Nous approchons de Salerne. Des deux meilleures personnes de la terre. Je ne sais même pas s'ils sont encore de ce monde. Mon Dieu, faites qu'ils soient toujours vivants pour que je puisse les revoir au retour.

Une main se posa sur son épaule et elle sursauta. C'était Blanche.

— Nous ne sommes plus qu'à quelques jours de la Sicile. Qu'allons-nous faire ? Mère de Dieu, qu'allons-nous faire ?

— Je n'en sais rien, lui répondit Adelia. Je pensais justement à mon père adoptif. Il y a quelques années, il a été appelé à Palerme au chevet du roi Guillaume. C'est un grand médecin, vous savez.

— Guillaume ?

— Mon père adoptif.

— Et il a soigné le roi Guillaume ? De quoi ?

— Je ne le lui ai pas demandé. Et il ne me l'aurait pas dit, un médecin garde pour lui la maladie de son patient.

L'espoir faisait bredouiller Blanche.

— Peut-être... peut-être a-t-il aussi ôté cette espèce de larve à Guillaume. Pensez-vous que le roi a une cicatrice comme Jeanne ?

— Je n'en ai aucune idée. Probablement pas.

— Votre père doit avoir de l'influence sur le roi, il pourrait plaider en faveur de Jeanne.

Adelia s'agaça.

— Pourquoi voulez-vous que l'on ait besoin de plaider en sa faveur ? Guillaume a de la chance. Il va recevoir une promise agréable à vivre au lieu d'une promise morte.

Cependant, Blanche avait perçu une lueur d'espoir dans ce qu'elle savait être le naufrage du mariage de Jeanne. Aussi sec, elle s'empressa de supplier O'Donnell de rallier Salerne et d'embarquer le docteur Gershom.

Malgré le souci qu'il avait de ne pas accumuler les retards, l'Irlandais accéda à sa requête, surtout parce qu'il savait la joie qu'aurait Adelia à retrouver dès à présent ses parents.

Le sort en décida autrement. Alors qu'il contournait Punta Campanella, le *Saint-Patrick* fut pris dans le vent d'un orage méditerranéen typique qui le déporta à l'ouest. Le temps que le grain se dissipe et que le navire reprenne sa route, sa position était plein nord de la Sicile, et ils voguèrent droit vers le port de Cefalù.

C'est là que la princesse Jeanne exigea d'Adelia la promesse qu'elle retarderait son voyage de retour en Angleterre assez longtemps pour la voir mariée.

— Promettez-le-moi. Promettez.

— Je vous le promets.

Dans les sombres intérieurs du Nostre-Dame, *un échange a lieu entre Scarry et le secrétaire du duc Richard : une croix en bois brut contre une bourse pleine d'or.*

Pourtant le duc n'est pas aussi satisfait qu'il le devrait et il a convoqué Scarry.

— *On prétend que vous êtes malade.*

— *Non, monseigneur. Il y a que la mer et moi ne faisons pas bon ménage, c'est tout. Je me porte suffisamment bien.*

Et en effet Scarry se sent mieux que jamais, même si parfois, quand il est seul, il se dévisse la tête pour soulager la douleur.

— *On raconte que vous parlez tout seul.*

— *Pas tout seul, monseigneur, je prie mon Dieu.*

Car c'est vrai, il prie Satan. Et il doit rassurer le Loup en permanence.

— *Elle sera en Sicile. C'est là qu'elle a été envoyée, c'est là qu'elle mourra.*

Parfois le Loup le croit, parfois pas, dans ces moments-là leur dispute attire l'attention.

— *C'est une bonne chose d'honorer le Tout-Puissant, dit le duc, mais regardez-vous, vous êtes noir de crasse. Je n'ai nul besoin d'un esprit perturbé.*

Scarry, qui connaît des instants de prodigieuse lucidité, comprend que le duc a oublié le service que lui, Scarry, désormais quantité négligeable, lui a rendu. Scarry sait que Richard est persuadé que l'épée est venue par miracle à lui, comme si Dieu l'avait utilisée pour percer les nuages et l'avait placée dans sa main pour servir Sa plus grande gloire.

— *Qui ce bâtard honore-t-il ? s'enquiert le Loup tandis que le duc s'éloigne.*

— *Une fausse divinité, répond Scarry.*

CHAPITRE 13

Adelia, Mansur, Ulf et Boggart, son bébé dans les bras, se tenaient discrètement dans la foule qui se pressait sur la route menant aux portes de Palerme afin de contempler la princesse Jeanne chevaucher vers la capitale de son nouveau royaume pour y être reçue par son fiancé et, selon l'ordre de préséance, par les ambassadeurs siciliens et les membres du clergé en robes bleu paon.

L'accompagnait le duc Richard dont la taille la faisait paraître encore plus menue qu'elle n'était. Ulf chercha Excalibur du regard, mais l'épée que le duc portait dans son fourreau serti de pierreries n'était pas celle du roi Arthur.

Pour une fois, les yeux de tout le monde étaient braqués sur la princesse, pas sur son frère. Les demoiselles de compagnie l'avaient vêtue d'une robe dorée ornée de perles, un diadème retenait sa longue chevelure blonde, elle tenait la tête droite et souriait.

En la voyant qui passait, Adelia faillit verser une larme. Si courageuse, si frêle. Comme avait dit Ulf, un sanglot dans la voix : « Pourvu qu'ces bâtards soient gentils avec elle. »

Ça s'annonçait bien ; la populace qui se tenait sur douze rangées le long de la route acclamait sa nouvelle reine avec des hourras et des bénédictions, jetant des feuilles de laurier devant son palefroi blanc pour qu'il les piétine de ses sabots également dorés.

Les rutilants trompettes la précédaient, pavoisés d'argent. Suivaient Pétronille et Béatrix, mignonnes et enjouées, ainsi que Blanche, aussi mignonne mais moins enjouée ; puis l'évêque de Winchester et ses chapelains.

Ensuite venait O'Donnell dans une robe arabe et coiffé de blanc, la tenue traditionnelle d'un amiral sicilien, une distinction pour les services qu'il avait rendus au pays.

Derrière lui trottaient les chevaliers en armure luisante, lances dressées, sur leurs montures aux rênes et à la selle festonnées d'écarlate, puis le capitaine Bornay et ses hommes aux couleurs des Plantagenêts protégeant les coffres aux valeurs cerclés de laiton.

L'Angleterre faisait honneur à sa princesse.

Le défilé passa et disparut ; un virage de la route et l'affluence empêchèrent Adelia de voir le roi de Sicile et si l'évêque de Saint-Albans faisait partie du comité de réception.

Si Rowley était effectivement arrivé sur l'île, O'Donnell avait promis de le prévenir de la présence d'Adelia et de le rassurer sur sa santé. Le geste de l'Irlandais était généreux, car il s'y prêtait à contrecœur.

— Où peut-on vous trouver ? Hors de vue, j'espère.

— Mon père adoptif possède une maison qu'il utilise lors de ses visites à Palerme. Dans le quartier juif, vers le Harat-al-Yahud. Nous y demeurerons jusqu'au mariage.

— J'y compte bien.

L'Irlandais s'était arrangé pour débarquer avant tout le monde Adelia, Boggart, Mansur et Ulf en leur joignant Deniz pour servir d'intermédiaire.

— Et veillez à porter un voile si vous vous aventurez dehors.

Quand ils gagnèrent les rues grouillantes de Palerme, leurs oreilles furent agressées par les cris en quatre langues différentes – toutes officielles –, leurs prunelles aveuglées par la profusion de couleurs, leurs narines irritées par toutes sortes de remugles auxquels se mêlaient autant de sortes de parfums. Ils durent se frayer un chemin parmi les mules et les ânes qui transportaient des épices venant de l'ouest ou du matériau de construction du nord, résister aux harangues des marchands devant leurs étals sous les arches des trottoirs, s'assurer que leur bourse fournie par O'Donnell n'avait pas été arrachée de leur ceinture...

Pour Adelia, la magie opérait.

— Regardez, regardez ! Vous voyez ce temple en ruine ? Il est grec. Mon père m'a appris qu'Archimède enseignait ici quand il n'était pas à Syracuse... Et ce bâtiment, c'est la halle ; là-bas la rue des parfumeurs, vous sentez ? Et le moulin, vous le voyez ? On y fabrique du papier... Arrêtons-nous un instant, j'aimerais acheter de la *cassata*, vous allez adorer ça, Boggart. C'est un gâteau arabe ; Mansur le nomme *qas'at*... ou *sciarbat* – Seigneur, j'espère que le vieil Abdallah en vend toujours. Il le confectionne avec des fruits glacés dans la neige de montagne.

Elle était retombée en enfance, en visite avec ses parents à un sanctuaire de merveilles. Elle s'imaginait alors que toutes les capitales ressemblaient à celle-ci ; à présent, elle savait que Palerme était la plus brillante, la plus prospère des métropoles du monde, unique.

Malgré tout, elle pénétrait dans le passé par une porte différente ; elle était Ulysse succombant au chant des Sirènes, loin d'Ithaque. Elle ne se sentirait vraiment chez elle que si Allie et Gyltha venaient les rejoindre, Mansur et elle.

Le Maure, comme un homme sevré d'eau, disparut faire ses prières dans la première mosquée qui s'offrait à lui depuis qu'Adelia et lui s'étaient installés en Angleterre.

Pendant qu'ils l'attendaient, Boggart, Donnell dans les bras, vit son premier convoi de chameaux.

— R'gardez-moi ces étranges choses ! J'rends grâce au Ciel d'me montrer des collines en mouvement.

Cependant, parmi toutes ces merveilles, c'était l'incroyable hétérogénéité de la cité qui était source de réconfort pour les quatre anciens prisonniers des geôles d'Aveyron car ils savaient à quelles extrémités l'intolérance conduisait.

De temps en temps, savourant le moment, ils s'arrêtaient pour observer ceux qui partout ailleurs auraient été des ennemis mortels déambuler ensemble en discutant avec calme. Ils furent témoins de l'étonnant spectacle d'un individu arborant une croix sur sa tunique – marque qu'il se rendait en Orient pour occire des Sarrasins – qui demandait son chemin à un Maure ; un juif en chapeau échangeait avec un moine tonsuré ; la haute coiffe d'un prêtre orthodoxe oscillait au rythme d'un rire provoqué par une blague d'un chevalier normand.

— Rien n'a changé, déclara Adelia avec allégresse.
— Si, ça change, fit remarquer Mansur. Il y a plus d'églises et moins de mosquées, moins de synagogues aussi.

Elle ne l'avait pas remarqué, mais il avait raison ; la sonnerie des cloches était plus présente que dans son souvenir, plus que les appels du muezzin.

Aux yeux d'Ulf et de Boggart, cependant, le mélange était stupéfiant.

— Je prenais le roi Henri pour un partisan du progrès, dit Ulf. Voyez comme il traite bien les juifs. Mais ça... comment est-ce arrivé ?

— Les Normands, répondit Adelia. Les Normands sont arrivés.

Et ces aventuriers coupeurs de gorges s'étaient montrés pragmatiques.

Et géniaux.

Menés par deux frères avides de terres, les Hauteville, ils avaient assujetti la Sicile et le sud de l'Italie, les affranchissant de la domination maure. Ils s'étaient adjoint des Maures pour conseillers, ainsi que des ressortissants d'autres races dont l'intelligence pouvait leur être utile. Les dissensions étaient coûteuses en argent et en hommes, donc les Hauteville avaient fait en sorte qu'il n'y eût point dans leur nouveau royaume de sujets déclassés susceptibles de fomenter des troubles. De cela était sorti un État qui éclipsait tous les autres, comme Sirius ridiculise les autres étoiles dans le ciel nocturne.

— Méfions-nous, fit remarquer Adelia, c'est une mixture volatile.

Les Siciliens étaient enclins à des poussées d'extrême violence dans le cadre de vendettas familiales. Un ministre du culte pouvait se faire assassiner à l'occasion, non en raison de sa race ou de sa foi, mais parce qu'il s'était rendu impopulaire.

— Et il y a des allées sombres dans lesquelles il est risqué de se rendre la nuit – et dans la journée aussi, d'ailleurs.

Le Seigneur fasse que, si changements il y a, ils soient pour le mieux. Et que ça dure éternellement.

Ils arrivèrent enfin à la Harat-al-Yahud, une grande arche sans portail – pourquoi les juifs ici auraient-ils besoin de s'enfermer ? – avec l'étoile de David gravée sur le fronton.

Adelia se mit à frissonner. Au-delà s'étendait un des nombreux mondes de la Sicile, son monde à elle : une odeur particulière, les fleurs de henné et les graines de carvi, toutes les épices du Cantique de Salomon ; les enfants jouaient à chat au milieu de messieurs à papillotes en chapeau noir penchés sur les échiquiers ; les maquignons marchandaient en buvant du vin casher ; le bourdonnement de la *Amida* filtrait des synagogues.

Et la gentillesse : en tant qu'enfant d'un médecin visiteur vénéré, elle avait été gratifiée d'une pluie de bénédictions, sans oublier les *abricotines* poisseuses et les pâtisseries au miel de tous les marchands de douceurs devant lesquels elle passait.

Elle empoigna Mansur par le bras quand ils tournèrent dans une rue où se serraient les maisons de part et d'autre.

— Possible qu'ils soient là, fort possible qu'ils soient venus pour le mariage.

Elle tourna le regard vers Deniz en désignant une bâtisse.

— C'est là que nous résiderons.

Le Turc était pressé de retrouver l'amiral et il fila.

Cependant la porte, ouverte pour les patients même désargentés quand le docteur Gershom et la doctoresse Lucia étaient en ville, était fermée, tout comme les volets.

Adelia avança la main et toucha délicatement la *mezuzah* dans sa petite niche grillagée.

— Ils ne sont pas là, dit-elle.

Elle en aurait pleuré.

Un cri s'éleva de la maison voisine.

— Adelia Aguilar ! C'est toi, ma petite ?

Elle fut enveloppée par des bras grassouillets et une forte odeur de cuisine.

— Shalom, ma fille, tu es une bénédiction pour mes pauvres vieux yeux. Mais que tu es maigre ! Qu'est-ce qu'ils t'ont fait, ces Anglais ?

Enfin du réconfort.

— Shalom, Berichiyah. Je suis ravie de te voir.

Elle fit les présentations.

— Voici Berichiyah épouse d'Abrahe de la Roxela, une vieille, très vieille amie. Elle garde les clés de notre maison et a la bonté de la surveiller pendant l'absence de mes parents.

Berichiyah s'habillait un peu différemment des autres femmes respectables de Sicile – ici, comme partout ailleurs, les juifs adoptaient pour la plupart les vêtements en usage dans les pays dans lesquels ils vivaient. La mentonnière de la toque de lin raide entourait un visage creusé de rides, la naissance d'une opulente poitrine apparaissait en haut du décolleté d'une robe de laine, la jupe était épinglée sur des jupons, mais personne n'aurait pu la prendre pour autre chose qu'une Juive, et elle se serait offusquée dans le cas contraire.

— Berichiyah, ils ne sont pas là ?

— Ils m'ont écrit qu'ils viendraient peut-être, peut-être pas.

Il y avait une froideur dans le « peut-être » qui fit réagir Adelia.

— Ils ne sont pas malades ?

— Non, non, pas malades. D'après leur dernière lettre, ils se portaient bien.

Berichiyah changea de sujet.

— Une seconde, le temps que je vous ouvre. Combien de temps restes-tu ? Assez pour que je mette un peu de chair sur tes os, j'espère.

Elle s'éclipsa et revint avec une clé.

— Entrez, entrez. Le ménage est fait, les draps sont aérés. Je vais aller chercher le berceau de Rebecca pour le bébé, son Joseph est trop grand maintenant. Nous avons dix petits-enfants, Adelia. Six garçons, quatre filles. Et un arrière-petit-fils. Notre Benjamin a marié la fille du forgeron l'année dernière...

— Abrahe va bien ?

— Non, ma chère, pas bien du tout. Maintenant il a la goutte, le pauvre homme, et même ton père ne peut rien pour lui.

Le mari de Berichiyah avait depuis des années embrassé avec enthousiasme une carrière de mal portant. Il avait appris à lire à sa femme afin qu'elle puisse diriger l'affaire d'importation de dattes qu'il avait héritée de son père, la laissant subvenir à leurs besoins et élever une nombreuse marmaille, tout en accréditant la légende que lui-même demeurait le patron du foyer.

— Vous êtes épuisés, mes pauvres chéris. Vous voudrez rester tranquilles ce soir, alors je vais vous apporter du ragoût de chevreau, assez pour tout le monde. Tu te souviens de mon ragoût de chevreau, Adelia ? Mais demain, vous dînez avec nous.

Ce bonheur, cependant, leur fut refusé.

Toujours vêtus des manteaux en peau de mouton de Caronne, ils sortirent le lendemain pour faire l'emplette des vêtements dont ils avaient bien besoin. Adelia les emmena au marché de la Kalsa, le quartier populaire de Palerme, où Mansur pouvait trouver des robes et des coiffes, et les autres s'équiper de linge ainsi que d'un châle neuf pour le petit Donnell – et tout cela sans se ruiner.

Elle avait été embarrassée de quémander auprès de l'Irlandais mais celui-ci l'avait rassurée :

— Ne vous inquiétez pas, je présenterai la facture au roi Henri.

— Oh, il va apprécier.

Boggart était en train de farfouiller dans un tas coloré de jupes de seconde main sur un étal quand le regard d'Adelia fut attiré par la baraque voisine. Quatre marionnettes étaient animées par des mains invisibles derrière le rideau d'un petit théâtre. Palerme était réputée pour ses marionnettes ; ses parents adoptifs lui en avaient offert une quand elle était enfant, en bois, un petit chevalier peint qu'elle avait détruit en pratiquant sur lui la chirurgie.

Là aussi il y avait un chevalier, sans doute le héros d'épopée Roland de Roncevaux, qui ferraillait énergiquement avec un Maure à l'aspect redoutable. Ce qui avait capté l'attention d'Adelia, toutefois, ce n'étaient pas les poupées humaines, mais la mule et le chameau amusants qui se coursaient sur la gauche de la scène en ruant et en montrant les dents.

Allie aurait adoré ça.

Pouvait-elle se permettre de piocher dans l'argent de l'Irlandais pour l'achat de la paire de marionnettes, là était le problème.

— Juste une, hein, Donnell ? demanda-t-elle au bébé dont le regard était rivé sur les poupées qui dansaient devant lui.

C'est alors que quelqu'un glissa un objet entre sa main et le châle de Donnell.

Par réflexe, elle mit la main à sa ceinture pour vérifier la présence de sa bourse tout en faisant volte-face. Elle aperçut le dos d'un homme qui disparaissait prestement dans la foule.

— Qu'est-ce que c'est, maîtresse ?

C'était un morceau de papier – un matériau encore quasiment inconnu en Angleterre – cacheté par deux gouttes de cire sans sceau.

« Pour maîtresse Adelia, de son amie, Blanche de Poitiers, salutations. Soyez dans une heure devant *L'Enseigne de Jérusalem* dans la rue des Orfèvres. »

L'écriture était ronde et cursive.

— Je ne pensais pas que Blanche savait écrire, dit Adelia.

— Elle sait pas, répliqua aussitôt Ulf. C'est lui, c'est Scarry. Il t'attire dans un piège mortel, voilà ce qu'il fait.

Ulf soupçonnait tous les individus mâles qui portaient le regard sur eux et avait en permanence la main posée sur le pommeau de son épée – encore un cadeau d'O'Donnell.

— Il n'a pas pu nous retrouver aussi vite. Je ferais mieux de m'y rendre ; la princesse pourrait avoir besoin de moi.

— Dans une bon Dieu d'taverne ?

— Tu n'iras pas sans moi, dit Mansur.

— Ni moi.

— Ni moi.

Adelia dévisagea Boggart.

— Nous ne pouvons pas emmener le bébé.

— Ma foi, je m'en séparerai pas, et je me sépare pas d'vous, rétorqua Boggart qui ajouta : Et nous n'allons pas non plus laisser Renfort tout seul, hein ?

Bien...

L'Enseigne de Jérusalem se dressait, ou plutôt se vautrait, à l'extrémité de la rue des Orfèvres au fond d'une allée déserte où seul un vautour picorait énergiquement la carcasse d'un chat. Elle ne ressemblait pas à une taverne, plus à une ruine promise à la démolition ;

la croix des croisés était à peine visible sous la peinture pelée et les volets étaient clos.

Mansur approcha la main de la dague qu'il portait à la ceinture. Ulf dégaina son épée.

— M'étonnerait que cet endroit ait beaucoup de clients, dit-il.

Renfort tenta sans conviction de chasser le vautour et abandonna quand il constata que l'oiseau l'ignorait.

L'homme qui ouvrit la porte après que Mansur eut frappé n'était pas un tenancier, à en juger par son tabard sur lequel étaient brodées les armes des rois de la Sicile depuis qu'ils l'avaient arrachée aux Maures, deux lions d'or mettant à bas deux chameaux.

Il resta en arrière et s'inclina.

— Maîtresse Adelia ?
— Oui.

Il s'empara d'une lanterne allumée posée sur une table poussiéreuse et ouvrit l'autre main pour montrer une bague à Adelia.

Elle opina du menton avant de se tourner vers ses compagnons.

— C'est à Blanche.
— Qui êtes-vous, d'abord ? voulut savoir Ulf.
— Votre guide. Suivez-moi, je vous prie.

Il s'exprimait en français de Normandie avec un accent sicilien. Il désigna une trappe qui ouvrait sur une volée de marches plongeant dans les ténèbres.

— On va nulle part sans savoir où, le prévint Ulf.
— Ah bon ? J'ai cru comprendre que maîtresse Adelia a un ennemi et qu'il vaudrait mieux qu'il ne sache pas où la trouver. Suivez-moi, s'il vous plaît.

L'escalier était glissant. Ulf, épée à la main, s'engagea le premier, suivi de Mansur à qui Adelia confia le bébé avant de prêter main-forte à Boggart. Ils attendirent Renfort qui descendit les marches d'un pas maladroit.

— Excitant, pas vrai, maîtresse ? dit Boggart avec nervosité.

Brave entre les braves, cette fille. Adelia ne pouvait que prier en espérant ne pas l'avoir fourrée dans des ennuis supplémentaires ; ce passage pouvait déboucher dans un conte des *Mille et Une Nuits* comme sur un sultan en colère d'avoir reçu une épouse disgraciée.

Le tunnel était long et il se terminait par des marches menant dans un jardin fermé. Dans un mur s'ouvrait une grille devant laquelle se tenaient des gardes enturbannés et au pantalon bouffant armés de cimeterres.

Maîtresse Blanche les attendait là en tremblant.

— Il veut bien vous voir, Adelia. Je ne lui ai rien révélé, juste que vous avez sauvé la vie de sa fiancée. Il se souvient très bien de votre père. Si vous lui expliquez, alors, peut-être...

— Expliquer ?

Blanche attrapa Adelia par le cou des deux mains, comme si elle voulait la secouer. Au lieu de cela, elle approcha la bouche de son oreille.

— La cicatrice, bougresse, siffla-t-elle, *la cicatrice*. Persuadez-le, suppliez-le, dites-lui quel délice elle est vraiment.

— Elle *est* un délice.

— À vos yeux, mais il s'attend à la perfection.

Blanche recula et se signa.

— Je ne peux pas supporter l'idée qu'il la repousse. Marie, Mère de Dieu, faites qu'il comprenne.

Le guide leur fit signe de se presser. Il apparut que Blanche n'allait pas plus loin. Dans ce cas, décréta Adelia, Boggart et le bébé non plus ; ils ne devaient pas être mêlés à la suite, quelle qu'elle fût.

— Occupez-vous de Boggart et de l'enfant, dit-elle à Blanche. Et de Renfort.

Blanche acquiesça et écrasa la main d'Adelia comme si elle l'envoyait à la guerre, puis elle se détourna en se tamponnant les yeux.

Sur un hochement du menton de leur guide, un garde ouvrit la grille et ils pénétrèrent dans un passage voûté à colonnade qui longeait une petite place dallée, comme un atrium, au milieu de laquelle une fontaine chantait.

On les introduisit dans une grande salle décorée de dorures. De nouveaux gardes effrayants mais prévenants, d'autres salles, jusqu'à la dernière d'où ils purent entendre, même porte fermée, un raffut comme si un millier d'oiseaux pépiaient en même temps dans une volière.

Adelia croisa le regard de Mansur. Elle savait ce qui se trouvait derrière la porte : les rois de Sicile avaient beau être normands, ils avaient adopté – et manifestement maintenu – la plus arabe des coutumes.

La porte s'ouvrit sur une pièce immense pleine de femmes, quelques-unes âgées, la plupart jeunes et olivâtres, toutes belles et en voiles de soie flottants, car, bien que la nuit derrière le grillage des fenêtres fût froide, c'étaient là des oiseaux tropicaux que chauffaient une bonne cinquantaine de lampes et de braséros ciselés.

Certaines étaient allongées sur des divans, mais la majorité s'amusait à des jeux, dansait ou faisait des tours d'acrobatie. Leur guide s'immobilisa ; il n'allait pas plus loin. Il tendit le bras pour arrêter Ulf dont le menton s'était décroché devant le spectacle.

— Pas vous, dit-il.

Mansur tapota Ulf sur le sommet du crâne.

— C'est un harem, dit-il, et tu es un homme entier. Entre, et les gardes seront obligés de te tuer.

Ulf avait la bave aux lèvres.

— Ça vaut le coup, crédieu, dit-il.

Il resta derrière la porte qui se ferma sur Adelia et Mansur. Le vacarme baissa d'intensité un instant à la vue de Mansur, les conversations se tarirent avant de reprendre de plus belle ; Mansur avait aussitôt été identifié comme un simple eunuque de plus.

Dans un coin, quelques jeunes femmes travaillaient sur des métiers à tisser la soie ; cette occupation paraissait incongrue dans cet océan d'indolence, pourtant les propriétaires des mains agiles qui allaient et venaient semblaient absorbées sans déplaisir par leur tâche.

Un grand eunuque qui caressait les cordes d'un luth au long manche posa son instrument et se dirigea vers eux en se touchant le front et la poitrine.

— *Assalamu alaykoum*, dit-il.

— *Wa alaykoum assalam*, répondit Mansur.

L'homme poursuivit dans un parfait français de Normandie.

— Monseigneur, madame, je suis Sabir, à votre humble service. Maintenant, nobles gens, si vous voulez bien me suivre...

Il fit signe à une des femmes d'âge mûr du harem.

— Rashidah va servir de chaperon à dame Adelia.

Adelia se demanda si le roi allait les recevoir dans la chambre où étaient convoquées les femmes qu'il choisissait pour satisfaire son plaisir, mais la pièce dans laquelle ils entrèrent ne possédait pas d'épaisses soieries, ni de couche ou de peintures suggestives. Une superbe table de travail aux pieds griffus trônait au centre. Les livres et les rouleaux de parchemin couvraient trois murs et une magnifique tapisserie montrant une scène de chasse dans une forêt où vagabondaient des paons occupait le quatrième.

C'était le bureau d'un roi normand, pas d'un sultan maure.

En revanche, ce ne fut pas le roi qu'ils découvrirent derrière le bureau, mais une grenouille. Les pans du burnous encadraient des traits à la pâleur vert clair des batraciens. À moins que le baiser de la princesse au roi n'ait eu l'effet inverse du conte de fées, ce n'était pas le monarque.

L'homme se leva, montrant qu'il était trapu. Il salua, invita d'un geste ses invités à s'installer sur les chaises devant son bureau et prit la parole dans un français de Normandie teinté d'un léger zézaiement.

— Puis-je me présenter ? Je suis Jibril, émir-secrétaire du Musta'iz, le Glorieux, qui va nous rejoindre dans un instant. Seigneur Mansur, votre présence nous honore. Quant à vous, dame Adelia, vous avez beaucoup manqué au pays. Ce que le roi d'Angleterre a gagné, nous l'avons perdu ; c'est avec répugnance que j'ai signé jadis l'autorisation de vous envoyer à lui, car je savais que nous laissions partir un médecin accompli et le docteur Gershom une fille.

Il s'inclina. Ses yeux étaient la seule partie de son corps qui n'évoquait pas un batracien. Son regard jaillissait au-dessus des cernes comme une broche.

— Pouvons-nous espérer que votre retour soit permanent ?

— Malheureusement pas. Il faudra que je rentre, j'ai laissé mon enfant là-bas.

Elle eut tout à coup peur qu'on ne la laisse jamais repartir en Angleterre. Mais Jibril la rassura.

— Nous comprenons. Puissiez-vous la retrouver et être à nouveau réunies dans la joie et la sécurité.

— Merci.

Ils ont des espions partout, pensa-t-elle, *ils connaissent même le sexe d'Allie*. Il n'empêche, elle avait failli oublier le privilège qu'il y avait d'être dans un pays où un médecin femme n'était pas une abomination.

— Nous croyons savoir que le voyage depuis l'Angleterre n'a pas été de tout repos. Nous avons appris par le seigneur O'Donnell que vous avez été traquée par un scélérat qui vous veut du mal. Le Glorieux m'a prié de vous dire que, si cet individu est repéré à Palerme, il sera pourchassé et abattu comme le chien qu'il est.

— Je vous remercie, cependant je ne crois pas que ce soit l'objet de cette rencontre, n'est-ce pas ? Vous voulez discuter de la princesse Jeanne.

Les lèvres de Jibril s'étirèrent en un trait horizontal ; sans doute un sourire.

— Vous avez adopté la franchise des Anglais, madame. Permettez-moi de vous imiter. Dame Blanche nous a rapporté que la princesse est tombée malade après avoir embarqué à Saint-Gilles et que vous avez été amenée à prendre des mesures draconiennes pour lui sauver la vie. Auriez-vous la bonté de nous informer de leur nature ?

Elle prit une profonde inspiration.

— J'ai été obligée d'opérer.

Elle se lança dans l'explication de l'appendice et de sa corruption.

— Il en est résulté une cicatrice, bien sûr. Dame Blanche a peur que le roi n'en soit incommodé, mais je suis certaine que, en homme sensé qu'il est, il préférera une épouse avec une marque à une épouse décédée. Je puis vous assurer que la beauté de la princesse n'en pâtit aucunement, ni son caractère, qui est des plus agréables.

Le trait sur les lèvres du secrétaire s'élargit.

— Tout cela nous paraît évident. Nous sommes tous enchantés de ce joyau d'Angleterre. La cicatrice a peu d'importance si l'existence de cette chère âme a été préservée. Un diamant avec une imperfection peut être plus beau qu'un diamant pur. Ce n'est pas là notre inquiétude...

Ah bon ? Merci, mon Dieu, merci. Mais alors, qu'est-ce qui vous préoccupe ?

— Ce que nous aimerions connaître, c'est si cette opération a eu d'autres conséquences néfastes ? Pour son avenir et celui de son mariage ?

Ce fut Mansur qui saisit.

— Il veut savoir si Jeanne peut toujours avoir des enfants, lui dit-il en anglais.

Adelia poussa un « oh » de soulagement. C'était ça ? *Bien sûr* que c'était ça. Blanche et elle s'étaient affolées pour de mauvaises raisons. Balafrée ou pas, Jeanne avait pour fonction première de donner des fils à Guillaume. Un héritier était vital pour conserver la Sicile entre les mains des Hauteville. L'absence de descendance pour un roi n'était pas seulement une tragédie personnelle, elle entraînait la purge d'une administration tout entière, et même une guerre civile en cas d'affrontement entre prétendants au trône.

— Je vous assure, monseigneur, que, autant que je sache, Jeanne est capable d'avoir tous les enfants que Dieu et le roi lui donneront.

Les petites broches qui dansaient dans les yeux de Jibril étaient maintenant aiguisées et cruelles, comme sa voix :

— Est-ce la vérité ?

— Cette femme ne peut dire autre chose, intervint Mansur.

— Le cæcum et la matrice n'ont rien à voir l'un avec l'autre, dit Adelia. Je peux vous faire un schéma si vous voulez.

Pour la première fois, le sourire du secrétaire fut sincère. C'était un homme différent.

— Épargnez-moi ça. Et veuillez me pardonner. Vous comprenez, nous avons besoin d'un fils et héritier. Nous sommes entourés d'ennemis qui mettront la Sicile à feu et à sang s'il n'y a pas de successeur. Le pape, le Saint Empire romain, une nouvelle génération d'évêques. Nous sommes menacés sur plusieurs fronts.

Tiens, tiens, voilà l'occasion.

— Monseigneur, le roi d'Angleterre nous a confié un présent pour le prince Guillaume, outre sa fille, qui est le plus grand qu'il puisse faire. « Pour agir contre notre ennemi commun », a-t-il dit. Il lui offre Excalibur.

Excalibur. La flamme qui s'allumait dans les yeux à la mention de ce nom naquit même dans ceux du Maure. Les Normands avaient apporté la geste d'Arthur avec eux et elle avait pris racine ; il existait une légende sicilienne très vivace qui prétendait que le roi Arthur avait foulé l'Etna.

Jibril se pencha en avant ; il connaissait le pouvoir de l'épée pour quiconque la possédait.

— Où est-elle ? dit-il d'un ton cinglant qu'il n'avait pas utilisé jusqu'alors.

Si Richard la détenait, et Adelia en était à peu près certaine – Henri l'avait pour ainsi dire prévenue –, alors le moment était venu de le dénoncer. Mais avec prudence.

Elle lui expliqua que l'épée avait été cachée dans une croix et remise à Ulf pour le transport.

— Nous l'avons perdue quand mes compagnons et moi... avons rencontré des difficultés qui nous ont momentanément séparés de la princesse Jeanne et de sa suite, mais nous avons bon espoir que le duc Richard l'ait retrouvée. Elle a été vue, tout au moins la croix qui la contenait, lors de son embarquement à bord du *Nostre-Dame*, juste avant qu'il quitte Saint-Gilles.

Elle plongea le regard dans les yeux de Jibril et y lut comme à livre ouvert ; cet homme possédait des informateurs dans tous les pays du monde connu et il était sans doute plus au fait qu'elle sur les ambitions de Richard.

— Si le duc Richard la tient sous sa bonne garde, poursuivit-elle, il est possible qu'il souhaite la remettre en personne au roi, ce que, je n'en doute pas, il fera quand il en jugera le moment opportun.

— Je n'en doute pas non plus, murmura Jibril.

C'était suffisant ; inutile d'en dire plus. Par des moyens subtils, on ferait savoir au duc Richard que Guillaume était au courant de l'intention d'Henri de lui faire présent de l'épée, et qu'il entendait bien la recevoir.

Elle ne pouvait pas mieux faire.

— « Pour agir contre notre ennemi commun », ce sont ses mots, n'est-ce pas ? s'enquit Jibril.

— Oui, monseigneur.

— Lequel, je me le demande, nous en avons tant ! Cependant Jibril montrait un visage plus réjoui.

— Mes chers amis, vos souhaits seront les nôtres.

Tout ce que désirait Adelia c'était de pouvoir parler avec franchise.

— À propos des enfants, monseigneur. La princesse n'est pas encore prête pour en avoir.

— Ma chère dame Adelia, lui répondit-il sur un ton de reproche, notre Miséricordieux est-il un barbare ? Pas du tout. La princesse Jeanne profitera de son enfance jusqu'au moment… Ah, le voilà.

Un homme pénétra dans la pièce. Il était aussi beau que son palais et, malgré la longue chevelure blonde de ses ancêtres vikings, presque aussi oriental. Des babouches de cuir rouge ouvragé au bout pointu apparaissaient sous le burnous de laine fine à pompons. Avec lui étaient entrés des serviteurs, un sillage de parfum et une politesse toute mauresque tandis qu'il se touchait le front et la poitrine avec des *salaam* lors des présentations. L'entendre parler en français de Normandie était déconcertant, tout comme l'invocation à la Vierge plutôt qu'à Allah quand il exprima sa reconnaissance pour « cette pure perle d'Angleterre dont la vie et le bien-être me tiennent à cœur et pour laquelle je resterai à jamais votre débiteur ».

Il coula un regard vers Jibril, qui acquiesça – *affaires conclues de manière satisfaisante* –, avant de les réprimander gentiment.

— Pourquoi donc n'étiez-vous pas avec ma princesse lors de son arrivée ? Vous, qui avez tant fait pour elle, auriez dû vous trouver dans le cortège royal. Où vous êtes-vous installés ? Non, vous logerez au palais de la Zisa pendant votre séjour, vous et votre compagnie êtes mes honorables invités. Mansur, mon ami, chassez-vous ? Dame Adelia, je suis l'obligé de votre estimé père, je suis dorénavant le vôtre... Et comment se porte mon cousin d'Angleterre ?

Il était jeune, vingt-quatre, vingt-cinq ans peut-être, et, à en juger par son charme, sans parler de son harem, il avait l'expérience des femmes – comme une nation s'attendait à ce que fût son roi, tout en exigeant une fidélité exemplaire de la part de la reine. Mais il ne montrait pas l'énergie, l'intelligence arrogante de son futur beau-père. Jamais Henri Plantagenêt n'aurait délégué à son secrétaire la question de la fertilité de Jeanne ; les décisions importantes restaient son domaine réservé.

Adelia soupçonna un caractère nonchalant et s'en inquiéta. À n'en pas douter, Jeanne allait tomber amoureuse de lui, comme de juste. De ce point de vue, leur union serait heureuse, mais que Guillaume eût la force, la perspicacité et l'autorité pour préserver l'équilibre dont dépendait son royaume, elle en était moins sûre.

La pièce se remplit de domestiques apportant des sorbets, des gâteaux et deux coussins de velours supportant chacun un coffret en cuir. Le seigneur Mansur se leva pour être investi de l'ordre du Lion, on passa une croix en or au cou de dame Adelia. On remit à tous deux une bourse épaisse qui tintait.

— Veuillez accepter ceci de nos mains reconnaissantes. Nous croyons savoir que les vôtres ont été subtilisées.

— Merci, monseigneur, merci.

D'où tiennent-ils toutes leurs informations ? Elle souleva la croix pour l'examiner de plus près, et avala sa salive. Elle était garnie de diamants, assez pour subvenir aux besoins d'Allie et aux siens pour le restant de leur vie.

— Et maintenant, chère madame, dit Jibril après le départ du roi, des chariots couverts vous attendent dehors pour vous emmener, vous et les vôtres, au palais de la Zisa. Pour avoir sauvé la vie de la princesse, il est du devoir du Miséricordieux et du nôtre d'assurer votre protection. Votre transfert se fera donc en secret. Personne en dehors de nous ne saura où vous êtes.

Ce n'était pas une proposition, c'était un ordre. Le roi avait une dette envers Adelia ; l'honneur exigeait que rien ne lui arrive avant qu'il l'ait remboursée.

Le Roi le veult, songea-t-elle.

La Zisa, un des palais qui entouraient Palerme comme un collier, avait la réputation d'être le plus charmant de tous. Le père et la mère d'Adelia lui avaient montré jadis l'inscription qui ornait la façade : « Devant

vous s'ouvre le paradis terrestre : ce roi est le Musta'iz
– *le Glorieux* –, ce palais est l'Aziz – *le lieu noble.* »
Ma foi, un peu de luxe n'était pas de refus.
— Très aimable à vous, dit Adelia.

Plus tard, dans une autre pièce du Palazzo Reale, deux hommes étaient en pleine discussion. Une belle salle, une des nombreuses réservées aux hôtes de marque ; à l'endroit où le plafond voûté et peint rejoignait les arches des murs courait une frise de fruits en marbre sculpté et, au creux des niches, s'empilaient de vraies grenades et oranges dans des plats de porphyre en forme de bateaux posés sur des tables au plateau en argent. Les invités étaient préservés du froid – bien que le climat de Palerme s'adoucît en février, il faisait encore frais – par des coupes d'huiles parfumées qui brûlaient dans des braséros.

La discussion, qui se tenait en anglais, était moins raffinée. En fait, la salle aurait pu être une arène dans laquelle se faisaient face deux chiens de combat retenus par une laisse et cherchant à sauter à la gorge l'un de l'autre.

— Et où est-elle maintenant ?

L'évêque de Saint-Albans n'aimait pas l'histoire qu'il venait d'entendre sur ce qui était arrivé à sa femme et il n'aimait pas l'homme qui la lui avait racontée, lequel le lui rendait bien.

— Je l'ignore.

La désinvolture avec laquelle l'amiral O'Donnell avait prononcé ces paroles et sa pose alanguie sur le divan étaient déjà en soi insultantes.

— Bien sûr que vous le savez.

— Non, je l'ignore. Nous nous sommes séparés à la descente du navire. Je suis parti avec la princesse et elle de son côté. Apparemment, sa famille possède une maison dans le quartier juif. Mais elle l'a quittée, les autres avec elle, et les voisins ne savent pas pour où.

En réalité, il se doutait qu'elle était sous la protection de Jibril, qui les avait longuement interrogés, Blanche et lui, sur les événements qui avaient eu lieu durant le voyage de la princesse et avait montré un intérêt particulier pour son lieu de résidence. Oui, il était presque sûr qu'Adelia était dans un palais royal, en sécurité, Dieu merci, mais il se serait damné plutôt que d'en informer cet évêque qui n'avait rien fait pour s'en assurer. Qu'il transpire un peu.

— Pourquoi bon Dieu ne l'avez-vous pas conduite ici ?

— Eh bien, ma foi...

On ne pouvait pas se mouvoir avec plus d'élégance lasse que l'Irlandais.

— ... J'ai jugé que rejoindre un entourage royal parmi lequel un individu voulait sa peau n'était peut-être pas la meilleure idée qui fût.

Tu as fait ça, sale bâtard, songea Rowley. *Et qui t'a autorisé à juger ce qu'elle doit et ne doit pas faire ? C'était pour sauver sa vie, je suppose.*

Bon, eh bien, il y avait moyen de regagner la terre ferme.

— Je l'ai trouvé, dit-il.

— Scarry ?

Voilà qui lui rabat son caquet, à ce bougre.

— Venez par ici.

L'Irlandais s'approcha d'une exquise table à trois pieds recouverte de parchemins et de rouleaux.

— Comment donc avez-vous fait ?

— Jetez un coup d'œil là-dessus.

Rowley ramassa un rouleau. Tout à son triomphe, il en oubliait son animosité.

— Nous avions l'obligation de présenter la liste des noms de l'entourage de la princesse au régisseur de ce palais. Toutes les personnes voyageant avec elle qui demandaient à être logées.

Il se frappa du poing le côté de la tête.

— Dieu tout-puissant, je ne sais pas pourquoi je n'ai pas pensé aux noms avant... C'est pourtant clair comme de l'eau de roche.

Les cloches qui appelaient pour les laudes sonnèrent non loin, depuis San Giovanni degli Eremiti, qui, avec ses coupoles vermillon, ressemblait plus à une mosquée qu'à une église. Rowley les ignora.

Le rouleau était long. Il ne portait pas seulement les noms, mais aussi la qualité et le lieu de provenance.

Rowley pointa le doigt.

— Ici.

L'Irlandais considéra le nom.

— *Lui ?* Jamais de la vie, sûr. Seigneur, il était... Ça ne veut pas dire pour autant qu'il s'appelle Scarry.

— Je sais. Mais Scarry est un surnom, son identité de hors-la-loi, et il y a fort à parier pour qu'il le tienne de là. J'ai moi aussi été étonné, mais aucun autre nom de la liste ne mène à quelque chose. Je les ai tous étudiés. Et quand on y réfléchit, il était le seul qui avait l'occasion d'agir.

— Pourtant, il... Je n'aurais jamais imaginé... Où est-il à présent ?

— Personne ne sait. Il a disparu dès que le *Nostre-Dame* a accosté. Voilà qui tranche la question. D'après ce qui se raconte, il devenait de plus en plus excentrique chaque jour.

— *Excentrique ?* J'aurais pensé à un terme plus adapté. Alors il rôde quelque part dans la cité ?

— Je suppose. J'ai des hommes qui le cherchent – et elle. Au nom de Dieu, pourquoi l'avez-vous laissée échapper ?

O'Donnell se frotta le menton.

— Écoutez, elle a promis à Jeanne qu'elle la verrait mariée, donc elle sera présente dans la cathédrale le jour du mariage, c'est-à-dire après-demain. C'est une femme de parole...

— *Je le sais très bien !*

— ... Mais je la trouverai avant.

Il se leva et s'éloigna vers la porte. Rowley l'arrêta du bras.

— *Moi*, je la trouverai. Elle est *ma* femme, O'Donnell.

L'Irlandais eut un sourire de surprise apparente.

— Vous croyez ? Votre femme ? Vous, un évêque ?

Le sourire s'effaça.

— Dans ce cas, nom de Dieu, il fallait prendre soin d'elle un peu mieux, vous ne pensez pas ?

Ulf tendit la main vers une datte au miel, une friandise qu'il n'avait jamais vue auparavant et qu'il trouvait à son goût.

— Qu'y a-t-il de bizarre ? Qu'ai-je à faire de toute cette soie ? Si j'rentre affublé comme ça, les copains vont me jeter dans une mare.

— Tu es très beau, dit Adelia.

Ils l'étaient tous. Son bliaud à elle lui faisait comme une seconde peau sur la poitrine et la taille tandis que les manches et la jupe flottaient autour d'elle, légers voilages d'un vert argenté exquis.

— En revanche, avec ton teint, le violet n'était peut-être pas indiqué.

— J'adore le violet.

Mansur prit le relais.

— Donc le régisseur t'a demandé si tu désirais qu'on envoie dans ta chambre une couturière et tu as refusé.

— Je dis pas que la chambre est pas belle, mais je veux pas qu'elle soit encombrée d'un métier à tisser ou je sais quoi, si ?

— C'était une périphrase, lui expliqua Mansur.

— Je veux pas qu'elle soit encombrée non plus d'une périphrase.

La lumière se fit dans son esprit.

— Tu veux dire... Enfer et damnation ! *Et j'ai dit non...*

— C'est très bien, intervint Adelia, pense un peu à cette pauvre fille.

— Peut-être aime-t-elle le violet, dit Mansur.

Adelia mit les bras derrière la tête et écouta le chant d'un oiseau dans un amandier qui commençait à bourgeonner.

Elle se remémora les vers d'Homère : « Neuf jours durant, nous fûmes entraînés par des vents mauvais sur la mer, mais au dixième nous abordâmes le pays des mangeurs de lotus. »

Boggart, berçant Donnell après l'avoir nourri, revenait du jardin où elle s'imposait des balades régulières avec l'enfant pour que « son p'tit nez y puisse sentir toutes ces bonnes odeurs ».

Elle aussi était élégante. À l'instar de ceux d'Adelia, ses cheveux étaient enveloppés dans une coiffe perle. D'accord, les objets avaient tendance à tomber sur son passage, mais sa gaucherie s'envolait quand elle avait le bébé dans les bras ; il n'y avait pas mère plus attentionnée.

Adelia se dressa sur son séant et lui enleva le bébé afin de se vautrer avec lui dans les coussins et sentir sa nuque contre sa joue. Il sentait l'air frais et le lait.

— Pas de lotus pour toi, lui dit-elle. Pas avant d'avoir des dents.

— Jamais mangé d'lotus, dit Boggart. C'est aussi bon qu'le couscous ?

Renfort lui-même portait un collier d'argent. Puisqu'il avait joué un rôle dans l'expédition d'Aveyron, les serviteurs musulmans du palais avaient été sommés de réprimer leur aversion pour les chiens, qu'ils jugeaient impurs. On lui avait tout d'abord offert l'asile du seul chenil du palais, mais la meute de lévriers arabes qui l'occupait l'avait terrifié, il avait donc été autorisé à rejoindre Adelia et les autres, tel un hôte de marque.

Sa maîtresse avait demandé si elle pouvait envoyer un message à l'évêque de Saint-Albans pour lui révéler l'endroit où elle se trouvait, mais l'ordre de Jibril de garder secret pour quiconque le lieu de son séjour avait été respecté à la lettre et sa requête ignorée – courtoisement, mais ignorée.

Rowley était à Palerme, c'est tout ce qu'elle avait pu savoir. Oui, monseigneur l'évêque était lui aussi au courant de sa présence en Sicile, cependant il était préférable, compte tenu des espions qui grouillaient partout, d'éviter tout contact entre le palais de la Zisa et le monde extérieur.

Eh bien, se dit-elle, *je le verrai au mariage*. Et une pensée indigne lui vint à l'esprit : *Ça ne peut pas lui faire de mal d'attendre jusque-là*.

C'était injuste pour Rowley, et sans doute pour O'Donnell, qui avait tant fait pour elle, mais elle ne se sentait pas l'énergie pour les hommes et les émotions qu'ils suscitaient. En fait, avant d'être installée dans le luxe de la Zisa, elle n'avait pas pris conscience de leur total épuisement.

Ils n'en demandaient pas tant. C'était un plaisir sensuel intense d'être traités comme des pachas, de barboter dans l'eau chaude d'une baignoire assez grande pour y nager, de se faire masser, oindre et parfumer, de disposer de cuisiniers rivalisant pour les tenter avec des plats qui étaient un ravissement pour le palais.

Tout cela dans un édifice bâti par des architectes maures pour des rois normands, si bien qu'ils se promenaient au milieu d'un décor prodigieux et enchanteur de stalactites, de plafonds en nids-d'abeilles, de mosaïques stupéfiantes, peuplé de paons.

Tous quatre étaient contents de se retrouver entre eux pour plaisanter et se remémorer un autre temps de camaraderie et de bonheur à Caronne. Ils savaient que les autres se réveillaient en sueur sous le coup de cauchemars hantés de hurlements et de flammes. Dans ceux d'Adelia, une buandière assassinée surgissait à intervalles réguliers pour brandir devant elle un doigt accusateur. Toutefois, alors qu'ils partageaient les mêmes souvenirs, ils ne les évoquaient jamais. Chacun s'efforçait au contraire de profiter de cet éden et de l'affection de ses camarades.

La présence de gardes armés de cimeterres devant chaque issue était pour l'instant plus rassurante que gênante. Adelia se mit en tête que Scarry, quelle que fût son identité, était mort, ou qu'il avait abandonné et avait fui, qu'il allait la laisser tranquille. Si elle avait pu être entourée d'Allie et de ses parents, elle aurait été aussi proche du paradis que possible.

Dans un quartier déshérité de Palerme, un hôtelier et sa femme parlent de l'homme à qui ils viennent de louer un espace dans la mansarde de leur taudis.

— Son argent est le bienvenu, fait remarquer Ettore.

Les chambres s'arrachent avec le mariage qui a attiré la foule dans la ville, et que l'étranger n'ait pas chicané devant le prix d'un tari d'or qu'Ettore a exigé pour un logement qu'il peut difficilement prétendre luxueux a décontenancé l'hôtelier.

— Tu as vu ses yeux ?

Agata se signe.

— Ils me donnent la chair de poule. Et pas une parole. Ne me laisse pas seule avec cette créature.

Son mari a lui aussi été perturbé par son client mutique, mais un tari d'or est un tari d'or.

— Son argent est le bienvenu, répète-t-il.

— *Encore* un cadeau, Rafiq ?

Le régisseur tenait les mains en coupe comme s'il faisait l'offrande d'une gorgée d'eau.

— De la part du Miséricordieux, madame. Je viens annoncer que c'est arrivé par bateau ce matin. C'est dans la cour de la Fontaine, si vous voulez bien me suivre. C'est pour le seigneur Mansur aussi.

Mansur, remarqua Adelia, gardait sans arrêt la main posée sur sa dague à la ceinture ; il était bien plus nerveux qu'elle, scrutant en permanence les murs des jardins qu'ils traversaient, comme si Scarry pouvait bondir par-dessus, un couteau entre les dents.

La journée avait été nuageuse et, dans la cour, l'eau qui s'écoulait des têtes de lion en pierre encastrées dans le mur rafraîchissait plus encore l'atmosphère. Deux personnes, un homme et une femme, se tenaient sous un palmier et observaient les contorsions qu'il avait dû faire pour pousser entre les dalles.

Ils se retournèrent.

L'homme avait une barbe courte et des yeux pleins d'humour. Il était un peu plus petit que la femme élégante qui l'accompagnait.

C'était un couple qui, jadis, au cours d'une exploration, avait fait la découverte fortuite d'un nourrisson braillard, une petite fille abandonnée sur un versant du Vésuve. Sans enfant, il avait adopté le bébé et, en l'élevant, lui avait offert le bénéfice de son affection et d'une éducation exceptionnelle. À mesure qu'elle grandissait, les parents avaient constaté que leur fille adoptive possédait des facilités qui lui permettaient de les égaler, voire de les dépasser, et ils l'avaient inscrite à l'école de médecine de Salerne, où tous deux étaient professeurs.

Adelia se précipita vers eux en trébuchant et se jeta dans leurs bras. Elle sentit sur sa joue ses propres larmes se mêler à celles de ses parents.

Le dîner s'acheva, pas les explications ; Adelia, ses parents et ses amis, installés jambes croisées sur des coussins, restèrent autour de la table bien après que les plats eurent été débarrassés.

— C'est terrible, dit le docteur Gershom pour la énième fois. Qui est ce monstre ? Et ça arrive à notre chérie !

— Restons calmes, lui dit le docteur Lucia – sa phrase fétiche. Jibril va mettre la main sur ce malade et le mettre hors d'état de nuire.

— Il ferait bien. Tant qu'il est là, je ne la quitte pas des yeux.

Il regarda sa femme.

— Et je suis calme, bougresse.

— Non, pas du tout. Seulement avec tes patients. Ils vivront plus vieux que toi, vieil homme.

C'était là un dialogue mille fois recommencé qui, pour des gens comme Ulf et Boggart qui le découvraient, pouvait s'apparenter au début d'une dispute.

Adelia et Mansur échangèrent un regard et sourirent. Rien ne changeait, donc. Ce couple mal assorti se chamaillait, s'insultait parfois au point d'inquiéter les étrangers, en particulier ceux qui, à l'instar de la plupart des maris et des femmes siciliens, usaient entre eux d'une urbanité raffinée en public, quels que fussent leurs rapports dans l'intimité. Ceux qui les connaissaient bien, cependant, y voyaient la démonstration d'un attachement si profond qu'ils avaient choisi de subir l'ostracisme de leurs familles, l'une catholique romaine, l'autre juive, en ne se mariant pas.

Jamais Adelia n'avait pris ces empoignades pour autre chose qu'une façon très libre de s'exprimer et jamais non plus elle n'avait envisagé que les racines de l'arbre qui l'avaient protégée pendant son enfance puissent un jour être ébranlées.

— Et cet Henri Plantagenêt qui arrache une mère à sa petite fille ! s'écria le docteur Gershom. Est-ce digne d'un roi ? Même la pire des brutes hésiterait. J'ai besoin de voir ma petite-fille.

— Nous la verrons si nous allons en Angleterre, lui dit sa femme.

Adelia retint son souffle.

— Il est question que vous veniez en Angleterre ? Quand ? Pourquoi ne m'avez-vous rien dit ?

— Il y a quelque temps, répondit le docteur Lucia, l'infâme brute dont parle ton père nous a envoyé une missive des plus courtoises qui faisait ton éloge, Adelia, et il ajoutait que, si l'envie nous prenait de visiter l'Angleterre, il serait ravi de nous placer sous sa protection.

— Henri a fait ça ?

Adelia était stupéfaite.

— Un de ses fringants messagers passe de temps à autre à Salerne en se rendant à Palerme, grogna le docteur Gershom, et il nous remet un courrier donnant de tes nouvelles. Ta mère voit ça comme de la politesse. Moi, je prétends que nous recevons ni plus ni moins notre dû pour nous avoir enlevé notre fille et la retenir. Sa proposition, c'est du vent, un os à ronger qu'il nous jette.

— Oh non, rétorqua Adelia avec assurance. Non, pas du tout. S'il vous invite en Angleterre, c'est qu'il veut que vous vous y rendiez.

Le Plantagenêt n'agissait jamais sans réfléchir. Elle se demanda ce qui le motivait ; elle ne soupçonnait pas qu'il connût jusqu'à l'existence de ses parents. Mais c'était un monarque astucieux qui possédait un réseau d'espions sans équivalent, et deux médecins parmi les plus doués du monde seraient d'un intérêt considérable pour son royaume.

Ce qui l'étonnait, c'était que ses parents envisagent le périple ; elle les aurait crus trop fermement accrochés à leurs Apennins du Sud pour se déplacer.

En regardant sa mère, Adelia remarqua une chose qui lui avait échappé dans l'émotion des retrouvailles : une contusion sur une pommette.

Elle se pencha et effleura la plaie du doigt.

— Comment est-ce arrivé ? Père t'a encore battue ?

— J'aurais dû, grogna celui-ci, amer. S'il existe une grande perche têtue et obstinée qui mérite des coups, c'est bien ta mère. Je lui ai conseillé de se faire accompagner par Selim quand elle visite ses patients. Est-ce qu'elle m'a écouté ? Mansur, mon vieil ami, où étais-tu ? Tu aurais veillé sur elle.

Son visage s'assombrit.

— Elle a été lapidée.

— Lapidée ? *Qui a fait ça ?*

— Oh, un moine, dit le docteur Lucia sur un ton désinvolte. Sur la Via Mercanti. Je crois qu'il vient du monastère de San Matteo. Un lanceur pitoyable, soit dit entre nous : toutes les autres pierres m'ont ratée.

— Seigneur Dieu, mais *pourquoi* ?

— Probablement parce que je forme un couple avec ce juif que tu appelles ton père.

— C'est vrai, dit Gershom. Le lendemain, cette aimable créature est venue avec du renfort et a brisé tous les volets de chez nous, ce qui, je te l'accorde, vaut mieux que caillasser ta mère, même si c'est moins économique. Le bois coûte cher. Nous nous sommes plaints auprès de monseigneur Jérôme, mais rien n'a été fait ; il n'y a pas eu de poursuites.

— Et pourquoi ?

— Mon enfant, tes parents sont un affront fait à Dieu. Un juif et une chrétienne qui vivent ensemble ? Insupportable. De quoi perturber les Cieux.

Gershom soupira.

— Jusqu'à ta tante Felicia qui a jugé nécessaire de nous quitter en se retirant au couvent de San Giorgio.

Felicia ? Cette femme qui tenait la maisonnée avec maestria pour que sa jeune sœur talentueuse puisse se consacrer à son métier de médecin ?

— Oui, bon, dit Lucia. Elle se faisait vieille, peut-être devenions-nous une charge trop lourde.

— Non, rétorqua Gershom, elle a eu peur.

Il prit la main de sa fille.

— Les choses ont changé, ma petite. Le charpentier Simon et sa femme maure ont été chassés, ainsi que notre excellent apothicaire grec – tu te souviens d'Hypatos –, qui a eu la mauvaise idée d'épouser une catholique.

— Personne ne s'en souciait... Ma foi, si, on s'en souciait, mais c'était toléré...

— Tu évoques le temps où l'Église fermait les yeux sur les unions mixtes. C'est terminé maintenant. Le roi Guillaume subit une pression permanente pour qu'il remplace ses conseillers infidèles par des chrétiens de Rome. Même Jibril doit prétendre s'être converti quand il est en public ; il me l'a confié quand nous sommes arrivés.

— Je l'ai remarqué, dit Mansur. Ne t'ai-je pas rapporté qu'il y avait moins de mosquées que jadis, Delia ?

Aveyron.

Adelia se leva et alla à la fenêtre pour respirer l'air frais. *Pas ici, mon Dieu, pas ici.*

Ils avaient lapidé sa mère, *lapidé*, à Salerne, qui avait été une marmite bouillante qui produisait les plus grandes avancées sociales, politiques et scientifiques que le monde ait connues. Elle aurait imaginé que son fumet se serait diffusé dans d'autres pays et aurait été humé par des peuples qui auraient eu la sagesse d'y voir la promesse d'un avenir libéré des conflits raciaux ou religieux.

Ne laisse pas cet astre s'éteindre.

Le soleil, le vrai, se couchait. Un énorme demi-cercle rouge dispensait une lumière ambrée dans les jardins. Elle entendait dans le lointain les appels à la prière du soir qui venaient des minarets et des campaniles. Dans la cité, les robes blanches des Maures, les tuniques normandes, les robes de bure des moines et les capes juives se frôleraient tandis que chacun se rendait qui à la mosquée, qui à l'église, qui à la synagogue.

Cependant Mansur avait raison ; la musique était discordante à présent, dominée par les cloches sonnant les vêpres.

Pas Aveyron. Pas ici.

Gershom la rejoignit et lui enlaça les épaules.

— Ça me déchire le cœur de te l'apprendre, mais tu ne serais plus autorisée à fréquenter l'école de médecine de Salerne aujourd'hui.

Adelia pivota pour le dévisager.

— Les femmes sont bannies ?

— Les femmes sont bannies. Plus d'autopsies non plus. De temps à autre, le vieux Patricio réussit à me procurer en douce le cadavre d'un indigent, mais...

Il tendit les bras vers le ciel.

— Comment pouvons-nous réparer le corps humain si nous ne savons pas comment il fonctionne ?

Ils restèrent ainsi côte à côte à contempler le grand demi-cercle virer à l'or et agoniser le temps d'une apothéose finale avant de disparaître et de les laisser dans la pénombre.

Dans le grenier de la pension du signor Ettore, Scarry est assis sur le matelas puant du lit bas. Immobile, il a le regard fixé sur le plâtre pelé du mur.

La tenancière a raison pour ses yeux ; pourtant ils sont beaux, en un sens, avec leurs pupilles étroites parfaitement dessinées sur le blanc de craie. Dépourvus de toute émotion. Des yeux de loup.

CHAPITRE 14

Jamais de toute son histoire Palerme n'avait connu pareil faste que le mariage de son monarque avec la fille du roi d'Angleterre. La cité était pavoisée de lanternes et de flambeaux en si grand nombre que leur éclat illuminait un ciel gris et l'affluence joyeuse qui embouteillait les rues.

Dans la cathédrale, l'assemblée faisait penser à un écrin de bijoux aux couleurs vives d'une infinie variété.

Comme toutes les autres dames de marque entassées dans une zone de la nef délimitée par une corde, Adelia était voilée. Deux siècles de domination arabe avaient laissé un héritage musulman auquel les Siciliennes respectables, quelle que fût leur religion, n'avaient pas renoncé.

Boggart et le docteur Lucia, également voilées, avaient pris place dans un compartiment situé en hauteur dans le clair-étage au sud – ajout chrétien à ce qui avait été la plus grande mosquée de Palerme –, derrière un écran filigrané comportant un volet que l'on pouvait fermer pour étouffer les cris du petit Donnell s'il venait à réclamer son repas.

Mansur, perdu quelque part de l'autre côté avec Ulf et le docteur Gershom dans la partie masculine de l'assemblée, avait de nouveau tous les sens en éveil depuis qu'ils avaient quitté la protection du palais de la Zisa. Il avait interdit aux femmes de sortir sans un voile qui leur assurait l'anonymat.

« Scarry peut se trouver dans la cathédrale. Il connaît nos visages, nous ne connaissons pas le sien. »

Le docteur Gershom ne voulait pas qu'Adelia se rende au mariage, mais elle avait promis à Jeanne qu'elle y assisterait et elle entendait ne pas se dédire.

La querelle avait duré un bon moment.

Ils devaient être conduits en palanquins, comme des potentats. Quand Mansur, dont la taille rendait ce type de transport inconfortable, insista pour les suivre à pied, ce fut aussitôt un concert de protestations ; il était évident pour tout le monde qu'il voulait examiner la foule sur leur passage, prêt à intervenir. Pour le Maure qu'il était, Scarry avait acquis des pouvoirs surhumains.

— Espèce de grand dadais, avait dit Ulf, s'il est dans la foule, il va te reconnaître. Autant se munir d'une cloche et crier : « Laissez passer dame Adelia ! »

— J'éviterai ça, avait répliqué Mansur. Je serai moi aussi voilé.

Ce qui n'était pas déraisonnable ; de nombreux Sarrasins, surtout les plus religieux, portaient le *taghelmust*, une bande de tissu qui leur couvrait la partie inférieure du visage.

— Laisse-le faire, avait fini par lâcher Adelia, de guerre lasse. Au moins, il n'aura pas de poussière dans les narines.

De la poussière, il y en avait eu plein, mais pas de Scarry. En coulant un regard par l'entrebâillement des rideaux du palanquin sur Mansur marchant à son côté comme un Touareg aux aguets, Adelia avait songé avec dépit qu'elle quittait le jardin d'Éden pour retrouver le monde du soupçon et de la peur.

Cependant, tandis que pour ses parents, Mansur et Ulf, la menace immédiate s'appelait Scarry, elle s'effrayait d'un péril plus grand et plus global qui, dans cette cathédrale, lui apparaissait clairement. La messe de mariage était célébrée par l'Église catholique ; elle avait repéré de rares juifs dans l'assemblée, encore moins de membres du clergé grec, et quant à Mansur, il faisait partie d'un groupe restreint de Maures en robes arabes.

Oui, c'était là une cérémonie chrétienne. Rien de plus normal. Elle n'était toutefois pas représentative de la Sicile, de ce qu'elle signifiait, pensa-t-elle. Ce qui posait la question des raisons qui faisaient que Guillaume avait accepté de se plier à des contraintes que son père et son grand-père auraient refusées.

Le roi l'inquiétait. Elle n'en avait rien vu de plus que ce que lui avait montré leur unique rencontre et n'avait pas approfondi la question, mais Mansur lui avait rapporté des commérages de ses camarades eunuques du palais de la Zisa qui n'étaient guère encourageants.

— On raconte qu'il passe trop de temps dans son harem.

— Il est populaire auprès du peuple, avait-elle dit pour sa défense.

— Parce qu'il a la beauté et le charme. Parce que le pays est en paix, mais il ne fait rien pour la préserver et ça tracasse les gens. Ils disent qu'il est faible. Les seigneurs normands prennent de plus en plus de pouvoir dans son administration et ils charrient leur Église dans leur sillage.

C'est alors que Mansur l'avait surprise.

— Notre roi leur aurait botté le train.

Notre roi.

— Doux Jésus, Mansur, avait-elle commenté après un moment, nous sommes devenus *anglais*.

Elle laissa son regard vagabonder le long d'une suite de minces piliers mauresques à l'ouest, au-delà du grand autel du chœur, puis remonter le mur absidal avec ses prophètes, ses saints, ses angelots jusqu'à la grande mosaïque qui les dominait tous.

D'où le Christ Dieu la fixait du regard.

Enfin, s'il n'était pas celui de Dieu, ce visage appartenait à l'Homme dans ce qu'il a de meilleur. Avec de minuscules fragments colorés, un Byzantin génial avait capturé la force, l'amour et la tendresse pour donner vie au Pantocrator qu'il vénérait, et qu'il avait raison de vénérer, car il était le souverain suprême dont la compassion sans distinction de race ou de foi s'étendait à l'homme, la femme et l'enfant.

Adelia s'abîma dans les yeux noirs et lourds qui la dévisageaient. *Ne les laisse pas Te changer, Seigneur, ne les laisse pas faire.*

Elle dut s'en détacher lorsqu'un éclat de trompettes retentit ; la foule dans la nef s'écarta pour livrer passage à la procession de princes, d'archevêques, d'évêques et d'ambassadeurs qui se dirigeait vers le chœur.

Elle ne voyait que lui.

Rowley n'avait pas l'air à son aise, comme toujours quand il était en habit de cérémonie ; la mitre ne lui allait pas.

Elle aimait de nouveau tout de lui, n'avait jamais cessé de l'aimer. Elle comprit que seul un mouvement de rancune sordide et indigne l'avait retenue de courir le rejoindre aussitôt posé le pied à Palerme. En le regardant, elle ne lui en voulait plus de l'avoir délaissée pour accomplir son devoir et de ce qu'un autre homme se soit chargé de la protéger. Il n'y avait pas d'autre homme ; il n'y en aurait jamais.

Oserai-je lui faire un salut de la main ? Mon cher amour, je suis là !

Pas commode. De toute façon, le cortège était passé ; les hommes en grands atours qui défilaient devant elle étaient des évêques de moindre rang et appartenaient au clergé de pays étrangers.

L'un d'eux était l'évêque d'Aveyron.

Adelia porta la main à sa bouche et réprima un gémissement. Le monstre était là, convié, accepté, symptôme de la gangrène qui, si les princes de ce monde n'en coupaient pas le membre, allait infecter l'ensemble du corps. Et là, qui passait à présent, l'autre démon, le père Gerhardt, et le père Guy avec lui, discutant ensemble, comme si les épidémies se multipliaient et s'unissaient. Elle tourna le regard sur le visage du Christ Pantocrator. *Ne les laisse pas faire, ne les laisse pas faire.*

Une chorale entonnait un épithalame, annonçant l'arrivée de la mariée.

Adelia se tordit le cou pour tenter d'apercevoir la plus petite silhouette de la cathédrale qui remontait lentement l'allée centrale, accompagnée de son frère.

Au bout de ses bras tendus, le duc Richard portait une épée scintillante qu'il s'apprêtait à déposer sur l'autel. Excalibur avait atteint la destination prévue à l'origine.

Adelia songea à la grotte dans laquelle elle avait été découverte et où reposaient dans le calme les ossements de son propriétaire premier, cachés aux yeux de tous. Elle se dressa sur la pointe des pieds pour espérer entrevoir Ulf – ce moment lui appartenait autant qu'à elle –, sans succès.

Au bras de son frère, Jeanne ressemblait à un délicieux myosotis ; on avait choisi pour elle une robe du même bleu que la cape du Pantocrator. Elle avait des fleurs et des diamants dans les cheveux.

Mais elle était si petite, si petite. Adelia avait envie de l'attraper et de s'enfuir avec elle dans ses bras.

Qu'allaient-ils faire d'elle, ces loups en soutane et chape ? Quel inepte boucher convoqueraient-ils à son chevet si elle tombait de nouveau malade ?

Les ignorants essayaient de ramener la science mille ans en arrière, pensa-t-elle. Il se pouvait qu'ils réussissent. *Je ne pourrais plus être ton médecin, ma chérie ; ils me l'interdiraient. De toute façon, une autre enfant a besoin de moi et je dois rentrer chez moi.*

Chez moi. Ce n'est pas chez moi, ici. Je suis chez moi avec Gyltha, Allie et Rowley sur une petite île pluvieuse dirigée par un roi soupe au lait qui regarde devant lui, pas derrière.

Mais d'abord, il y avait une cérémonie de mariage à célébrer.

Où diable se cache-t-elle ? L'évêque de Saint-Albans, coincé comme une branche de céleri entre les deux citrouilles qu'étaient l'évêque de Winchester et le légat du pape, parcourait du regard l'assemblée de la nef dans l'espoir de repérer sa femme. Ou tout au moins la créature qui en voulait à la vie d'Adelia.

Les trois jours précédents, il avait engagé des Palermitains astucieux et fureteurs pour qu'ils localisent sa cachette. Lui-même avait consacré ses nuits à le traquer en posant des questions dans toute la ville. Rien. Le serpent s'était glissé dans les fissures du sol, prêt à jaillir et à frapper dès que l'occasion se présenterait.

Il est là, quelque part dans la foule de cette cathédrale de malheur, parce qu'elle est là, et qu'il le sait.

Le regard de Rowley se reporta sur le carré des femmes. Il y avait au moins deux cents femelles là-dedans. Pourquoi fallait-il qu'elles se ressemblent toutes ? Hormis par la taille et le gabarit, voilées comme elles l'étaient, elles étaient identiques, à la manière de cachets de cire sur des fioles.

Êtes-vous l'une d'elles, bougresse ? Laquelle ?

Et qu'est-ce que je fiche ici, à me lever et m'asseoir comme un bouchon de liège endimanché, à prier pour ceci, pour cela, alors que je m'en moque, que tout est dérisoire – mon Dieu, même Dieu – si elle m'est enlevée.

Dans un autre endroit de la cathédrale, un Irlandais profitait de sa grande taille pour scruter l'assemblée par-dessus les têtes qui l'entouraient, à la recherche de la seule personne qui lui importait. Il était en colère contre lui-même, et contre elle ; pourquoi, parmi toutes les femmes qu'il avait connues en courant les sept mers – la plupart intimement –, était-elle la seule qui l'eût ensorcelé ? Il n'en revenait pas.

Je suis un colosse, le saviez-vous ? Je sillonne les océans, je peux susciter des guerres et je peux les arrêter. Les Sirènes sont à mes pieds. Des femmes aussi belles que l'aurore m'attendent ; des putains et des saintes, d'aucunes les deux à la fois. Et au milieu, comme un brisant, il y a vous.

Elle n'était pas belle, il avait vu des chameaux plus gracieux qu'elle quand elle déambulait en quête de ses satanées plantes pour soigner ses satanés patients. Et jamais un regard vers lui, ses sourires étaient réservés à ce maudit vaurien d'évêque, et ils éclairaient le monde.

Pourquoi risquer la mort pour elle ? Parce que, O'Donnell, sale bâtard, au moment même où elle apparaissait à ta vue, elle a comblé exactement le vide qui béait dans ton âme déshéritée, et que tu n'y peux rien.

Située au meilleur endroit pour avoir vue sur l'assemblée en contrebas, une autre paire d'yeux est fixée sur la nef, dissimulée par une délicate colonne du bas-côté nord de la cathédrale. Un moine, le placeur, a demandé au propriétaire de ces yeux la raison de sa présence avant de tenter de le refouler, et il gît sur les marches de l'escalier caché, des geysers de sang bouillonnant hors des orbites vides.

La créature qui a naguère possédé une identité et qui incarne à présent un homme mort qu'on appelait le Loup, bâille et exhibe une langue rouge. Il n'a aucune inquiétude ; elle va venir à lui, comme le chemin qui conduit à cet endroit s'est ouvert devant chacun des pas qu'il a dirigés vers elle le long d'un millier de milles.

Il laisse le sang du placeur s'égoutter de son couteau sur le sol, il plonge le regard dans la nef. C'est désormais une question de patience. Elle se montrera à lui.

Au palais de la Zisa, Renfort avait été nourri et lavé – du bout des doigts – par Rafiq avant d'être enfermé dans la chambre de dame Adelia en attendant son retour.

Le chien commença par dormir, puis il alla renifler du côté de la porte, et, quand elle s'ouvrit pour livrer passage à un serviteur muni d'un chiffon et de cire, il se faufila sans se faire voir. Il était très habile pour s'esquiver, un art qu'il avait perfectionné au palais de la Zisa, où les domestiques, qui détestaient les chiens, lui flanquaient subrepticement des coups de pied quand ils le croisaient.

Il resta inaperçu jusque dans le hall d'entrée ; les grandes portes étaient ouvertes pour permettre à l'air frais de circuler dans la galerie voûtée et dans le palais tout entier, mais des sentinelles armées de cimeterres les surveillaient, et Renfort avait appris à ses dépens que les gardes avaient la botte plus féroce que les autres.

Il traversa le hall comme une flèche et, quand il entendit des cris derrière lui, il contourna la pièce d'eau à une vitesse qui le laissa pantelant lorsqu'il arriva dans les rues animées. Les odeurs y étaient délicieuses. Louvoyant et courbant l'échine pour éviter les passants et leurs semelles vicieuses, Renfort les huma avec bonheur, ajoutant la sienne, jusqu'à en oublier Adelia.

Ah, mais voilà qu'il reconnaissait une fragrance ; ce n'était pas celle d'Adelia, mais elle était familière et agréable. Le chien se lança dans la tâche délicate de la distinguer parmi une infinité d'autres pour en suivre la trace ; nez au sol, il s'en écartait parfois, la retrouvait, et avançait sur les pas de Mansur en chemin pour la cathédrale.

La contribution de l'évêque de Winchester au mariage consista pour l'essentiel en un long bredouillement de prières en latin qui égalaient en monotonie celles qui avaient précédé. La foule compacte dégageait une chaleur qui fit que l'on ouvrit en grand les portes dans l'espoir que l'air frais viendrait dissiper l'assoupissement qui s'était emparé de l'assemblée.

En fait, jusque-là, le seul épisode un tant soit peu stimulant de la cérémonie avait été le moment où le duc

Richard avait révélé la nature de l'épée qu'il portait. Si son geste manquait d'enthousiasme, il avait tendu cependant le présent d'Henri d'Angleterre à Guillaume et, s'inspirant du Livre de Samuel et des paroles que le prêtre Ahimélek prononça en remettant l'épée de Goliath à David, il avait marmonné : « *Ecce hic gladius Arturi regis.* Voici, puissant roi, je vous donne Excalibur. »

Le bras d'Adelia avait été happé par les doigts teints au henné de sa voisine.

— Excalibur ? Il a bien dit Excalibur ?
— Oui.

« Arthur est parmi nous. Arthur est venu pour nous. » Les chuchotements avaient parcouru l'assemblée, si bien que, pendant un court moment, les saints eux-mêmes dans leurs niches avaient paru se joindre à l'assistance en murmurant le nom de celui qui allait rendre la Sicile invulnérable.

Adelia avait une fois encore cherché Ulf du regard sans pouvoir le trouver.

Après cet intermède, la cérémonie avait sombré de nouveau dans un ennui éprouvant et Adelia s'était demandé comment Jeanne et Guillaume, que Dieu ait pitié d'eux, pouvaient la supporter, agenouillés comme ils l'étaient, en sachant qu'elle allait être aussitôt suivie d'une autre dans la chatoyante chapelle du palais pour le couronnement de la princesse.

Les paupières d'Adelia se fermèrent ; comprimée par les femmes qui l'entouraient, elle pouvait s'endormir debout.

Elle s'éveilla quand elle entendit une voix forte qui disait :

— Au nom du Père, du Fils et du Saint-Esprit, prenez et portez cet anneau, signe de mon amour et de ma fidélité.

Ils échangeaient les alliances. Jeanne était mariée.

Adelia porta un regard d'espoir sur sa gauche vers une porte latérale qui donnait sur le cloître de la cathédrale. L'instant précédent, lui semblait-il, le soleil de l'après-midi l'éclairait ; à présent, il avait disparu. Le crépuscule était là. Le jour s'achevait.

Pas la cérémonie, cependant ; l'assemblée ne serait pas libérée avant que Jeanne et Guillaume n'aient signé le registre des mariages.

Adelia sentit un coude qui lui rentrait dans les côtes ; le caractère de sa voisine, malgré le ravissement apporté par Excalibur, ne s'était pas amélioré avec la chaleur et la pression de la foule.

— Est-ce vous ? Vous pourriez vous retenir.

Adelia, elle aussi à cran, se récria d'avoir manqué aux bonnes manières. Et pourtant, c'était indiscutable, une puanteur atroce venait d'apparaître. Elle baissa le regard sur ses pieds et découvrit Renfort qui se trémoussait de bonheur de l'avoir retrouvée.

— J'ai peur que mon chien ne soit le coupable.

— Alors débarrassez-vous-en avant que tout le monde ne tourne de l'œil !

Adelia parvint à se baisser et à attraper Renfort. Les chances d'atteindre la porte latérale en traversant la masse compacte de ses voisines paraissaient minces mais, malgré les protestations et les plaintes qui s'échappaient des voiles, elles s'écartèrent avec vivacité en s'écrasant mutuellement les pieds afin d'échapper à l'effluve délétère et dégagèrent ainsi la voie.

— Eh bien, dit Adelia au chien une fois dans le cloître, qu'est-ce que je vais faire de toi ?

Elle ôta une longue manche de soie de son manteau qu'elle noua autour du collier de Renfort. Si elle ne voulait pas qu'il empuantisse la cathédrale, elle allait devoir rester avec lui et attendre que le service soit achevé pour que ses compagnons la rejoignent, ce qui pouvait aussi bien prendre une demi-heure, voire plus.

Le ciel avait viré au gris en l'absence de soleil, des rafales de vent sporadiques soulevaient la poussière du cloître ; l'attente promettait d'être fraîche.

Ce fut alors qu'elle se remémora les marionnettes qu'elle avait admirées au marché de la Kalsa. Grâce à la générosité de Guillaume, elle avait désormais les moyens d'acheter le mulet *et* le chameau, et sans doute aussi les deux chevaliers, même si elle savait qu'Allie s'y intéresserait moins qu'aux animaux. Le loisir qui lui était imposé valait bien un autre moment pour en faire l'emplette ; la journée qui s'annonçait pouvait être bousculée par d'autres impératifs. Retrouver Rowley, partir pour l'Angleterre, qui sait...

Ah, mais, hors de question qu'elle rentre chez elle sans un cadeau pour Allie. Et la Kalsa n'était pas très loin ; elle aurait tôt fait l'aller et retour...

Le soudain remue-ménage dans les rangs des femmes avait attiré l'attention sur l'une d'elles qui quittait la cathédrale avec dans les bras un chien affreux.

Du côté des hommes, Mansur commença à bousculer des corps en se frayant un chemin pour la rejoindre, Ulf et le docteur Gershom dans son sillage. Dans le clair-étage, derrière le paravent grillagé, le docteur Lucia et Boggart, Donnell dans les bras, se levèrent et se dirigèrent vers l'escalier.

L'Irlandais n'avait pas vu Adelia, mais, alerté par le brusque mouvement de Mansur, il s'éloigna lui aussi vers la sortie.

De sa position élevée dans le chœur, l'évêque de Saint-Albans avait vue sur toute la scène, et un élément supplémentaire : l'ombre d'une silhouette couteau à la main filant le long du clair-étage.

Je ne parviendrai jamais à temps à la porte du cloître.

Passons par-devant et advienne que pourra.

Rowley jaillit de sa stalle et se mit à courir tout en se défaisant de sa chape. Il envoya sa mitre valdinguer sur les marches de l'autel ; sa crosse sertie de pierreries rebondissait en claquant sur les dalles de la nef quelques secondes encore après qu'il eut disparu par le portail principal de la cathédrale, laissant derrière lui une assemblée médusée et confuse.

Le fabricant de marionnettes, un Grec d'un certain âge gras et barbu, faisait le difficile.

— Signora, les chevaliers, d'accord, j'en possède plein, mais des animaux, je n'ai plus que ces deux que mon fils manipule en ce moment. C'est un succès, les enfants les adorent, je ne peux pas me défaire de ceux-là avant d'en avoir confectionné d'autres.

C'était une manœuvre, bien entendu. Ce satané bonhomme essayait de faire grimper les prix. Il l'avait remarquée qui bavait devant les marionnettes avant d'entrer. Il avait aussi noté qu'elle était richement vêtue, malgré son chien disgracieux avec une manche de soie en guise de laisse.

La baraque se résumait à une longue tente de toile légère qui sentait la peinture et la sciure de bois. À une extrémité, juste derrière le rideau, les dos de deux jeunes garçons tressautaient tandis que, penchés à l'aplomb de la scène, ils maniaient avec dextérité les fils des marionnettes au bénéfice des gamins bouche bée et des adultes qui admiraient le spectacle à l'extérieur. Les pans de la tente étaient levés à l'autre bout pour laisser tomber la lumière sur un grand établi jonché de poupées à moitié terminées au milieu d'un fatras de ficelle et de pièces de métal.

Signor Feodor avait reçu Adelia en lui proposant un siège et en lui offrant un verre de jus de fruits glacé, préliminaires d'un marchandage sans lequel aucune affaire ne se concluait à la Kalsa. Elle avala une gorgée de son breuvage.

— Combien, signor ?
— Pour les chevaliers, un tari d'or. Pour les animaux, deux.
— *Chacun ?*
Il écarta les bras.
— Que voulez-vous, signora ? L'articulation qui leur permet de ruer et de mordre est compliquée. De plus, comme je vous l'ai dit, je répugne à m'en séparer.

Ce prix était grotesque. En une autre occasion, elle aurait fait mine de sortir de la boutique, il l'aurait rappelée avec une meilleure proposition, qu'elle aurait rejetée en tournant de nouveau les talons, et il l'aurait retenue… mais cela aurait pris un temps dont elle ne disposait pas – au contraire de lui.

— Trois taris pour l'ensemble.
— Vous voulez me ruiner, signora ? Cinq.
— Quatre.
— Quatre et demi, et je suis un imbécile.
— Marché conclu. Enveloppez-les-moi.

Elle le surprit ; il serait descendu à trois et demi. Il se leva aussitôt et donna une tape sur le derrière d'un des marionnettistes.

— Nous avons un client, Eneas.

Parce qu'elle avait accepté un prix trop élevé, un grand soin fut apporté à l'empaquetage. Elle devait voyager loin ? Alors il fallait une protection en laine pour prévenir tout dommage. Et qui était l'heureux bénéficiaire ? Une fillette ? Qu'il fût permis d'ajouter une boîte de friandises grecques pour elle...

Renfort tirait sur la manche et émettait le bruit de gorge indiquant qu'il avait senti quelque chose ou quelqu'un qui lui était familier et qu'il appréciait. Toujours assise, verre à la main, Adelia tourna les yeux vers les rubans de tissu qui pendaient devant l'entrée pour faire barrage aux mouches et glissa un regard par les interstices.

Sur la place, la célébration du mariage du roi commençait ; on allumait les torches, les marchands redoublaient d'efforts pour vendre leurs figurines en plâtre représentant les deux époux princiers, les buvettes faisaient le plein et, au centre, on installait une estrade sur laquelle les musiciens allaient jouer pour le bal de la nuit.

— Qui as-tu vu, vilain chien ?

Tout à coup elle le découvrit, car il était la seule silhouette à être parfaitement immobile. Un homme qu'elle connaissait se tenait de l'autre côté de la place sous un palmier aux feuilles en éventail, le regard tourné vers la tente où deux marionnettes s'agitaient toujours.

Elle et lui avaient parcouru le même millier de milles, la plus grande partie côte à côte.

Le pauvre, il est malade, fut sa première pensée ; il était tête nue et hirsute, sa robe était en lambeaux et il avait les traits figés dans un masque de souffrance.

Adelia se leva pour aller le saluer. À ce moment-là, un souffle de vent fit frémir les feuilles du palmier qui surplombaient l'homme, et elles créèrent sur lui un jeu d'ombres et de lumières mouvantes, le même qu'elle avait vu naguère dans une clairière d'une forêt du Somerset sur une créature sauvage, une créature dont le visage était strié comme celui qu'elle avait à présent en face d'elle.

Ses yeux scintillèrent sous un rayon du soleil, puis redevinrent noirs ; il ne regardait pas les marionnettes, plutôt le rideau de la baraque. Quand la rafale de vent qui l'avait désigné emporta également les bandes de toile devant l'entrée et la dévoila à son tour, il sourit. Elle vit ses dents. Ainsi que le couteau qu'il avait à la main.

Elle fut tétanisée.

— Voilà, signora. Signora ?

La poignée de corde d'un lourd colis fut glissée autour du poignet de sa main gauche. Mais elle ne bougea pas.

Tout ce chemin semé de cadavres et personne pour le soupçonner. Il avait tué ; il avait tué en souriant... Qui ? Elle était incapable de s'en souvenir, seulement qu'ils étaient morts. Et maintenant, son tour était venu.

Un groupe de personnes traversait la place en discutant et le dissimula à sa vue. L'instant d'après, l'endroit qu'il occupait sous le palmier était vide.

Adelia recula lentement en tirant Renfort vers elle, le paquet pesant sur son autre bras tandis qu'elle le tendait derrière elle pour la prévenir des obstacles. Elle avait agi sans réfléchir, non par peur – bien qu'elle fût terrifiée – mais par un intense sentiment de répulsion. La créature là-dehors était démente et n'avait plus rien d'humain, elle n'était plus qu'un insecte géant et venimeux qui avait perdu tout contrôle sur lui-même ; ses antennes avaient repéré sa proie et il allait la harponner de ses mandibules, qu'il y eût des témoins ou pas.

— Va-t'en, va-t'en !

Elle ne savait pas si elle s'adressait à son tourmenteur ou à elle-même.

— Signora ?

Elle continuait de reculer et buta contre l'établi. Elle pivota et courut vers l'ouverture à l'arrière de la tente, accompagnée de Renfort qui galopait à côté d'elle.

Elle déboucha dans une allée. À gauche, oui, si elle tournait sur sa gauche et encore à gauche, elle retrouverait l'animation de la place. Les antennes ne sauraient plus où chercher. Courir. Elle allait courir à toutes jambes pour rejoindre la cathédrale où elle serait en sécurité.

Elle prit sur sa gauche mais la seule issue était une allée sur sa droite. Elle s'y engouffra, sans trouver non plus de passage sur la gauche.

Elle revint sur ses pas avant de se glisser dans un raccourci entre deux maisons dont les balcons croulants faisaient comme un toit qui réverbérait le son de ses pas – et, s'imaginait-elle dans sa panique, celui d'autres pas.

Les alentours étaient déserts. Tout le monde avait rallié les artères principales pour participer aux réjouissances. Le bruit de la musique et des chansons diminuait à mesure qu'Adelia se perdait dans le labyrinthe qu'était le quartier le plus ancien et le plus pauvre de la Kalsa.

Rowley fendait la foule massée dans la rue en écartant du bras sans ménagement les gens devant lui et en demandant d'une voix forte à la cantonade qui aurait vu une dame avec un chien. Une femme aux vêtements tapageurs tendit les bras vers lui.

— Une dame avec un chien ! lui lança-t-il.

Elle éclata de rire et il la repoussa. Un vagabond se dressa devant lui, il l'envoya valdinguer d'un coup de pied avant de se rendre compte que le pauvre hère avait hoché la tête. Il rebroussa chemin et le hissa sur ses pieds.

— Une dame avec un chien.

— Bien habillée, hein ? Elle allait par là, monseigneur. Pitié pour un vieux croisé, monseigneur.

Il tendait une main vers la place de la Kalsa et l'autre pour quelques pièces.

Il ne récolta rien du tout.

Rowley pénétra en courant sur la place. Elle était remplie d'hommes, de femmes et d'enfants qui dansaient. Hurlant le nom d'Adelia, il rompit les cercles des danseurs qui se reformèrent aussitôt derrière lui.

Seigneur Jésus, où était-elle ? Quelle idée sotte l'avait poussée à venir par ici ? S'il s'agissait bien d'elle.

Il se mit à visiter les baraques.

— Une dame et un chien. Est-elle entrée chez vous ?

Enfin, parce que Dieu est miséricordieux, un gros homme posté devant un théâtre de marionnettes se signala.

— La dame avec un chien ?

— Vous l'avez vue ?

— Une dame très gentille, et le chien... bon. Elle a acheté mes meilleures pièces... pour sa fille, a-t-elle précisé. J'en ai d'autres, monseigneur, si vous...

— *Par où est-elle partie ?* s'écria Rowley en secouant le bonhomme.

— Par-derrière, monseigneur, je ne sais pas où. Elle courait...

Rowley l'imita, le long de la tente, dans l'allée, en hurlant son nom. Elle courait, Seigneur, *elle courait.* Il porta la main vers la poignée de son épée et se souvint que les évêques n'étaient pas armés, du moins dans une cathédrale.

C'était aussi bien ; il serait capable de l'étriper s'il la trouvait.

— Où êtes-vous, bougresse ?

Les allées changeaient de cap et sinuaient, Rowley changeait de cap et sinuait avec elles. Il avisa un arbuste rachitique dans un pot devant un taudis indiquant qu'on y vendait de la bière. Il était passé devant quelques minutes auparavant, le même arbuste, le même taudis. Il tournait en rond.

Il s'arrêta et entendit qu'on appelait Adelia ; il crut reconnaître le timbre haut perché de Mansur.

Cependant c'était son nom à lui qu'une autre voix à proximité clamait.

— Monseigneur l'évêque ! Monseigneur Rowley ! Monseigneur Ro-ow-leeey !

Le père Guy. Le père Guy l'avait poursuivi.

Dieu tout-puissant, on le recherchait, *lui*, l'évêque pris de folie. Il avait humilié l'Église d'Angleterre devant un millier de Siciliens. Il y allait de la responsabilité de celle-ci ; on ne pouvait pas le laisser divaguer dans les rues à beugler le nom d'une femme. Il fallait le ramener et l'enfermer quelque part car, quoi qu'il arrivât, il appartiendrait toujours à l'Église.

Le chapelain se rapprochait en parlant aux gens qui l'accompagnaient.

— Il faut le trouver, maître surveillant, vous entendez ? Je veux tous vos hommes à sa recherche.

— Nous le trouverons, fit une voix grave.

Ces bâtards vont me retarder.

Rowley se plaqua dans l'embrasure d'une porte et se figea dans une immobilité de statue. Ils étaient là.

— Le pauvre homme, il a perdu l'esprit. Pouah, quelle puanteur, ces ruelles…

Il reconnut le docteur Arnulf.

Après leur passage, il se glissa par une étroite ruelle pour s'éloigner d'eux et déboucha sur une placette délabrée dont le centre était occupé par un abreuvoir à chevaux. Il saisit un mouvement du coin de l'œil, l'extrémité d'une cape qui disparaissait à un coin de rue en face de lui. Il se lança à la poursuite du fuyard qu'il rattrapa et plaqua au sol.

Il le retourna et jura. C'était Ulf.

— Tu l'as vue ?

— Non. Mais il me semble que j'ai entendu le chien aboyer.

— Ça venait d'où ?

— Par là.

Ils détalèrent, mais il y avait des milliers de chiens qui erraient dans les rues et – *malédiction !* – les chaussures d'Ulf dérapèrent sur une offrande de l'un d'eux et le jeune homme se retrouva les quatre fers en l'air.

Rowley ne s'arrêta pas. Devant lui, un carrefour et une torche qui gouttait de son support au coin d'une rue.

Soudain, elle fut là. Il la vit comme en plein jour. Elle lui tournait le dos et, juchée sur la pointe des pieds, elle tentait de déchiffrer le nom de la rue à la lumière de la flamme vacillante de la torche ; le chien était avec elle.

Il entendit derrière lui Ulf qui arrivait en pestant. Sur sa gauche, une grande silhouette blanche descendait la rue à toute allure. Mansur.

Une autre forme sortit de l'ombre sur sa gauche.

Elle l'entendit qui jurait et se retourna ; elle avança vers lui en souriant. Il la rejoignit et la prit dans ses bras, sans cesser de la maudire pour la peur qu'il lui avait infligée.

La flamme mourante de la torche se refléta sur une lame levée au-dessus de l'épaule d'Adelia.

Il la repoussa d'un geste vif et ce fut son dos qui reçut le couteau, une fois, deux fois, avant que son assaillant ne soit tiré en arrière, bras entravés par Ulf, et que Mansur n'empoigne sa dague courbe et ne tranche la gorge de Locusta.

Ils traînèrent Rowley dans l'entrée d'un taudis voisin. Adelia s'agrippait à lui, accroupie à son côté et lui soutenant le dos pour qu'il ne soit pas en contact avec le sol crasseux. Elle avait le bras couvert de sang jusqu'au coude.

Son savoir l'avait quittée ; elle ignorait comment procéder.

À l'aide ! Que dois-je faire ? Mais elle avait les lèvres comme gelées et ne pouvait prononcer un mot ; elle leva les yeux sur Mansur et Ulf... qu'elle ne reconnut pas.

— Ôtez-vous de là, femme. Laissez faire un véritable médecin.

Un nouveau visage, une voix essoufflée. Les mains du docteur Arnulf étaient sur ses épaules, essayant de l'écarter. Elle planta les dents dans son poignet. Il lâcha prise.

— Elle m'a mordu, la bougresse !
— Adelia, intervint le docteur Gershom avec calme.
— Oui ?
— Permets-moi de regarder, mon enfant. Évaluons l'étendue des dégâts.
— Oui, père.

Elle reprenait ses esprits ; elle avait de l'aide ; elle était de nouveau médecin.

— Que l'on m'apporte de la lumière, dit-elle.

On s'exécuta.

Le docteur Gershom demanda le silence et entreprit de déchirer le devant de la chemise de Rowley, puis il colla l'oreille contre son torse ; il n'entendit pas de gargouillis suspects.

— Les poumons ne sont pas touchés, me semble-t-il.
— J'ai peur que ce ne soit le foie, dit-elle.
— Voyons ça.

Rowley fut installé sur le flanc et ils dégagèrent sa chemise pour mettre à nu ce qu'elle recouvrait.

Deux blessures, béantes et profondes. Les coups avaient porté de bas en haut et latéralement en perçant la puissante musculature du dos sous les aisselles.

— Je ne sais pas, dit le docteur Gershom, je ne sais pas. Peut-être…

Il évitait de regarder sa fille. Celle-ci empoigna un pan de sa jupe qu'elle comprima contre la blessure. Le sang imbiba aussitôt la soie et se mit à goutter sur le sol.

Gershom savait, comme elle-même le savait, que même si aucun organe vital n'avait été atteint, des fragments des vêtements de Rowley avaient été emportés par le couteau et s'étaient infiltrés dans la chair. Ils allaient à coup sûr infecter la plaie si on ne les enlevait pas.

— J'ai besoin de mes ustensiles, déclara-t-il. Emmenons-le chez moi… opérer… quelque chose pour le transporter.

Mansur se dirigea vers l'escalier et arracha deux barreaux de la rampe avec la même aisance que s'il avait cueilli des fleurs.

— Non, prononça Rowley, et pour un mourant il avait le timbre clair. Rapatriez-moi, ils vont me trouver. Adelia ? Êtes-vous là ?

— Je suis là, mon aimé.

— Qui, mon fils ? demanda le docteur Gershom. Qui pourrait vous trouver ?

Adelia connaissait la réponse. *Eux*. Ceux qui allaient lui disputer son amant, absorber leur évêque dans un organisme qui obscurcissait le monde sous son voile, ceux qui voulaient lui enlever une bonne fois pour toutes cet homme pour le livrer à la torture de leurs médecins.

Elle leva les yeux et regarda autour d'elle. Tant de personnes dans cet endroit si misérable. Comment étaient-ils tous arrivés là ? Par la voie des airs ?

Il y avait ceux qu'elle aimait : son père, sa mère – qui déchirait ses jupons pour en faire des bandages –, un Ulf dans tous ses états, Boggart avec son bébé, Mansur, lèvres serrées, qui confectionnait une civière… et O'Donnell, O'Donnell les avait rejoints…

Derrière eux, l'ennemi : le docteur Arnulf, le père Guy, indigné, qui lançait des ordres à un homme imposant en robe de bure.

— Allez chercher de l'aide, maître surveillant. Il n'est pas convenable qu'un évêque meure dans un pareil lieu. Nous devons le conduire à la cathédrale, avec les reliques, les saints sacrements…

— *Vous ne l'aurez pas !*

Dans sa confusion, c'est tout ce qu'elle savait.

— Cette femme est une sorcière, il faut l'arrêter…

O'Donnell saisit le chapelain par la gorge et le secoua comme un prunier.

— Si vous la touchez, misérable bâtard…

Le maître surveillant était parti. Il allait revenir bientôt avec du renfort pour emmener Rowley, comme ils avaient emmené Ermengarde.

Il y avait un paquet sanguinolent qui gisait dans l'encadrement de la porte où quelqu'un l'avait poussé du pied ; il avait la gorge ouverte. Adelia le balaya du regard sans manifester le moindre intérêt. L'insecte avait accompli sa tâche funeste et avait été écrasé. Elle ne ressentait rien. Seul importait Rowley.

— Adelia ?

Sa mère la poussait avec douceur.

— Je prends la relève, ma petite.

Le docteur Lucia apportait avec elle des linges propres et pliés pour éponger le sang ainsi que des bandages, tout cela confectionné à partir de son jupon.

— Il a besoin de te voir.

Délaissant une place qu'elle n'aurait cédée à personne d'autre, Adelia enleva sa main couverte de sang du dos de son amant et s'écarta pour que sa mère puisse la suppléer aussitôt.

Elle fit le tour, s'agenouilla devant Rowley et approcha son visage du sien à le toucher.

— Est-ce vous ?

— C'est moi. Ne parlez pas. Nous allons vous remettre sur pied.

Il sourit et ferma les yeux.

— Ramenez-moi à la maison, chérie, dit-il. L'Angleterre... Vous et moi... Je ne veux pas qu'ils m'attrapent.

— Ça n'arrivera pas.

Il ne leur appartenait pas, il était à elle.

— Chérie ?

— Je suis ici, Rowley, restez tranquille. Nous vous emmenons ailleurs dans une seconde.

— Ramenez-moi à la maison. Ramenez-moi en Angleterre.

— Promis.

Cependant, Arnulf et Guy étaient là. D'autres viendraient. Ils se lanceraient sur la piste d'un homme qu'on transportait dans les rues sur une civière, comme l'assassin avait traqué Adelia. C'était juste une question de temps...

Le temps. Il s'écoulait… comme la vie de Rowley.

— Nous allons d'abord vous installer chez mon père, dit-elle, où nous pourrons vous soigner, mon aimé.

— Tant mieux… Mais grouillez-vous, bon Dieu.

Il lui remit les pieds sur terre. S'il jurait, c'est qu'il pouvait guérir.

Elle s'approcha de l'Irlandais.

— Mon père et moi réussirons à lui sauver la vie, lui dit-elle, et elle en était convaincue. Après quoi j'aimerais que vous nous rameniez chez nous, avant que l'Église ne nous mette la main dessus. Embarquez-nous pour l'Angleterre, O'Donnell, nous tous.

Le dos du père Guy lui boucha la vue; il s'était interposé et faisait face à l'Irlandais.

— Je vous l'interdis. Cet homme est un dignitaire de notre sainte mère l'Église. Des renforts arrivent et je…

Le bruit d'une claque se fit entendre et il tomba. Ulf l'avait frappé. O'Donnell le prit par la peau du cou et le jeta dans la rue.

— Du large ! Vous aussi, ajouta-t-il à l'intention du docteur Arnulf, avant que je vous tue.

Ils s'éloignèrent d'un pas mal assuré en réclamant de l'aide.

Mansur et le docteur Gershom déposaient Rowley sur la civière avec mille précautions ; ils l'installèrent sur le flanc pour permettre au docteur Lucia de continuer d'étancher le sang.

Le regard d'Adelia n'avait pas quitté celui d'O'Donnell.

— Nous allons le soigner, puis vous nous emmènerez chez nous. La route par la terre… ce serait trop pénible pour lui. Un voyage tranquille pour qu'il se remette. S'il vous plaît, je vous en supplie…

Il la dévisagea. Cet homme agonisait, elle avait son sang sur la figure. Avait-elle idée de ce qu'elle lui demandait ? La longueur du trajet ? Passer les Piliers d'Hercule et leurs orages soudains ? Fuir devant ces satanés pirates barbaresques ? Remonter cette foutue côte du Portugal avant que le courant puisse les entraîner vers le nord ?

Pourtant il allait s'exécuter. Jamais elle ne l'aimerait et il allait s'exécuter. Il distillerait la mer pour elle.

— Je vous emmènerai, dit-il. Tous.

Il l'observa qui se penchait sur son amant.

— Le seigneur O'Donnell nous rapatrie, Rowley.

— C'est bien... murmura-t-il d'une voix qui faiblissait. Je vivrai si vous me ramenez chez moi...

— C'est un marché ?

Un léger mouvement de menton.

— Vous avez intérêt à le tenir.

Mansur et Ulf hissèrent la civière, le docteur Lucia se plaça d'un côté et Adelia de l'autre. Elle tenait la main de Rowley, le chien à ses pieds. Le docteur Gershom suivait. Boggart, son bébé dans les bras, se pencha pour s'emparer d'un paquet contenant des marionnettes. Fermant la marche, O'Donnell.

En sortant, ils enjambèrent le cadavre de l'homme qu'ils connaissaient sous le nom de Locusta et qui, né Guillaume de Scaresdale, avait enfin trouvé la paix dans la poussière d'une rue de Palerme.

Ils le laissèrent là.

NOTE DE L'AUTEUR

Adelia Aguilar, ma maîtresse dans l'art de la mort, doit son existence de fiction au fait que Salerne, au XIIe siècle, abritait une école de médecine fameuse qui non seulement autorisait la pratique de l'autopsie mais acceptait aussi les femmes dans ses rangs. Nous le savons grâce à un traité de médecine féminine, connu sous le nom de *Trotula*, rédigé à cette époque par une femme qui y enseignait, et qui a été conservé.

La Sicile était alors un royaume visionnaire, le plus progressiste de toute la chrétienté, qui traitait Arabes, Grecs, juifs et Normands sur un pied d'égalité, ce qui ne se rencontrait nulle part ailleurs. (Deux excellents ouvrages de John Julius Norwich traitent du sujet, *The Normans in the South* et *The Kingdom in the Sun*[1].)

L'école disparut au XIIIe siècle, sans doute sous la pression de l'Église de Rome, qui regardait à la fois la science de l'autopsie *et* les femmes médecins comme anathèmes.

Henri II d'Angleterre. Maudit par la postérité pour avoir appelé à la mort de Thomas Becket,

---

[1]. Regroupés sous le titre de *The Normans in Sicily*, Penguin Books, 1992.

archevêque de Cantorbéry, Henri était en France à l'époque des faits, et, dans une crise de rage devant le refus de Becket de conduire les réformes d'un système corrompu, il se serait exclamé : « Qui me débarrassera de ce prêtre turbulent ? » Quelques-uns de ses chevaliers, qui avaient des motifs de querelle personnels avec l'archevêque, embarquèrent aussitôt et se rendirent à Cantorbéry où ils assassinèrent le prélat sur les marches mêmes de sa cathédrale. Du coup, Thomas Becket devint un martyr et un saint, Henri II un pécheur. En revanche, ce fut Henri Plantagenêt qui sortit l'Angleterre de l'âge des ténèbres en instaurant la *Common Law*, la loi commune, un appareil législatif complet valable pour tout le monde ; jusque-là, le jugement des affaires de meurtre était laissé à Dieu, en balançant par exemple l'accusé dans un étang, pour voir s'il coulait (innocent) ou s'il flottait (coupable).

Aliénor d'Aquitaine. Si elle n'égalait pas la puissance intellectuelle du roi Henri son mari, elle est l'une des rares personnalités féminines de son temps à émerger des récits des chroniqueurs qui soulignent son caractère flamboyant. Elle donna naissance à dix enfants ; elle soutint la fronde de ses aînés contre leur père, lequel l'emprisonna pour la peine (sans trop de sévérité). Après la mort d'Henri II, elle dirigea l'Angleterre au nom du roi pendant que Richard était à la croisade et elle réunit la rançon lorsqu'il fut retenu en otage sur le chemin du retour. Quand il fut tué, elle passa son temps à sortir des ennuis le fantasque roi Jean. Elle survécut à tous ses fils hormis Jean et quitta cette terre à quatre-vingts ans passés, ayant vécu plus d'aventures qu'aucune autre reine avant et après elle.

À la fin de sa vie, elle se retira à l'abbaye de Fontevraud, en Anjou, où elle repose au côté d'Henri Plantagenêt malgré leur union orageuse.

Le voyage que fit Jeanne Plantagenêt d'Angleterre à Palerme pour y épouser le roi Guillaume de Sicile est un autre fait historique.

Nous avons une bonne idée du trajet qu'elle a suivi. Nous savons que deux de ses frères l'accompagnèrent un moment : Henri, le prince héritier, et Richard, plus tard Cœur de Lion. Nous savons aussi que la traversée fut interrompue et que la princesse, souffrante, fut débarquée.

C'est cependant à peu près tout ce que nous en connaissons, mais les chroniqueurs du haut Moyen Âge se sont montrés avares en détails sur leurs déplacements. Les hommes et les femmes de tout rang, et pas seulement royal, circulaient beaucoup en ce temps-là ; les uns effectuaient des pèlerinages dans le monde chrétien connu, les autres partaient s'installer à Rome – le trajet, depuis l'Angleterre, ne prenait que quelques semaines. On trouve quelques références à la traversée des Alpes et de rares commentaires sur la pénibilité supposée de cette entreprise, d'autant qu'une partie de ce passage dut se faire en hiver.

Donc, afin de montrer ce que serait le pouvoir croissant et débilitant de l'Église de Rome à l'époque, je me suis sentie autorisée à m'emparer de ce périple et à lui donner des développements sans doute plus aventureux qu'ils ne le furent en réalité, bien que j'aie pris soin, comme je le fais toujours, de m'assurer qu'aucun personnage historique n'agisse en contradiction avec son modèle.

Je me suis permis de tricher avec les dates. Dans le roman, Jeanne a dix ans lorsqu'elle part – ce qui fut le cas – et onze à l'arrivée – ce qui fut de nouveau le cas –, mais j'ai placé les faits en 1178 alors que le voyage de la princesse pour la Sicile eut lieu en 1176, deux ans auparavant. J'y fus obligée pour tenir compte de la chronologie de mon héroïne ; en 1176, Adelia était occupée ailleurs et j'ai usé de la tolérance que permet la fiction pour l'inviter à participer à cette expédition extraordinaire.

Henri le Jeune. Il aurait été parfaitement dans le caractère de ce jeune homme d'abandonner sa sœur pour s'adonner à sa drogue : les tournois. Le professeur W.I. Warren, l'éminent historien du règne d'Henri II, le décrit ainsi : « Il était charmant, affable, courtois, le symbole même de la prodigalité et de la générosité. Il était hélas aussi superficiel, vaniteux, irréfléchi, écervelé, négligent et inconséquent[1]. » Il a laissé tomber tout le monde à un moment ou à un autre. Il mourut à vingt-huit ans des suites d'une dysenterie contractée alors qu'il combattait aux côtés des rebelles opposés à Richard, le frère avec lequel il avait fait alliance pour comploter contre leur père.

Richard Cœur de Lion. Les hagiographes, qui chantent souvent les louanges des mauvaises personnes, ont crédité Richard d'une aura de sainteté qu'il doit à la légende de Robin-des-Bois. Personne ne contestera qu'il fut un bon général et un guerrier intrépide, mais il se montrait également cruel et cupide. Un jour, à la croisade, il fit exécuter ses prisonniers sarrasins qui

---

1. W.I. Warren, *Henry II*, University of California Press, 1977.

furent éventrés pour vérifier qu'ils n'avaient pas avalé de pierres précieuses.

Il se souciait peu de l'Angleterre, pays dans lequel il passa moins d'un an de sa vie. Son couronnement marqua le début des massacres des juifs d'Angleterre que son père avait toujours protégés. Il est réputé avoir déclaré que, pour financer la croisade, il aurait vendu Londres. Peut-être sa bisexualité – il semble avoir fait pénitence pour sodomie à un moment donné – l'a-t-elle mené à chercher à gagner l'absolution de son Dieu chrétien en reprenant Jérusalem aux musulmans. Une flèche le tua peu glorieusement alors qu'il assiégeait le château de Châlus, dans le Limousin, lequel, croyait-il à tort, abritait un trésor.

Rowley. Il n'y avait pas d'évêque de Saint-Albans au XIIe siècle, même s'il existe aujourd'hui.

Père Adalburt. Ses déclarations puériles ont été entendues prononcées par le clergé de l'époque.

Aveyron. L'Aveyron est un département, la ville est fictive, ainsi que son évêque.

Les cathares. Le terme de « cathare », comme celui de « parfait » pour ses prêtres, n'était pas celui dont ces hérétiques du Languedoc usaient pour eux-mêmes, mais celui qui leur fut donné par l'Église qui les extermina et qui fut communément adopté depuis ; je l'ai employé par commodité. La croisade contre l'hérésie cathare qui conduira des centaines d'hommes, de femmes et d'enfants sur le bûcher débuta en réalité après l'époque où se place mon histoire. Cependant, l'Inquisition commençait à montrer ses muscles menaçants ; quelques-uns avaient déjà péri par les flammes et la répression féroce de l'Église dont ils furent victimes justifie les souffrances qu'endurent Adelia et ses amis dans le palais fictif d'un évêque d'Aveyron fictif.

Le récit du séjour forcé d'Adelia dans le village cathare se réfère au classique *Montaillou, village occitan* d'Emmanuel Le Roy Ladurie[1], car, se référant à son tour aux rapports minutieux d'un Inquisiteur dans un petit village, il rend compte de l'existence des hommes et des femmes au Moyen Âge.

Cornemuses. La cornemuse des Pyrénées, la *samponha*, était (et reste) assez proche de son homologue écossaise pour que Rankin, qui vient des Highlands, se sente chez lui.

Langue. On m'a parfois reproché de placer un langage contemporain dans la bouche de mes personnages ; au XIIe siècle, le peuple parlait une forme d'anglais encore moins compréhensible que du Chaucer au XIVe siècle, l'aristocratie le français de Normandie et le clergé le latin. Puisque les gens utilisaient le parler de leur époque pour communiquer et puisque je déteste ce que j'appelle les « morbleu » dans les romans historiques pour évoquer le passé, je me suis appliquée à donner une tournure actuelle au langage qu'ils utilisent.

Docteur. Bien qu'il ne fût attribué qu'aux professeurs de logique et de philosophie, j'utilise ce titre pour les médecins par souci de clarté.

---

1. Gallimard, 1975.

Appendicectomie. Il n'est pas invraisemblable qu'Adelia ait pu réaliser cette opération et que sa patiente ait survécu. L'existence de l'appendice était connue depuis des temps très anciens. L'école de médecine de Salerne, où l'on étudiait l'anatomie, la connaissait sans doute, ainsi que son infection et ses conséquences.

Anesthésie. Les propriétés de l'opium sont connues depuis l'époque des Pharaons, tandis que le laudanum – une teinture d'opium, en général administrée dans du vin – est certainement apparu au Moyen Âge, si ce n'est avant. Quoi qu'il en soit, son usage en anesthésie était jugé par l'Église comme un péché, car venant interférer avec la manifestation divine qu'est la douleur. De la même façon, verser le sang était proscrit, ce qui ravalait les chirurgiens au rang de barbiers.

Chirurgie. La pratique de la chirurgie remonte aux Sumériens, quelque 4 000 ans avant notre ère. Les fouilles archéologiques à Ninive ont mis au jour des scalpels en bronze, des couteaux et des trépans. Le Code de Hammurabi, qui date de cette époque, détaille le tarif que peut demander le praticien s'il « réalise une grande incision avec un couteau d'opération dans une perspective de soins ». En Inde, vers 600 av. J.-C., un traité de médecine expose les procédures en matière de chirurgie, y compris esthétique.

Mais surtout, on ne doit pas sous-estimer la résistance du corps humain. Certains crânes du Néolithique présentent des marques de trépanations réussies, et la croissance de l'os semble indiquer que les individus ont vécu longtemps après l'opération.

Les archives nous apprennent que le taux de survie après une amputation était d'environ 50 %.

En 1811, Fanny Burney, écrivain et mémorialiste, subit l'ablation d'un poumon cancéreux sans l'aide de l'anesthésie et bénéficia d'un sursis de plusieurs années.

En septembre 1942, Wheeler B. Lipes, aide-pharmacien de vingt-trois ans à bord du sous-marin américain *USS Seadragon* dans les eaux ennemies, en l'absence d'un médecin qualifié et sans accès aux antibiotiques, mena à bien une opération de l'appendicite sur un de ses camarades de dix-neuf ans.

En 1961, au cours d'une expédition en Antarctique, Leonid Rogozv, un médecin russe, pratiqua sur lui-même une appendicectomie sous anesthésie locale avec l'aide de ses collègues dénués de connaissances médicales et survécut pour raconter son histoire.

Hémorragie. Jadis, une hémorragie était stoppée par cautérisation – ce qui présentait un risque, mais pas nécessairement fatal.

Les sutures sont en usage depuis les premiers temps de la chirurgie, même si une très ancienne pratique consistait, pour couturer la plaie, en l'emploi de fourmis dont on détachait le corps en laissant les crochets en place.

Septicémie. Meurtrière, bien sûr, et qu'Adelia ne pouvait pas connaître, comme personne avant le XIXe siècle. Bien que le Moyen Âge soit réputé pour son manque d'hygiène – à juste titre –, la propreté était prônée par certains. Les juifs et les musulmans, en premier lieu, pour qui elle était exigée par les textes religieux ; un chrétien devait prendre un bain avant la cérémonie d'adoubement de chevalier. Les registres domestiques de l'époque montrent l'importance des dépenses liées aux activités de blanchisserie et de lessive ; les robes qui avaient exigé des mois, parfois des années de travail d'aiguille devaient rester propres sous peine de se désagréger sous la crasse et la sueur.

Enfin, si la mortalité infantile était très élevée, un enfant qui dépassait cinq ans avait dû développer des défenses immunitaires lui permettant d'atteindre un âge avancé.

La cathédrale de Palerme a connu depuis le XIIe siècle tant de transformations et de restaurations – et pas des plus heureuses, comme beaucoup l'avancent – qu'elle a perdu sa splendeur d'antan, j'y ai donc transféré l'immense et magnifique mosaïque du Christ Pantocrator de sa rivale mieux conservée, Cefalù, édifice que John Julius Norwich juge « non seulement le plus bel extérieur normand de Sicile, mais une des plus belles cathédrales du monde ».

La Sicile. L'âge d'or de tolérance que connut le royaume de Sicile ne dura que soixante-quatre années. L'union de Guillaume II et de Jeanne fut apparemment heureuse, bien qu'assombrie par l'infertilité. Guillaume lui-même n'avait pas une carrure d'homme d'État suffisante pour préserver les acquis de son royaume ni pour en confier les rênes aux bonnes personnes. Il mourut dans sa trentaine et le royaume sombra dans la violence et la bigoterie. Jeanne fut un temps emprisonnée par le successeur illégitime de son époux, Tancred, et dut son secours à Richard Cœur de Lion. On la remaria en 1196, cette fois avec le comte de Toulouse, à qui elle donna trois enfants, et elle mourut en couches du dernier à l'âge de trente-trois ans ; lui survécut sa mère, l'indomptable Aliénor.

Excalibur. Personne ne sait ce qu'il est advenu d'Excalibur. Dans la tourmente qui suivit la mort de Guillaume, l'épée du roi Arthur disparut, comme le grand royaume qui l'avait reçue en offrande.

10/18, une marque d'Univers Poche,
est un éditeur qui s'engage pour
la préservation de son environnement
et qui utilise du papier fabriqué à partir
de bois provenant de forêts gérées
de manière responsable.

Imprimé en France par CPI

N° d'impression : 3026024
X07144/01